HEYNE

Das Buch

Manchmal ist es besser, die Wahrheit nicht zu kennen.
Jason Bourne will vergessen. Seit dem Tod seiner Partnerin, der temperamentvollen Treadstone-Agentin Nova, arbeitet er vorzugsweise allein und denkt so wenig wie möglich zurück. Doch dann holt ein längst vergangener Einsatz ihn plötzlich wieder ein: Vor drei Jahren waren Nova und er auf Mission im Baltikum. In Estland sollten sie einen russischen Doppelagenten vor dem Zugriff eines mysteriösen Killers bewahren. Die Mission scheiterte. Doch nun ist der Mann wiederaufgetaucht – lebend. Hat man Bourne von Anfang an getäuscht? Die Suche nach der Wahrheit wird zum erneuten Wettlauf mit dem Tod.

Die Autoren

Robert Ludlum erreichte mit seinen Romanen, die in mehr als 30 Sprachen übersetzt wurden, weltweit eine Auflage von über 300 Millionen Exemplaren. Er verstarb im März 2001. Am Ende des Buches finden Sie ein ausführliches Werksverzeichnis des Autors. Brian Freeman hat über zwanzig Romane geschrieben. Seine Bücher wurden mit dem Thriller Writers Award und dem Macavity Award ausgezeichnet sowie für zahlreiche weitere Preise nominiert.

Weitere Informationen unter heyne.de/ludlum

ROBERT LUDLUM
BRIAN FREEMAN

DIE BOURNE LÜGE

THRILLER

Aus dem amerikanischen Englisch
übersetzt von Norbert Jakober

WILHELM HEYNE VERLAG
MÜNCHEN

Die Originalausgabe THE BOURNE TREACHERY erschien erstmals 2022 bei G.P. Putnam's Sons.

FSC www.fsc.org
MIX
Papier | Fördert gute Waldnutzung
FSC® C014496

Penguin Random House Verlagsgruppe FSC® N001967

2. Auflage
Deutsche Erstausgabe 02/2024

Redaktion: Dr. Rainer Schöttle
Umschlaggestaltung: Nele Schütz Design unter Verwendung von Shutterstock.com/Efteski Studio
Satz: Satzwerk Huber, Germering
Druck und Bindung: GGP Media GmbH, Pößneck
Printed in Germany
ISBN: 978-3-453-42873-7

www.heyne.de

VOR DREI JAHREN

Aus dem Türeingang eines geschlossenen Antiquitätenladens beobachtete der Mann, der als Jason Bourne bekannt war, den Weihnachtsmarkt auf dem Raekoja plats, dem Rathausplatz der estnischen Hauptstadt. Gleich war es so weit. Er musste den richtigen Moment abwarten und dann schnell handeln, um seine Zielperson in Sicherheit zu bringen. Die Fluchtroute hatte er bereits im Kopf. Er und Nova waren sie zigmal durchgegangen. Es ging darum, mit der Zielperson zur Kullassepa-Straße zu gelangen und sich so schnell wie möglich vom Rathausplatz zu entfernen. Jenseits der mittelalterlichen Stadtmauer würden sie schließlich den vereinbarten Treffpunkt bei der Alexander-Newski-Kathedrale erreichen.

Der Plan war gut – das Problem war die Umsetzung. In einer so dichten Menschenmenge hatte ein Killer tausend Gelegenheiten, unbemerkt zuzuschlagen.

Er spürte die beißende Kälte des Dezemberabends im Gesicht. Die dünne Neuschneedecke war von Hunderten Schritten zu glitschigem Matsch zerstampft worden. Auf den Stufen des spätgotischen Rathauses sang ein Kirchenchor und wetteiferte mit dem aufgeräumten Geplauder der Marktbesucher. Zwischen den Dächern der Marktstände baumelten Lichterketten, und in der Mitte des riesigen Platzes ragte ein fünfzehn

Meter hoher Weihnachtsbaum in die Höhe. Von den Glühweinständen wehte ihm Zimtduft in die Nase.

Über Funk hörte Bourne den vertrauten britischen Akzent seiner Treadstone-Partnerin. »Von Kotow schon etwas zu sehen?«, fragte Nova.

Bourne blickte zu dem Torbogen gegenüber. Ein Durchgang führte zu dem Restaurant, in dem die baltischen Verteidigungsminister mit Kollegen einiger Nachbarländer beim Abendessen saßen. »Noch nicht. Er sollte aber jeden Moment auftauchen.«

»Du hast Gesellschaft«, warnte Nova.

»Langer Bart, Fellmütze?«

»Exakt.«

»Wie viele außer ihm?«, fragte Bourne nach.

»Mindestens vier. Ich glaube, Holly hatte recht. Der FSB hat ein Killerkommando auf Kotow angesetzt.«

Bourne ließ seinen Blick über den Rathausplatz schweifen. Etwa zwanzig Meter entfernt sah er Nova bei einem Stand, der deutsche Nussknacker anbot. Sie trug ein Barett über dem langen schwarzen Haar, dazu Leggings und eine Jacke mit Reißverschluss. Nova war klein und gertenschlank. Ihre grünen Augen erwiderten einen Moment lang seinen Blick, dennoch hätte niemand ihr angesehen, dass sie ihn kannte, dass sie im vergangenen Jahr in einem halben Dutzend Treadstone-Operationen zusammengearbeitet hatten oder dass sie noch vor sieben Stunden das Bett eines Stockholmer Hotels geteilt hatten, bevor sie zu dem dringenden Einsatz in Tallinn gerufen wurden.

»Es ist so weit«, meldete Bourne. »Sie kommen heraus.«

Durch den Torbogen traten Männer im Anzug und ein paar Frauen im langen Wintermantel in Zweier- und Dreiergruppen auf den Rathausplatz. Bourne kannte ihre Namen und Gesichter, obwohl er sie noch nie persönlich gesehen hatte. Sie kamen aus dem kalten Norden, aus Finnland, Lettland, Litauen und Polen – aus Ländern, die alle an der Ostsee lagen.

Und aus Russland. Auch die Russen waren dabei.

»Da ist er«, flüsterte Bourne.

Grigori Kotow kam aus dem Durchgang, blieb einen Augenblick unter dem Torbogen stehen und zündete sich eine Zigarette an. Er blies den Rauch in die kalte Luft und tat, als würde er die Weihnachtsbeleuchtung bewundern, während sein prüfender Blick die Leute auf dem Platz musterte. Er war Mitte fünfzig und hatte seine aktive Zeit als Agent längst hinter sich, doch ein Spion blieb ein Spion. Irgendetwas machte ihn nervös. Bourne wusste, dass es nicht etwas war, was er sah, sondern vielmehr etwas, was er vermisste.

Seine offiziellen Sicherheitsleute waren nicht da. Niemand erwartete ihn, um ihn zu beschützen. Sein Gesicht blieb ausdruckslos, doch hinter der Fassade regte sich Angst. *Wo sind sie?*

Kotow war mittelgroß und füllig. Er trug keine Kopfbedeckung, wie um zu demonstrieren, wie abgehärtet er gegen die Kälte war, und sein grauschwarzer Wollmantel war aufgeknöpft. Sein rundes Gesicht war von einem grau melierten Bart umrahmt, die braunen Haare waren kurz geschnitten, sodass sie ein scharfes V über der hohen Stirn bildeten. Er hatte eine auffällige Narbe auf der Wange, unergründliche dunkle Augen und dicke, zusammengepresste Lippen. Sein Aussehen war immer noch das des KGB-Killers, der er vor dreißig Jahren gewesen war.

Jetzt!

Mit langen Schritten trat Bourne auf den russischen Verteidigungsminister zu, ohne den bärtigen Killer aus den Augen zu lassen, der an einem Stand Plüschbären begutachtete – wie ein Vater, der ein passendes Geschenk für sein Kind suchte, nicht wie ein Killer, der seinem Opfer auflauerte. Der Mann machte keine Anstalten, auf Kotow zuzugehen. Noch nicht. Bourne beobachtete jedoch, wie seine Lippen sich bewegten, und sah ein Mikrofon unter seiner Fellmütze vorragen.

Die Uhr in Bournes Kopf tickte. Die Zeit war knapp.

»Minister Kotow«, sprach er den Russen an, als er nahe genug herangekommen war. Der Mann sah ihn sichtlich angespannt an – überrascht, dass ein Fremder ihn mit seinem Namen ansprach. »Ich hatte gehofft, dass wir uns auf der Konferenz treffen. Mein Name ist Briggs. Charlie Briggs. Wir hatten voriges Jahr in Kopenhagen nach dem Telekom-Kongress ein paar Drinks zusammen. Sie, ich und Dr. Malenkow.«

Kotow war ein Profi mit ausgeprägtem Überlebensinstinkt. Jeder aus der alten Silowiki-Garde von Putins Gefährten in den ehemals sowjetischen Militär- und Geheimdienstkreisen war sich bewusst, dass dieser Tag einmal kommen konnte. Vor allem ein Mann wie Kotow, der seit fast zehn Jahren als Doppelagent für die USA tätig war. Der Mann nahm einen langen Zug von seiner Zigarette, als könnte es die letzte sein, doch seine Stimme blieb ruhig. »Sind Sie sicher, dass Dr. Malenkow dabei war? In Kopenhagen?«

Der Russe kannte die Bedeutung der CIA-Codewörter.

Malenkow. Kopenhagen. *Sie sind aufgeflogen. Ihr Leben ist in Gefahr.*

»Ja. Wir waren in einer Kneipe im Nyhavn«, bekräftigte Bourne. »Dr. Malenkow hatte ein bisschen zu viel Aquavit, wenn Sie sich erinnern.«

»Ja, stimmt. Es war ein netter Abend, Mr. Briggs.«

»Hätten Sie vielleicht zehn Minuten Zeit? Meine Firma hat gerade eine verbesserte Version unserer Sicherheitssoftware erstellt. Ich könnte Ihnen die wichtigsten Neuerungen zeigen.«

Kotows Blick schweifte über den Markt, bis er sah, was Bourne sah. Die Killer. Er zertrat die Zigarette im Schnee. »Ja, gern.«

»Mein Hotel ist ganz in der Nähe.«

»Das trifft sich gut.«

Die beiden Männer durchquerten zusammen den Markt. Der Wind wirbelte den Schnee in kleinen Wolken auf. Der bärtige Killer schaute in ihre Richtung und meldete wahrscheinlich, dass die Situation sich geändert hatte. Kotow war nicht allein. Dann folgte ihnen der Bärtige zwischen den Marktständen. Bourne führte den Russen mit der Hand an seinem Ellbogen an einem Stand mit Duftkerzen vorbei.

Nova meldete sich über Funk. »Er ist zehn Schritte hinter dir.«

»Ich brauche ein Ablenkungsmanöver.«

»Verstanden«, bestätigte sie. »Wenn du den ersten Schuss hörst, ist er genau zwei Schritte hinter dir. Geh zur Kathedrale.«

»Wir sehen uns dort.«

Bourne ging weiter, ohne schneller oder langsamer zu werden, ohne sich anmerken zu lassen, dass er seinen Verfolger entdeckt hatte. Er war einfach nur ein amerikanischer Geschäftsmann, der mit einem russischen Politiker ins Gespräch kommen wollte. Er tat so, als friere er, steckte die Hände in die Taschen und schloss die Finger um den Pistolengriff.

Neben ihm schlenderte Kotow scheinbar sorglos weiter. »Ich nehme an, wir werden verfolgt.«

»Ja. In ein paar Sekunden werden Schüsse fallen. Bleiben Sie dicht bei mir.«

»Wie wird Mrs. Schultz mich aus dem Land bringen?«

»Unsere Aufgabe ist es, Sie zu Holly zu bringen. Wie es weitergeht, ist Ihre Sache.«

Bourne konzentrierte sich auf das Knirschen der Schuhe hinter ihm, das immer lauter wurde, je näher der bärtige Killer herankam. Sein Gehirn stellte eine automatische Berechnung an; er schätzte, dass der Mann noch vier Schritte entfernt war.

»Vier Schritte«, bestätigte Nova seine Einschätzung. »Er geht schnell.«

»Bin bereit.«

Bourne legte den Zeigefinger um den Abzug. Im nächsten Augenblick krachte ein Schuss, Glas splitterte, und auf dem Markt brach Panik aus. Bourne zog die Pistole, wirbelte herum und sah den Bärtigen zwei Schritte hinter sich. Trotz des Ablenkungsmanövers hob der Mann geistesgegenwärtig seine Pistole, doch er war nicht schnell genug. Bourne jagte ihm eine Kugel in die Stirn, und der Killer sackte zu Boden.

Nova schoss weiter in die Luft. Leute schrien und rannten panisch in alle Richtungen. Bourne zog Kotow durch die Menschenmenge zur Südseite des Platzes. Als sie sich dem Rathaus näherten, musterte er jedes einzelne Gesicht, nach dem nächsten Killer Ausschau haltend. Überall strömten die Leute vom Rathausplatz in die umliegenden Gassen.

Es war das absolute Chaos.

Nur eine alte Frau blieb in der allgemeinen Panik völlig ruhig.

Zu ruhig.

Die Frau – sie war mindestens achtzig und trug bunte Bauernkleidung – verkaufte geröstete Maronen neben den Steinstufen des Rathauses. Ein Arm hing steif herab, scheinbar infolge eines Schlaganfalls. Doch ihre scharfen Augen suchten den Platz ab, bis ihr Blick an Bourne und Kotow hängen blieb. Im nächsten Augenblick schnellte ihr steifer Arm hoch.

Sie hielt eine Pistole in der Hand.

»Runter! Runter!«, rief Bourne, packte Kotow und warf sich mit ihm zu Boden. Schüsse krachten, die Kugeln prallten von den Pflastersteinen ab und ließen den Schnee explodieren. Die alte Frau feuerte, bis ihr Magazin leer war, und Bourne spürte ein Brennen in der Hand, als ein Splitter ihn traf. Er rollte sich durch den Schneematsch und drückte dreimal ab. Der erste Schuss schlug in die Wand des Rathauses ein, die beiden nächsten Kugeln bohrten sich in die Brust der Frau. Der Kessel mit den heißen Maronen kippte um, als sie nach vorn sackte.

Bourne half Kotow auf. »Schnell weg!«

Rasch entfernten sie sich vom Rathausplatz und hielten sich dicht an den Schaufenstern der Kullassepa-Straße. Mit der Pistole in der Hand eilte er die Straße hinunter; der ältere Russe hatte Mühe, mit ihm Schritt zu halten. Immer wieder blickte Bourne über die Schulter zurück, konnte aber keinen Verfolger erkennen. Vor ihnen behielt er die Türen und Fenster im Auge. Die Menschenmenge verflüchtigte sich, je weiter sie sich vom Rathausplatz entfernten. Bald waren sie allein in der Dunkelheit.

»Wer sind Sie?«, fragte Kotow keuchend.

»Man nennt mich Cain.«

Kotow blieb stehen, um zu Atem zu kommen. »*Cain?* Sie sind Cain? Ich habe von Ihnen gehört.«

»Wirklich?«

»Man erzählt sich so einiges. Der Mann ohne Erinnerung. Ohne Vergangenheit.«

Bourne zeigte keine Reaktion, doch er spürte ein Dröhnen im Kopf, als würde eine Meereswelle über ihn hereinbrechen. So ging es ihm meistens, wenn jemand seine Vergangenheit ansprach. Was Kotow gesagt hatte, entsprach der Wahrheit: Bourne hatte sein Gedächtnis verloren, nachdem er bei einer Treadstone-Mission einen Kopfschuss erlitten hatte und beinahe ums Leben gekommen wäre. In diesem Augenblick war sein ganzes bisheriges Leben ausgelöscht worden. Er hatte bei null anfangen müssen, ohne zu wissen, wer er wirklich war.

Doch jetzt war nicht der Moment, sich damit zu beschäftigen.

Die Zeit war knapp, seine Vergangenheit unwichtig. Es zählte nur, was in diesem Augenblick geschah.

»Kommen Sie«, drängte Bourne und zog Kotow mit sich. »Wir müssen weiter.«

»Wer hat mich verraten?«, fragte der Russe.

»Das ist unwichtig. Putin weiß jedenfalls, dass Sie gegen ihn vorgehen wollen. Sie können nicht mehr in Ihre Heimat zurück.«

Kotow zuckte mit den Schultern. »Mir war immer klar, worauf ich mich eingelassen habe und dass ich irgendwann den Preis dafür bezahlen werde.«

»Er wird nichts unversucht lassen, um Sie zu finden.«

»Ich kenne seine Methoden, glauben Sie mir. Damals beim KGB war er mein Mentor. Später habe ich Missionen in ganz Europa geleitet, mit denen ich ihm geholfen habe, seine Machtbasis zu konsolidieren. Aber jetzt steht er der Veränderung im Weg. Er muss weg.«

»Er wird sich an der Macht halten, solange die Silowiki und die Oligarchen ihn stützen«, hielt Bourne dagegen.

»Die sind nur von Eigeninteresse getrieben. Viele von ihnen denken heute schon so wie ich.«

»Mag sein, aber das würden sie nie offen sagen. Ab sofort wäre es gefährlich, sich mit Ihnen einzulassen. Haben Sie Familie?«

»Meine Frau ist tot. Meine Tochter wird sich von mir lossagen.«

»Das wird vielleicht nicht genügen.«

Bourne sah den Anflug einer emotionalen Regung in Kotows Gesicht.

»Glauben Sie mir, ab sofort bin ich für sie gestorben.«

Bourne hob eine Hand, um ihn zum Schweigen zu bringen. Am Ende der Straße gelangten sie zu einem Fußweg, der am Gelände der mittelalterlichen Nikolaikirche vorbei- und den Hügel zur alten Stadtmauer hochführte. Der Kirchturm ragte zwischen schneebedeckten Bäumen empor. Es war still ringsum, im Schnee waren keine Fußabdrücke zu sehen. Dennoch sagte ihm sein Instinkt, dass hier irgendwo neue Gefahr drohte.

»Hören Sie das?«, murmelte er.

Kotow blieb stehen. »Musik?«

»Ja.«

Ganz in der Nähe durchbrach ein Radio die Stille. Der Wind trug laute Popmusik herüber. Bourne versuchte auszumachen, woher die Musik kam, doch sie hallte von den umliegenden Gebäuden wider – bis sie plötzlich verstummte.

Es war ein Beatles-Song gewesen. *Nowhere Man.*

»Gehen wir weiter«, drängte er den Russen ungeduldig. »Wir sind fast da.«

In zwei Minuten würden sie die Newski-Kathedrale erreichen. Sie stiegen die Stufen zum Dänischen Königsgarten hinauf. Von diesem erhöhten Standpunkt aus konnte man die Lichter der Wolkenkratzer sehen, dahinter als dunklen Fleck die Ostsee. Ein beißender Wind wehte durch den Garten. Vor der Mauer sah Bourne die geisterhaften Statuen von Mönchen, deren Kutten der Schnee weiß gefärbt hatte.

Seine innere Stimme schrie: *Bedrohung!*

Und tatsächlich sah er Fußspuren, die der frische Schnee noch nicht zugedeckt hatte. Jemand erwartete ihn.

Einer der gebeugten Mönche bei der Mauer schien sich zu bewegen. Ein Mann sprang hinter der Skulptur hervor und feuerte, doch Bourne hatte sich bereits auf ein Knie niedergelassen, sodass die Kugeln über ihn hinwegpfiffen. Er hob den Waffenarm und drückte ab. Der Mann sackte zu Boden, doch als Bourne sich aufrichtete, musste er feststellen, dass die Verfolger einen Bauern geopfert hatten, um einen Springer hinter ihm in Position zu bringen.

Der Lauf einer Pistole bohrte sich in Jasons Hinterkopf.

»Cain«, sagte eine Stimme. »Lassen Sie die Waffe fallen.«

Bourne ließ die Pistole in den Schnee fallen, hob die Hände und drehte sich langsam um. Der Mann vor ihm, der die Pistole auf Bournes Gesicht richtete, war kaum älter als fünfundzwanzig. Seine zotteligen Haare trug er zu einem Pferdeschwanz zusammengebunden. Trotz seiner Jugend strahlte er eine selbstsichere Reife aus, die auf eine professionelle Geheimdienstausbildung hindeutete. Er sah jedoch nicht wie ein Agent des russischen FSB aus und schien nicht einmal Russe zu sein. Bourne war schon vielen Geheimagenten begegnet, aber keinem wie diesem jungen Mann. Er hatte so gar nichts von einem Angehörigen irgendeiner Regierungsbehörde an sich.

»Lenin«, murmelte der Mann in ein Mikrofon. »Ich habe sie. Du hast recht gehabt – Cain ist bei Kotow. Anweisung?«

Bourne beobachtete das Gesicht des Killers, als er der Antwort lauschte, die er per Funk erhielt. Jason wusste, dass soeben sein Todesurteil gefällt worden war. Er starrte in den Lauf der Pistole, roch aber keinen Rauch. Dieser Mann hatte nicht dem FSB-Team angehört, das auf dem Rathausplatz gelauert hatte. Er gehörte zu einem anderen Team.

Wer war der Kerl?

Und wer war *Lenin*?

Doch für solche Fragen war jetzt keine Zeit. In zwei Sekunden würde Bourne tot sein. Er sah den Finger des jungen Mannes am Abzug zucken. Dann explodierte ein Schuss im

Park. Das Gesicht des Mannes zeigte einen überraschten Ausdruck, dann schloss er die Augen und sackte zu Boden. Das Blut aus der Schusswunde im Kopf malte einen roten Fleck in den Schnee.

Von der Treppe trat Nova zu ihnen herüber. Der Wind wehte ihr die langen schwarzen Haare ins Gesicht. »Muss ich dich jedes Mal retten, Cain?«

»Sieht so aus.«

»Wir müssen weiter. Holly wartet schon.«

Die drei eilten durch ein Tor in der Steinmauer und stiegen auf dem schneebedeckten Gehsteig zu den hell erleuchteten Zwiebeltürmen der Alexander-Newski-Kathedrale hoch. Hinter der Kirche waren die rosafarbenen Wände des estnischen Parlamentsgebäudes zu erkennen. Mit Kotow zwischen ihnen eilten Bourne und Nova weiter, die Pistolen schussbereit in den Händen. Jason wusste, dass da noch jemand in der Nähe war; das Problem war nur, dass er keine Ahnung hatte, wer.

Lenin! Wer ist Lenin?

Beim Treffpunkt konnte er jedoch keine Anzeichen eines Hinterhalts erkennen.

Auf einer Bank gegenüber der Kathedrale saß eine Frau in den Vierzigern. Obwohl es längst dunkel war, trug sie eine schwarz getönte Sonnenbrille. Quer über dem Schoss hatte sie einen Gehstock liegen. Ihre Statur erinnerte ein bisschen an einen Vogel; ihre dunklen Haare trug sie im Stil von Audrey Hepburn. Neben ihr hockte ein gelber Labrador. Als der Hund Bourne und die beiden anderen kommen sah, bellte er dreimal kurz.

Da kommen drei Leute.

»Danke, Sugar«, sagte die Frau und drehte den Kopf, als sie zu ihr traten. Sie hörte die drei, konnte sie aber nicht sehen. Holly Schultz, die für Russland zuständige Chefanalystin der CIA, war blind.

»Mrs. Schultz«, sagte Kotow. »Es ist einige Zeit vergangen, seit wir uns zum ersten Mal begegnet sind. Bei der St. Paul's Cathedral, nicht?«

»Exakt, Grigori. Tut mir leid, dass wir so plötzlich eingreifen mussten, aber es war dringend.«

»Den Eindruck hatte ich auch.«

»Sie wissen, was jetzt sein muss?«

Bourne sah einen schmerzhaften Ausdruck in Kotows Gesicht, als würde ihm jetzt erst bewusst, dass er nie wieder in sein Heimatland zurückkehren konnte. »Ja, natürlich.«

Der Russe drehte sich zu Bourne und drückte ihm fest die Hand. Als er auch Nova die Hand schüttelte, blieb sein Blick lange auf ihrem Gesicht haften. Novas Schönheit verfehlte fast nie ihre Wirkung. »Ich danke Ihnen beiden für Ihre Hilfe.«

»Viel Glück«, sagte Bourne.

»Um die nächsten Schritte wird sich Dixon kümmern«, erklärte Holly. »Es ist alles vorbereitet.«

Wie aufs Stichwort rollten zwei Autos hinter der Kathedrale hervor – eine dunkle Limousine mit getönten Scheiben und ein weißer Kastenwagen mit der Werbeaufschrift eines in Helsinki ansässigen Malerbetriebs. Auf dem Dach des Vans waren Leitern montiert. Die beiden Fahrzeuge hielten vor der Bank, auf der die CIA-Agentin saß, und ein athletischer dunkelhäutiger Mann stieg auf der Beifahrerseite der Limousine aus. Er war etwa dreißig Jahre alt, gut aussehend und trug einen dunklen Anzug. Bourne kannte ihn. Wo immer Holly Schultz und Sugar sich aufhielten, war auch Dixon Lewis nicht weit.

»Minister«, wandte er sich an Kotow und deutete auf den Kastenwagen. »Können wir? Wir haben nur wenige Minuten. Dieser Teil der Reise wird leider etwas unbequem.«

»Kein Problem.«

Die beiden Männer gingen zum Heck des Vans. Bourne hörte, wie Türen geöffnet und zugeschlagen wurden. Zwei Minuten später kam Dixon allein zurück und strich seinen Anzug glatt. Mit einem höflichen Gruß verabschiedete er sich von Bourne und Nova und ging zur Limousine.

Die beiden Fahrzeuge brausten los und verschwanden in der Dunkelheit.

»Mit der Autofähre nach Helsinki?«, mutmaßte Bourne. »Ist das sein Fluchtweg?«

Holly lächelte, ohne Bournes Vermutung zu bestätigen. Sie erhob sich von der Bank und kraulte Sugars Kopf. »Ich danke Ihnen beiden für Ihren Einsatz. Ich werde Nash Rollins wissen lassen, dass Sie wieder mal ausgezeichnete Arbeit geleistet haben.«

Das war alles. Die Mission war vorbei.

Holly tippte mit ihrem Stock zweimal auf den Boden, worauf Sugar lostrottete und sie durch den Schnee in Richtung des Parlamentsgebäudes führte. Bourne sah der Agentin im braunen Trenchcoat nach, bis sie hinter der Kathedrale verschwand. Nova und er blieben allein zurück.

»Das war's dann für uns«, bemerkte Bourne mit einer gewissen Bitterkeit.

»Holly und Dixon halten sich bedeckt, was ihre Operationen betrifft«, rief Nova ihm in Erinnerung. »Das ist nichts Neues.«

Bourne blickte zum leeren Park zurück. Sein Instinkt witterte immer noch eine Bedrohung in der dunklen, schneebedeckten Landschaft. Sie wurden beobachtet. Jason und Nova entfernten sich von der Kirche. Nach wenigen Schritten blieb er abrupt stehen, als er erneut Musik vernahm, zuerst ganz laut, dann verklang sie nach und nach. Er hatte nur ein paar Wörter des Sängers aufgeschnappt.

Es war wieder ein Beatles-Song.

Nein, falsch. Diesmal war es John Lennon solo. *Mind Games.*

Automatisch ergänzte sein Gehirn den Rest des Textes. Während er über die Bedeutung des Songs nachdachte, kam ihm ein anderer Gedanke.

Nicht Lenin. *Lennon.*

Eine halbe Stunde später stand Bourne am Fenster ihres Hotelzimmers und schaute auf den Hafen von Tallinn hinunter. Soeben hatte eine Autofähre von Terminal D abgelegt, die durch den Finnischen Meerbusen nach Helsinki unterwegs war. Irgendwo auf den unteren Decks stand wahrscheinlich ein weißer Kastenwagen, in dem Grigori Kotow in einem geheimen Abteil verborgen war.

Nova trat zu ihm ans Fenster, mit zwei Weingläsern in der Hand. Sie hatte sich bereits ausgezogen; ihr nackter Körper war ein einziges Gemälde aus fantasievollen Tätowierungen, darunter Rosen, griechische Götter und Masken südamerikanischer Stammeskulturen. Zwischen ihren vollen Brüsten baumelte eine goldene Kette mit einer antiken griechischen Münze in einer runden Einfassung. Jason wusste, dass die Kette einst ihrer Mutter gehört hatte. Nova nahm sie nie ab. Wirklich nie.

Sie hob sich auf die Zehenspitzen, knabberte spielerisch an seinem Ohr und hauchte Küsse auf seinen Hals. Ihre Zunge malte kleine Kreise auf seine Haut. Die Frau, die kurz zuvor einem Mann eine Kugel in den Kopf gejagt hatte, war schon ganz auf das Liebesspiel eingestimmt.

Es war eine der Eigenschaften, die ihn an ihr faszinierten; sie konnte mühelos zwischen ihren verschiedenen Identitäten hin und her wechseln, war in einem Moment die abgebrühte Spionin und Killerin, im nächsten die feurige Geliebte. Er war drauf und dran, sich in sie zu verlieben. Das war gefährlich für sie beide.

Regel Nummer eins: Geh keine emotionalen Bindungen ein. Treadstone.

»Lass los, Jason«, murmelte Nova; sie spürte, dass die Mission ihn immer noch beschäftigte.

Er schüttelte den Kopf. »Wir übersehen etwas Wichtiges.«

»Der Auftrag ist erledigt. Kotow ist in Sicherheit.«

»Wirklich – oder sieht es nur so aus?«

Bournes Blick folgte den Lichtern der Fähre auf dem offenen Wasser. Im nächsten Augenblick bekam er die Antwort. Die Nacht verwandelte sich in helllichten Tag, ein Feuerball tauchte den Hafen in grelles Licht. Eine Druckwelle breitete sich vom Meer her aus, zertrümmerte die Fenster des Hotels, ließ den Boden unter ihnen beben und riss sie von den Beinen. Die Explosion dröhnte wie Kanonendonner in seinen Ohren.

Lange Sekunden der Dunkelheit verstrichen.

Taub und benommen rappelte Jason sich auf die Knie hoch. Neben ihm lag Nova bewusstlos auf dem Boden, Glasscherben funkelten auf ihrer tätowierten Haut. Bourne vergewisserte sich, dass sie am Leben war, dann stand er auf und taumelte zum Fenster. Selbst auf diese Entfernung spürte er die Hitze im Gesicht und roch das brennende Benzin.

Draußen in der Bucht von Tallinn war von der Fähre nichts mehr übrig als Flammen und Rauch.

ERSTER TEIL

1

London
Gegenwart

Vadik Reznikow roch das Tränengas, das vom Green Park herübergeweht wurde. Selbst auf diese Entfernung brannte es ihm in den Augen. Er hörte das rhythmische Trommeln und die zornigen, Parolen skandierenden Stimmen der Demonstranten vor dem Buckingham Palace, wo die Delegierten der WTO mit dem König beim Bankett saßen. Befreundete englische Wissenschaftler hatten ihn eingeladen, sich dem Protest anzuschließen, um den Verantwortlichen klarzumachen, dass sie die Erde verschmutzten und vergifteten, doch Vadik hatte es vorgezogen, sich von der Demonstration fernzuhalten.

»Putin hat seine Augen überall«, sagte er zu den Kollegen. »Wenn ich festgenommen werde, komme ich nie wieder nach Hause.«

Es war eine Tatsache, doch in Wahrheit hatte Vadik Wichtigeres in London zu tun.

Es war fast schon dunkel an diesem Juniabend. Vadik stand bei der U-Bahn-Station Green Park mit einem Becher Americano, den er sich in einem Costa Coffee ein paar Blocks entfernt geholt hatte. An der Theke hatte er den Namen *Peregrine* genannt, den sie ihm als Kennwort mitgegeben hatten. Als das Mädchen mit den vielen Piercings ihm den Kaffee gebracht hatte, war da der Name »Richard Branson« auf dem Becher zu lesen gewesen.

Er hatte den halben Code. Jetzt brauchte er noch die andere Hälfte.

Nervös beobachtete er, wie immer mehr schwarz gekleidete Demonstranten aus der U-Bahn-Station strömten. Es war jede Menge Polizei in der Gegend. Er hatte keinen Grund, anzunehmen, dass er beobachtet wurde, zumal er alle notwendigen Vorsichtsmaßnahmen getroffen hatte. Dennoch spürte er Angstschweiß im Nacken. Sobald er mit der Umsetzung seines Plans begonnen hatte, würde es kein Zurück mehr geben. Er hatte in Moskau mehrmals Feuer oder Bomben gelegt, doch das waren nur Anschläge auf Öl- und Gasleitungen gewesen. Nie hatte er jemanden getötet, nie jemandem eine Pistole an den Kopf gesetzt und kaltblütig abgedrückt.

Diese Grenze würde er nun überschreiten.

Nur der Tod vermochte die Eliten aufzuschrecken.

Vadik war vor einer Woche dreißig geworden. Er trug einen abgetragenen weißen Sweater und eine weite schwarze Cargohose. Er war dünn und knochig, hatte kurze schwarze Haare, die seine Frau Tati ihm schnitt, und eng stehende Augen mit buschigen schwarzen Brauen. Sein kleiner Mund hatte einen harten Ausdruck.

Ungeduldig trat er von einem Fuß auf den anderen. Er musste seine Kontaktperson im Park finden. Das war seine erste Aufgabe, das nächste Glied in der Kette. Die Kontaktperson würde ihm den Ort des morgigen Treffens nennen, bei dem er die Londoner Mitglieder von Gaia Crusade kennenlernen würde. Doch er wurde hier aufgehalten. Tati sollte längst hier sein. Er konnte nicht weg, ohne sich zu vergewissern, dass sie sicher in ihrer gemeinsamen Mietwohnung war.

Wie lange dauerte es, mit einem Haufen steinalter, todlangweiliger Klimawissenschaftler zu Abend zu essen? Sie waren alle scharf auf seine Frau – dabei würde keiner von ihnen auch nur zehn Minuten mit Tati im Bett durchhalten, bevor ihn ein Herzinfarkt ins Jenseits beförderte.

»Hallo, Vadik.«

Er atmete erleichtert aus, als er in der Menschenmenge, die aus der U-Bahn-Station strömte, seine Frau erblickte. Wie immer wirkte sie, als würde sie mit den Gedanken weit weg dahinschweben. Ihre schwarze Brille rutschte ihr von der Nase, und sie schob sie gewohnheitsmäßig hoch. Sie war größer als er, und wenn sie – so wie jetzt – auch noch High Heels trug, fühlte er sich neben ihr wie ein Zwerg. Ihre langen blonden Haare waren von lavendelfarbenen Strähnen durchsetzt. Sie hatte volle Lippen, graue Augen und trug einen goldenen Ohrring in ihrer langen, schmalen Nase. In Vadiks Augen sah sie wie ein Model aus, obwohl sie als Klimaforscherin sechs Monate auf der russischen Forschungsstation Wostok verbracht und anhand eines aus dem Eispanzer der Antarktis gebohrten Eiskerns die Klimabedingungen der fernen Vergangenheit erforscht hatte.

»Warum kommst du so spät?« Er zog seine Frau in eine weniger belebte Seitenstraße. Sie bewohnten ein kleines Apartment in Mayfair, das sie sich dank Tatis wohlhabender Familie leisten konnten. Er redete nicht gern über seine Abhängigkeit von der Welt der Privilegierten, die er zu zerstören trachtete.

»Ich habe auf dem Bankett einen Freund getroffen«, erklärte sie. »Wir haben uns eine Weile unterhalten.«

»Welchen Freund?«

»Du kennst ihn nicht.«

»Ein Wissenschaftler?«

»Nein. Ich habe ihn während meiner Promotionszeit kennengelernt.«

Manchmal dachte er, Tati erfand diese Geschichten nur, um ihn ein bisschen zu quälen. Sie waren erst ein Jahr verheiratet, und er war furchtbar eifersüchtig. Tati schien sich gar nicht bewusst zu sein, wie attraktiv sie war.

»Ich will, dass du heute Abend in der Wohnung bleibst«, sagte Vadik. »Die Proteste werden eskalieren – es ist gefährlich auf den Straßen.«

»Mir passiert schon nichts, Vadi.«

»Hörst du nicht, was hier los ist?«

Hinter ihnen heulten Sirenen, mehrere maskierte junge Leute rannten an ihnen vorbei, während er mit Tati die Straße hinuntereilte. Zwei Blocks weiter gelangten sie zu dem dreistöckigen Backsteinhaus, in dem sie wohnten. Seine Frau stieg die Stufen zur Haustür hinauf und zog den Schlüssel hervor, doch Vadik blieb auf dem Bürgersteig. Sie drehte sich zu ihm um und sah ihn überrascht an.

»Kommst du nicht?«

»Nein, ich gehe noch auf einen schnellen Drink.«

»Dann komm ich mit.«

»Nein, es dauert nicht lang. Geh schon mal rein, nimm ein Bad und warte im Bett auf mich.«

Tati zuckte die Achseln und rückte ihre Brille zurecht. Bestimmt würde sie nicht im Bett auf ihn warten, sondern ein Wissenschaftsmagazin lesen, wenn er zurückkam. Im Vergleich zur Wissenschaft war Sex für sie eher nebensächlich.

Vadik wartete, bis sie im Haus war. Dann eilte er los, um sich wieder ins Getümmel zu stürzen. Zwischen roten Bussen und schwarzen Taxis, die im zum Erliegen gekommenen Verkehr feststeckten, überquerte er die Straße und näherte sich dem Green Park. Die Straßenlaternen malten kleine Lichtflecken in die Rauchwolken, in denen die Protestierenden zu geisterhaften Gestalten wurden. Mit gesenktem Kopf eilte er durch den

Park, eine Hand in der Tasche, den Kaffeebecher in der anderen Hand.

Einen Moment lang fragte sich Vadik, ob er nicht einen schweren Fehler machte. Vielleicht tappte er in eine Falle von Interpol oder, noch schlimmer, des FSB. Der Geheimdienst mischte sich gern unter die Russen, die in London lebten oder arbeiteten, und suchte nach Verrätern. In Moskau war er über gute Freunde zu Gaia Crusade gekommen, aber online wusste man nie, mit wem man es zu tun hatte. Vielleicht war es klüger, umzukehren und den Abend mit Tati zu genießen. Doch er konnte jetzt nicht mehr zurück. Zu wichtig war die Sache, für die er sich einsetzte.

Die Veränderung duldete keinen Aufschub. Die Erde stand kurz vor dem Zusammenbruch.

Da! Unter den Lichtern des Parks sah er einen Zeitungskiosk, dessen Reklameschild mit der großen Schlagzeile versehen war: PROTESTE LÖSEN *CHOAS* BEIM BUCKINGHAM PALACE AUS. Das Wort »Chaos« war absichtlich falsch geschrieben.

Das war sein Signal für den nächsten Schritt.

Das war seine Kontaktperson.

Vadik trat auf den Zeitungsverkäufer zu, einen indischen Jungen, der nicht älter als zwanzig zu sein schien, mit gegelten Haaren und buschigem Bart. Er trug ein T-Shirt mit einer schematischen Darstellung des Londoner U-Bahn-Netzes. Die glatte Haut seines Unterarms war mit einer Tätowierung dekoriert, die das Bill-Murray-Chive-Porträt in kleinen grauen Quadraten darstellte.

»Guten Abend, mein Freund«, sagte Vadik.

Der Junge sah ihn mit einem breiten Grinsen an. »Guten Abend, Sir.«

»Bist du auch ein Freund unserer Erde?«

Vadik sah, wie der Blick des Verkäufers nach links und rechts sprang. »Das bin ich, Sir. Absolut.«

»Gaia braucht unsere Hilfe.«

»Unbedingt. Wenn wir sie lieben, wird sie gut zu uns sein.«

»Wie heißt du, mein Freund?«

»Pranav, Sir.«

»Ich bin zum ersten Mal in London, Pranav«, sagte Vadik. »Ich will alle Eindrücke festhalten, darum mache ich Selfies mit allen, die mir begegnen. Darf ich ein Foto von uns beiden knipsen?«

»Klar, Sir.«

Vadik stellte sich neben Pranav und zog sein Einweghandy aus der Tasche. Der junge Zeitungsverkäufer strich sein T-Shirt glatt und machte mit zwei Fingern das Victory-Zeichen. Statt auf ihre Gesichter fokussierte Vadik die Kamera auf das Bill-Murray-Tattoo.

Die Kamera scannte den QR-Code, der in der Tätowierung verborgen war.

»Danke.« Vadik legte eine Ein-Pfund-Münze auf den Tresen und nahm sich eine Zeitung. »Pass auf dich auf, Pranav.«

»Ja. Sie auch auf sich, Sir.«

Vadik klemmte sich die Zeitung unter den Arm und ging weiter. Mit einem flauen Gefühl im Magen schaute er zu den schattenhaften Gestalten der jungen Leute, die sich der Demonstration anschlossen oder sie verließen. Irgendwo hatte jemand etwas angezündet; Rauch hing in der Luft. Er hatte das ungute Gefühl, dass jemand ihn belauerte und sein Gespräch mit Pranav belauscht hatte. Es gab so viele Möglichkeiten, sich in dem dunklen Park zu verstecken, so viele Augen, die ihn beobachten konnten.

Er ging zu einer freien Bank, setzte sich, warf den Kaffeebecher in den Abfalleimer und zog sein Handy hervor. Durch den

QR-Code, den er vom Unterarm des Zeitungsverkäufers gescannt hatte, gelangte er zu einer Website für Online-Glücksspiele. Er ignorierte die Wettquoten für die bevorstehenden Fußballmatches und scrollte zu einem Suchfeld am unteren Seitenrand. Hier gab er den Namen »Richard Branson« ein. Als er den Button anklickte, leitete der Browser ihn zu einer anderen Webseite weiter.

Diese Seite war über Google nicht zu finden. Sie war völlig anonym. Nichts auf der Seite ließ erkennen, wer sie betrieb und welchen Inhalt sie hatte. Vadik sah nur eine Textzeile in einer Chatbox, die ihm verriet, wann und wo das Treffen morgen stattfinden würde.

Freitag. 22:00. The Lonely Shepherd.

Darauf hatte er gewartet. Sein Beitrag zur Arbeit von Gaia Crusade nahm konkrete Formen an.

Diesen Anschlag in London würde man als ein Ereignis von historischer Tragweite wahrnehmen. Die Eliten würden erkennen, dass niemand sicher war. Vadik hatte Informationen, die es ihnen ermöglichen würden, mitten im Machtzentrum von Putins Russland zuzuschlagen.

Das Ziel waren die Oligarchen. Die Milliardäre.

Er tippte eine Nachricht ein:

Es lebe Gaia! Gennadi Sorokin kommt nach London!

Stunden später stieg der junge Zeitungsverkäufer an der Haltestelle London Fields aus dem Zug. Durch eine Gasse ging er zu dem Park, an dem die Wohnung seiner Familie in Hackney lag. Es war fast zwei Uhr nachts. Er war beschwipst von den Bieren, auf die die Demonstranten ihn im Pub eingeladen hatten, und seine Augen waren noch feucht vom Tränengas. Seine gereizte Lunge ließen ihn husten, was ihn an seinen Kampf gegen die Covid-Infektion letztes Jahr erinnerte.

Die Gasse war menschenleer, nur ein paar Autos parkten auf dem Gehsteig. Alle Fenster waren dunkel. Nachdem der Zug aus der Haltestelle gerollt war, herrschte völlige Stille ringsum.

Nein, nicht ganz.

Er blieb stehen und lauschte.

Musik. Ein Song, den er kannte: *Revolution* von den Beatles. Pranav zuckte mit den Schultern. Einer der Radikalen, die in die Stadt gekommen waren, um gegen die Politik der WTO zu protestieren, träumte anscheinend davon, die Weltherrschaft zu übernehmen.

Pranav hielt nichts von Revolutionen. Den Planeten zu retten war gut und wichtig, aber sonst ging es ihm vor allem darum, Geld für seine Familie zu verdienen. Der Brite mit den roten Haaren hatte ihm tausend Dollar dafür gegeben, sich dieses schräge Bill-Murray-Tattoo machen zu lassen und es von den Freunden der Erde fotografieren zu lassen. Damit hatte er kein Problem.

Trotzdem waren diese ganzen Proteste für ihn ein lächerlicher Zirkus.

Pranav blieb beim Eingang zum Park in der Martello Street stehen. Als er durch das Tor trat, hörte er die Musik wieder, diesmal viel näher. Ja, eindeutig *Revolution.* Er sah sich um, konnte in der Dunkelheit aber niemanden erkennen. Achselzuckend betrat er die Grasfläche und durchquerte sie, um zu dem Apartmenthaus auf der anderen Seite des Parks zu gelangen, in dem seine Eltern wohnten, zusammen mit seinen vier Brüdern, der Frau seines ältesten Bruders und deren kleiner Tochter. Sie alle lebten schon seit fünfzehn Jahren in London, seit Pranav ein kleiner Junge gewesen war. An seine Kindheit in Mumbai erinnerte er sich kaum noch.

Da war es wieder! Die Beatles.

Woher kam die Musik?

Pranav blickte sich in der Dunkelheit um. Diesmal sah er jemanden neben einem dicken Baumstamm stehen. Der Mann war nur als Schatten zu erkennen, die Hände in den Hosentaschen vergraben. Die gedämpfte Musik kam eindeutig von ihm. Dann verstummte sie plötzlich, und der Fremde trat von dem Baum weg.

»Hallo, Pranav.«

Der Mann kannte ihn?

»Wer ist da?«, rief Pranav zurück und blickte angestrengt auf die dunkle Gestalt.

»Ich will mit dir reden, mein Freund.«

Pranav zögerte. Es war spät, und er war allein. Die Radikalen suchten ihn normalerweise nicht in der Nähe seines Zuhauses auf, aber wenn der Typ unbedingt ein Foto von seinem Tattoo haben wollte, dann war nichts dagegen einzuwenden. Er ging auf den Baum zu, blieb aber stehen, als er sah, dass der Mann eine Maske trug, die sein Gesicht bedeckte und nur einen Schlitz für die Augen freiließ.

»Wer sind Sie?«, fragte Pranav misstrauisch. »Was wollen Sie?«

»Ich will das, was du dem Mann im Green Park gegeben hast. Dem Mann mit dem Kaffeebecher.«

»Wenn Sie Informationen wollen, müssen Sie den Code nennen. So sind die Regeln.«

»Verstehe.«

Der hochgewachsene Mann trat näher. Im Licht der Laterne konnte Pranav durch den Maskenschlitz seine blauen Augen erkennen, die einen beängstigend durchdringenden Ausdruck hatten. Er trug eine dicke Jacke, die viel zu warm für die laue Sommernacht war.

»Hör auf, Spion zu spielen, Pranav, und sag mir, was ich wissen will.«

Pranav spürte etwas tief in der Magengrube. Angst. »Klar. Wie Sie wollen. Kein Problem.«

Doch statt ihm etwas zu verraten, rannte Pranav los. Er musste nur die andere Seite des Parks erreichen, dann war er in Sicherheit. Doch der Maskierte war unglaublich schnell. Pranav hatte kaum zwei Schritte gemacht, da lag er auch schon im feuchten Gras und bekam keine Luft mehr.

Der Mann drehte ihn um und drückte ihm das Knie in die Brust.

»Bitte«, flehte Pranav, während der Kerl ihm die Lunge zusammenpresste. »Lassen Sie mich los.«

»Ja, wenn du mir sagst, was ich wissen will.«

»Ich weiß nichts! Ich werde dafür bezahlt, das ist alles!«

»Die Kontaktpersonen kommen zu dir. Wohin schickst du sie?«

Pranav rang nach Luft. »Bitte!«

Der Mann nahm das Knie von seiner Brust, und Pranav sog gierig die Luft ein.

»Rede«, zischte der Mann ihm zu.

Und Pranav redete. So schnell, wie er noch nie geredet hatte. Die Wörter sprudelten nur so aus ihm heraus, und der Mann hörte aufmerksam zu. Pranav erzählte ihm alles. Über den Briten mit den roten Haaren, über die Leute, die zu ihm kamen, und die seltsame Tätowierung auf seinem Arm.

»Das ist alles!«, keuchte er, als er fertig war. »Ich schwöre, mehr weiß ich nicht! Ich gehöre nicht zu denen!«

»Und die Namen auf den Kaffeebechern?«

»Davon weiß ich nichts!«

Der Mann mit der Maske nickte zufrieden. »Danke, Pranav. Das hast du gut gemacht.«

»Ja, jetzt lassen Sie mich gehen!«

»Zeig mir zuerst dieses Tattoo.«

Pranav hob den Unterarm. Der Mann über ihm lachte sarkastisch, als er mit dem Finger über Bill Murrays Gesicht fuhr. »Ein integrierter QR-Code. So was von schlau.«

»Okay, wenn Sie es sagen! Jetzt lassen Sie mich gehen!«

»Es gibt da nur ein kleines Problem, Pranav.«

»Nein, wieso? Es gibt kein Problem!«

Der Maskierte schob die Hand in die Jackentasche. »Weißt du, ich habe kein Handy dabei, darum kann ich den Code nicht scannen. Du musst mir die URL der Website verraten. Wie finde ich sie?«

»Das weiß ich nicht!«, versicherte Pranav. »Bitte, ich weiß es wirklich nicht!«

»Das habe ich befürchtet. Schade.«

Langsam zog der Mann die Hand aus der Jackentasche, in der er nun ein Messer mit einer scharfen Klinge hielt, die mindestens zwanzig Zentimeter lang war. Pranav riss die Augen weit auf.

»Dann muss ich mir anders behelfen«, fuhr der Mann fort. »Ich muss die Tätowierung haben.«

2

An diesem Freitag machte Jason Bourne, was er jeden Tag um Punkt neun Uhr morgens machte. Er schlenderte nahe der Pont des Invalides die Seine entlang. Die Bateaux-Mouches glitten mit ihren Touristenhorden übers Wasser. Bourne trank starken schwarzen Kaffee, atmete den Duft des Flusses ein und sog die Bilder der Stadt in sich auf: die Liebenden am Fluss, den Eiffelturm am Horizont, die Kalksteinfassaden der Gebäude, den *trottoir*, den von den Hinterlassenschaften der Hunde verunzierten Bürgersteig. Im Gehen musterte er ein Gesicht nach dem anderen und traf jedes Mal eine blitzschnelle Einschätzung.

Bedrohung. Keine Bedrohung.

Paris war sein Lebensmittelpunkt, wenn er nicht auf einer Mission für Treadstone war. Er wusste selbst nicht so genau, warum, aber es zog ihn immer wieder in diese Stadt. Nachdem er sein Gedächtnis verloren hatte, war er hierhergekommen, um Antworten auf seine vielen Fragen zu finden. Er wusste, wer er war, und vor allem, was er war, doch was er von seiner Vergangenheit wusste, fühlte sich für ihn unwirklich an. Seine Herkunft, seine Familie – das alles waren für ihn bloße Fakten, die mit keinen Emotionen verbunden waren.

Selbst der Name, den er heute benutzte – Jason Bourne –, war nicht sein eigener. Man hatte ihm gesagt, dass es der Name eines Mörders war, den er vor vielen Jahren zur Strecke gebracht hatte. Ein übler Kerl. Ein Monster. Er hatte diesen Namen angenommen, als er bei Treadstone begonnen hatte; nun war es die einzige Identität, die ihm geblieben war.

In Paris hatte sein neues Leben begonnen, deshalb hielt er sich auch heute noch in der Stadt auf und führte ein anonymes Leben in einem kleinen Apartment im Quartier Latin, wenn er nicht irgendwo im Einsatz war. Er trainierte täglich mehrere Stunden, um sich die körperlichen Fähigkeiten zu erhalten, von denen oft genug sein Leben abhing. Besonders gern besuchte er die Museen und studierte die Gemälde der großen Impressionisten. Er schlenderte durch die Parks und wartete auf den Tag, an dem jemand aus seiner Vergangenheit auftauchen würde – jemand, dessen Gesicht er nicht wiedererkennen würde und der nur ein Ziel hatte: ihn zu töten.

Die Vergangenheit ist nie vorbei. Treadstone.

Bourne hatte ein kantiges, alles andere als makelloses Gesicht; doch es waren gerade die Unregelmäßigkeiten, die ihn interessant und attraktiv erscheinen ließen. Etwa die kleine Narbe nahe der Schläfe oder die Tatsache, dass eines seiner blaugrauen Augen meist ein wenig zusammengekniffen war. Seine dunkelbraunen, immer etwas ungeordnet wirkenden Haare waren über der hohen Stirn kurz geschnitten. Seinem durchdringenden Blick schien nichts zu entgehen. Er hatte schmale Lippen, die zumeist ausdruckslos blieben und sich nur gelegentlich zu einem ironischen Lächeln krümmten. Er war groß und kräftig; man spürte, dass dieser Körper, wenn nötig, hart zupacken konnte.

In Paris führte er ein abgeschiedenes Leben, hatte keine Freunde und ging Frauen normalerweise aus dem Weg; er gönnte sich höchstens einmal eine kurze, anonyme Affäre. Dieses Leben hatte er sich nicht ausgesucht. Er war ein Einzelgänger, weil seine Tätigkeit es erforderte. In der Vergangenheit hatte es jedes Mal schlimm geendet, wenn er eine enge Bindung eingegangen war. Eine Frau an seiner Seite war automatisch in Lebensgefahr; daraus hatte er die Konsequenzen gezogen. Heute machte er sofort Schluss, wenn er spürte, dass er im Begriff war, sich zu verlieben. Vor einem Jahr hatte er sich auf eine Beziehung mit einer kanadischen Journalistin namens Abbey Laurent eingelassen; er hatte es beendet, als sich zeigte, wie sehr sie sich zueinander hingezogen fühlten. Bourne wollte nicht, dass sie so endete wie die anderen.

Wie Marie.

Und Nova.

Beide hatten ihre Nähe zu Jason Bourne mit dem Leben bezahlen müssen.

Vor allem Nova verfolgte ihn immer noch in seinen Gedanken, als Spionin und als Geliebte. Er hatte keine Fotos von ihr – Agenten fotografierten sich nicht –, doch es fiel ihm nicht schwer, sie sich in Erinnerung zu rufen. Ihren zierlichen, aber kräftigen, mit fantasievollen Tattoos geschmückten Körper. Ihr üppiges schwarzes Haar, das über ihre Brüste fiel. Die Glut in ihren grünen Augen, wenn sie ihn ansah. Das knisternde Gefühl, ihre Haut auf seiner zu spüren. Er konnte sich noch genau an den Schmerz erinnern, mit dem er vor zwei Jahren hatte zusehen müssen, wie Treadstone-Agenten ihren schlaffen Körper weggetragen hatten, nachdem sie bei einem Massaker in Las Vegas getötet worden war.

Nein! Lass es!

Obwohl Bourne ein Mann ohne Gedächtnis war, hätte er doch manchmal gern auch die wenigen Erinnerungen ausgelöscht, die er hatte, weil sie meist mit Tod und Verlust verbunden waren. Wie er so am Fluss entlangschlenderte, wurde ihm klar, dass er keine Zeit hatte, an seine Vergangenheit zu denken. Nicht heute.

Treadstone war zurück.

Ein Stück voraus erblickte Bourne ein am Ufer vertäutes Hausboot. Es war immer da, Tag für Tag. Der lange, schmale Rumpf hätte einen frischen grünen Anstrich gebrauchen können, die Fenster waren mit Sperrholz vernagelt. Das Deck war sonst immer leer; da war nicht einmal ein Picknicktisch oder ein Topf mit welken Blumen.

Doch heute sah er ein rostiges Fahrrad, das mit einer Kette an der Laufplanke des Boots befestigt war. Sonst nichts; nur ein Fahrrad.

Aus diesem Grund kam er jeden Morgen hier vorbei. Manchmal vergingen Wochen oder gar Monate, bis er das Fahrrad wiedersah. Wenn es nicht da war, hatte er einen weiteren Tag seines abgeschiedenen Lebens in Paris vor sich.

Doch heute war das Signal gekommen – und er wusste, was es bedeutete: Nash Rollins war in der Stadt.

Von der Seine ging Bourne auf der *Allée centrale* durch den Garten der Tuilerien. Er war innerlich angespannt. Nash kam nie allein in die Stadt. Bestimmt waren mehrere Treadstone-Agenten im Park postiert – theoretisch, um für ihrer beider Sicherheit zu sorgen, aber in Wahrheit wohl eher, um sich zu vergewissern, dass Bourne nicht aufgeflogen war. Er hatte einen Deal mit Nash: keine Überwachung, wenn er in Paris war. Keine Agenten, die ihn beschatteten. Bislang hatte Nash sich an die Vereinbarung gehalten, doch er wusste, dass es andere bei Treadstone gab, für die Bourne ein Sicherheitsrisiko war.

Leute, die der Meinung waren, dass man einem Mann, der sein Gedächtnis verloren hatte, nicht trauen konnte.

Er sah Nash auf einem Stuhl beim Teich sitzen und die Enten füttern. Bourne setzte sich zwei Stühle entfernt, zog ein Taschenbuch aus der Gesäßtasche und tat so, als würde er lesen.

Es dauerte nicht lange, bis er die anderen Agenten ausfindig machte. Sechs an der Zahl. Allesamt neue Leute, die nicht schwer zu entdecken waren. Er kannte keinen von ihnen.

Nash schwieg mehrere Minuten lang. Er war von kleiner Statur, Mitte fünfzig und ein hartgesottener Veteran im Geheimdienstgeschäft. Sein Gesicht war zerfurcht, die schütteren grauen Haare waren glatt zurückgekämmt. Er trug eine braune Sportjacke über einem weißen Hemd, dessen oberste Knöpfe offen waren, dazu eine weiße Sommerhose und rote Schuhe. Seine Augen waren von einer Schildpattsonnenbrille bedeckt.

An seinem grünen Stuhl lehnte ein Gehstock. Dass er hinkte, war die Folge einer Schussverletzung, die er vor einem Jahr in der Stadt Quebec erlitten hatte. Den Schuss hatte Bourne abgegeben. Damals hatte Nash ebenso wie alle anderen bei Treadstone gedacht, dass Bourne zum Killer geworden war, der auf Rache für Novas Tod aus war.

»Hallo, Jason«, murmelte Nash endlich und wischte sich etwas Vogelfutter von den Händen.

»Nash.«

»Heiß heute. Diese verdammte Erderwärmung.«

»So ist der Sommer in Paris«, erwiderte Bourne.

»Wie geht es dir? Wir haben uns drei Monate nicht gesehen. Gibt es etwas Neues zu berichten?«

»Alles ruhig.«

»Keine Besucher aus der Vergangenheit?«

»Denkst du an jemand Bestimmten?«, fragte Bourne.

Nash zuckte mit den Schultern. »Das nicht, aber man kann nie wissen. Ich habe zwar die Nachricht verbreitet, dass du tot seist, aber die CIA weiß natürlich, dass du noch da bist, und die hat mehr undichte Stellen als ein Sieb. Im Geheimdienstgeschäft ist es ein offenes Geheimnis, dass du gesund und munter bist. Eigentlich sollte niemand wissen, wo du dich aufhältst, aber es empfiehlt sich trotzdem, auf der Hut zu sein.«

»Bin ich immer.«

»Gut. Ich habe eine Anfrage von einer alten Freundin von dir. Sie hat ausdrücklich nach dir verlangt.«

»Wer?«

»Holly Schultz.«

Bourne kniff die schmalen Lippen zusammen, und sein Blick verhärtete sich. »Holly ist nicht unbedingt das, was ich eine Freundin nennen würde.«

»Das verstehe ich.«

»Sie hat Nova und mir die Schuld an Kotows Tod in Tallinn in die Schuhe geschoben. Dabei hat ihr Assistent den Mann auf die Fähre gebracht.«

»Im Geheimdienstgeschäft ist es wie in der Politik; man schiebt sich gegenseitig die Schuld zu. Du weißt ja, wie das Spiel läuft.«

»Was will Holly von mir?«, fragte Bourne.

»Du hast wahrscheinlich gehört, dass die Welthandelsorganisation dieses Wochenende in London ihre jährliche Konferenz abhält. Die Veranstaltung löst immer wieder Protestaktionen und Demonstrationen aus. Diesmal dürfte es zu besonders schweren Unruhen auf den Straßen kommen. Im Darknet kursieren Ankündigungen von Terroranschlägen.«

»Das ist nichts Neues«, meinte Bourne.

»Aber in diesem Fall gibt es eine spezielle Bedrohung, die die CIA einigermaßen beunruhigt. Darum will Holly dich dafür.«

Bourne schwieg einen Augenblick. Er dachte an Tallinn, erinnerte sich daran, wie Holly sich auf dem schneebedeckten Gelände entfernt hatte, von ihrem Blindenhund Sugar geführt. Er erinnerte sich an das Hotelzimmer, in dem Nova und er die verheerende Bombenexplosion erlebt hatten.

Vor allem aber erinnerte er sich an den Beatles-Song.

»Lennon?«, mutmaßte er.

»Exakt.«

»Interpol ist seit drei Jahren hinter ihm her, kommt aber nicht an ihn heran. Warum glaubt Holly, dass ich ihn aufspüren kann?«

»Sie meint, dass dir viel daran liegt, nach dem, was in Tallinn vorgefallen ist. Interpol ist ihm zwar immer noch auf den Fersen, aber Holly will jemanden von unserer Seite. Jemand, der verdeckt operieren kann. Sie hat dabei an dich gedacht.«

»Ich traue ihr nicht.«

»Ich weiß.«

»Damals in Tallinn hat uns jemand verraten«, betonte Bourne. »Lennon wusste, dass Kotow auf dieser Fähre sein würde. Jemand in der CIA muss ihm die Fluchtroute gesteckt haben.«

»Ich weiß, dass du Dixon Lewis im Verdacht hast.«

»Ich nehme an, Dixon arbeitet immer noch für Holly?«

»Soweit ich weiß, ja«, räumte Nash ein. »Hör zu, Jason, ich teile deinen Verdacht, dass damals Verrat im Spiel war, aber der CIA ist es wichtig, dass Treadstone eingebunden ist. Und Holly will nun mal *dich.* Wenn sich hier eine Gelegenheit bietet, Lennon zur Strecke zu bringen, müssen wir sie nutzen. Seit Carlos hatten wir es nicht mehr mit einem Killer zu tun, der über ein so undurchdringliches Netzwerk verfügt.«

Bourne sah sich einen Moment lang im Park um. »Warum sind die sich so sicher, dass Lennon noch aktiv ist? In den meisten Fällen hat sich erst Monate später herausgestellt, dass er hinter einem Anschlag steckte. Er versteht es verdammt gut, seine Spuren zu verwischen.«

»Ich weiß nicht, woher Holly ihre Informationen hat. Vielleicht ist sie einfach nur extrem vorsichtig. Sie scheint aber überzeugt zu sein, dass die Russen diese Gelegenheit nutzen wollen, um zuzuschlagen. Und wenn sie Lennon engagieren, könnte man sie nicht dafür verantwortlich machen.«

»Wer ist das Ziel?«

»Sagt dir Clark Cafferty etwas?«, fragte Nash.

»Der CEO von Right Angle Capital«, sagte Bourne.

»Ja. Right Angle ist einer der weltweit größten privaten Investoren in grüne Energieprojekte. Außerdem ist Cafferty ein wichtiger Berater des Präsidenten und ein entschiedener Gegner von Putins Russland. Er hat die Sanktionen eingefädelt, die im Frühjahr gegen Russland verhängt wurden, um Moskaus schmutziges Geld aus dem Verkehr zu ziehen. Das schmeckt Putin und den Oligarchen natürlich gar nicht. Kommenden Montag hält Cafferty einen Vortrag im Naval College in Greenwich. Holly glaubt, dass Lennon den Mann im Visier hat.«

»Montag?«, sagte Bourne. »Das ist in drei Tagen. Viel Zeit ist das nicht.«

»Darum bin ich heute hier.«

»Die werden bei der WTO-Konferenz doch sicher eine massive Polizeipräsenz haben. Warum wollen sie auch noch mich dort?«

»Holly vermutet, dass Lennon die Sicherheitsvorkehrungen umgehen kann. Es wäre ja nicht das erste Mal. Sie traut dir eher zu, in sein Netzwerk einzudringen.«

Bourne nahm die Sonnenbrille ab und sah Nash an. Die beiden kannten sich schon lange. Im Laufe der Jahre waren sie Kollegen, Freunde und zuletzt auch Feinde gewesen. Bourne kannte den Mann ziemlich gut.

Er wusste, dass Nash ein eingefleischter CIA-Mann war, der stets seine Befehle befolgte und etwaige Zweifel für sich behielt.

Außerdem wusste Bourne, wann Nash log. In diesem Moment log er.

»Da gibt es etwas, was du mir nicht sagst«, hakte Jason nach.

»Was meinst du damit?«

»Du glaubst allen Ernstes, es ginge um einen Racheakt wegen der US-Sanktionen? Deswegen würde Putin nicht riskieren, einen persönlichen Freund des Präsidenten zu eliminieren. Und noch dazu während der WTO-Konferenz? Warum sollte Lennon ausgerechnet dort zuschlagen, wo er mit extremen Sicherheitsvorkehrungen rechnen muss? Viel einfacher käme er an Cafferty heran, wenn der Mann im Urlaub ist oder mit seinem Hund spazieren geht. Worum geht es eigentlich? Warum ist Cafferty wirklich in London?«

Nash blickte über den Teich hinweg zu den Statuen im Tuileriengarten. »Ich habe dir alles gesagt, was ich weiß, Jason. Wenn es da noch etwas gibt, dann behält Holly es für sich.«

Bourne stand von seinem Stuhl auf. Er hatte nicht zugesagt, den Auftrag zu übernehmen, doch das war gar nicht nötig. Nash kannte seinen Mann. Jason würde sich die Gelegenheit nicht entgehen lassen, an Lennon heranzukommen. »Wirst du auch in London sein?«

»Nein. Holly will, dass ich eine Mission in Kalifornien übernehme.«

»Was ist in Kalifornien los?«

»Das weiß ich noch nicht. Aber du bist in London nicht auf dich allein gestellt. Holly wird selbst da sein. Wenn du ankommst, quartiere dich im Radisson Blu im Docklands-Viertel ein. Dort wird sie Kontakt mit dir aufnehmen.«

»Die Leiterin der Russland-Abteilung der CIA wird mit Cafferty in London sein?«

»Ja.«

»Zusammen mit Dixon?«

»Vermutlich.«

»Und das alles nur wegen eines Vortrags?« Bourne schüttelte den Kopf und setzte die Sonnenbrille wieder auf. Seine inneren Alarmglocken schrillten. »Wäre ich wirklich in London, um Lennon zu erwischen? Oder eher als Sündenbock, falls etwas schiefgeht? Das Szenario erinnert verdammt stark an Tallinn.«

Nash schwieg, doch sein Schweigen war Antwort genug.

»Also gut, ich fliege gleich morgen früh«, sagte Jason. »Ich muss aber einen Zwischenstopp einlegen.«

»Wo?«

»In Stockholm. Ich muss mit jemandem reden, der viel mehr über Lennon weiß als du oder ich. Oder als Holly.«

Bourne hatte sich bereits ein paar Schritte entfernt, als der alte Treadstone-Agent ihm mit gedämpfter Stimme nachrief: »Jason.«

»Ja?«

»Was ich vorhin über deine Vergangenheit gesagt habe, war verdammt ernst gemeint«, betonte Nash. »Pass auf dich auf.«

3

Das erste Mal fiel ihm die junge Französin mit dem Bürstenschnitt auf, als er am Bahnhof Châtelet auf den Zug zum Flughafen Charles de Gaulle wartete. Sie war gekleidet wie ein Teenager, doch er sah ihr an, dass sie älter war, als sie sich gab. Sie trug ein Jeanshemd mit Antifa-Aufnähern, knappe Shorts und kniehohe schwarze Stiefel. Ihren schmutzigen Rucksack trug sie lässig auf einer Schulter. Die kurzen Haare waren knallgelb gefärbt, dazu trug sie große weiße Ohrringe. Ihr Outfit zog die ganze Aufmerksamkeit auf sich, sodass man kaum auf ihr Gesicht achtete. Gerade deshalb prägte sich Bourne ihr leicht nach oben gekrümmtes Kinn und die knollige Nasenspitze ein.

Das nächste Mal sah er sie vier Stunden später bei den Taxis am Flughafen Arlanda in Stockholm. Der Rucksack fehlte ebenso wie die Ohrringe. Ihre Kurzhaarfrisur war unter einer kupferroten Perücke versteckt, die Punk-Klamotten hatte sie durch ein Taylor-Swift-T-Shirt und hautenge Jeans ersetzt. Sie hatte keine Mühen gescheut, um anders auszusehen als zuvor, doch sie war es eindeutig, wie Bourne an ihrem Kinn und der knolligen Nasenspitze erkannte.

Er wurde also bereits beschattet.

Sein Taxi brachte ihn zum Waterfront-Kongresszentrum. Von dort ging er zu Fuß zum Hauptbahnhof. Die junge Frau hielt sich in sicherem Abstand. Sie war gut, aber nicht gut genug, um zu merken, dass sie aufgeflogen war. Er kaufte sich ein Ticket für den nächsten Zug nach Uppsala, dann tauchte er in der Menge der Passagiere unter, die aus einem ankommenden Zug ausstiegen, und verließ mit ihnen den Bahnsteig. Von seinem Beobachtungsplatz im Bahnhofsgebäude sah er die Frau nervös am Bahnsteig auf und ab gehen, bis ihr klar wurde, dass er ihr entwischt war. Frustriert schlug sie mit der Faust gegen eine Säule. Sie hatte offenbar noch nicht gelernt, ihre Emotionen im Zaum zu halten. Für eine Agentin war das gefährlich.

Bourne ließ sie auf dem Bahnhof zurück und tauchte in die Straßen Stockholms ein. Er bemerkte keine weiteren Beschatter; umso mehr beschäftigte ihn eine Frage: Für wen arbeitete die junge Frau?

War es Nash, der ihn im Auge behalten wollte? Oder Holly Schultz?

Oder wusste Lennon bereits, dass Bourne ihm auf der Spur war?

Er fand ein unscheinbares Hotel über einem indischen Restaurant im Östermalm-Viertel und wartete, bis es dunkel wurde, ehe er sich wieder ins Freie wagte. Sein Weg führte ihn nach Süden über die Djurgården-Brücke, von wo er auf dem Gehsteig am Wasser entlangging, das die Insel umgab. Hier waren viele Passanten unterwegs, doch die junge Frau tauchte nicht wieder auf. Dennoch drehte er zwei Runden, ehe er auf sein eigentliches Ziel, das Vasa-Museum, zuging. Das Gebäude war geschlossen und dunkel, doch er ging zum Personaleingang auf der Hinterseite und wartete, bis für einen Augenblick keine Touristen unten am Wasser zu sehen waren, ehe er das Schloss knackte.

Drinnen stieg er die Treppe ins Herz des Museums hinunter. Vor sich sah er die schwedische Galeone aus dem siebzehnten

Jahrhundert aufragen wie ein Meeresungeheuer. Die *Vasa* war schon auf ihrer Jungfernfahrt im Jahr 1628 gesunken und nach drei Jahrhunderten vom Meeresgrund geborgen worden. Heute thronte das sechzig Meter lange Kriegsschiff in dem dunklen Raum wie das Geisterschiff des *Fliegenden Holländers*, der der Sage nach dazu verdammt war, auf dem Meer herumzuirren.

Auf der anderen Seite des Schiffes sah Bourne Licht in dem abgetrennten Bereich, in dem die Museumswissenschaftler ihren Forschungen nachgingen. Er wusste, dass Gunnar Eriksson gern noch spätabends arbeitete. Lautlos schlich Bourne zu dem verschlossenen Tor, doch als er da war, konnte er niemanden erkennen. Ein Stuhl war vom Tisch zurückgeschoben, aus einer Teetasse stieg heißer Dampf auf, und der Computerbildschirm war noch nicht in den Schlafmodus gewechselt. Gunnar war erst wenige Augenblicke zuvor weggegangen.

Er hatte Bourne kommen sehen.

Jason drehte sich langsam um und rief in die Dunkelheit, die die alte Galeone umgab: »Ich bin's, Gunnar. Cain.«

Sekunden später antwortete eine Stimme auf Englisch mit schwedischem Akzent: »Soso, dann stimmen die Gerüchte also. Du bist es wirklich.«

Ein dünner blonder Mann in den Vierzigern trat unter den schokoladebraunen Planken der *Vasa* hervor. Seine Schritte hallten durch den Ausstellungsraum. Er trug einen weißen Labormantel über einem blassgrünen Sweater und Jeans. Die fettigen Haare waren in der Mitte gescheitelt, sein langes Gesicht mit Tränensäcken unter den blauen Augen war von einem schütteren Bart umrahmt. In der Hand hielt er eine Pistole, die er wegsteckte, als er Bourne sah.

»Man kann nie vorsichtig genug sein«, meinte Gunnar. »Auf den Kamerabildern habe ich dich nicht erkannt.«

»Entschuldige, dass ich so überraschend reinplatze.«

»Nein, ist schon okay. Ich vermisse unsere nächtlichen Gespräche, in denen wir die Probleme der Welt gelöst haben, du, ich und Nova. Willst du einen Tee?«

»Nein, danke.«

»Dann gehen wir erst mal nach hinten. Sag mir, was du brauchst.«

Bourne folgte Gunnar in den Forschungsbereich, wo der Wissenschaftler sich an seinen Tisch setzte und Bourne über den Rand seiner Teetasse hinweg musterte. Gunnar war Anthropologe und hatte die letzten zwanzig Jahre damit zugebracht, alles zu analysieren, was sich an Bord der *Vasa* befand, um ein Bild vom Leben in Schweden im siebzehnten Jahrhundert zu erhalten. Zudem hatte er einen Nebenjob, von dem nur wenige wussten. Interpol wandte sich regelmäßig an ihn, wenn es darum ging, die Verhaltensmuster gefährlicher Terrornetzwerke vorherzusagen. Gunnars Profile stützten sich auf kleinste Details, wie etwa die Schuhmarke der Terroristen, die Autos, die sie fuhren, und die Musik, die sie streamten. Seine Analysen waren unglaublich treffend. Einmal hatte er vorgeschlagen, dass das FBI einen Krispy-Kreme-Doughnut-Laden in Irland observieren solle, um einen flüchtigen amerikanischen Rechtsradikalen zu fassen. Seine Einschätzung beruhte darauf, dass der Mann als zehnjähriger Junge in Alabama neben einem Krispy-Kreme-Laden gewohnt hatte. Drei Tage später betrat der Skinhead den Laden in Dublin und wurde prompt festgenommen.

»Wie wär's mit ein bisschen Musik?«, fragte Gunnar mit einem ironischen Grinsen. »Vielleicht etwas aus *Sergeant Pepper* oder *Rubber Soul*?«

Bourne lächelte schmallippig. »Du weißt also, weshalb ich hier bin.«

»Lennon.«

»Ja. Ich nehme an, Interpol hat sich in der Sache schon an dich gewandt.«

»Natürlich«, bestätigte Gunnar. »Je mehr die Kollegen über ihn herausfinden, desto mehr Details können sie mir liefern – und ich tu, was ich kann. Trotzdem sind wir ihm noch nicht entscheidend näher gekommen.«

»Woran liegt das?«, fragte Bourne. »Wie stellt er es an, dass er euch immer einen Schritt voraus ist?«

Gunnar lehnte sich auf seinem Stuhl zurück und legte die staubigen Lederschuhe auf den Schreibtisch. »Das hat viele Gründe. Es fängt schon mal damit an, dass niemand weiß, wie er aussieht. Der Mann tritt in hundert Verkleidungen in Erscheinung. Er achtet darauf, dass es keine Zeugen gibt, und wenn es uns einmal gelingt, jemanden aus seinem Netzwerk zu fassen, dann liefern die Leute uns widersprüchliche Beschreibungen. Seine Augen sind blau. Nein, grün. Nein, braun. Er ist blond – oder doch schwarzhaarig? Er hat ein Grübchen im Kinn, eine lange Nase – nein, doch eher ein glattes Kinn und eine breite Nase. Das Einzige, worin sich alle einig sind, ist, dass er groß ist – aber wie groß, ist auch unsicher. Vielleicht etwas über eins achtzig, vielleicht auch eins fünfundneunzig oder irgendwas dazwischen.«

»Was weißt du sonst noch über ihn?«, hakte Bourne nach.

»Er ist extrem vorsichtig. Wie die Führer des IS schläft er nie zweimal im selben Bett und hat nur selten ein Handy bei sich, damit man ihn nicht aufspüren kann. Für seine Operationen setzt er Leute ein, die völlig unabhängig voneinander agieren. Wenn wir einen festnehmen, kann er uns nichts über die anderen verraten. Dazu kommt, dass der Mann bei den Schwachstellen der Leute ansetzt, um sie für seine Zwecke zu benutzen – sei es Geld, Sex, Familie oder sonst etwas, das er als Waffe einsetzen kann. Auf diese Weise hat er ein Netzwerk von

Maulwürfen in allen Geheimdiensten aufgebaut. Vielleicht hat man ihm längst gemeldet, dass du hinter ihm her bist. Ich kann dir nur raten, niemandem zu vertrauen.«

»Diese Erfahrung habe ich schon in Tallinn gemacht«, bestätigte Bourne.

»Ich weiß.«

Bourne schüttelte den Kopf. »Wer ist der Kerl, Gunnar? Alle reden über Lennon, aber niemand scheint zu wissen, woher er kommt. Bei Carlos konnten wir immerhin einiges über seinen Hintergrund in Erfahrung bringen. Er hatte eine Familie, eine Ideologie, eine Geschichte. Er war eine reale Person.«

»Ich würde dir wirklich gern mehr sagen, aber Lennons Hintergrund liegt völlig im Dunkeln. Niemand scheint die Wahrheit zu kennen. Wir gehen davon aus, dass er etwa Mitte dreißig ist. Er ist vor einigen Jahren ganz plötzlich auf der Bildfläche erschienen, was darauf schließen lässt, dass er seine frühere Identität abgelegt hat. Wir haben keine Ahnung, wer er davor war. Er hat enge Verbindungen nach Russland, aber sein Verhalten deutet eher darauf hin, dass er in Europa aufgewachsen ist. Manche meinen, er sei der uneheliche Sohn eines Oligarchen. Andere behaupten sogar, er sei Putins leiblicher Sohn, was seine Loyalität gegenüber dem russischen Präsidenten erklären würde. Ich glaube das eher nicht, aber wer weiß? Tatsache ist, dass er verdammt schlau und skrupellos ist. Er schreckt nicht davor zurück, Leute zu foltern oder eine Fähre mit fünfzig Passagieren in die Luft zu jagen. Das Ganze scheint ihm auch noch Spaß zu machen, was ihn in meinen Augen umso gefährlicher macht. Für ihn ist es nicht bloß ein Job. Er genießt, was er tut.«

»Wie kommst du darauf?«

»Da ist schon mal die Ironie des Namens. Lenin und Lennon. Und natürlich die Musik. Der Kerl spielt mit uns. Die Jagd auf ihn ist für ihn wie ein Spiel, das habe ich am eigenen Leib erfahren. Dass ich für Interpol arbeite, wissen nur sehr wenige. Es läuft unter einem Pseudonym, völlig anonym. Trotzdem hat es nach meinem ersten Profil von Lennon nicht lange gedauert, dass ich ein Paket nach Hause geliefert bekam. Es war kurz vor Weihnachten. In dem Paket war eine Auswahl von guten Sachen aus meinem Lieblingsfeinkostladen, dazu eine Single von John Lennons ›Happy Xmas‹. Der Kerl wollte mir zeigen, dass er Bescheid weiß, dass er weiß, wo ich einkaufe, und mich jederzeit eliminieren könnte. Aber es war nicht bloß eine Drohung, sondern auch ein Scherz, den er sich mit mir erlaubt hat.«

Bourne runzelte die Stirn.

Am gefährlichsten ist ein Feind, der völlig unberechenbar ist. Treadstone.

»Die CIA geht davon aus, dass er einen Anschlag in London plant«, sagte Jason.

»Das habe ich auch gehört. Clark Cafferty.«

»Ja. Falls Lennon sich in London aufhält – wie können wir ihn aufspüren? Wenn er auftaucht, ist es meistens schon zu spät.«

»Das ist leider wahr. Obwohl …«

Bourne horchte auf, als er Gunnars nachdenklichen Ton hörte. »Hast du eine Idee?«

»Ich glaube, eine solche Gelegenheit hatten wir bisher noch nie. Diesmal wissen wir immerhin, wer die Zielperson ist. Vielleicht kannst du dir zunutze machen, was wir über Lennons Vorgehensweise wissen.«

»Das heißt *was*?«

Gunnar nahm einen Schluck Tee. »Nach dem Anschlag in Tallinn … wer wurde in den Medien als mutmaßlicher Täter genannt?«

»Eine islamistische Splittergruppe. Lennons Name ist erst Monate später ins Spiel gekommen – trotz des Berichts, den Nova und ich vorgelegt haben.«

»Genau. Bei dem tödlichen Anschlag vor zwei Jahren in Berlin hatten wir ein ähnliches Szenario. Die meisten deutschen Geheimdienstexperten sind heute überzeugt, dass Lennon dahintersteckte, aber davor hat monatelang alles auf eine Neonazigruppe hingedeutet, die damit gegen die Migrationspolitik der Regierung protestierte. Lennon hat zwar sicher auch kein kleines Ego, aber im Gegensatz zu Carlos muss er nicht ständig in den Zeitungen über sich lesen. Ihm liegt nichts daran, sich zu seinen Anschlägen zu bekennen. Lieber versteckt er sich hinter irgendwelchen Extremisten – und wenn wir ihm auf die Schliche kommen, ist die Spur längst kalt.«

»Du glaubst also, dass er es in London genauso machen will?«, fragte Bourne.

Gunnar zuckte mit den Schultern. »Wir haben es hier mit einer aufgeladenen Situation zu tun. Eine WTO-Konferenz ist immer ein Anlass für Proteste und Unruhen. Wenn da etwas passiert, wären die Schuldigen schnell gefunden. Lennon hätte genügend Kandidaten, denen er einen Anschlag in die Schuhe schieben könnte.«

»Das heißt, wir müssen die Extremisten unter die Lupe nehmen«, schlussfolgerte Bourne.

»Das wäre mein Rat.«

»Drei Tage sind nicht viel Zeit.«

»Stimmt, aber Lennon ist in der gleichen Situation wie du. Bis vor Kurzem hat niemand gewusst, dass Cafferty bei der WTO-Konferenz auftreten würde, also konnte Lennon den Anschlag auch nicht Monate im Voraus planen. Wenn du Glück hast, muss er genauso improvisieren wie wir. Dabei könnte er eine Spur hinterlassen, der du folgen kannst.«

»Was für eine Spur?«, fragte Bourne.

»Liegt das nicht auf der Hand?«, erwiderte Gunnar. »Leichen.«

4

Das Pub namens *Lonely Shepherd* lag in Bloomsbury nahe der U-Bahn-Station Russell Square. Es war kurz vor zweiundzwanzig Uhr, als Vadik sich an diesem Freitagabend dem Lokal näherte. Er hatte seinen Weg sorgfältig gewählt, war mit dem Bus vom Green Park losgefahren und danach zweimal in der U-Bahn umgestiegen, um eventuelle Beschatter abzuschütteln. Dennoch verspürte er ein unangenehmes Kribbeln, als er die schmale Straße hinunterging. Hier in London war an jeder Ecke eine Überwachungskamera installiert.

Vadik ging am Pub vorbei, ohne auch nur langsamer zu werden. Er sah die mit Graffiti dekorierten Sperrholzplatten, mit denen die Fenster vernagelt waren, und das Schild an der Tür mit der handgeschriebenen Aufschrift: »Wegen Unruhen geschlossen, verpisst euch!« Er ging bis ans Ende der Straße, zündete sich eine Zigarette an und beobachtete das Kommen und Gehen der Passanten auf der Southampton Row. Immer wieder sah er auf die Uhr, ehe er um Punkt zehn zurückging und an die verschlossene Tür klopfte.

Ein hoch aufgeschossener Brite mit struppigen Dreadlocks öffnete die Tür. »Wir haben zu, Kumpel. Lern erst mal lesen.«

»Ich bin im Fanclub«, erwiderte Vadik.

»Ja? In welchem?«

»Arctic Monkeys.«

»Okay, dann hast du Glück.«

Der Brite ließ Vadik eintreten und schloss wieder ab. Das Lokal war spärlich beleuchtet, die Tische und Stühle waren leer bis auf einen Tisch in der Ecke, an dem fünf Leute saßen. Sonst war niemand zu sehen. Als Vadik eintrat, verstummten sie. Er spürte, dass sie ihn prüfend musterten.

»Was willst du trinken, Kumpel?«, fragte der Brite mit den Dreadlocks. Er war schlank, hatte aber allein aufgrund seiner Größe etwas Einschüchterndes an sich. Trotz des schummrigen Lichts trug er eine Sonnenbrille und war ganz in schwarzes Leder gekleidet, mit silbernen Ketten und Nieten an Hemd und Hose. Sein dunkler Bart bildete einen markanten Kontrast zu den blonden Dreadlocks. Seine wadenhohen Kampfstiefel polterten auf dem Hartholzboden.

»Nichts«, sagte Vadik.

»Du musst irgendwas trinken. Wir sind kein Wohltätigkeitsverein.«

»Okay, dann ein Bier.«

»Kommt sofort.«

Nervös wartete Vadik, während der Barkeeper das Bier zapfte. Der Mann pfiff irgendeine nervtötende Melodie und musterte Vadik hinter seiner Sonnenbrille, als wolle er sich sein Gesicht einprägen. Vadik fühlte sich äußerst unwohl in seiner Haut. Der Barkeeper gehörte offenbar nicht zur Gruppe, und es schien ihm nicht recht zu sein, dass ihn ein Fremder mit den anderen sah.

Vadik nahm sein Bier und legte einen Fünfer auf die Theke.

»Danke«, sagte der Barkeeper, wischte mit einem feuchten Tuch über den Tresen und stopfte sich Earbuds in die Ohren.

Vadik nahm sein Bierglas und ging auf die andere Seite des Raums. Die Männer erwarteten ihn schweigend, ihre Gesichter wie aus Stein gemeißelt. Keiner sah älter als fünfundzwanzig aus, zwei waren wahrscheinlich noch Teenager. Vadik war eindeutig der Älteste. Er setzte sich auf den einzigen freien Stuhl.

»Bin ich zu spät?«, fragte er.

Die Antwort kam von dem Mann, der ihm gegenübersaß – anscheinend der Anführer der Gruppe. »Du bist pünktlich. Aber leichtsinnig.«

Vadik erschauderte vor Angst. »Wie meinst du das?«

»Einer aus unserem Team ist dir von deiner Wohnung bis hierher gefolgt. Du hast ihn nicht bemerkt. Wenn das ein Agent des MI-5 oder des FSB gewesen wäre, würden uns die verdammten Schweine jetzt die Tür eintreten. Du willst, dass wir dir helfen, und was tust du? Du bringst uns alle in Gefahr. Wenn du am Leben bleiben willst, musst du dich ein bisschen mehr anstrengen.«

»Ich habe niemanden gesehen.«

»Du hast Mist gebaut, Vadik. Da gibt es nichts zu deuteln.«

»Tut mir leid. Kommt nicht wieder vor.«

Vadik fragte sich, ob der Mann die Wahrheit sagte oder ihm einfach nur Angst machen wollte, um ihm einzuschärfen, vorsichtig zu sein. Darauf musste ihn niemand hinweisen. Einer Widerstandsgruppe in Moskau anzugehören war noch bedeutend gefährlicher. Er wusste, dass man nur mit allergrößter Vorsicht überleben konnte. Und er glaubte nicht, dass ihm jemand gefolgt war.

»Apropos Sicherheit – was ist mit dem Typen an der Bar?«, konterte Vadik. »Warum lasst ihr es zu, dass ein Außensteher uns sieht?«

»Der Pub-Manager gehört zu uns. Er bezahlt seine Leute dafür, taub, blind und vergesslich zu sein.«

»Ich mein ja nur – ich gehe auch ein extremes Risiko ein. Ihr wisst, wer ich bin, kennt meinen richtigen Namen. Ich kenne keinen von euch.«

Der Wortführer nahm einen Schluck aus seinem halb vollen Bierglas. »Du willst Namen? Ich bin Harry. Das sind Andrew, Charles, Louis und Will. Die königliche Familie, das sind wir.«

Vadik grinste nicht über den Scherz. Die falschen Identitäten vermittelten ihm eine klare Botschaft. Die Mitglieder von Gaia Crusade wollten sichergehen, dass er sie nicht verraten konnte, falls er gefasst wurde. Es gefiel ihm nicht, aber er hatte zu viel auf sich genommen, um jetzt noch umzukehren.

»Also gut«, sagte Vadik stirnrunzelnd. »Wie geht es weiter?«

»Wenn du bei uns mitmachen willst«, erklärte Harry, »dann musst du schwören, Mutter Erde zu verteidigen.«

»Das ist mir klar.«

»Wenn wir sterben, dann sterben wir. Unser Leben ist nichts im Vergleich zu unserer Aufgabe, die Erde zu retten.«

»Ja.«

»Dies ist ein Kampf gegen die Eliten. Sie beuten den Planeten aus, um sich zu bereichern. Einen Krieg gewinnt man, indem man den Feind schwächt. Indem man ihm Angst macht. Die müssen erkennen, dass sie nirgends mehr sicher sind. Dass wir jederzeit an sie und ihre Familien herankommen, auch wenn sie noch so viel Geld haben und sich hinter noch so hohen Mauern verschanzen. Sie sollen wissen, dass wir jeden vernichten, der sich unserer Klimarevolution in den Weg stellt.«

»Absolut«, stimmte Vadik zu.

»Bist du auf unserer Seite?«

»Hundertprozentig. Ich bin Wissenschaftler. Ich weiß genau, was auf dem Spiel steht.«

Harry lehnte sich auf seinem Stuhl zurück und musterte Vadik misstrauisch. Die anderen hatten noch kein Wort gesprochen. Wie sein Namensvetter von den Royals hatte Harry rote Haare, wenn auch so dunkel, dass sie fast schon braun waren.

Er trug sie extrem kurz geschnitten. Ein rötlich brauner, sauber getrimmter Bart umrahmte sein kantiges, von Sommersprossen übersätes Gesicht. Er trug ein Piercing in der Oberlippe, einen Nasenring und einen großen schwarzen Ohrring. Seine blassen Augen waren hinter den halb geschlossenen Lidern verborgen. Er trug ein eng sitzendes marineblaues Manchester-United-T-Shirt.

»Erzähle uns mehr über Sorokin«, forderte Harry ihn auf. »Darum sind wir hier.«

»Er wird am Sonntagabend auf dem Flugplatz Farnborough ankommen. Sein Privatjet wird kurz nach zehn Uhr landen. Er wird sich nicht länger als vierundzwanzig Stunden in London aufhalten. Wir haben also nicht viel Zeit.«

»Aus welchem Grund kommt er nach London?«, hakte Harry nach.

»Er will sich am Montag auf der WTO-Konferenz mit jemandem treffen.«

Harry schüttelte skeptisch den Kopf. »Warum sollte er dafür ein solches Risiko eingehen? Sobald er britischen Boden betritt, muss er damit rechnen, verhaftet und an die USA ausgeliefert zu werden, wo er wegen Geldwäsche gesucht wird. Wirklich sicher ist er nur in Russland. Die Amerikaner würden nur zu gern einen Oligarchen in die Finger bekommen.«

»Die britischen Behörden haben ihm freies Geleit zugesichert«, erwiderte Vadik. »Die Anweisung muss von ganz oben kommen, also von der amerikanischen und der britischen Regierung. Das bedeutet, Sorokin ist wegen einer großen Sache hier. Und wie wir wissen, bedeuten seine Projekte noch mehr fossile Brennstoffe, Pipelines und Minen. Sorokin ist einer der größten Verschmutzer der Welt. Bisher konnte nichts und niemand ihm etwas anhaben. Wenn wir ihn eliminieren, dann wissen die Chefs der Öl- und Gasriesen, dass wir sie im Visier haben.«

Vadik hörte sich selbst etwas zu laut reden. Er blickte zur Theke, doch der Barkeeper pfiff zur Musik aus seinen Ohrhörern und beachtete die Männer an dem Ecktisch gar nicht.

»Woher weißt du das alles?«, fragte Harry. »Woher hast du deine Informationen?«

»Meine Quellen sind meine Sache. Ihr bleibt anonym, um euch zu schützen. Ich behalte auch ein paar Dinge für mich.«

Er würde ihnen sicher nicht verraten, dass er die brisanten Informationen von seiner Frau hatte.

Tati war sein Maulwurf, ohne dass es ihr bewusst war.

Als er sie auf einer Konferenz in Kiew kennengelernt hatte, war ihm bereits bewusst gewesen, wer sie war. Tati war eine der führenden jungen Wissenschaftlerinnen des Landes. Er war nur ein bescheidener Statistiker gewesen, doch sie waren sich nähergekommen, als sie über Tatis Antarktis-Forschung diskutierten. Was ihn an ihr interessierte, war jedoch nicht ihr Wissen als Forscherin, sondern der exklusive Kreis, in dem sie aufgewachsen war. Für die Milliardäre, die das Land beherrschten, war sie wie eine eigene Tochter. Sogar Putin hatte einen Narren an ihr gefressen. Sie kannte alle in der Moskauer Elite und wusste, wer wann wohin ging.

Also hatte Vadik sie umworben, mit ihr geschlafen und sie geheiratet. Er hätte es auch getan, wenn sie ausgesehen hätte wie eine hässliche Bäuerin, doch es war ein angenehmer Bonus, dass sie überaus attraktiv war mit ihrem schlanken, kurvigen Körper und ihrem ernsten, schmollenden Gesicht. Es war erstaunlich leicht gewesen, sie für sich zu gewinnen. Er war ein Mann der Zahlen, und wie es der Zufall wollte, hatten Zahlen für sie einen größeren Reiz als Sex. Im Bett wirkte Tati meist etwas abwesend, als würde sie über den CO_2-Gehalt in der Luft nachdenken, doch bei ihrem tollen Aussehen machte das Vadik nichts aus.

Nachdem Tati von der Datscha eines Freundes in Rubljowka zurückgekommen war, hatte sie ihm von dem Gerücht erzählt, dass Gennadi Sorokin für ein streng geheimes Treffen nach London kommen wolle. Vadik hatte die Information an sein Netzwerk weitergegeben. Endlich hatten sie die Gelegenheit, Putins innerstem Machtzirkel einen schweren Schlag zu versetzen.

Allein würden sie es jedoch nicht schaffen. Um den Plan umzusetzen, brauchten sie die Unterstützung von Leuten vor Ort.

Die Lösung war Gaia Crusade.

»Es wird sicher nicht einfach, Sorokins Security zu durchbrechen«, gab Harry zu bedenken. »Wie sollen wir an ihn herankommen?«

Vadik schüttelte den Kopf. »Die Sicherheitsvorkehrungen sind nur in Moskau undurchdringlich, aber nicht hier. Sein Besuch ist streng geheim, deshalb will Sorokin jedes Aufsehen vermeiden. Er wird ein paar Leibwächter um sich haben, mehr nicht. Eine solche Gelegenheit wird sich vielleicht nie wieder bieten. Wir folgen ihm, lauern ihm auf und töten ihn.«

Harry wechselte schweigende Blicke mit den anderen Royals. Vadik spannte sich innerlich an, doch er sah die Zustimmung in ihren Augen. Harry griff in die Tasche, blickte kurz zur Theke, um sich zu vergewissern, dass der Barkeeper nicht hersah, dann zog er eine Glock-Pistole hervor und schob sie Vadik über den Tisch hinweg zu.

»Weißt du, wie man damit umgeht?«

»Ja.«

»Hast du schon einmal jemanden getötet?«

Vadik zögerte, beschloss dann aber, bei der Wahrheit zu bleiben. »Nein.«

»Es ist nicht so wie im Film. Es ist schmutzig. Brutal. Du möchtest nur noch kotzen. Bist du bereit dazu? Wenn du nämlich zögerst, sind wir tot, und alles ist verloren.«

»Ich werde nicht zögern.«

»Gut.«

»Dann ziehen wir es durch?«, fragte Vadik und schob die Waffe in seinen Gürtel.

»Wenn du das Geld überweisen kannst, wie du es versprochen hast.«

»Das Geld ist kein Problem.«

»Also gut. Wir bleiben über den Chatroom in Kontakt. Am Sonntag treffen wir uns und fahren zusammen nach Farnborough. Bis dahin werden unsere Leute ein Team zusammenstellen und die nötige Ausrüstung vorbereiten.«

»Lang lebe Gaia«, sagte Vadik.

»Lang lebe Gaia«, antworteten die anderen im Chor.

Vadik schob seinen Stuhl nach hinten und stand ebenso wie die anderen auf. In diesem Augenblick plärrte ohrenbetäubende Musik durch das Lokal, als würde eine Granate explodieren. In Gedanken sah Vadik schon bewaffnete Agenten hereinstürmen und zog instinktiv die Glock aus dem Gürtel, ehe ihm bewusst wurde, dass der Lärm aus den Lautsprechern der Jukebox kam.

Er kannte den Song.

Nobody Told Me von John Lennon.

So plötzlich, wie die Musik eingesetzt hatte, verstummte sie wieder. Seine Ohren dröhnten noch, als er eine Stimme von der Theke hörte.

»Sorry, Leute, ich hab die falsche Taste in der App gedrückt«, rief der Barkeeper grinsend und nahm seine Ohrhörer heraus. »Ich wollte euch nicht aufwecken.«

Vadik richtete sich auf. Sein Herz hämmerte immer noch wie wild.

Zusammen mit Harry und den anderen ging er zur Tür. Ihm fiel auf, dass der Barkeeper ihn hinter seiner Sonnenbrille beobachtete. Er grinste immer noch, als wäre das versehentliche

Einschalten der Musik irrsinnig komisch gewesen. Vadik ärgerte sich über sich selbst, dass er so schreckhaft war.

Draußen auf der Straße entfernten sich die Angehörigen der Gruppe in verschiedenen Richtungen. Vadik ging zur U-Bahn-Station Russell Square, doch bevor er sie betrat, um sich ein Ticket zu kaufen, blieb er stehen. Ihm ging der Barkeeper einfach nicht aus dem Kopf. Der Mann hatte sein Gesicht gesehen, und es ging Vadik gegen den Strich, dass es jemanden gab, der ihn identifizieren konnte. Er hatte eine Waffe und war in der Lage, das Problem dauerhaft zu lösen. Es hätte einen zusätzlichen Vorteil; wenn er Gennadi Sorokin gegenüberstand, würde es nicht das erste Mal sein, dass er den Abzug drückte.

Schweißgebadet kehrte Vadik um und ging die Gasse hinunter. Er wollte die Tür des Pubs öffnen, doch sie war schon abgeschlossen. Mit einer Hand am Griff der Pistole klopfte er mit der anderen an die Tür.

»Hey! Machen Sie auf! Ich habe etwas vergessen!«

Der Barkeeper kam nicht. Drinnen hörte Vadik Musik aus den Boxen dröhnen. Es war derselbe John-Lennon-Song. Er wartete einen Augenblick, klopfte erneut, doch dann sah er mehrere Leute in seine Richtung kommen. Er konnte es sich nicht leisten, hier gesehen zu werden.

Vadik drehte um, senkte den Kopf und ging.

Der echte Barkeeper des Lonely Shepherd zerrte an den Kabelbindern, mit denen er an Händen und Füßen gefesselt war. Sein T-Shirt hatte man ihm in den Mund gestopft und mit Klebeband fixiert, sodass er nur ein leises Grunzen herausbrachte. Mit nichts als seiner Unterhose bekleidet, stand er auf einem Stuhl, einen Gürtel eng um den Hals geschlungen, dessen anderes Ende an einem Rohr unter der Decke festgebunden war. Seit Stunden stand er schon hier; seine Beine fingen an zu zittern.

Die Räder des Stuhls ruckelten bedrohlich unter ihm. Wenn der Stuhl wegrollte, würde er sich an dem Gürtel aufhängen.

Die Bürotür wurde geöffnet, und aus dem Pub pulsierte laute Musik herein. Der Mann, der ihn überwältigt hatte, kam herein und pfiff zu dem Song, der aus den Boxen dröhnte.

»Trevor, nicht?«, sagte der Mann. »Du machst das großartig, Trevor. Nur noch ein Weilchen, dann bin ich weg.«

Der Mann trug Trevors schwarze Lederkleidung. Er zog sich mitten im Büro aus, bis er fast völlig nackt war. Dann nahm er auch die Sonnenbrille ab, ging zum Spiegel in der angrenzenden Toilette, zog sich die Dreadlocks-Perücke vom Kopf, nahm den falschen Bart ab und entfernte das Weichplastik, mit dem er seine Gesichtszüge verändert hatte. Zuletzt nahm er die getönten Kontaktlinsen heraus, sodass seine Augen nicht mehr braun, sondern wieder blau waren.

Als der Mann ins Büro zurückkam, zog er seine eigene Kleidung an, die er an einem Kleiderbügel in den Schrank gehängt hatte. Zuerst das burgunderrote Slim-fit-Hemd, dann die schwarze Hose und die blank polierten Lederschuhe. Als er fertig war, sah er wieder so aus, wie Trevor ihn gesehen hatte, als er die Tür des Pubs geöffnet hatte. Er war hoch aufgeschossen und schlank, hatte kurze blonde Haare und strahlend blaue Augen, denen nichts entging.

»Kennst du die Männer, die heute Abend hier waren?«, fragte der Mann. »Waren sie schon öfter hier? Kennst du ihre Namen?«

Trevor schüttelte entschieden den Kopf und versuchte, mit seinem geknebelten Mund ein *Nein* zu murmeln.

»Schon gut, mein Freund. Ich habe ja die Bilder der Kamera. Ich muss nur noch die Aufnahmen herunterladen, dann bin ich weg.«

Der Mann ging zum Schreibtisch und beugte sich über einen Laptop.

»Blöd, dass ich nichts zum Sitzen habe«, sagte er stirnrunzelnd. »Du stehst auf dem Stuhl.«

Trevor riss panisch die Augen auf. »Bleib locker, Mann. Ich hab nur Spaß gemacht.«

Der Mann fuhr den Computer hoch und rief das Bildmaterial der Überwachungskamera auf, die auf einen der Tische im Pub fokussiert gewesen war. Man sah ein halbes Dutzend Männer um den Tisch sitzen. Einige hatte Trevor schon öfter gesehen, doch er wusste nicht, wer sie waren. Der Mann checkte die Bild- und Tonqualität der Aufnahme, dann steckte er einen USB-Stick in den Laptop und speicherte die Datei.

»Danke, Sportsfreund. Ich habe alles, was ich brauche.«

Er trat zu Trevor, dessen Knie schlotterten. Der Stuhl ruckelte bedrohlich vor und zurück. Trevor spürte den Schweiß auf seinem Körper und den Gürtel, der seinen Hals einschnürte.

»Hältst du noch ein paar Minuten durch? Wenn ich weg bin, rufe ich gleich jemanden an, der dich losmachen kann.«

Trevor wand sich auf dem Stuhl. Er wollte etwas sagen, brachte aber kein verständliches Wort heraus.

Der Mann tätschelte seine Wange und ging zur Bürotür. Trevor schloss die Augen und nahm seine ganze Kraft zusammen, um sich möglichst nicht zu bewegen. Ein paar Minuten noch. Nur ein paar Minuten, dann hatte er es hinter sich. Er musste durchhalten, aber der Stuhl rollte unter seinen zuckenden Beinen hin und her.

Dann hörte er ein Geräusch.

Als er die Augen öffnete, war der Mann wieder da. Stand direkt vor ihm. Da war etwas Abartiges in seinen Augen, ein grausames Funkeln, als wäre das Leben nur ein einziger großer Witz.

»Sorry. Dir ist doch klar, dass ich dich nicht einfach gehen lassen kann, oder? Nichts für ungut.«

Während Trevor in den Knebel schrie, trat der Mann den Stuhl unter ihm weg.

5

Als Bourne am Samstagmorgen im Radisson Blu im Londoner Docklands-Viertel eincheckte, erwartete ihn ein dicker Umschlag an der Rezeption. Darin fand er einen Ausdruck mit dem genauen Zeitplan von Clark Caffertys Aufenthalt in London, von seiner Ankunft am Sonntagmorgen bis zur Abreise am Dienstagnachmittag. Dazu eine kurze Notiz mit dem Wortlaut:

Willkommen in London. Wenn Sie diese Informationen haben, sollten Sie davon ausgehen, dass auch andere sie sich beschaffen werden. Holly

Sie hatte ihm außerdem falsche Papiere auf den Namen Thomas Gillette zukommen lassen. Laut der von der CIA erstellten Tarnidentität war Gillette ein Beamter des US-Außenministeriums und als solcher befugt, an allen Veranstaltungen der WTO-Konferenz teilzunehmen. Er würde sich Montagmittag in der Painted Hall des Old Royal Naval College in Greenwich einfinden, wo Cafferty vor Hunderten WTO-Delegierten und Klimawissenschaftlern seinen Vortrag über Risikokapital und Grüne Energie halten würde.

In seinem Hotelzimmer stand Bourne am deckenhohen Fenster und blickte über die Themse auf die goldenen Türme und die Kuppel der O2-Arena. Weiter links sah er das

ExCel-Konferenzzentrum, in dem die Plenarsitzungen der WTO stattfinden würden. In der anderen Richtung erstreckten sich hinter der Krümmung des Flusses die grünen Parklandschaften von Greenwich. Von seinem Aussichtspunkt konnte er erkennen, dass die Polizei mehrere Kreuzungen abgesperrt hatte, um eine Barriere zwischen den WTO-Veranstaltungsorten und den Tausenden Demonstrierenden zu bilden, die die Straßen überschwemmen würden.

Bourne prägte sich alle Einzelheiten seiner Tarnidentität als Thomas Gillette ein, der im Außenministerium für den Bereich Energieressourcen zuständig war. Dann suchte er online nach allen verfügbaren Informationen über Clark Cafferty.

Cafferty hatte seine Laufbahn an der Wall Street begonnen und als Anwalt mehrere milliardenschwere Übernahmen im Energiesektor abgewickelt, ehe er Mitte der Neunzigerjahre nach Washington gegangen war und die Regierung Clinton in Energiefragen und Finanzpolitik beraten hatte. In den folgenden fünfundzwanzig Jahren hatte er sich in den Machtzirkeln von Washington über Brüssel bis Peking bewegt und sich den Ruf erworben, so gut wie jedes politische Problem lösen zu können, indem er einfach zum Telefon griff.

Zudem war er für seine harte Haltung gegenüber Russland bekannt. Er war einst als sechsundzwanzigjähriger Anwalt vor Ort gewesen, als die IAEO sich mit der Atomkatastrophe von Tschernobyl auseinanderzusetzen hatte. Seine Eindrücke hatten ihn in der Überzeugung bestärkt, dass das ganze Sowjetsystem weggefegt werden müsse. Nach dem Fall der Berliner Mauer hatte er sich für eine Neuausrichtung der russischen Wirtschaft nach westlichem Vorbild eingesetzt. Zu seiner Bestürzung war das Land jedoch unter Wladimir Putin bald wieder zu einem autoritären System der Unterdrückung zurückgekehrt.

Jahrelang hatte Cafferty eine harte Linie gegenüber Russland vertreten. Nun, unter der neuen Regierung, war er für die Sanktionen verantwortlich, mit denen die Auslandsbankgeschäfte der Oligarchen lahmgelegt werden sollten, die das russische System am Leben erhielten. Zudem hatte er das Justizministerium gedrängt, die dubiosen Finanzgeschäfte im russischen Energiesektor zu durchleuchten; das Ergebnis waren mehrere Anklagen wegen Bestechung und Geldwäsche. Die russischen Milliardäre erwarteten nun von Putin, dass er etwas gegen die Sanktionen unternahm.

Cafferty hasste die russischen Eliten – und das beruhte durchaus auf Gegenseitigkeit. Bourne schien das jedoch kein ausreichender Grund für die Annahme zu sein, dass die Russen so weit gehen würden, einen persönlichen Freund und Berater des US-Präsidenten zu ermorden. Es sei denn, Cafferty hätte irgendeine rote Linie überschritten.

Es musste irgendetwas geben, was Bourne nicht wusste. Er hatte das ungute Gefühl, dass seine Auftraggeber ihm etwas verschwiegen.

Warum?

Er ging noch einmal Punkt für Punkt Caffertys Londoner Terminplan durch und betrachtete ihn aus der Perspektive eines potenziellen Attentäters. Der Mann war für zwei Tage völlig ausgebucht, hatte einen Termin nach dem anderen. Es handelte sich größtenteils um Gespräche im kleinen Kreis, bei denen es schwierig sein würde, an ihn heranzukommen. Er traf sich mit Finanz- und Energieministern und mit mehreren CEOs. Der Transport zu und von den Veranstaltungsorten würde unter hohen Sicherheitsvorkehrungen vor sich gehen. Die einzige mögliche Schwachstelle war Caffertys Vortrag am Montag, der vor Hunderten Zuhörern stattfinden würde. Einer davon konnte Lennon sein. Ihm war es zuzutrauen, sich gut getarnt und mit glaubwürdigen Papieren Zutritt zu verschaffen. Bourne konnte sich nicht erklären, warum Cafferty ein solches Risiko für eine Rede einging, die jeder im Finanzsektor halten konnte. Lennon musste nur kurz in die Nähe des Mannes kommen, um zuzuschlagen. Ein scheinbar versehentlicher Zusammenstoß würde schon ausreichen. Im Bruchteil einer Sekunde konnte er ihm eine tödliche Dosis Nowitschok verpassen, ohne dass die Sicherheitsleute es mitbekamen.

Für Bourne ergab es einfach keinen Sinn. Einmal mehr sagte ihm sein Instinkt, dass man ihm wichtige Informationen vorenthielt.

Er beschloss, dass es für Thomas Gillette Zeit war, sich persönlich ein Bild vom Veranstaltungsort zu machen. Er zog seinen Anzug an, setzte einen Fünfzigerjahre-Filzhut und eine altmodische Sonnenbrille auf – die klassische Uniform eines Beamten im US-Außenministerium. Dann begab er sich in den feuchtheißen Nachmittag hinaus. An der Straße rief er eines der typischen schwarzen Taxis, um zum Naval College zu fahren.

»Es wird eine Weile dauern«, warnte der Fahrer. »Die meisten Straßen sind abgesperrt. Ich muss einen großen Umweg fahren.«

»Ich habe es nicht eilig«, erwiderte Bourne.

Durch das Fenster verfolgte er, wie der Fahrer in einen Tunnel einfuhr, der unter der Themse hindurchführte, und auf der anderen Seite mehreren Seitenstraßen folgte, um den Demonstrationen aus dem Weg zu gehen, die in Greenwich stattfanden. Sie erreichten einen Parkplatz auf der Südostseite des Naval College, wo bewaffnete Sicherheitsleute Bournes Papiere kontrollierten, ehe sie ihn auf das Gelände ließen. Vor dem Betreten der barocken Gebäude musste er durch einen Metalldetektor. Die Briten gingen kein Risiko ein. Es war unmöglich, mit einer Pistole, einem Messer oder einer Bombe hineinzugelangen. Die

Gefahr für Cafferty bestand jedoch nicht in einem so offensichtlichen Anschlag, sondern darin, dass ein einzelner, gut getarnter Attentäter an ihn herankam.

Ein Mann wie Lennon.

Bourne ging zur Painted Hall, wo eine der zahlreichen WTO-Veranstaltungen stattfinden würde. Stimmengemurmel hallte durch den von einer hohen Kuppel bedeckten Eingangsbereich. Vom Vestibül stieg er die Stufen zu dem langen, schmalen Saal hinauf und ließ den Blick über die imposanten Deckengemälde aus dem achtzehnten Jahrhundert schweifen. Der Raum erinnerte tatsächlich an die Sixtinische Kapelle, mit der die Painted Hall oft verglichen wurde. Die meisten Stühle waren besetzt, bei den hohen Fenstern waren kleine Gruppen in leise Gespräche vertieft. Am westlichen Ende hatte man ein Podium aufgestellt, auf dem ein brasilianischer Minister gerade über Handelsreformen in der Landwirtschaft sprach.

Über mehrere Stufen gelangte Jason zur Rückseite der Bühne, wo nur ein gelangweilt dreinblickender Sicherheitsmann postiert war. Auf dieser Seite gab es nur einen Eingang zum Saal. Wenn Holly Schultz schlau war – und das war sie –, dann würde sie dafür sorgen, dass Cafferty durch diese Tür kam und ging, damit er möglichst wenig direkten Kontakt zu den Zuhörern hatte. Doch Cafferty war ein extravertierter Mensch, der auf die Leute zuging und sie gern direkt ansprach. Bourne befürchtete, dass der Mann Hunderte Hände schütteln würde, bevor er den Saal verließ.

Auf der Bühne hinter ihm ging die Podiumsdiskussion gerade zu Ende, und die Zuhörer applaudierten höflich, ehe sie aufstanden und sich in kleinen Gruppen im Saal verteilten. Bourne nutzte die Gelegenheit, um jeden Winkel zu fotografieren, ebenso möglichst viele der Anwesenden. Wenn Lennon hier zuschlagen wollte, würde er wahrscheinlich zu jeder

Veranstaltung jemanden schicken, der ihm von den Sicherheitsmaßnahmen berichtete.

Jason befand sich noch auf der obersten Ebene, der Upper Hall, als er sie sah.

Da war sie wieder.

Die junge Frau, die er am Bahnhof Châtelet entdeckt und in Stockholm wiedergesehen hatte, stand bei den vier hohen Säulen, die das Vestibül umrahmten. Ihr Äußeres war auch diesmal stark verändert; sie trug eine schwarze Perücke mit Stirnfransen, eine große rote Brille und einen konservativen grauen Hosenanzug. Sie sah aus wie eine Sekretärin, die sich Notizen für ihren Chef machte, doch das Kinn und die Nasenform ließen keinen Zweifel daran, dass sie es war.

Sie schaute direkt zu Bourne, und ihre Blicke trafen sich. Frustriert kniff sie die Lippen zusammen, als ihr klar wurde, dass er sie erkannt hatte.

Augenblicklich drehte sie sich um und verließ das Gebäude. Bourne schlängelte sich zwischen den Anwesenden durch den langen Saal und hinunter ins Vestibül, doch als er ins Freie trat, war sie schon verschwunden. Er rannte durch den weitläufigen Garten vor dem alten Greenwich Hospital. Dutzende WTO-Delegierte saßen auf dem grünen Rasen, schwatzten oder rauchten eine Zigarette.

Wo ist sie?

Bourne wandte sich Richtung Fluss und sah sie am Ende des breiten Korridors zwischen den Gebäuden auftauchen. Sie hastete direkt auf die Straßen von Greenwich zu. Mit langen Schritten verkürzte er den Abstand zwischen ihnen, und als die Frau sich umblickte, trafen sich ihre Blicke erneut. Sie zog ihr Handy hervor und machte einen Anruf, ohne ihr eiliges Tempo zu drosseln.

Er wusste, was sie zu melden hatte. *Cain ist hier. Er hat mich entdeckt.*

Die Frau gelangte zum westlichen Ende des Naval-College-Geländes, das abgeriegelt worden war, um die Demonstranten auf Distanz zu halten. Auf der anderen Seite der Barrikade tauchte sie in der Menschenmenge unter. Eine halbe Minute später trat auch Bourne in das ohrenbetäubende Chaos hinaus, das auf der Straße herrschte. Schwarz gekleidete junge Leute drängten Schulter an Schulter gegen den Zaun, skandierten Parolen, sangen und schrien. Eine graue, von Rauchbomben verursachte Wolke hing in der Luft. Knallkörper explodierten, Wunderkerzen wurden entzündet. Autos, Busse und Taxis standen still, von Demonstrierenden eingeschlossen.

Du musst sie finden!

Bourne war sich sicher, dass die Verwandlungskünstlerin, die ihm immer wieder über den Weg lief, einen direkten Draht zu Lennon hatte.

Als er sich zum Fluss durchkämpfte, stellte er schnell fest, dass er in der Menge der Demonstranten der Feind war. Er nahm Hut, Sonnenbrille und Krawatte ab und zog die Anzugjacke aus, doch es half wenig. Von allen Seiten strömten Leute herbei und stellten sich ihm in den Weg.

Mit einigem Nachdruck rempelte er sich den Weg frei. Sie spuckten ihn an und brüllten ihm Flüche zu. Er achtete nicht auf die Gesichter, sondern auf die Hände. Die Bedrohung ging immer von den Händen aus. Von Fäusten, Messern und Pistolen. Eine Hand verschwand in einer Tasche und zog ein Messer hervor. Bourne wich dem Mann aus, packte ihn am Handgelenk und drehte es ruckartig um, bis er den Knochen knacken hörte.

Der schrille Schmerzensschrei ging im Gejohle unter.

Er musste weiter, durfte die Frau nicht entkommen lassen. Jede Sekunde, die er hier festsaß, gab ihr Zeit, in den Gassen von Greenwich unterzutauchen.

Bourne blickte über die Köpfe der Leute vor ihm hinweg. *Da!* Schwarze Perücke, grauer Hosenanzug. Fast hatte sie das Ufer erreicht. Auf ihren High Heels tippelte sie durch die Schatten, die die Masten des Museumsschiffs *Cutty Sark* warfen. Hier waren nur wenige Passanten unterwegs. Wieder blickte sie zurück. Als sie ihn sah, streifte sie die Schuhe ab und rannte.

Bourne steckte immer noch in der Menge fest. Er checkte die Hände der Demonstranten – leer, leer, leer –, doch dann fand er, was er suchte. Unter dem Evil-Scarecrow-T-Shirt eines Demonstranten erkannte Bourne die Ausbuchtung einer Pistole. In einer einzigen fließenden Bewegung stieß er dem Mann zwei Finger in die Augen, riss ihm die Waffe aus dem Gürtel und feuerte mehrmals in die Luft. Die Schüsse lösten schlagartig Panik aus. Ringsum strömten die Leute davon, sodass sich vor ihm eine Gasse öffnete. Er sprintete los und ließ das Chaos hinter sich.

Beim Bug der *Cutty Sark* blieb er stehen. Als er schon glaubte, sie verloren zu haben, sah er für einen kurzen Augenblick ihre dunkle Perücke, als sie in den Fußgängertunnel unter der Themse eintauchte.

Bourne sprintete zum Eingang und sprang die Treppe hinunter. Vor sich sah er den langen Tunnel, der zum Nordufer des Flusses und der Halbinsel Isle of Dogs führte. Einige Lichter waren ausgefallen, sodass manche Abschnitte im Dunkeln lagen. Die Wände waren gekrümmt, sodass man sich wie in einer großen Röhre fühlte, die mit weißen Fliesen verkleidet war. In der Ferne konnte er die Frau gerade noch erkennen, die in vollem Lauf durch den Tunnel hetzte.

Es waren nicht viele Passanten zwischen ihnen. Dennoch hatte er Mühe, sie im Blick zu behalten, da sie immer wieder für Sekunden in einem unbeleuchteten Abschnitt verschwand. Seine Schritte hallten laut in dem schmalen Tunnel. Jedes Mal, wenn sie aus dem Dunkel auftauchte, war sie ihm wieder etwas näher. Sie würde ihm nicht entkommen.

Nur noch wenige Sekunden.

Gleich würde er sie einholen!

Dann gelangte Bourne in eine längere unbeleuchtete Passage. Er konzentrierte sich ganz auf die Frau vor ihm und übersah die beiden Männer, die an der Tunnelwand lauerten. Einer schwang ein Eisenrohr und traf ihn mit voller Wucht an der Wade. Bourne kippte vornüber – im nächsten Augenblick stürzten sich die beiden Angreifer auf ihn und bearbeiteten ihn mit Fausthieben und Tritten.

Einer schwang das Rohr nach seinem Kopf. Jason riss den Arm hoch, und das Rohr traf ihn mit voller Wucht am Handgelenk. Der andere versetzte ihm einen Tritt in die Niere, so schmerzhaft wie ein Messerstich. Bourne steckte noch einige Treffer ein, doch als ihn der nächste Fußtritt traf, packte er den Angreifer am Knöchel und riss ihn von den Beinen.

Der andere schwang erneut das Eisenrohr, doch Jason rollte sich zur Seite und versetzte dem Mann einen Tritt zwischen die Beine. Der Angreifer schrie laut, und Bourne rappelte sich unter Schmerzen auf. Er packte den Mann am Kinn und hämmerte seinen Kopf gegen die Tunnelwand. Der Mann sackte bewusstlos zu Boden, das Eisenrohr fiel klappernd zu Boden.

Doch der andere war schon wieder auf den Beinen.

Er griff nicht mehr an, sondern wich schwer atmend zurück und zog etwas hinter dem Rücken hervor. Im nächsten Augenblick schaute Bourne in den Lauf einer Pistole.

»Cain«, sagte der Mann.

Jason erlebte ein Déjà-vu. Mit Horror dachte er an Tallinn.

Dort hatte er sich in der gleichen Situation befunden, als er zum ersten Mal einem von Lennons Leuten gegenübergestanden hatte. Der Mann sah sogar ähnlich aus – jung, mit

Pferdeschwanz und Akne, ein arrogantes, triumphierendes Grinsen im Gesicht.

Ein Schuss explodierte wie eine Bombe im Tunnel. Bournes Körper zuckte in Erwartung der Kugel, die ihn durchbohren würde. Doch dann sah er den Mann vor sich zu Boden sacken.

Genau wie in Tallinn.

Hinter dem Toten stand eine Frau mit der Pistole in der Hand. Bourne starrte sie an, und seine Knie zitterten. Es war kein Déjà-vu. Es war real und dennoch völlig unwirklich. Unmöglich. Die Frau vor ihm war *tot.* Vor zwei Jahren gestorben.

»Muss ich dich jedes Mal retten, Cain?«, fragte sie und schob die Pistole ins Holster.

Es war Nova.

6

Nova lebte!

Es konnte nicht sein. Und doch war sie es.

Sie saßen nebeneinander am Ufer der Isle of Dogs. Es war Ebbe, doch die moosbewachsene Mauer, an der sie lehnten, war noch feucht. Sie hatten kein Wort gesprochen, seit sie den Tunnel verlassen hatten. Er hatte ihr keine Fragen gestellt, und sie hatte ihm keine Erklärung gegeben. Die Frau aus der Painted Hall, die er verfolgt hatte, war längst über alle Berge. Nicht weit entfernt hörten sie die Sirenen der Polizeiwagen, die nach den Schüssen im Tunnel gerufen worden waren.

Jason sah Nova an und konnte es immer noch nicht glauben. Sie sah genauso aus wie früher – immer noch mit den üppigen schwarzen Haaren, in die er seine Hände vergraben hatte, den leuchtend grünen Augen, dem Grübchen im Kinn. Zu ihren vielen Tätowierungen hatten sich ein paar neue gesellt, wie ihre nackten Arme zeigten. Sie trug ein ärmelloses weißes Top über einem schwarzen Sport-BH und hautengen Jeans. Die Kette mit der griechischen Münze hing immer noch an ihrer Brust. Dass er sie so lebendig vor sich sah, ließ ihn wieder einmal an seinem Gehirn zweifeln. In einem Augenblick der Panik stellte er sich vor, dass er ihren Tod vielleicht nur geträumt hatte. Dass dem nicht so war, bestätigte ihm die Narbe von der Schusswunde in der rechten Brust.

»Ich habe mitangesehen, wie Treadstone-Agenten dich nach dem Massaker in Las Vegas vom Tatort weggetragen haben«, begann Jason. »Ich war mir sicher, dass du tot warst.«

Nova drehte sich zu ihm und erwiderte seinen Blick. Die Erinnerungen explodierten wie ein Feuerwerk in seinem Kopf. Da ein so großer Teil seiner Vergangenheit ausgelöscht war, erinnerte er sich umso intensiver an alles, was seinem Gedächtnis noch zugänglich war. Innerhalb von Sekunden sah er Bilder aus ihrer Beziehung vor seinen Augen vorbeiziehen. Das erste Mal waren sie sich in einem Straßencafé in Prag begegnet. Ihre erste gemeinsame Mission hatte sie an die griechische Küste geführt, in die Nähe ihrer Geburtsstadt Korinth. In einem Chalet in Quebec hatten sie zum ersten Mal miteinander geschlafen.

»Ich bin wirklich gestorben«, erklärte Nova. »Auf dem Operationstisch. Sie haben mich zurückgeholt.«

»Ich kann's nicht glauben, dass Nash mir das nicht gesagt hat. Und dass *du* es mir nicht früher gesagt hast.«

Nova streckte die Hand nach seinem Gesicht aus, zog sie aber wieder zurück. Das war ihr Eingeständnis, dass es zwischen ihnen nicht mehr so war wie früher. »Treadstone dachte, dass du für die Gegenseite arbeitest. Nash war überzeugt, dass du selbst hinter dem Anschlag auf mich gesteckt hast.«

»Das kannst du doch unmöglich geglaubt haben«, erwiderte Jason.

»Ich wusste nicht mehr, was ich glauben sollte. Sie haben mir gesagt, dass alle Beweise auf dich hindeuteten. Ich konnte es nicht glauben, aber was sollte ich tun? Wie konnte ich dir je wieder vertrauen, wenn auch nur der Hauch eines Zweifels blieb? Du hättest es umgekehrt genauso empfunden.«

Sie hatte recht.

Regel Nummer zwei: Traue niemandem. Treadstone.

»Wie ging es danach weiter?«, fragte er.

»Ich habe ein halbes Jahr gebraucht, um mich von der Verletzung zu erholen und wieder zu Kräften zu kommen. Als ich so weit war, die Arbeit wiederaufzunehmen, warst du nicht mehr aktiv.«

»Ich bin ausgestiegen, weil ich annehmen musste, dass Treadstone dich eliminiert hat.«

»Ich weiß. Das habe ich aber erst später erfahren. Ich habe von dem Fall Medusa gelesen, den du letztes Jahr aufgeklärt hast.«

»Spätestens dann hättest du mich finden können.«

»Ich wusste ja nicht einmal, ob du noch am Leben warst«, erwiderte Nova. »In Geheimdienstkreisen ging das Gerücht um, du wärst tot. Außerdem hatte sich mein Leben verändert. Ich war ebenfalls ausgestiegen, hatte Treadstone und das Geheimdienstgeschäft hinter mir gelassen. Das hieß für mich, dass ich mich auch von dir abwenden musste. Es tut mir leid.«

Jason schüttelte den Kopf. »Du lügst.«

»Warum sagst du das?«

»Es muss vor sechs Monaten gewesen sein. Ich kam in mein Apartment in Paris zurück und war mir sicher, dein Parfum zu riechen. Ich dachte mir, jetzt wirst du langsam verrückt. Aber ich hatte recht, oder?«

Sie lehnte den Kopf an die Mauer und schloss die Augen. »Okay. Du hast recht. Ich wollte dich sehen. War einfach nicht bereit, dich loszulassen. Ich wusste, dass du in Paris sein würdest. Das war immer deine Operationsbasis. Also habe ich dort nach dir gesucht. Schließlich habe ich deine Wohnung gefunden. Ich ging hin und wartete auf dich.«

»Warum?«

Nova öffnete die Augen und sah ihn fast zornig an. In solchen Momenten machte sich ihr griechisches Blut bemerkbar. »Verdammt, Jason, was glaubst du? Weißt du nicht, was ich für dich empfunden habe?«

Er schwieg. Sein Instinkt sagte ihm, auf Distanz zu gehen. Um ihretwillen.

Verstehst du nicht? Ich bin toxisch! Halt dich von mir fern!

»Du warst weg, bevor ich zurückkam«, sagte er.

»Ich konnte nicht bleiben. Je länger ich auf dich wartete, desto klarer wurde mir, dass sich die Zeit nicht zurückdrehen ließ. Für uns beide nicht. Ich musste nach vorn schauen und neu anfangen. Es war leichter, dich in dem Glauben zu lassen, dass ich tot war.«

Bourne versuchte, seine Gefühle zu unterdrücken. Er durfte nicht daran denken, wie sein Leben mit Nova gewesen war. Nach langen Jahren der inneren Leere hatte sie ihm wieder das Gefühl gegeben, zu leben. Er sagte sich, dass er den Verlust überwunden hatte, den ihr vermeintlicher Tod für ihn bedeutet hatte, doch die Wahrheit war, dass er nie aufgehört hatte, sie zu lieben. Sie hier lebendig vor sich zu sehen, ließ die aufgestauten Gefühle umso stärker in ihm hochkommen.

Er kannte diese Frau besser als sonst jemanden in seinem Leben. Besser als Abbey Laurent. Besser sogar als einst Marie. Nova stammte aus privilegierten Verhältnissen. Ihre Mutter war ein griechisches Model gewesen, ihr Vater ein britischer Manager im Ölgeschäft. In ihrer dreiköpfigen Familie war sie wie eine Prinzessin aufgewachsen; doch ihre märchenhafte Kindheit war durch einen brutalen Akt der Gewalt beendet worden, als die Jacht ihrer Familie vor Kreta von Piraten gekapert wurde. Die Angreifer hatten ihren Eltern die Kehlen durchgeschnitten, nur um ein paar Tausend Dollar und ein wenig Schmuck zu erbeuten. Nova hatte sich unter einem Bett versteckt; das Blut ihrer Eltern auf dem Boden war unters Bett geronnen und hatte ihre Kleidung durchtränkt. Sie war die einzige Überlebende des Angriffs gewesen. Völlig traumatisiert hatte sie sechs Monate lang kein Wort mehr gesprochen.

Danach hatte sie bei ihrem Onkel gelebt, einem unverheirateten Abgeordneten des britischen Parlaments, der wenig Interesse hatte, ein Kind großzuziehen. Sie waren nicht besonders gut miteinander ausgekommen. Nova hatte wilde Jahre in London verbracht, wurde drogenabhängig und drückte ihre Unabhängigkeit auch dadurch aus, dass sie ihren Körper mit Tattoos bedeckte. Sie ging mit völlig Fremden ins Bett und unternahm mehrere Selbstmordversuche. Als sie mit dreiundzwanzig wieder einmal aus einem kokainbefeuerten Albtraum aufwachte, beschloss sie, ihren Selbstmordtrip zu beenden und zu leben.

Sie ging zu ihrem Onkel und sagte ihm, dass sie Agentin werden wolle. Sie wollte Leute wie die Mörder ihrer Eltern bekämpfen.

Zufällig hielt sich Nash Rollins damals in London auf. Er war auf der Suche nach jungen Briten, die er im Rahmen von Treadstone dafür ausbilden konnte, extremistische Gruppen in Europa zu infiltrieren. Nova wurde eine seiner ersten Rekrutinnen und war bald eine seiner Topagentinnen. Jeder Einsatz war für sie eine kleine Wiedergutmachung für das Leid, das sie als Siebenjährige erlitten hatte. Es änderte jedoch nichts an ihrer kalten Wut, ihrer tiefen inneren Finsternis, die äußerlich ihren schwarzen Haaren und Augen und ihrer dunkel getönten Haut entsprach.

Als Bourne ihr Jahre später begegnet war, hatten sie sich sofort zueinander hingezogen gefühlt. Beide waren vom Leben gezeichnet, litten aber nicht mehr darunter, sobald sie zusammen waren. Nova kannte seine Geschichte als Mann ohne Erinnerung und ohne Vergangenheit. Der Mann, der die Identität eines Killers angenommen hatte, um selbst ein Killer zu werden.

Er erinnerte sich noch gut daran, was sie damals in dem Prager Café zu ihm gesagt hatte: *Ich beneide dich. Ich würde meine Vergangenheit sofort auslöschen, wenn ich könnte.*

»Dann hast du also Treadstone verlassen«, sagte Jason.

»Ja.«

»Was hast du danach gemacht?«

»Zuerst kam ich hierher. Hier bin ich zu Hause. Nach einer Weile bin ich auf den Kontinent gegangen und habe bei Interpol angefangen. Ich gehöre einer Sondereinheit an.«

»Wofür bist du zuständig?«, wollte Bourne wissen.

»Die Jagd nach Lennon.«

Bourne nickte. Natürlich. Nun ergab alles einen Sinn. Deshalb hatte Nash ihn vor den Geistern seiner Vergangenheit gewarnt. Für die Geheimdienste war Caffertys Auftritt in London der perfekte Köder, um Lennon aus der Reserve zu locken. Deswegen war Nova in die Stadt zurückgekehrt.

»Du weißt, warum ich hier bin?«, fragte Bourne.

»Cafferty.« Sie musterte sein Gesicht und fügte hinzu: »Du hast kein gutes Gefühl dabei, oder?«

»Der Auftrag kommt von Holly Schultz.«

»Tallinn.« Nova erinnerte sich stirnrunzelnd an den misslungenen Einsatz. »Glaubst du immer noch, dass Dixon Lewis die Fluchtroute verraten hat?«

»Hollys Hund war es sicher nicht.«

Nova lächelte. Himmel, dieses Lächeln! Es gab ihm jedes Mal einen Stich ins Herz.

»Okay, du traust Dixon nicht. Aber was hätte er davon gehabt, Kotow zu verraten? Immerhin ist seine eigene Mission damit gescheitert.«

»Das kann ich mir auch nicht erklären«, gab Bourne zu. »Aber jetzt, wo ich wieder für die beiden arbeite, habe ich schon wieder so ein Gefühl, dass irgendwas nicht stimmt. Sie verheimlichen mir etwas. Wir müssen verdammt vorsichtig sein.«

Nova überlegte eine Weile, ehe sie ganz leise fragte: *»Wir?«*

»Sorry. Die Macht der Gewohnheit.«

Sie schwieg und schaute mit dem abwesenden Blick, der ihm so vertraut war, auf die Themse hinaus. Der Wind wehte ihr die Haare in die Augen, und er wollte schon die Hand ausstrecken und ihr die Strähnen aus dem Gesicht streichen. Doch er tat es nicht.

»Ich bin mir ziemlich sicher, dass die Frau im Tunnel für Lennon arbeitet«, fuhr Bourne fort. »Ich habe sie davor schon zweimal gesehen. Sie ist mir von Paris nach Stockholm und hierher gefolgt.«

Nova nickte. »Ein Mann, den wir befragt haben, hat angegeben, dass ihr Deckname Yoko sei.«

»Im Ernst?«

»Ja. Du weißt ja, was Gunnar gesagt hat. Für Lennon ist das alles ein Riesenspaß. Trotzdem glaube ich, dass es etwas zu bedeuten hat, dass er sie Yoko nennt. Sie dürfte ihm näherstehen als die anderen. Bisher ist sie uns aber genauso entwischt wie er, weil auch sie in tausend Verkleidungen auftritt. Du durchschaust so etwas besser als ich. Ich wusste nicht, dass sie es ist, bis ich *dich* gesehen habe, Jason. Da war mir klar, dass du jemanden verfolgst. Ich nahm an, dass du in eine Falle tappst, weil Yoko immer zwei Leute um sich hat. Darum bin ich dir gefolgt.«

»Ich bin froh, dass du's getan hast.«

»Ich auch.«

Nova beugte sich zu ihm, als wollte sie, dass er sie küsste. Dass sie die Zeit zurückdrehen könnten. Schon bevor sie sich ineinander verliebt hatten, war da diese Anziehung zwischen ihnen gewesen, deren Macht er immer noch spürte. Doch er reagierte nicht auf ihre einladende Geste. Sie schaute zur Seite, schien sich ein wenig zu schämen. Vielleicht hatte sie nur ausprobieren wollen, ob sie ihn noch verführen konnte.

»Du vertraust mir nicht mehr«, sagte sie und rückte von ihm ab. »Ich habe es kaputt gemacht.«

»Das hast du.«

»Ich wünschte, ich könnte dir wieder so vertrauen wie früher.«

»Aber du kannst es nicht.«

Ihre vollen Lippen nahmen einen frustrierten Ausdruck an. »Was tun wir jetzt?«

»Wir finden Lennon«, betonte Jason. »Alles andere gehört der Vergangenheit an.«

Yoko setzte sich auf eine Bank nahe dem Triton-Brunnen im Regent's Park. Enten schwammen im grünen Wasser des runden Teichs. Die hohen Bäume warfen lange Schatten in der Abendsonne. Die anderen Bänke um den Teich waren frei.

Sie hatte ihr Aussehen erneut verändert und sich mithilfe von Make-up um zehn Jahre älter gemacht. Außerdem trug sie eine blonde Perücke mit Pferdeschwanz und hatte nun braune Augen und dunklere Brauen. Die Wangenknochen hatte sie mit etwas Rouge hervorgehoben. Bekleidet war sie mit einem smaragdgrünen Jogginganzug. Sie war von der U-Bahn-Station zum Park gelaufen, um als Joggerin echt zu wirken. Nachdem sie kurz durchgeatmet hatte, nahm sie die Plastikflasche zur Hand, die sie am Gürtel befestigt hatte, und trank einen kräftigen Schluck.

Ein Mann stapfte auf dem Gehweg zum Brunnen. Er hinkte leicht, anscheinend ein Rentner Mitte oder Ende sechzig. Die grauen Haare trug er glatt zurückgekämmt. Er hatte eine abgetragene Hose und einen ausgebeulten Pulli an, der zu dick für das warme Wetter aussah. Am Hals trug er ein altes Fernglas. Er betrachtete die Bronzeskulpturen im Teich, die Hände hinter dem Rücken gefaltet, dann kam er herüber und setzte sich ans andere Ende der Bank.

Die Frau sah ihn nicht direkt an, sondern blickte zum Teich, ohne den Mann zu beachten. Obwohl sie ein Liebespaar waren, kannte sie weder sein wahres Gesicht noch seine richtige Stimme. Wenn er zu ihr kam, dann nur in völliger Dunkelheit und absolutem Schweigen, bis auf das Stöhnen im Bett. Sie hatte es sich längst zur Gewohnheit gemacht, kein Licht in ihrem Hotelzimmer brennen zu lassen, weil sie nie wusste, ob er nicht mitten in der Nacht auftauchte und zu ihr ins Bett stieg. Und wenn sie beide vom Liebesspiel gesättigt waren, verschwand er wieder und ließ sie allein zurück.

»Hallo, Yoko.« Lennon klang tatsächlich wie der alte Vogelbeobachter, der er zu sein vorgab.

Sie hielt sich nicht mit Small Talk oder einer langen Einleitung auf. »Bourne hat mich in der Painted Hall entdeckt. Ich bin mit Glück davongekommen.«

»Nicht zum ersten Mal.«

»Was?«

»Es war nicht das erste Mal, dass er dich entdeckt hat.«

»Ja.«

»Ich habe dich vor Cain gewarnt. Er ist ein Meister darin, Verkleidungen zu durchschauen. Um ihn zu täuschen, musst du dich ein bisschen mehr anstrengen als sonst. Deine reizende Nase bringt dich in Schwierigkeiten.«

»Ich habe es verbockt, das ist mir klar.«

»Du musst dich ab jetzt von ihm fernhalten. Wir können nicht riskieren, dass er dich noch einmal entdeckt, schon gar nicht mitten in der Operation. Seans Identität ist für die Konferenz bereit. Du kannst die Fahrzeuge organisieren und draußen auf mich warten.«

»Wenn du es für notwendig hältst.«

»Absolut.«

Yoko war nicht glücklich darüber, nicht mehr mitten im Geschehen zu sein, wenn es so richtig losging, doch das hatte sie sich selbst zuzuschreiben. Und wenn Lennon eine Entscheidung getroffen hatte, war jeder Einwand zwecklos. Sie war nicht die erste Yoko. Es hatte mehrere vor ihr gegeben. Am Ende waren sie alle zum Sicherheitsrisiko geworden.

»Bourne hat sich also im Naval College umgesehen?«, fuhr Lennon fort und tippte sich mit den Fingern auf die Knie. »Hat er sich nur dafür interessiert, wo Cafferty auftreten wird, oder auch für andere Veranstaltungsorte?«

»Nein. Ich bin ihm direkt zur Painted Hall gefolgt. Der Vortrag dort ist das größte Sicherheitsrisiko, aber es wird schwer, an Cafferty heranzukommen, wenn Bourne dort ist. Vielleicht solltest du dir eine andere Strategie überlegen.«

»Er macht mir keine großen Sorgen.«

»Verstehe.«

»Und es hat nichts darauf hingedeutet, dass er von Sorokin weiß?«

»Nein.«

»Interessant. Holly Schultz und Dixon Lewis haben es ihm anscheinend vorenthalten. Auch recht. Jetzt erzähl mir von dem Desaster im Tunnel.«

»Ich habe Verstärkung gerufen; unsere Männer haben ihm im Tunnel aufgelauert, aber es ist aus dem Ruder gelaufen. Einer unserer Agenten wurde getötet, der andere konnte zum Glück entkommen, bevor die Polizei dort war. Ich habe mir seinen Bericht angehört und ihn dann eliminiert.«

»Wie hat Bourne es geschafft, zu überleben?«

Yoko musste sich zwingen, ihn nicht anzusehen. »Nova ist plötzlich aufgetaucht. Sie hat unseren Mann erschossen.«

»Nova.« Lennon zog den Namen fasziniert in die Länge. »Natürlich. Dann sind die beiden also wieder vereint?«

»Ja.«

Lennon schwieg eine Weile, hob das Fernglas und nahm die Scharfstellung so vor, dass er einen Vogel in einem hohen Baum wie aus der Nähe betrachten konnte. »Tja. Das musste wohl früher oder später passieren. Vielleicht können wir das zu unserem Vorteil nutzen. Wenn Cain eine Schwäche hat, dann ist es sie.«

7

»Wie ist das Wetter in London?«, fragte Clark Cafferty, während seine Limousine auf der I-66 von Arlington zum Flughafen Dulles International in Washington fuhr. Er nahm zwei Eiswürfel aus einem silbernen Kübel und ließ sie in seinen Wodka plumpsen.

»Heiß«, sagte Holly Schultz. »Und das gilt auch für die Lage in den Straßen der Stadt.«

»Ja, ich habe die Bilder im Fernsehen gesehen.«

Cafferty ließ die Eiswürfel im Glas klimpern und blickte auf den Videobildschirm, der in die Rückseite des Sitzes vor ihm eingebaut war. Er sah Holly am Schreibtisch ihrer Suite im Radisson Blu sitzen, mit ihrem Labrador Sugar an ihrer Seite.

Cafferty hatte im Allgemeinen keine sehr hohe Meinung von den Leuten, die in den Geheimdiensten tätig waren. Die meisten waren Bürokraten, denen es mehr darum ging, den eigenen Arsch abzusichern, als irgendein Risiko einzugehen. Holly war anders. Als Frau hatte man es schon schwer genug in der CIA, aber als blinde Frau war es normalerweise unmöglich, sich zu behaupten. Und doch hatte sie es geschafft, indem sie konsequenter und rücksichtsloser war als irgendein Mann, mit dem Cafferty je zu tun gehabt hatte. Und das wusste er zu schätzen.

Wenn man die richtigen Ziele hatte, durfte man bei der Wahl der Mittel nicht zimperlich sein.

»Haben Sie neue Nachrichten von unserem Freund erhalten?«, fragte sie.

»Nichts. Totale Funkstille«, sagte Cafferty. »Was vermutlich ein gutes Zeichen ist. Solange er nichts von sich hören lässt, sollte alles in Ordnung sein. Wenn er sich jetzt noch meldet, dann nur, um uns zu sagen, dass er doch nicht zu dem Treffen kommt.«

»Sein Flieger sollte morgen um Mitternacht in Farnborough ankommen. Dixon wird ihn abholen.«

»Wo wird er wohnen?«

»Das wissen wir noch nicht. Er ist extrem vorsichtig.«

»Dazu hat er auch allen Grund«, betonte Cafferty und wandte sich an Dixon Lewis, der hinter Holly im Hotelzimmer auf und ab ging und über ein Headset etwas in sein Handy murmelte.

»Dixon, ist für Montag alles bereit?«

Der Agent trat zu Hollys Schreibtisch. »Ja, Sir, wir haben alles vorbereitet. Im Moment sind Sie, Holly und ich die Einzigen, die den genauen Plan kennen. Das wollen wir bis zum letzten Moment so beibehalten.«

»Es muss funktionieren«, meinte Cafferty. »Ich brauche Sie nicht daran zu erinnern, dass wir drei Jahre in diese Operation investiert haben.«

»Es wird klappen«, bekräftigte Dixon zuversichtlich.

»Wie sieht es mit den Sicherheitsvorkehrungen aus?«

»Wir behalten online alle möglichen Bedrohungen im Auge. Man hört einiges von dieser Gaia-Crusade-Bewegung. Und wir gehen natürlich davon aus, dass auch Lennon aktiv ist. Das alles haben wir in unserem Plan einkalkuliert.«

»Und Cain?«

»Er ist in London«, erklärte Holly. »Ich habe ihn unter einer Tarnidentität hingeschickt und ihm Ihren Terminkalender in London gegeben. Sein Deckname wurde heute Nachmittag beim Naval College registriert. Er sieht sich in der Painted Hall um, um die Sicherheitsvorkehrungen für Ihren Vortrag zu prüfen.«

Cafferty schürzte nachdenklich die Lippen. »Lennon ist schon früher mit Cain aneinandergeraten. Er wird davon ausgehen, dass Cain damit zu tun hat.«

»Davon gehen wir aus«, stimmte Holly zu.

»Hat Cain einen Verdacht?«

»Bestimmt«, meinte Holly achselzuckend. »Er traut niemandem, schon gar nicht mir und Dixon. Bislang hält er sich aber an die Vorgaben. Und Nash Rollins ebenfalls. Er ist auf dem Weg nach Kalifornien und kümmert sich um die dortige Situation, solange wir weg sind.«

Cafferty war zufrieden, was seine Anspannung jedoch nicht minderte. Nach Jahren der Planung kam jetzt die Stunde der Wahrheit. In diesem Stadium konnte ein kleiner Fehler alles zunichtemachen. Bisher schien jedoch alles so zu laufen, wie Holly und Dixon es geplant hatten. Die beiden waren schlau, aber schlaue Leute hatten oft eine Schwäche: Sie konnten sich nicht vorstellen, dass jemand sie überlisten könnte. Cafferty wusste nicht viel über diesen Killer namens Lennon, aber eines stand fest: Dieser Mann war ein Fuchs.

Der Videobildschirm in der Sitzrückseite zeigte ihm neben Holly und Dixon auch sein eigenes Gesicht. Cafferty schüttelte den Kopf. Wenn er mit jüngeren Leuten sprach, vergaß er, dass er ein alter Mann war. Er war in den Sechzigern, sein Haaransatz zog sich mit jedem Jahr ein Stück weiter zurück. Seine dünnen braunen Haare wären längst grau, würde er sie nicht aus Eitelkeit färben. Seine Haut zeigte nicht eine Falte weniger, als es seinem Alter entsprach, dazu Altersflecken, die sein Hautarzt von Zeit zu Zeit wegbrannte, die aber immer wiederkamen. Seine dunklen Augen wirkten eingesunken, was vor allem an den Tränensäcken lag.

Er sah sich selbst immer noch als Aufsteiger, der es mit dem System aufnahm, doch in Wahrheit war *er* heute das System. Der Insider im Beltway mit teurem Anzug und Luxuslimousine. Aber Geld war für ihn nur ein Nebenprodukt des Erfolgs, den er in seiner Arbeit hatte. Geld zu haben gab ihm die Freiheit, sich ganz auf seine ehrgeizigen Ziele zu konzentrieren. Eines davon war, den Boden für eine neue Führung in Moskau zu bereiten. Er war zwar nicht mehr jung, aber er glaubte immer noch daran, dass eine Revolution die Welt zum Besseren verändern konnte. Putin hatte Russland lange genug unterdrückt – es war Zeit, dass er von der Bildfläche verschwand.

»Wie schätzen Sie Sorokin ein?«, fragte Holly. »Wird er mit uns kooperieren? Und wenn ja, kann er die anderen mit an Bord holen?«

Cafferty gestattete sich ein leises Lächeln. »In meiner ganzen Laufbahn ist es immer darum gegangen, mächtige Leute zu etwas zu bewegen, was sie eigentlich nicht wollten. Tatsache ist, dass Gennadi nach London kommt. Er wäre nie dazu bereit gewesen, wenn er nicht glauben würde, dass wir ihm etwas Interessantes anzubieten haben.«

»Das heißt, die Sanktionen wirken.«

»Genau. Ebenso die Klimaproteste in Moskau. Beides trägt dazu bei, die Stabilität des Systems zu untergraben. Wir haben den Russen in den letzten Jahren das Spielfeld überlassen, jetzt schlagen wir zurück. Das ist ein entscheidender Moment, Holly. Sie beide müssen dafür sorgen, dass nichts schiefgeht. Wenn der Plan jetzt noch scheitert, war die ganze Arbeit umsonst. Eine solche Gelegenheit bekommen wir so schnell nicht wieder.«

»Alles klar.«

»Eins noch«, setzte Cafferty nach. »Das andere Puzzleteil. Hat es geklappt, wie wir es besprochen haben?«

Holly nickte. »Wir haben das mit unseren Kontakten zur russischen Wissenschaftselite geregelt und eine Einladung zu den Klimagesprächen der WTO erwirkt. Soweit wir das beurteilen können, hat ihre Reise keinen Verdacht beim FSB aufkommen lassen.«

»Ist sie schon da?«, fragte Cafferty. »Ist sie gut angekommen?«

»Ja. Tati Reznikowa ist in London. Sie ist vor zwei Tagen mit ihrem Mann angekommen. Wir behalten sie rund um die Uhr im Auge. Trotzdem halte ich es für besser, wenn Sie ihr die Situation selbst erklären. Es wird ein Schock für sie sein.«

Cafferty nahm einen Schluck Wodka. »Das sehe ich auch so. Sorgen Sie dafür, dass sie am Montag ins Naval College kommt. Dort werde ich mit ihr reden. Wie Sie wissen, hängt der Erfolg unserer Strategie von dieser Frau ab. Wir müssen an sie herankommen, bevor Lennon es tut.«

Tati lag nackt auf dem Bett ihrer Mietwohnung in Mayfair.

Sie wusste, Vadik würde mit ihr schlafen wollen, wenn er nach Hause kam. Für ihn war das ein absolutes Muss. Er war nicht besonders gut im Bett, aber wenigstens war es schnell vorbei. Ein paar Minuten später schlief er meistens schon, und sie konnte zu ihren Büchern zurückkehren. Im Gegensatz zu ihrer Arbeit war ihr Sex einfach nicht wichtig. Sie hatte vor ihm einige Liebhaber gehabt, doch besonders toll war es mit keinem gewesen. Sie waren alle wie Vadik, bewunderten ihren Körper, wussten aber nicht wirklich etwas damit anzufangen.

Als sie heute Abend auf ihn wartete, studierte sie die neuesten Temperaturdaten, die ihre Kollegen auf der russischen

Antarktis-Station Wostok ihr geschickt hatten. Einige Wissenschaftler, die vor ihr dort gewesen waren, hatten sie gewarnt, dass sechs Monate in völliger Isolation schwer zu ertragen seien, doch Tati hatte den Aufenthalt auf dem fernen Kontinent genossen. Sie hatte keine ausgeprägten sozialen oder körperlichen Bedürfnisse, sodass die Abgeschiedenheit für sie kein Problem war. Die männlichen Kollegen hatten sich an sie herangemacht – ob alt oder jung, verheiratet oder Single. Außer ihr hatte sich nur eine Frau auf der Station aufgehalten – und sogar sie hatte es bei ihr versucht. Tati hatte sie alle abgewiesen, und damit war die Sache erledigt gewesen. Während die anderen einen Lagerkoller bekamen, genoss Tati die Kälte und die extremen Bedingungen, die für sie sogar einen besonderen Reiz hatten. Es war ein Ort, an dem man nichts tun konnte, als zu arbeiten. Die Antarktis-Station war für sie ein traumhafter Ort gewesen. Sie wäre noch länger geblieben, wenn ihre Vorgesetzten nicht darauf bestanden hätten, dass sie zurückkam.

Tati lag auf dem Bett und schaute sich in dem luxuriösen Apartment um, das mit einem riesigen Flachbildfernseher, seidener Bettwäsche und teuren Seifen und Cremes im Badezimmer ausgestattet war. Die meisten russischen Delegierten schliefen in Dreibettzimmern in billigen Hotels eine Zugstunde von der Innenstadt entfernt, doch Tati war in der Moskauer Elite groß geworden, was gewisse Privilegien mit sich brachte. Natürlich ging sie davon aus, dass die Wohnung verwanzt war. Irgendein FSB-Agent in der Botschaft lachte wahrscheinlich, wenn ihr ein Furz entschlüpfte. Zweifellos waren auch versteckte Kameras installiert, sodass die Spione ihre Kurven bewundern und zusehen konnten, wie Vadik sich auf ihr abarbeitete. Besonders aufmerksam überwachten sie Leute, die schlau oder wichtig waren oder Geld hatten, in der Hoffnung, sie bei etwas Verbotenem zu ertappen.

Tati nahm einen Schluck aus der Wasserflasche auf dem Nachttisch. Im Gegensatz zu den meisten ihrer Kollegen hatte sie keine Schwäche für Wodka oder Wein. Als Wissenschaftlerin brauchte sie einen klaren Geist. Sie war außerdem Vegetarierin, was auf der Antarktis-Station nicht ganz einfach durchzuhalten gewesen war. Es gab dort kein frisches Obst und Gemüse. Ihre Kollegen hatten damit kein Problem gehabt, sondern täglich kiloweise Fleisch verdrückt.

Bevor sie sich wieder ihren Zahlenwerten widmete, checkte Tati ihr Handy. Es war kurz vor Mitternacht, und Vadik war immer noch nicht zurück. Seit sie sich in der Stadt aufhielten, war er jeden Abend erst spät nach Hause gekommen. Er sagte, er habe einen Spaziergang gemacht oder sich noch einen Drink genehmigt, doch sie kannte ihren Mann gut genug, um zu wissen, dass er ihr etwas verheimlichte. In Moskau war es genauso gewesen. Oft war er übers Wochenende weggefahren, angeblich mit Freunden zum Angeln, doch das war gelogen. Zuerst hatte sie gedacht, er habe eine Geliebte. Tati hätte es nicht allzu viel ausgemacht, aber das war es nicht. Er war mit irgendetwas anderem beschäftigt.

Schließlich hörte sie den Schlüssel im Schloss klicken, und die Tür wurde geöffnet.

Vadik kam herein, wie immer mit diesem ernsten, fast feierlichen Ausdruck im Gesicht. Seine schwarzen Haare standen in alle Richtungen ab. Er trug schon seit Tagen dasselbe Hemd, das mittlerweile mehr grau als weiß war und nach abgestandenem Schweiß roch. Als er sah, dass sie nackt war, streifte er die Schuhe ab und zog sich aus. Er stieg zu ihr ins Bett, nahm ihre Hand und zog sie zwischen seine Beine. Ihre Finger erhielten eine prompte Reaktion.

»Wo warst du?«, fragte sie.

»In einem Pub. Ich habe ein paar Kollegen getroffen.«

»Ja? Wen?«

»Die kennst du nicht. Zwei Holländer aus Utrecht. Auch Statistiker.«

»Du riechst gar nicht nach Bier.«

»Ich hab Pfefferminzbonbons gelutscht.«

»Okay.«

Ihr war klar, er wollte etwas anderes als reden. Sie zog die Knie an, und er legte sich auf sie und drang in sie ein. Er beugte sich zu ihr und flüsterte: »Du sollst mir nicht dauernd Fragen stellen, Tati. Du weißt doch, dass jemand zuhört.«

»Na und?«

»Die sollen nicht denken, dass du mir nicht vertraust.«

»Tut mir leid.«

Das Problem war, dass Tati ihm wirklich nicht traute.

Sie schaute zum Fernseher und fragte sich, ob die Kamera darin installiert war. Oder vielleicht in der Lampe über dem Bett? Derjenige, der das Apartment auf seinem Monitor überwachte, fummelte wahrscheinlich gerade an sich herum, während er beobachtete, wie Tati sich von ihrem Mann vögeln ließ. Zum ersten Mal kam ihr der Gedanke, dass die Überwachung vielleicht gar nicht ihr galt. Immer hatte sie angenommen, dass sie es war, deren Verhalten die Behörden interessierte. Aber vielleicht ging es in Wahrheit um ihren Mann.

Sie hob den Kopf vom Kissen und murmelte ihm ins Ohr: »Was hast du vor, Vadik?«

8

Am Sonntagmorgen wachte Jason noch früher als sonst auf. Mit einer Tasse Kaffee setzte er sich ans Fenster. Er befand sich in Novas Apartment im zweiten Stock eines Wohnhauses in einer Seitenstraße nahe dem Tower Hill. Die Wohnung hatte keine persönliche Note, nirgends hingen Fotos oder Bilder an den Wänden, es lag keine Post herum, anhand derer man die Person, die hier wohnte, identifizieren konnte. Bourne vermutete, dass Nova jedes Mal, wenn sie ins Ausland musste, einen Säuberungstrupp kommen ließ, um Fingerabdrücke und DNA-Spuren zu entfernen. Er machte es ebenso, wenn er Paris für eine Weile verließ.

Hinterlasse niemals Spuren, die jemand verfolgen könnte. Treadstone.

Sie hatten die halbe Nacht mit Reden verbracht, sich aber beide nicht ganz wohl dabei gefühlt, weil sie die Dinge ignorieren mussten, über die sie gern geredet hätten. Ihre gemeinsame Vergangenheit. Die Pläne, die sie geschmiedet hatten. Die beiden Jahre, in denen sie getrennt gewesen waren. Das Leben, das sie hätten haben können. Fragen über Fragen, die sie nicht auszusprechen wagten.

Stattdessen berichtete ihm Nova, was Interpol über Lennon wusste. Es war leider nicht allzu viel. Lennon war im Grunde noch genauso ein Rätsel wie drei Jahre zuvor, als sie es in Tallinn mit ihm zu tun bekommen hatten. Wenn Interpol einmal das Glück hatte, einen seiner Handlanger lebend zu fassen, konnte ihnen der Betreffende nur Dinge mitteilen, die seine unmittelbare Aufgabe betrafen. Die Leute aus Lennons engstem Kreis waren den anderen nur unter ihren Decknamen bekannt. Yoko. Sean. Pete. Stuart. Elton. Ringo. Doch auch sie waren austauschbar. Wenn einer von ihnen starb, übernahm ein anderer seinen Platz und seinen Namen, wie ein Schauspieler, der in einer Fernsehserie in eine bestimmte Rolle schlüpfte. Lennon führte sein Netzwerk, indem er Spezialisten anheuerte und sich wieder von ihnen trennte, wenn er ihre Dienste nicht mehr benötigte.

Sich von ihnen zu trennen, bedeutete im Normalfall, ihnen eine Kugel in den Kopf zu jagen.

Von seinem Fensterplatz aus betrachtete Jason für einen Augenblick die schlafende Nova. Sie lag auf dem Bauch, ihr zerwühltes schwarzes Haar bedeckte ihr Gesicht. Sie hatten nebeneinander geschlafen, einander aber höchstens flüchtig berührt, wenn sie sich umdrehten. Sie schien zu spüren, dass er sie beobachtete, denn nach wenigen Augenblicken drehte sie sich auf den Rücken und schlug die Augen auf. Ihre nackte Haut war wie ein Wandgemälde aus fantasievollen Tattoos. Die goldene Kette ruhte auf ihrer Brust. Als er sie da liegen sah, konnte er seine plötzliche Erregung nicht unterdrücken.

Ihre Körperhaltung war wie eine unausgesprochene Aufforderung. *Komm und nimm mich in die Arme.* Doch er blieb beim Fenster sitzen.

Schließlich stand sie auf, schlüpfte in einen seidenen Bademantel und schenkte sich Kaffee ein. Dann kam sie zu Bourne ans Fenster.

»Es ist lange her, dass ich nach dem Aufwachen dein Gesicht gesehen habe«, bemerkte sie.

»Geht mir genauso.«

»Du siehst gut aus, Jason. Das wollte ich dir gestern schon sagen.«

»Danke.«

»Okay, du hast immer noch dieses Ruhelose an dir, aber das wird sich wohl nie ändern. Du rechnest immer damit, dass dich jemand verraten könnte, oder? Trotzdem siehst du gut aus.«

»Du auch. Du siehst toll aus. Auch das wird sich nicht ändern. Mir sind zwei neue Tattoos aufgefallen.«

»Ich hab schon bemerkt, dass du sie angesehen hast.«

»Eine schwarze Katze und ein Rabe. Immer noch die dunkle Lady.«

»Ja, vielleicht.«

Er sah zur Seite, wich ihrem Blick aus. Sonst hätte er ihr nicht länger widerstehen können. »Cafferty wird bald ankommen«, sagte er, um das Thema zu wechseln.

»Fürchtest du, dass Lennon ihn heute schon angreifen will?«

»Das halte ich für unwahrscheinlich. Cafferty wird von Sicherheitsleuten umgeben sein und nur Leute treffen, die er kennt. Nein, morgen bietet sich eine bessere Gelegenheit. Da werden Hunderte im Naval College sein, und wir haben keine Ahnung, wie Lennon aussieht. Der Kerl wird zuschlagen und verschwinden, bevor wir überhaupt mitbekommen, was passiert ist.«

»Warum gehen die ein solches Risiko ein, wenn sie wissen, was Lennon vorhat?«, fragte sie.

»Ich weiß es nicht.«

»Vielleicht *wollen* sie, dass Cafferty stirbt.«

»Daran habe ich auch schon gedacht – aber warum hätten sie mich dann hergeschickt? Okay, vielleicht, um einen Schuldigen zu haben, wenn Cafferty ermordet wird. So wie damals in Tallinn.«

»Was hast du jetzt vor?«, fragte Nova.

»Uns bleibt ein Tag, um uns einen kleinen Vorteil zu verschaffen. Oder um zumindest für eine ausgeglichene Ausgangsposition zu sorgen. Lennon wird morgen in der Painted Hall sein. Wir müssen wissen, wonach wir zu suchen haben.«

Nova schüttelte den Kopf. »Wir sind seit drei Jahren hinter ihm her und haben immer noch kein Foto, keine Daten und Fakten, keinen Hintergrund. Niemanden, der ihn auch nur ansatzweise beschreiben kann.«

»Gunnar glaubt, dass er diesmal eine Spur hinterlassen könnte. Lennon benutzt gern extremistische Gruppen, um von sich abzulenken. Vielleicht versucht er, die Protestaktionen zu beeinflussen, während er zugleich einen Anschlag auf Cafferty plant. Wenn wir Leute finden, mit denen er Kontakt hatte, kann uns das zu ihm führen. Durch Überwachungskameras oder Zeugen.«

»Diesen Ansatz haben wir schon früher verfolgt. Er macht keine Fehler. Für mich ist er wie ein Vampir, der im Spiegel ebenso wenig zu sehen ist wie auf Fotos oder Filmen.«

»Diesmal hat er nicht viel Zeit, um den Coup vorzubereiten«, rief Bourne in Erinnerung.

Nova schürzte nachdenklich die Lippen. »Okay. Ich habe einen Freund beim MI-5. Ich frage ihn, was sie über die Gruppen wissen, die gegen die WTO-Konferenz demonstrieren. Vielleicht ist ihnen irgendetwas Ungewöhnliches aufgefallen.«

»Gut.«

Sie streckte die Hand aus und streichelte seine Wange. »Ich gehe duschen. Willst du mitkommen?«

»Du weißt, dass ich das gern würde.«

»Ist das ein Nein?«

Jason nickte.

»Wir können Sex haben, ohne dass es mehr sein muss«, meinte sie.

»Ich glaube nicht, dass wir das könnten.«

Nova sah ihn mit einem Ausdruck an, als würde sie es im Grunde genauso sehen. »Du hast recht. Tut mir leid.«

Sie ging zum Badezimmer, blieb aber vor der Tür stehen. Mit einem traurigen Stirnrunzeln fummelte sie am Gürtel ihres Bademantels. »Hey, Jason? Kann ich dich etwas fragen?«

»Was?«

»Wer ist Abbey?«

»Woher weißt du von ihr?«

»Als ich in Paris in deiner Wohnung war, habe ich eine Schachtel Ahornbonbons aus Quebec in der Küche gesehen. Mit einer kleinen Nachricht. *Sag mir, dass du lebst. Abbey.*«

»Ich habe sie voriges Jahr kennengelernt. Sie ist eine kanadische Journalistin. Abbey hat mir geholfen, die Medusa-Organisation zu Fall zu bringen. Ich habe ihr einen toten Briefkasten genannt, wo sie mir eine Nachricht hinterlassen kann, falls sie mich dringend erreichen muss. Gelegentlich meldet sie sich.«

»Sie liebt dich«, sagte Nova.

»Woher willst du das wissen? Aus ihrer Nachricht?«

»Sie will wissen, ob du lebst. Das sagt einiges.«

»Ich habe sie seit einem Jahr nicht mehr gesehen«, stellte Jason klar. »Und ich habe nicht vor, sie wiederzusehen.«

Novas Lippen krümmten sich nach oben, aber nicht zu einem Lächeln. Es war eher ein trauriger Ausdruck. »Verstehe. Du liebst sie auch.«

»Wie kommst du darauf?«

Sie zuckte mit den Schultern. »So abweisend bist du nur, wenn du jemanden liebst.«

Nova lehnte sich ans Geländer der Millenium Bridge. Unter ihr glitt ein Kahn die Themse entlang. Sie blickte flussaufwärts zum geometrischen Profil des One-Blackfriars-Gebäudes, eines 160 Meter hohen Wolkenkratzers. Zu ihrer Linken sah sie das

Tate Modern Museum, zur Rechten die stattliche Kuppel von St. Paul's Cathedral. Auf der Brücke und den Gehwegen am Ufer tummelten sich jede Menge Fußgänger.

Das war ihr London. Genauso wie Jason immer wieder nach Paris kam, zog es sie stets nach London zurück.

Griechenland war für sie schon lange nicht mehr ihre Heimat. Die Villa bei Korinth, in der sie ihre Kindheit verbracht hatte, war ein ferner Ort, mit dem sie nur wenige Erinnerungssplitter verbanden, an eine Zeit, als sie durch die alten Ruinen gestreift war oder in der Bucht am Milokopi-Strand geplantscht hatte. Es waren Erinnerungen an einen Menschen, mit dem sie nichts mehr verband; Erinnerungen, die von der Zeit verwischt und vom Tod überschattet waren. Für sie war Griechenland nicht mehr mit Olivenbäumen, alten Mythen oder Moussaka verbunden, sondern nur noch mit Blut. Mit dem Blut, das ihr Leben für immer verändern sollte. Dem Blut ihrer Eltern.

Anthony Audley vom MI-5 kam pünktlich zum vereinbarten Treffen. Er trug einen weißen Regenmantel über dem Arm, obwohl es kein bisschen nach Regen aussah. Er war groß, blond und blass, hatte ein langes, schmales Gesicht und ein jungenhaftes Grinsen, das ihn jünger aussehen ließ, als er mit seinen vierzig Jahren war. Sie kannten einander schon seit Novas Anfängen bei Treadstone. Seit einem Jahr schliefen sie miteinander, wenn sie in London war. Das hatte sie Jason gegenüber unerwähnt gelassen.

Für sie war diese Beziehung rein körperlicher Natur, ein Ventil für ihren Stress. Sie wusste nicht, wie er es empfand, und fragte ihn nicht danach. Anthony war ein gut aussehender Kerl mit typisch britischem Charme. Mehr erwartete sie nicht von einem Mann. Doch er war nicht Jason. Das hatten ihr die vergangenen vierundzwanzig Stunden deutlich vor Augen geführt.

Das Wiedersehen mit Jason hatte Gefühle in ihr aufgewühlt, die ihr Angst machten.

»Du siehst wie immer reizend aus, meine Liebe«, sagte Anthony und stellte sich neben sie ans Brückengeländer.

»Danke.«

Als guter Agent, der er war, konnte er ihren Tonfall sofort einordnen. »Kühle Stimme. Abwesend. Kein Blickkontakt. Alles in Ordnung bei dir?«

»Ja, alles bestens.«

»Alles bestens. Sehr überzeugend. Aber ich weiß ja, dass du mal heiß und mal kalt bist. Ich gebe zu, mir ist die heiße Seite lieber. Ich hätte dich gestern Abend gern gesehen. Mein Bett fühlt sich so leer an ohne dich.«

»Ich hatte zu tun.«

»Lennon mal wieder?«

»Ja.«

»Du musst den Kerl wirklich bald erwischen – allein schon, damit er nicht mehr so viel von deiner Zeit in Anspruch nimmt.«

Nova blickte ungeduldig auf den Fluss hinunter. »Mir ist nicht nach Flirten, Anthony.«

»Das sehe ich. Also gut. Normalerweise würde ich mich jetzt fragen, ob ich dich irgendwie beleidigt habe, aber wir haben seit einem Monat nicht miteinander geredet, also dürfte das eher unwahrscheinlich sein. Ich weiß, so sind die Spielregeln unserer Beziehung. Die *du* aufgestellt hast. Ein Kommen und Gehen sozusagen.«

»Können wir bitte zur Sache kommen?«

»Klar, kein Problem. Was brauchst du?«

»Ich will mehr über die extremistischen Gruppen wissen, die gegen die WTO protestieren.«

Anthony rieb sich die lange Nase. »Okay, wo soll ich anfangen? Wir haben gerade eine Menge schlimmer Jungs und

Mädels in der Stadt. Anarchisten und Kommunisten, Neonazis, Grüne, Atomkraftgegner, Walretter und viele andere, die wollen, dass wir nackt im Wald leben und mit Steinen bewaffnet auf die Jagd gehen. Man wundert sich, dass es so viele ungeduschte junge Hooligans auf der Welt gibt – aber diese Gruppen haben einen enormen Zulauf.«

»Irgendwelche Bedrohungen?«

»Sicher.«

»Ernst zu nehmende?«, hakte Nova nach.

»Na ja, du hast ja die Unruhen gesehen. Wir stehen unter Belagerung. Feuer, Vandalismus. Wenn wir nicht aufpassen, strömen sie auch in unsere Regierungsgebäude. Diese Proteste sind nicht von der Basis gewachsen, die sind gut organisiert und werden mit viel Geld unterstützt.«

»Ich rede nicht von Sachschaden, sondern von einem möglichen Attentat.«

Anthony blickte zu den Touristen auf der Brücke und fragte in leisem Ton: »Denkst du an jemand Bestimmten? Wenn es um die WTO geht, kann ich mir alle Arten von Gewalt vorstellen.«

»Ich denke vor allem an Clark Cafferty.«

»Natürlich. Ich habe von CIA-Seite flüstern hören, dass Lennon den Mann im Visier hat. Deswegen bist du also in der Stadt. Du meinst, Lennon könnte ein Ablenkungsmanöver mit unseren größtenteils friedlichen Demonstranten vorhaben?«

»Genau. Was glaubst du, welche Gruppen dafür geeignet wären?«

»Wenn es um Cafferty geht, wären vor allem die Klimaaktivisten zuständig. Bei Right Angle Capital geht es um grüne Energie. Aber warum sollte Lennon die Aufmerksamkeit auf sie lenken? Cafferty behauptet doch, auf der Seite derer zu stehen, die Maßnahmen gegen die Erderwärmung fordern.«

»Vielleicht sind sie der Meinung, dass Cafferty vom Klimawandel profitiert.«

»Tut er ja auch. Das tun sie alle. Gott sei Dank gibt es den Emissionsausgleich. Was würde aus all den Superreichen werden, wenn sie nicht irgendwo ein paar Bäume pflanzen könnten als Kompensation für ihre Privatjets?«

»Ich brauche einen Namen, Anthony.«

»Hast du schon mal von Gaia Crusade gehört?«

»Gehört ja, aber ich weiß nichts über die Gruppe.«

»Sie ist auch relativ neu und vor allem in den größeren Städten aktiv. Die agieren ziemlich rücksichtslos und sind bei ihren Anschlägen nicht wählerisch. Das macht sie so gefährlich.«

»Sind sie auch in England aktiv?«, hakte Nova nach.

»Absolut. Sie sind dezentral organisiert, was Lennon entgegenkommt, weil er genauso agiert. Das Problem bei dieser Gruppe ist aber, dass sie keine Kraftwerke lahmlegen oder Ölplattformen sabotieren. Sie haben es auf Personen abgesehen. CEOs, Minister, Investoren, führende Repräsentanten der Öl- und Gaskonzerne. Die Leute, die die Energiewirtschaft am Laufen halten. Sie wollen das System der schmutzigen Energie schwächen, indem sie hochrangige Vertreter aufs Korn nehmen.«

»Sind es nur Drohgebärden, oder haben sie tatsächlich schon Attentate durchgeführt?«

»Oh, die meinen es sehr ernst«, versicherte Anthony. »Im Januar wurde ein Vorstandsmitglied von Nottingham Gas auf dem Parkplatz vor seinem Büro angegriffen. Die haben ihm die Kehle durchgeschnitten. Drei Wochen später wurde in Polen ein stellvertretender Energieminister erschossen, zusammen mit seiner ganzen Familie. Letzten Monat ist ein Fracking-Unternehmer in North Dakota in seinem Haus am See verbrannt. Wir vermuten, dass in allen drei Fällen Gaia Crusade dahintersteckt. Du weißt nie, wen sie als Nächsten im Visier haben – darum sind sie so schwer aufzuhalten. Es könnte ein prominentes Ziel sein oder irgendein unbekannter Manager eines Kraftwerks in Liverpool.«

»Ist die Gruppe in diesen Tagen hier vertreten?«, wollte Nova wissen.

»Wir gehen davon aus. Es gab auch schon ein paar Vorfälle, in deren Zusammenhang ihr Name gefallen ist.«

Novas Neugier wuchs. »Welche Vorfälle?«

»In Hackney wurde die Leiche eines indischen Zeitungsverkäufers gefunden. Mit durchgeschnittener Kehle. Besonders bizarr war, dass man ihm einen Unterarm abgetrennt hat. Wir wissen nicht, was dahintersteckt. Jedenfalls haben wir sein Handy gecheckt; dabei hat sich herausgestellt, dass er mehrere Anrufe mit einem Einweghandy ausgetauscht hatte, das bei der Leiche des ermordeten Managers von Nottingham Gas gefunden wurde. Seine Familie behauptet, dass der Junge kein Klimafanatiker war. Aber er hatte anscheinend Kontakt zu Gaia Crusade.«

»Sonst noch etwas?«, hakte Nova nach.

»Samstag früh wurde ein Toter aus der Themse gezogen. Der Mann war erhängt worden, bevor man ihn in den Fluss warf. Identifizieren konnten wir ihn nur, weil seine Mutter ihn auf einem Polizeirevier als vermisst gemeldet hatte. Er hat in einem Pub in Bloomsbury gearbeitet, in dem sich Leute von Gaia Crusade getroffen haben sollen. Wir glauben, dass der Manager zu der Gruppe gehört.«

»Habt ihr schon mit ihm gesprochen?«

»Noch nicht. Aber er steht auf unserer Liste. Es wird dich vielleicht schockieren, dass wir so nachlässig sind, aber mit der WTO in der Stadt stoßen wir an die Grenzen unserer Kapazitäten.«

»Um welches Pub geht es?«, fragte Nova.

»Das Lonely Shepherd beim Russell Square.«

»Kannst du mir alle Infos über den Toten zukommen lassen? Und den Namen des Managers?«

»Für dich tu ich doch alles, meine Liebe.«

»Danke.«

Nova küsste ihn auf die Wange, als Wiedergutmachung für die kühle Begrüßung. Sie drückte seine Hand und wandte sich ab, um die Brücke zu überqueren, doch Anthony ließ ihre Hand nicht los.

»Du kannst es ruhig offen aussprechen«, sagte er.

»Wovon redest du?«

»Gestern wurde im Greenwich-Tunnel jemand erschossen. Ein angeheuerter Schläger. Ohne Papiere. In solchen Fällen studiert die Polizei die Überwachungskameras auf beiden Seiten des Flusses. Die Gesichtserkennung hat ergeben, dass eine Interpol-Agentin in die Sache verwickelt war. Und was glaubst du, auf wessen Schreibtisch der Fall gelandet ist?«

Nova verzichtete darauf, es abzustreiten. Damit würde sie bei Anthony nicht durchkommen. »Ich hatte keine Zeit für die Polizeibürokratie.«

»Da mache ich dir auch keinen Vorwurf. Was ich sagen will – du warst nicht allein auf dem Foto, das ich vom Überwachungsvideo bekommen habe. Du kannst es ruhig zugeben, Nova. Er ist zu dir zurückgekommen, oder? Jason Bourne.«

9

»Das ist er«, murmelte Bourne in sein Funkgerät.

Er beobachtete, wie die Zielperson aus einem dreistöckigen Apartmenthaus in Bloomsbury kam, das an einem halbmondförmigen Park, den Cartwright Gardens, lag. Mit seiner Frisur hätte er gut in irgendeine Boygroup gepasst; sein mit Pickeln übersätes Gesicht hätte eine Rasur vertragen. An seinem weißen Hemd waren die meisten Knöpfe offen, darunter trug er kein T-Shirt. Seine rosafarbene Hose saß hauteng.

Das Gesicht stimmte mit dem Foto überein, das der MI-5 ihnen von Ethan Pople gegeben hatte, dem Manager des Pubs Lonely Shepherd.

»Er kommt in deine Richtung«, meldete Bourne.

»Ich sehe ihn«, bestätigte Nova.

Im Gehen flogen Ethans Finger über sein Handy. Er ging am Park entlang, an mehreren billigen Hotels vorbei, und bog nach rechts zur U-Bahn-Station Russell Square und dem Lonely Shepherd ab. Nova ging zwei Blocks vor ihm, ohne zurückzuschauen. Eine Kamera, die aus ihrer Jeanstasche hervorlugte, lieferte Bourne Livebilder, während er den beiden in einigem Abstand folgte.

In der schmalen, belebten Straße reihten sich Zeitungsläden, Wäschereien, Secondhandläden und Schnellrestaurants aneinander. Hier trafen sich Jung und Alt, gesetzte Bürger und unkonventionelle Typen, alteingesessene Engländer und Einwanderer aus Indien und dem Nahen Osten. Bourne ließ Ethan nicht aus den Augen, doch der Mann wechselte mit niemandem auch nur ein Wort.

Schließlich betrat Ethan einen kleinen Costa-Coffee-Shop. Sekunden später folgte ihm Bourne und stellte sich direkt hinter Ethan an, der auf seinem Handy in ein Spiel namens Holedown vertieft war. Der Pub-Manager schaute nicht von seinem Spiel auf, bis er vor der Theke stand und einen Latte Macchiato zum Mitnehmen bestellte.

Als der Mann an der Theke ihn nach seinem Namen fragte, sagte Ethan: »Peregrine.«

Der Barista zuckte kaum merklich zusammen, gab die Bestellung weiter, und Ethan warf das Wechselgeld in die Trinkgeldschale. Wenig später bestellte Jason einen doppelten Espresso und stellte sich wieder hinter den Pub-Manager. Als Ethans Kaffee kam, nahm er den roten Becher und las den Namen, der in kleinen Buchstaben unter dem Becherrand stand.

Bourne ging nahe genug heran, um die Aufschrift ebenfalls lesen zu können. Da stand nicht *Ethan.* Auch nicht *Peregrine.*

Tom Hanks.

Einen Moment lang war Jason so überrascht, dass er nicht schnell genug reagierte, als Ethan von seinem Kaffeebecher aufsah. Ihre Blicke trafen sich.

»Sorry«, murmelte Bourne.

Er trat zur Seite und ging zur Theke, um seinen Espresso zu holen. Ohne Ethan noch einmal anzusehen, setzte er sich an einen Tisch, holte sein Handy heraus und trank seinen Kaffee. Ohne hinzusehen, bekam er mit, dass Ethan Pople immer noch mitten im Coffee Shop stand und abwartete, was Bourne tun würde. Dann ging er rasch auf die Straße hinaus. Bourne spürte den Blick des Mannes, als er noch einmal zurückschaute, um zu sehen, ob Bourne ihm folgte.

»Er hat mich gesehen und ist gewarnt«, murmelte Jason.

In seinem Ohrhörer kam postwendend Novas Antwort. »Ich sehe ihn.«

»Gib ihm genug Spielraum.«

»Ja. Er ist misstrauisch geworden.«

Bourne knöpfte sein dunkles Anzughemd auf und zog es aus. Darunter trug er ein weißes T-Shirt mit einem japanischen Bild. Aus der Gesäßtasche zog er einen zerknitterten Fischerhut und setzte ihn auf, dazu eine Sonnenbrille. Er ging auf die Straße und warf das Hemd in einen Mülleimer.

»Ich überquere die Straße«, meldete Bourne.

»Er ist jetzt beim Holiday Inn. Ich gehe an ihm vorbei.«

Bourne wechselte auf die andere Seite der Marchmont Street und sah weiter vorn Novas pechschwarze Haare. Er folgte einer Gruppe von Studenten auf dem Bürgersteig, sodass man meinen konnte, dass er dazugehörte. Durch die Sonnenbrille beobachtete er, wie Nova den Pub-Manager überholte, ohne ihn anzusehen. Ethan wirkte sichtlich nervös. Immer wieder schaute er sich um, ohne Bourne wiederzuerkennen, der sich zwei Blocks hinter ihm hielt.

Am Ende der Straße war bereits die rote Steinfassade der U-Bahn-Station Russell Square zu sehen. Ethan überquerte den Zebrastreifen zur Station, blieb dann aber davor stehen und checkte sein Handy.

»Wo bist du?«, flüsterte Bourne.

»Beim Pub«, meldete Nova. »Kommt er in meine Richtung?«

»Nein, er steht bei der U-Bahn-Station.«

»Soll ich zurückkommen?«

»Nein, warte erst mal ab.«

Die Situation war schwer einzuschätzen.

Ethan stand da, ohne aufzublicken oder die Gesichter der Passanten zu mustern. Jason sah die Anspannung in seiner Körperhaltung. Seine Beine zuckten; die Hand, die das Handy hielt, zitterte.

»Ich glaube, er wird abhauen.«

»Bist du sicher?«

»Ja. Er weiß, dass wir ihm auf den Fersen sind.«

»Ich bin schon unterwegs.«

Ethan hob kurz die Augen, um die Straße zu checken. Nicht ganz so unauffällig, wie er es beabsichtigte. Links. Rechts. Dann in Bournes Richtung. Als der Mann ihn sah, runzelte er verwirrt die Stirn. Er brauchte einen Augenblick, um ihn hinter der Verkleidung zu erkennen – dann riss er die Augen auf, und die Kinnlade klappte herunter.

»Scheiße«, zischte Bourne.

Ethan ließ den Kaffeebecher fallen und rannte in die U-Bahn-Station. Bourne jagte hinterher, schlängelte sich durch den Verkehr und in die belebte Station. Er sprang über das Drehkreuz, doch Ethan Pople war nirgends zu sehen. Bourne kämpfte sich durch die Menschenmenge zur Treppe vor und hörte von unten schnelle Schritte poltern. Er jagte die gewundene Treppe hinunter, hörte das Rumpeln der beschleunigenden U-Bahn, die aus der Station ausfuhr, und spürte den Luftzug im Gesicht.

Neben ihm warteten dreißig oder vierzig Leute auf die Lifte nach oben. Er vergewisserte sich, dass Ethan sich nicht in der Menge versteckte, doch der Mann war nirgends zu sehen. Er musste sich zu einem Bahnsteig geflüchtet haben.

»Wie ist die Lage?«, murmelte er ins Mikrofon. »Wo bist du?«

Es kam keine Reaktion. Hier unten in der U-Bahn-Station hatte er keinen Funkempfang.

In welche Richtung fährt er? Osten oder Westen?

Bourne stieg die Stufen zum Bahnsteig Richtung Osten hinunter. Unten angekommen, schaute er in den schwarzen Tunnel und sah eine Ratte über das Gleis huschen. Die Wände waren mit Plakaten bedeckt. Dutzende Leute warteten auf den nächsten Zug.

Laut Anzeige würde die U-Bahn nach Cockfosters in zwei Minuten eintreffen. Langsam schlängelte sich Bourne zwischen den Wartenden hindurch. Immer mehr Leute strömten auf den Bahnsteig, eilten an ihm vorbei, um sich einen freien Platz zu suchen.

Wo ist er?

Bourne hörte fernes Donnergrollen und spürte ein leises Vibrieren unter den Füßen. Auf der anderen Seite der Station näherte sich ein Zug. Falls Ethan nach Westen wollte, würde er in wenigen Sekunden weg sein.

Nein. *Da!*

Ethan Pople hockte an der weiß gekachelten Wand und starrte zwischen den Knien auf den Boden. Als ob er Bournes Nähe spürte, blickte er auf und sah ihn. Wie von der Tarantel gestochen, sprang er auf. Bourne trat auf ihn zu, und Ethan wich zurück, doch er hatte keinen Ausweg. Er befand sich bereits am Ende des Bahnsteigs, direkt vor der dunklen Öffnung des Tunnels.

Dann schlenderte eine junge Frau mit einem Rucksack an Bourne vorbei.

Sie hatte Kopfhörer auf und bekam nicht mit, was um sie herum vorging. Sie ging ganz nach vorn, um in den ersten Wagen einsteigen zu können. Als sie auf Ethans Höhe war, rempelte er sie kurz entschlossen auf das Gleis hinunter und stieß zwei andere Leute gegen Bourne.

Leute schrien, und Jason hörte die U-Bahn heranrumpeln. Ohne zu überlegen, sprang er in den pechschwarzen Tunnel, packte die junge Frau und hob sie auf den Bahnsteig. Im nächsten Augenblick wehte ihm ein Tornado ins Gesicht; er hechtete vom Gleis und rollte sich ab, ehe der erste Wagen der einfahrenden U-Bahn an ihm vorbeidonnerte.

Bourne rappelte sich auf und rannte den Bahnsteig hinunter, rempelte Fahrgäste aus dem Weg, die aus den Wagen ausstiegen. Ethan war verschwunden. Bourne rannte die Stufen zu den Aufzügen hinauf. Kurz bevor er dort war, glitten die Türen zu. Ethan stand im Aufzug und grinste. Fluchend hetzte Jason die quälend lange Treppe hoch. Oben blieb er stehen und sah sich suchend um. Die Leute waren längst aus dem Aufzug ausgestiegen.

Ethan war fast schon bei der Straße.

Er blickte über die Schulter und sah Bourne. Aber nicht Nova, die draußen auf ihn wartete.

Als er den Bürgersteig erreichte, packte sie seinen Arm, riss ihn hinter seinem Rücken nach oben und drückte ihn an die Mauer. Jason trat zu ihr; sie nahmen ihn in die Zange und gingen mit ihm die Straße zum Pub hinunter. Vor dem Lokal griff Bourne in Ethans Hosentasche und fand den Schlüssel.

»Schließen Sie auf.«

Ethan wand sich, doch Nova verdrehte ihm energisch das Handgelenk. Der Mann schloss die Tür auf und öffnete sie. Die drei betraten das dunkle Lokal, und Bourne filzte ihn, während Nova abschloss.

»Wo ist Ihr Handy?«, fragte er.

»Fick dich.«

Bourne durchsuchte ihn noch einmal. »Er muss es weggeworfen haben. Erzählen Sie mir, was es mit den Namen auf den Kaffeebechern auf sich hat. Tom Hanks.«

»Das ist nur ein Scherz. Der Barista kennt mich.«

»Was ist mit Gaia Crusade?«

»Nie gehört.«

»Wirklich? Wir wissen, dass die Londoner Mitglieder sich in Ihrem Pub treffen.«

»Hier treffen sich viele.«

»Warum sind Sie dann weggerannt?«

Ethan zuckte mit den Schultern. »Das ist doch normal, wenn man verfolgt wird, oder?«

Nova schlug ihm ins Gesicht. »Aufwachen, mein Freund! Wollen Sie vielleicht so enden wie Ihr Barkeeper? Den haben sie gestern aus der Themse gezogen.«

Der Mann riss überrascht die Augen auf. »Trevor? Unsinn. Sie lügen.«

Nova holte ihr Handy hervor und zeigte ihm das Foto, das Anthony Audley ihr geschickt hatte. »Sieht es so aus, als ob ich lüge?«

Ethan wurde kreidebleich. »Scheiße.«

»Außerdem hat man einen Zeitungsverkäufer in Hackney gefunden. Der Täter hatte ihm die Kehle aufgeschlitzt und einen Unterarm abgeschnitten. Wir glauben, dass auch er Kontakte zum Crusade hatte.«

»Seinen *Arm*? O mein Gott!«

Bourne packte Ethan am Hals und drückte ihm die Luftröhre zu. »Da hat sich jemand in Ihre Gruppe eingeschlichen, um sie für seine Zwecke zu benutzen. Der bringt jeden um, der ihm im Weg steht. Reden Sie endlich, sonst kann es sein, dass Sie der Nächste sind.«

Ethan schluckte schwer. »Was wollen Sie wissen?«

»Warum wurde der Barkeeper ermordet?«

»Ich weiß es nicht, Mann. Trevor hatte damit überhaupt nichts zu tun! Er hat nur an der Bar gearbeitet und Drinks ausgeschenkt. Ich habe ihm erzählt, eine illegale Spielrunde würde sich hier treffen, und ihm hundert Pfund gegeben, damit er dichthält.«

»Wann war das Treffen?«, fragte Nova.

»Am Freitagabend. Zehn Uhr.«

»Gaia Crusade?«

»Ja. Sie haben sich mit jemandem getroffen, der mitmachen wollte.«

»Mit wem?«

»Das weiß ich nicht. Ich stelle ihnen einen Treffpunkt zur Verfügung und halte den Mund, das ist alles. Ich schwör's!«

Ethan schwitzte aus allen Poren. Und er log.

»Sie verschweigen uns etwas«, sagte Bourne und drückte ihm erneut die Kehle zu. »Mit wem haben die sich getroffen?«

Der Pub-Manager würgte und rang nach Luft. »Ich ... weiß es ... nicht!«

»Worum ging es bei dem Treffen?«

Ethan zögerte, und Bourne drückte etwas fester zu.

»Also gut! Es geht um einen Anschlag ... auf der WTO-Konferenz.«

»Wie ist der Plan?«, hakte Bourne nach. »Wann? Wo? Wer ist daran beteiligt? Wie wollt ihr Cafferty ermorden?«

»Wen?«

»Cafferty«, wiederholte Bourne.

»Ich weiß nicht, wer das ist. Das schwöre ich. Das Ziel ist ein Russe. Einer dieser verdammten Milliardäre im Ölgeschäft. Er kommt heute Abend in die Stadt.«

»Wie heißt der Mann?«

»Sorokin«, keuchte Ethan. »Gennadi Sorokin.«

10

Sugar bellte einmal, um Bournes Kommen anzukündigen.

Holly Schultz durchquerte ohne Hilfe das Hotelzimmer, um ihn zu begrüßen. Hätte sie sehen können, hätte man von einem fotografischen Gedächtnis sprechen können. Jason hatte schon bei ihrer ersten Begegnung beobachtet, dass sie imstande war, sich ein Zimmer nur durch einen kurzen Rundgang einzuprägen. Zudem hatte sie Sugar, der sie warnte, falls irgendetwas sich verändert hatte.

»Cain«, sagte sie. »Willkommen in London.«

»Holly.«

Sie hatte sich kaum verändert, seit er sie vor drei Jahren in Tallinn zum letzten Mal gesehen hatte. In ihre kurzen dunklen Haare hatte sich etwas mehr Grau gemischt – sonst sah die CIA-Analystin mit dem vogelartigen Äußeren unverändert aus. Hinter ihr saß Dixon Lewis, ihr ewiger Schatten, an einem Konferenztisch am anderen Ende des Hotelzimmers und sah Unterlagen durch. Als Dixon Bourne hereinkommen sah, verstaute er die Papiere in einer Aktentasche und verschloss sie.

»Ist Cafferty schon in London?«, fragte Jason.

»Ja, er ist heute früh angekommen«, erklärte Holly. »Die meisten Termine, die er heute noch hat, finden in seiner Suite statt. Dixon sieht keine nennenswerten Bedrohungen bis zu dem Vortrag morgen im Naval College. Sehen Sie das auch so?«

Bourne nickte. »Der Vortrag ist die große Lücke im Sicherheitsplan. Ich frage mich, ob es nicht besser wäre, den Termin abzusagen. Zumindest sollten Sie verhindern, dass Cafferty sich unters Volk mischt.«

Holly ging zum Sofa und setzte sich; Sugar folgte ihr und hockte sich zu ihr. »Clark will nichts von einem Rückzieher wissen. Die Beziehungen zu den Delegierten und Wissenschaftlern der WTO sind ihm zu wichtig. Er will sich nicht in eine Blase zurückziehen. Es ist unser Job, für seine Sicherheit zu sorgen. Was haben Sie bisher in Erfahrung gebracht? Hat es sich bestätigt, dass Lennon in London ist?«

»Alle Anzeichen sprechen dafür. Gestern ist mir eine Agentin von ihm zum Naval College gefolgt. Er weiß, dass ich in der Stadt bin. Auch, dass ich hinter ihm her bin. Das wird ihn aber kaum von seinen Plänen abhalten, wie immer sie aussehen. Wir gehen außerdem davon aus, dass er Informationen über eine extremistische Gruppe sammelt, die sich Gaia Crusade nennt.«

»Gaia Crusade ist mir ein Begriff«, erwiderte Holly stirnrunzelnd. »Ich sehe von dieser Seite aber keine echte Bedrohung für Clark. Die sind zwar gewaltbereit, aber keine raffinierten Mörder wie Lennon.«

»Cafferty ist auch nicht ihr Ziel«, betonte Bourne.

»Nicht? Wer dann?«

»Ein russischer Oligarch, der ebenfalls nach London kommt. Gennadi Sorokin.«

Er war gespannt, wie Holly und Dixon auf die Information reagieren würden. Die Reaktion fiel eindeutig aus. Dixon blickte überrascht zu ihm herüber, als er Sorokins Namen hörte. Hollys Augen waren hinter ihrer dunklen Brille verborgen, doch sie hob das Kinn und kraulte Sugars Kopf; offenbar dachte sie darüber nach, wie sie auf das veränderte Szenario reagieren sollte. Die beiden hatten nicht damit gerechnet, dass es in dem Gespräch auch um Sorokin gehen würde, was nur eines bedeuten konnte: Sie wussten längst, dass der Russe nach London kommen würde.

»Sind Sie sicher?«, fragte Holly. »Aus welcher Quelle haben Sie das?«

»Von einem Kerl, der Gaia Crusade unterstützt hat. Zurzeit befasst sich der MI-5 mit ihm, um mehr aus ihm herauszubekommen.«

»Wissen Sie, was die Gruppe geplant hat?«

»Nein, aber nach Ihrer Reaktion zu schließen, wird Cafferty sich morgen mit Sorokin treffen. Dass Sorokin bereit ist, Russland zu verlassen, obwohl ihm im Westen die Festnahme droht, sagt mir, dass Sie ihm etwas Interessantes anzubieten haben. Etwas, das das Risiko lohnt. Jedenfalls weiß Gaia Crusade, dass er kommt. Das heißt, Lennon weiß es auch.«

Dixon kam herüber und blieb direkt vor Bourne stehen. Der dunkelhäutige Agent trug einen Anzug, der aussah, als hätte er ihn in der Savile Row schneidern lassen. Der Mann sah sich anscheinend als eine Art James Bond und stand dem legendären Agenten zumindest in Sachen Ego und Arroganz in nichts nach. Er hatte kurz geschnittene schwarze Haare, war muskulös gebaut und hatte stets ein selbstgefälliges Grinsen auf den Lippen, wie um zu zeigen, dass er sich für schlauer als alle anderen hielt.

»Sie haben recht, was Sorokin betrifft«, räumte Dixon ein. »Er wird sich mit Cafferty treffen.«

»Worum geht es dabei?«

»Sorry, das ist geheim.«

»Glauben Sie, das spielt eine Rolle?«, hielt Bourne dagegen. »Dass sie sich treffen, genügt, um Sorokin zur Zielscheibe zu machen. Lennon wird versuchen, sie beide zu eliminieren. Wahrscheinlich bei diesem Treffen.«

»Das lassen Sie unsere Sorge sein.«

Bourne lachte bitter. »Weil Sie immer alles im Griff haben, oder? So wie in Tallinn?«

Dixons Gesicht verhärtete sich. »Tallinn war bedauerlich.«

»*Bedauerlich?* So nennen Sie es, wenn fünfzig Leute sterben? Einschließlich Kotow?«

»Mir ist klar, welche Konsequenzen es hatte.«

Holly klopfte mit ihrem Stock entschieden auf den Tisch. »Meine Herren, muss ich Sie daran erinnern, dass wir uns mit der aktuellen Bedrohung zu befassen haben? Mit Lennon. Jason, haben Sie irgendwelche Informationen, die uns helfen können, ihn zu finden?«

»Noch nicht. Ich hätte gern die Profile von allen Personen, die für den Vortrag morgen angemeldet sind. Fotos, Hintergrund, alles, was Sie haben. Wir müssen davon ausgehen, dass es Lennon gelungen ist, auf die Liste der Anwesenden zu kommen. Entweder mithilfe einer falschen Identität, die er dafür vorbereitet hatte, oder indem er den Platz eines echten Delegierten einnimmt. Wir müssen herausfinden, unter welcher Identität er sich Zugang verschaffen wird, bevor er an Cafferty herankommt.«

»Sie haben das Material in spätestens einer Stunde auf Ihrem Zimmer«, versprach Dixon.

»Ich brauche außerdem die Aufnahmen aller Überwachungskameras in einem Umkreis von sechs Blocks um den Russell Square, und zwar vom Freitagabend. Es könnte sein, dass eine Kamera Lennon erfasst hat.«

»Das lässt sich machen.«

Bourne nickte. »Sie gehen mit diesem Treffen ein großes Risiko ein.«

»Das ist uns bewusst.«

Jason wandte sich zum Gehen, doch Holly hob die Hand, um zu signalisieren, dass das Gespräch noch nicht beendet war.

»Mir ist zu Ohren gekommen, dass Sie wieder mit Nova zusammenarbeiten«, begann sie. »Ich frage mich, ob das eine gute Idee ist. Sie und Nova hatten eine Beziehung, nicht? Wir könnten einen anderen Interpol-Kontakt für Sie arrangieren. Jemanden ohne emotionale Altlasten.«

»Unsere Beziehung ist Vergangenheit. Für diesen Fall ist sie nicht relevant.«

»Ich habe Bedenken, dass Nova Sie von Ihrer Aufgabe ablenken könnte.«

»Das wird nicht passieren.«

»Also gut. Ich hoffe, Sie haben recht.«

»Ist das alles?«, fragte Bourne.

Holly legte die Fingerspitzen aneinander und zögerte einen Augenblick. »Jason, Sie vertrauen uns nicht, oder?«

»Nein.«

»Ich versichere Ihnen, wir sind im selben Team.«

»Wirklich? Was soll ich davon halten, dass Sie mir wichtige Informationen vorenthalten? Ich gehe nicht gern blind in eine Mission.«

»Für mich ist das der Normalfall«, erwiderte Holly mit einem ironischen Lächeln. »Irgendwann lernt man, die Vorteile zu nutzen, die sich daraus ergeben können.«

»Was geht in Kalifornien vor sich?«, fragte Bourne.

»Wie bitte?«

»Nash hat gesagt, dass Sie ihn nach Kalifornien schicken. Ich vermute, dass es mit diesem Treffen zwischen Sorokin und Cafferty zu tun hat.«

»Das betrifft Sie nicht«, stellte Holly klar.

Bourne schüttelte den Kopf und ging zur Tür. Bevor er hinausging, drehte er sich noch einmal zu den beiden CIA-Agenten um. »Wenn Sie wollen, dass ich Ihnen vertraue, müssen Sie mir die Wahrheit sagen. Was ist wirklich in Tallinn passiert? Wie hat Lennon herausgefunden, dass Kotow auf dieser Fähre war?«

»Jemand hat es ihm verraten«, sagte Dixon. »Offensichtlich.«

»Aber wer? Wer hat von dem Plan gewusst?«

»Die Liste der infrage kommenden Personen war nicht lang. Glauben Sie mir, wir haben in den letzten drei Jahren alle gründlich gecheckt. Von den Leuten, die ich dafür eingesetzt habe, hatte jedenfalls keiner etwas damit zu tun. Lennon hatte die Information nicht von uns.«

»Und doch hat er es gewusst.«

Dixon nickte. »Ja, hat er. Und wenn er es nicht von unserer Seite erfahren hat, kommt nur noch eine Quelle infrage. Treadstone.«

Nash Rollins trat durch die Tür des Humboldt County Airport nördlich von Eureka, Kalifornien. Er trug eine Sonnenbrille und eine Baseballkappe, die er tief in die Stirn gezogen hatte. Er war leger gekleidet, trug das Hemd über der Hose und eine Stofftasche an der Schulter. Holly hatte ihm nicht gesagt, wonach er Ausschau halten sollte; er ging davon aus, dass er es wissen würde, wenn er es sah.

Während er, auf seinen Stock gestützt, bei der Tür wartete, sah er einen Food-Truck, in dem jemand Gebäck mit frischen kalifornischen Früchten verkaufte. Der Truck war knallrot lackiert und mit karikierten Erdbeeren verziert, die ihn an die tanzenden Rosinen aus der Fernsehwerbung erinnerten. Er kaufte sich einen Spieß mit frischen, mit Schokolade überzogenen Erdbeeren. Der Verkäufer war ein mürrisch dreinblickender alter Mann im Jeanshemd, der einen markanten Kontrast zur drolligen Dekoration seines Wagens bildete. Nash aß die Erdbeeren und wartete. Nach einer halben Stunde war immer noch niemand gekommen, um ihn abzuholen, also ging er zur Theke des Verkaufswagens zurück, erzählte dem alten Mann einen Witz, der nichts an seiner mürrischen Miene änderte, und kaufte ein Stück Erdbeerkuchen.

Er hatte den Kuchen gerade aufgegessen, als ein nicht gekennzeichneter schwarzer SUV in den Parkplatz einbog. Das Fahrzeug fuhr auf ihn zu und blendete die Scheinwerfer auf. Nash nahm seine Tasche und hinkte zu dem SUV, dessen Scheiben dunkel getönt waren. Die hintere Tür ging auf, und Nash stieg ein. Der Fahrer, ein junger Mann mit leichtem Südstaatenakzent, drehte sich zu ihm um und stellte sich vor.

»Mr. Rollins? Deputy U.S. Marshal Craig Wallins.«

Nash nickte. »Deputy.«

»Kann ich Ihr Handy haben, Sir?«

Nash zuckte mit den Schultern und gab es ihm.

»Und wenn Sie bitte die Kappe abnehmen und sich vorbeugen würden, Sir – wir haben leider eine etwas unbequeme Kopfbedeckung für Sie.«

Nash nahm die Kappe von seinen struppigen grauen Haaren und beugte sich auf dem Sitz vor. Deputy Wallins zog ihm eine schwarze Kapuze über den Kopf und sicherte sie mit einem Schloss, sodass sie nicht abgenommen werden konnte. Nash verspürte ein Gefühl der Klaustrophobie.

»Ist das wirklich notwendig?«, fragte er. »Ich weiß, wir haben uns in letzter Zeit daran gewöhnt, eine Maske zu tragen, Deputy, aber das finde ich doch ein bisschen übertrieben.«

»Tut mir leid, Sir. Wir fahren zu einem streng geheimen Ort. Ich mache diesen Dienst seit sechs Monaten, und Sie sind der erste Außenstehende, den ich hinbringe, außer Mrs. Schultz, Mr. Lewis und Mr. Cafferty.«

»Da fühlt man sich doch gleich als etwas Besonderes«, scherzte Nash. »Was ist mit meinem Handy?«

»Das bekommen Sie wieder, sobald wir zurückfahren. Man kann es dort zwar ohnehin nicht benutzen, weil ein Störsender alle Signale blockiert, aber es geht vor allem darum, dass keine Fotos geschossen werden und nichts aufgenommen wird. Ich entschuldige mich jetzt schon dafür, dass meine Kollegen Sie ziemlich eingehend durchsuchen werden.«

»Da habe ich was, auf das ich mich freuen kann«, ätzte Nash.

»Schön, dass Sie es mit Humor nehmen, Sir.«

»Also gut, Deputy, von mir aus können wir. Wie lange dauert die Fahrt?«

»Tut mir leid, Sir, aber das ist …«

»Geheim. Klar. Okay, dann mal los.«

Nash lehnte sich auf dem Rücksitz zurück. Die getönten Scheiben verhinderten, dass man von draußen ins Auto sehen konnte, und nun, da er eine dunkle Kapuze aufhatte, konnte er auch nicht aus dem Fenster schauen. Er wusste nur, wo er sich im Moment befand, nämlich im nördlichsten Teil des Bundesstaats. Sie hatten ihn mit dem Helikopter aus Sacramento hergeflogen.

Und wohin jetzt? Er wusste es nicht.

Und wofür? Auch das hatte ihm keiner verraten.

Als sie sich ein Stück vom Flughafen entfernt hatten, bog der Marshal mehrmals scharf ab. Wallins fuhr absichtlich im Kreis, um ihm die Orientierung zu nehmen. Zugleich erklang klassische Musik im Auto – eine Sinfonie von Mahler. So laut, dass Nash den Marshal fast schon bitten wollte, die Lautstärke zurückzudrehen. Doch ihm war klar, dass auch die Musik nur dazu diente, ihm jede Wahrnehmung unmöglich zu machen. Sie wollten, dass er keinerlei Sinneseindrücke aufnehmen konnte und somit keine Anhaltspunkte hatte, wo er hinfuhr.

Wo immer die Reise hinging – diesen Leuten war es sehr ernst damit, den Ort geheim zu halten.

Eine ganze Weile glitten sie auf einer Hauptstraße dahin, bis der SUV auf eine Seitenstraße abbog und wieder anfing, im Kreis zu fahren, um ihm jede Orientierung unmöglich zu machen. Was er noch hatte, war sein Geruchssinn; gelegentlich wurde der salzige Duft des Pazifiks ins Auto geweht. Sie waren also nah am Wasser.

Als sie wieder einmal scharf nach links abbogen, hatten sie keinen Asphalt mehr unter den Reifen. Der SUV holperte über eine Schotterstraße, und selbst Mahler war nicht laut genug, um das laute Bellen eines Hundes in der Nähe zu übertönen. Der Marshal bog erneut ab, und die Straße wurde noch schlechter. Der SUV rumpelte über Schlaglöcher, die Nash im Auto hin und her schaukeln ließen. Schließlich hielten sie an. Der Motor wurde abgestellt, die Musik verstummte. Nash hörte Schritte auf dem Kies knirschen, dann wurde die Autotür geöffnet.

»Augenblick, ich helfe Ihnen, Mr. Rollins«, sagte der Deputy höflich, schloss die Kapuze auf und nahm sie ihm ab. Er ließ Nash aussteigen und führte ihn zu einem Wachhaus beim Tor eines hohen Stacheldrahtzauns. Zwei bewaffnete Deputies begrüßten ihn, ohne sich vorzustellen, und filzten Nash so eingehend, wie man es ihm versprochen hatte. Er musste sich ausziehen und alle Körperöffnungen nach versteckten Gegenständen durchsuchen lassen, ehe er sich wieder anziehen durfte.

Nash setzte sich wieder auf den Rücksitz des SUV. Wallins fuhr durch das Tor und anschließend mindestens eine halbe Meile auf einer holprigen Straße, die von Bäumen gesäumt war, deren Zweige an den Türen kratzten. Sie parkten auf einer von Kiefernnadeln bedeckten Lichtung vor einem großzügigen

Holzhaus. Eine Holztreppe führte zu einer breiten Veranda, die von hohen Mammutbäumen umgeben war.

Der Marshal stieg mit ihm die Treppe hinauf, schloss die Tür auf und ließ Nash in eine aufwendig dekorierte Eingangshalle eintreten. Irgendwo in der Nähe tickte eine Standuhr. Seine Füße versanken in einem dicken Teppich.

Nash schüttelte ungläubig den Kopf. »Ich glaub's nicht«, murmelte er.

Leon Becker schloss das Fenster seines Verkaufswagens beim Flughafen, um nach Hause zu fahren.

Becker wohnte in einem kleinen Haus am Highway 101 nahe der kleinen Ortschaft Westhaven. Er lebte seit fast zwanzig Jahren hier, nachdem er seinen Job als Konditor in Dresden aufgegeben hatte. Zusammen mit seiner deutsch-amerikanischen Frau Susannah war er nach Kalifornien gezogen, weil sie an dem Meer, an dem sie geboren war, alt werden wollte. Für Leon war das in Ordnung; er vermisste Deutschland nicht wirklich. Viele seiner einstigen Freunde hatten ihn im Verdacht gehabt, vor der Wiedervereinigung als Spitzel für die DDR-Behörden gearbeitet zu haben, und es ihm nicht verziehen, nachdem die Mauer gefallen war.

Sie hatten mit ihrem Verdacht nicht falschgelegen. Leon war tatsächlich ein Stasi-Spitzel gewesen; umso leichter war es ihm gefallen, seiner Heimatstadt den Rücken zu kehren. Er wollte nicht erleben, dass Leute anfingen, in seiner Vergangenheit zu wühlen.

Seither hatte er ein ziemlich ereignisloses Leben geführt. Dank des Food-Trucks konnte er seine selbst gebackenen Obstkuchen verkaufen. Die Früchte dafür erntete er größtenteils im eigenen Garten. Er hatte nie viel Schlaf gebraucht und stand auch jetzt jeden Tag um vier Uhr auf, um die Produkte für seine mobile Bäckerei herzustellen. Wenn er in der Küche stand, hörte er über seine AirPods Beethoven. Abends nach dem Essen spazierte er mit seinen zwei Spaniels am Meeresstrand entlang. Die Tage verliefen alle gleich, ohne große Abwechslung.

Bis vor drei Jahren plötzlich alles anders wurde.

Er war wie immer mit seinem Verkaufswagen beim Flughafen gewesen, als ein schwarzer SUV, der verdächtig nach Regierungsbehörde roch, eine blinde Frau abholte, die sich von einem Labrador Retriever führen ließ. Ein ähnlicher SUV holte am nächsten Tag einen dunkelhäutigen Mann im Anzug ab. In den folgenden zwei Wochen kamen und gingen die beiden noch mehrmals. Es kam ihm so ungewöhnlich vor, dass er das Geschehen etwas aufmerksamer beobachtete. Seit damals waren die schwarzen SUV des Öfteren aufgetaucht. Er wusste nicht, was er davon halten sollte. Es gab in der Gegend keine Regierungseinrichtungen, keine Militärstützpunkte oder Gefängnisse, keinen Grund, dass die US-Regierung Leute in diesen entlegenen Teil des Bundesstaats schickte.

Leon erwähnte das Phänomen beiläufig in einem Brief an einen seiner Dresdner Freunde, der sich ebenfalls einst als Informant betätigt hatte. Zu seiner Überraschung erschienen drei Monate später, als seine Frau gerade in San Francisco war – so als hätten sie *gewusst*, dass sie weg war –, zwei Männer mit russischem Akzent bei ihm zu Hause. Sie interessierten sich für diese Regierungsfahrzeuge und fragten ihn eingehend, was genau er beobachtet hatte. Also erzählte Leon ihnen, was er wusste. Sie boten ihm tausend Dollar pro Monat, wenn er über das Kommen und Gehen dieser Fahrzeuge Buch führte und die Informationen auf einer bestimmten Website hochlud.

Tausend Dollar! Im Monat! Seine geringen Einkünfte ermöglichten ihm nur einen bescheidenen Lebensstandard. Mit dem zusätzlichen Geld sah die Sache ganz anders aus – also sagte er Ja. Seitdem hielt Leon Ausschau nach den schwarzen SUV, während er seine Erdbeerkuchen verkaufte. Für ihn war es wie ein Spiel. Er hatte angeboten, den SUV zu folgen, wenn er sie sah, doch die Russen hatten unmissverständlich klargemacht, dass er das unter keinen Umständen tun solle. *Behalten Sie sie nur im Auge, und sagen Sie uns, was Sie sehen.*

Und das tat er.

An diesem Sonntagnachmittag tauchte wieder jemand auf. Diesmal ein Mann, den er noch nie hier gesehen hatte. Als er nach Hause kam, rief er gleich die Website auf und gab einen neuen Bericht durch. Uhrzeit, Kennzeichen, alles. Er beschrieb den Mann, den sie abgeholt hatten: Mitte fünfzig, Baseballkappe, Gehstock.

Leon konnte sogar unbemerkt ein Foto von ihm knipsen.

Auch das lud er hoch.

11

Bourne sah auf die Uhr. Es war kurz vor Mitternacht.

Er saß schon seit Stunden mit Nova in seinem Hotelzimmer, wo sie auf ihren Laptops die Profile von Hunderten WTO-Delegierten studierten. Sie prägten sich Gesichter ein und merkten sich jene vor, deren Hintergrundinformationen sich schwer online überprüfen ließen oder deren Äußeres eine gewisse Übereinstimmung mit dem zeigte, was sie über Lennon wussten. Zudem verfügten sie über eine Liste der Klimawissenschaftler, die für den Vortrag im Naval College zugelassen waren. Während Bourne die Namen und Fotos aufrief, suchte Nova in der Interpol-Datenbank nach zusätzlichen Informationen.

Nach mehreren Stunden der Recherche hatten sie fünfzig Namen auf ihrer Liste der möglichen Verdächtigen, und sie mussten noch an die hundert Akten durchsehen. Sie hatten eine lange Nacht vor sich.

Bourne stand auf, um die Beine zu strecken. Er trat ans Fenster und schaute auf das dunkle Wasser der Themse hinunter. Hier in diesem Hotelzimmer, mit Nova bei ihm, musste er wieder an Tallinn denken. Als er ein Boot auf dem Fluss vorbeiziehen sah, erwartete er für einen Augenblick, dass es in einem Feuerball explodieren würde. Er erkannte nun, dass Holly Schultz mit ihrer Einschätzung nicht ganz falschgelegen hatte;

Nova lenkte ihn tatsächlich von seiner Aufgabe ab. Da er nun jedoch wusste, dass sie lebte, konnte er sich nicht sofort wieder von ihr abwenden.

Als er sich vom Fenster umdrehte, sah Nova ihn eindringlich an.

»Was ist, wenn wir uns irren?«, fragte sie.

»Inwiefern?«

»Wenn Lennon gar nicht auf dieser Liste ist? Falls er Gaia Crusade zur Tarnung benutzt, wäre es denkbar, dass er zu drastischeren Mitteln greift, um Cafferty und Sorokin mit einem Schlag zu töten. Er hat auch in Tallinn eine Bombe eingesetzt, in Berlin war es eine Autobombe. Ein solcher Anschlag lässt sich auch leichter irgendwelchen Terroristen in die Schuhe schieben als Gift. Gift riecht mehr nach FSB. Wenn er es so macht, wird jeder wissen, dass die Russen dahinterstecken.«

»Vielleicht geht es genau darum«, erwiderte Bourne. »Putin will es uns unter die Nase reiben. Cafferty hat einen strikten Anti-Russland-Kurs gefahren, und jetzt zahlen sie es ihm heim. Außerdem setzt es viel Planungsarbeit voraus, mitten in einer WTO-Konferenz eine Bombe zu zünden. Lennon hatte wenig Zeit, den Anschlag vorzubereiten und die Sicherheitsvorkehrungen zu umgehen.«

»Es sei denn, jemand hilft ihm.«

»So wie in Tallinn«, fügte Bourne stirnrunzelnd hinzu.

»Ja.«

Tallinn.

Er hörte Dixons Stimme in seinem Kopf. *Wenn Lennon es nicht von unserer Seite erfahren hat, kommt nur noch eine Quelle infrage. Treadstone.* Diese Bemerkung hatte Jason nicht mehr losgelassen. Er wusste genau, was Dixon damit andeutete. In Tallinn waren nur zwei Treadstone-Agenten im Einsatz gewesen.

Bourne und seine Partnerin.

Nova.

Sie war bei Interpol seit zwei Jahren ausschließlich mit der Jagd nach Lennon befasst. Bisher völlig ergebnislos. Fast so, als wüsste Lennon immer schon im Voraus, was sie unternehmen würden, um ihm auf die Spur zu kommen.

Er erinnerte sich daran, was Gunnar in Stockholm gesagt hatte. *Lennon hat seine Maulwürfe in allen Geheimdiensten.*

»Jason?«, fragte Nova mit einem eigenartigen Ausdruck im Gesicht.

»Ich glaube nicht, das Gaia Crusade auf Cafferty fokussiert ist«, fuhr Bourne fort und schob seine Zweifel beiseite. »Ethan Pople hat klar gesagt, dass Sorokin ihr Ziel ist. Das heißt für mich, dass Lennon selbst gegen Cafferty vorgehen wird. Direkt vor unserer Nase, als wollte er uns provozieren.«

»Wie sollen wir es verhindern, wenn wir keine Ahnung haben, wie er aussieht?«

Bourne fuhr sich mit der Hand durch die kurz geschnittenen Haare und überlegte, welche Optionen sie hatten. »Sehen wir uns die Aufnahmen der Überwachungskameras beim Pub an.«

»Das ist wie die Suche nach der Nadel im Heuhaufen.«

»Immerhin wissen wir, dass Gaia Crusade sich am Freitagabend dort getroffen hat und dass der Barkeeper ermordet wurde. Da drängt sich der Gedanke auf, dass Lennon einen lästigen Zeugen beseitigt hat. Wenn er dort war, hat ihn vielleicht eine Kamera eingefangen.«

»Gut. Mal sehen, was wir finden.«

Bourne setzte sich wieder neben Nova. Ihre Schenkel streiften einander. Ihre Hand berührte für einen flüchtigen Augenblick sein Knie. Er fragte sich, ob sie ihn verführen wollte. Ob sie testen wollte, wie lange er ihr widerstehen konnte. Nova war die sinnlichste Frau, die ihm je begegnet war, und sie verstand es, ihre Sexualität wie eine Waffe einzusetzen.

Es kommt nur eine Quelle infrage.

Treadstone.

Jason startete die Aufnahmen der infrage kommenden Kameras auf seinem Laptop und stellte alle auf Freitagabend, neun Uhr, ein. »Es gibt keine Kamera direkt beim Pub, dafür aber bei der U-Bahn-Station Russell Square und entlang der Southampton Row. Außerdem von der Grays Inn Road weiter östlich. Falls jemand zum Pub ging, müsste er auf einem dieser Wege hingekommen sein.«

»Oder auf einer von hundert möglichen Seitenstraßen«, gab Nova zu bedenken.

Bourne zuckte mit den Schultern. Sie hatte natürlich recht, aber einen Versuch war es trotzdem wert. Er spielte die Videos ab, und sie studierten sie eine halbe Stunde lang schweigend. Es war schwierig, in der Dunkelheit die Gesichter der Passanten zu erkennen. Bourne startete noch einmal die Aufnahme vom Russel Square und ließ sie diesmal in Zeitlupe laufen. Nach einer Weile stoppte er das Video und deutete auf den Bildschirm.

»Ist das nicht Trevor? Der Barkeeper?«

Nova kniff die Augen zusammen. »Könnte sein.«

Er ließ die Aufnahme weiterlaufen, und der Mann bog nach links in eine Seitenstraße ein, die zum Lonely Shepherd führte.

»Er geht in die richtige Richtung. Wenn er mit der U-Bahn gekommen ist, dann wird er auch mit der U-Bahn weggefahren sein. Falls er das Pub noch lebend verlassen hat.«

Bourne drückte den schnellen Vorlauf und stoppte, sobald jemand aus der Seitenstraße kam. So ging er vor, bis der Zeitstempel der Aufnahme zwei Uhr früh anzeigte. Der Mann, von dem sie annahmen, dass es Trevor war, tauchte nicht wieder auf.

»Er hat das Treffen nicht lebend verlassen«, resümierte Jason. »Er wurde noch im Pub umgebracht. Falls Lennon es getan hat, heißt das, er war auch dort.«

»Das Problem ist, wir haben in der fraglichen Zeit Dutzende Männer auf der Straße.«

Sie spielten die Aufnahme noch einmal ab und checkten jeden Einzelnen, der in der Nähe des Pubs auftauchte, doch es waren einfach zu viele Gesichter, zu viele Straßenecken und Kreuzungen. Jeder konnte zu Gaia Crusade gehören, jeder konnte Lennon sein. Keiner zeigte eine Ähnlichkeit mit den Bildern, die sie sich in den WTO-Unterlagen angesehen hatten.

Jason wusste, dass ihre Vorgehensweise wenig aussichtsreich war, doch irgendetwas trieb ihn an, weiterzumachen.

Er hatte etwas gesehen.

Irgendein kleines Detail einer Aufnahme hatte eine unbewusste Reaktion bei ihm ausgelöst. Da war etwas gewesen, das ihn für einen winzigen Augenblick angesprochen hatte, ohne dass er hätte sagen können, was es war. Er ging zu dem zwanzigminütigen Zeitabschnitt um elf Uhr herum, spielte die Aufnahme ab, spulte zurück und begann von vorn. Er musste die Stelle wiederfinden. Die Bilder kamen von einer Kamera, die die belebte Straße gegenüber dem Russell Square Park zeigte. Er hatte das Video bestimmt schon zehnmal gesehen, doch das hinderte ihn nicht daran, es noch einmal zu studieren. Und noch einmal. Was war es nur, das ihn unbewusst angesprochen hatte? Sein Gehirn hatte es registriert, doch seine Augen sahen es nicht.

Wo bist du?

Auf der Straße rollten ständig Busse und Taxis hin und her. Es war schwer, das Gesicht eines Passanten aus der Menschenmenge herauszufiltern, die am Freitagabend in dem belebten Viertel unterwegs war.

Und doch war da etwas, das für einen Sekundenbruchteil eine verschüttete Erinnerung in ihm ausgelöst haben musste.

»Jason? Hast du etwas entdeckt?«

»Ich bin mir nicht sicher.«

Er spielte die Aufnahme erneut ab und studierte sie schweigend. Plötzlich stoppte er sie. »Dieser Mann da. Das rote Hemd. Siehst du ihn?«

Nova schüttelte den Kopf. »Nein.«

Jason spulte zurück und ließ das Video noch einmal laufen. »Man sieht ihn keine zwei Sekunden, er geht in einer Gruppe – oder vielmehr tut er so, als würde er dazugehören –, dann kommt ein Bus und verdeckt ihn. Als die Gruppe wiederauftaucht, ist der Mann nicht mehr dabei. Einfach verschwunden.«

»Ich kann sein Gesicht nicht erkennen«, sagte Nova.

»Ich auch nicht. Er schaut weg. Mit Absicht. Er weiß, wo die Kamera ist.«

»Vielleicht ist er auch auf einem anderen Video.«

»Nein, er wäre mir aufgefallen. Das ist die einzige Spur, die wir haben. Nur diese kurze Aufnahme.«

»Was sollen wir tun, Jason? Wer ist er?«

»Lennon.«

Nova schwieg einen Augenblick, dann schüttelte sie den Kopf. »Ich weiß, wir wollen ihn beide unbedingt finden, aber woher willst du wissen, dass er es ist? Man sieht hier überhaupt keine Einzelheiten. Es könnte irgendjemand sein.«

»Er ist es«, bekräftigte Bourne.

»Wie kannst du dir so sicher sein? Erkennst du ihn wieder?«

Jason schloss die Augen und hörte auf das, was sein Gehirn ihm sagte. Es war mehr ein Gefühl als ein Gedanke. Eine verschwommene Erinnerung an Schüsse und Tod.

»Es ist nicht sein Gesicht. Oder sagen wir so, ich habe das Gesicht dieses Mannes schon einmal gesehen, weiß aber nicht, wo. Ich kann dir nicht sagen, wie er aussieht. Nein, es ist sein *Gang*. Die Art, wie er die Schultern bewegt. Entschlossen, aber fließend, fast schwebend. Diesen Gang habe ich schon einmal gesehen. Ich habe *ihn* schon einmal gesehen.«

»In Tallinn?«

»Nein. Früher.«

»Wann?«

Bourne schüttelte frustriert den Kopf. »Das ist eben das Problem. Es war in dem Teil meiner Vergangenheit, der im Nebel liegt. In der Zeit, an die ich mich nicht mehr erinnern kann.«

»Ich dachte, du hättest gar keine Erinnerung mehr an diese Zeit«, entgegnete Nova.

»Hab ich auch nicht. Nicht wirklich.«

»Aber ihn erkennst du wieder?«

»Irgendwie … ja.« Jason stand auf und ging im Hotelzimmer auf und ab. »Warum ich?«, sagte er plötzlich.

»Was meinst du?«

»Nash hat gesagt, Holly habe ausdrücklich nach mir verlangt. Sie wollte, dass *ich* Lennon suche. Sie hat es mit der Mission in Tallinn begründet, aber das ergibt für mich keinen Sinn. In Tallinn habe ich ihn gar nicht gesehen. Welchen Vorteil hätte ich also gegenüber irgendeinem anderen?«

»Du glaubst, Holly weiß etwas über dich und Lennon?«, fragte Nova. »Etwas, das nicht einmal Nash weiß?«

Bourne nickte. »Ich glaube, ja. Sie weiß, dass Lennon in meiner Vergangenheit eine Rolle gespielt hat.«

12

Gennadi Sorokin nahm einen Schluck von dem Stolichnaya Elit, der auf ideale zwei Grad gekühlt war. Er stand am Fenster seiner Suite im Hotel Mandarin Oriental in Knightsbridge und schaute auf die nächtlichen Lichter der Stadt hinunter.

Sorokin liebte London. Man konnte in den Läden New Yorks mehr Geld ausgeben, aber die Amerikaner hatten keinen Sinn für die kultivierte Eleganz, die den Briten zu eigen war. Jahrelang war er jeden Monat hergekommen, teilweise, um in der Finanzhauptstadt der Welt seinen Geschäften nachzugehen, hauptsächlich aber, um den Nachmittagstee im Palm Court zu genießen, sich in seiner Privatloge im Coliseum eine Oper zu Gemüte zu führen oder einfach nur ganz anonym in einem verstaubten Antiquariat in Charing Cross nach alten Büchern zu stöbern.

Es ärgerte ihn maßlos, dass ihm all die Freuden nun versagt waren, die London zu bieten hatte. Ebenso, wie er Paris und Mailand nicht mehr besuchen konnte, nicht Manhattan oder Tokio. All die Städte, die das Leben mit ihrer Vielfalt so viel reicher machten. Dass er heute wie ein Gefangener in Russland lebte, hatte er den Amerikanern zu verdanken, die ihn wie einen Schwerverbrecher jagten. Er brauchte nur am falschen Flughafen aus seinem Privatjet auszusteigen – schon würde ihn die Polizei empfangen.

An allem war nur Clark Cafferty schuld.

Cafferty verstand einfach nicht, wie das Spiel lief. Diese Sanktionen waren doch nur Show! Man fror ein paar Konten ein und hielt markige Reden vor den Wählern in den Swing States, während das Geld über hundert andere Banken und tausend andere Kanäle weiterfloss. Und was die Anklagen wegen Geldwäsche oder Unterstützung von Terrorismus betraf – das taugte für ein, zwei Schlagzeilen, dann ließ man das Ganze ein paar Monate später fallen und ging zur Tagesordnung über.

Aber nein – Cafferty hatte Hunde losgelassen, die nicht bloß bellten, sondern auch zubissen. Er hatte die Finanzierung von Pipelines und Gaskraftwerken erschwert und die Oligarchen in ihren Datschen isoliert, sodass sie sich mit russischem Essen, russischer Kunst und russischen Prostituierten begnügen mussten, um sich die Zeit zu vertreiben.

Und jetzt wollte er reden.

Jetzt wollte er auf einmal einen Deal.

Sorokin wandte sich vom Fenster ab und reichte sein Glas dem Chef seiner Security, Nikolai, der ihm in der Bar nachschenkte. Die zwei Männer waren allein in der Suite.

»Was meinst du?«, fragte Sorokin, ohne zu erwarten, dass sein Leibwächter tatsächlich eine Meinung äußern würde. »Was will Cafferty uns anbieten? Und was will er dafür haben?«

»Das kann ich Ihnen leider auch nicht sagen, Chef«, antwortete Nikolai höflich.

»Die CIA hält sich bedeckt. Ich habe Dixon Lewis gefragt, ob der Präsident den Deal abgesegnet hat, aber er wollte es mir nicht sagen. Für mich heißt das, der Präsident weiß Bescheid, will es aber nicht zugeben, damit er sich davon distanzieren kann, falls es schiefgeht. Das ist nicht gerade beruhigend.«

»Nein, Chef.«

Sorokin setzte sich auf das weiße Sofa beim Kamin, trank einen Schluck des kalten, starken Wodkas. Er war hoch aufgeschossen und spindeldürr, hatte lockige schwarze Haare mit langen Koteletten, ein vorstehendes Kinn und eine lange Nase. Seine Haut hatte die Blässe eines düsteren Wintertags. Mit seinen vierzig Jahren war er einer der jüngsten russischen Milliardäre, seit er vor acht Jahren das sibirische Öl- und Gasimperium seines Vaters übernommen hatte, nachdem dieser an einem Schlaganfall gestorben war.

Seitdem hielt sich Sorokin an die politischen Spielregeln, zahlte den geforderten Tribut an Putin und unterstützte dessen endlosen Machterhalt. Mehr konnte er im Moment nicht tun. Solange die Silowiki den Präsidenten unterstützten, den sie insgeheim »blasse Motte« nannten, würden die anderen Oligarchen ihm in der Öffentlichkeit salutieren, damit das Geld weiter in Strömen floss. Aber Sorokin gehörte einer neuen, unruhigeren Generation an, die keine Loyalität gegenüber der Vergangenheit kannte. Er war ein Mann, der das Risiko nicht scheute. Er liebte die Kasinos in Macau und zögerte nie, den Einsatz zu verdoppeln, wenn er eine Glückssträhne spürte. Die vergangenen Jahre hatten ihm vor Augen geführt, dass Russland eine Veränderung brauchte. Die würde es jedoch nicht geben, solange derselbe Mann alle Fäden zog. Das Land brauchte dringend frisches Blut.

Das laut auszusprechen, war jedoch alles andere als ratsam. Es war der sicherste Weg, auf dem Grund des Baikalsees zu enden.

»Der Präsident weiß, dass wir die Sanktionen weghaben wollen«, fuhr Sorokin fort. »Aber es kann gefährlich sein, ohne seine Zustimmung einen Deal zu schließen. Cafferty glaubt anscheinend, uns etwas anbieten zu können, das interessant genug ist, um das Risiko einzugehen. Ich kann mir beim besten Willen nicht vorstellen, was das sein soll.«

Sorokin zog aus einer Tasche seiner Anzugjacke eine goldene Zigarettendose hervor. Nikolai beugte sich vor, um ihm die Dunhill anzuzünden, und Sorokin blies eine Rauchwolke zur Decke. Er sah seinen bulligen Leibwächter einen Moment lang an, den er von seinem Vater übernommen hatte. Der Mann hatte ein kantiges Gesicht und kurz geschnittene schwarze Haare. Seine Augen waren wie schmale Schlitze in einem Blatt Papier.

Nikolai diente ihm genauso treu, wie er zuvor seinem Vater gedient hatte. Den einzigen Anflug von Eigenmächtigkeit hatte er vor drei Jahren gezeigt, als er die Absicht äußerte, nach Weißrussland zu gehen und im Unternehmen seines Bruders mitzuarbeiten. Sorokin hatte das Vorhaben nach außen hin unterstützt, aber innerlich geschäumt, dass der Chef seines Sicherheitsteams den Dienst quittieren wollte. Zum Glück stellte der wichtigste Metalllieferant die Geschäftsbeziehung mit Nikolais Bruder ein, worauf dessen Start-up prompt pleiteging.

»Glauben Sie, Putin weiß, dass wir hier sind?«, fragte Nikolai.

»Natürlich weiß er es. Ich habe es ihm selbst gesagt.«

»Sie haben es ihm *gesagt*?«, erwiderte der Leibwächter, ohne seine Überraschung zu verbergen.

»Ich habe es Oleg gesagt – aber das läuft am Ende auf das Gleiche hinaus. Wäre ich heimlich abgereist, und er hätte herausgefunden, dass ich mich mit Clark Cafferty treffe, dann wäre mein Flugzeug irgendwo über der Ostsee explodiert.«

»Was glaubt er, dass Sie tun werden?«

Sorokin zuckte mit den Achseln. »Ich höre mir erst einmal an, was Cafferty zu bieten hat. Und das gebe ich dann an Wladimir Wladimirowitsch weiter. So habe ich es Oleg gesagt. Der Trick ist, beide Seiten gegeneinander auszuspielen. Wenn es mir gefällt, was Cafferty zu sagen hat, dann überlegen wir uns, wie wir weiter vorgehen. Was immer der Mann im Ärmel hat, muss letztlich dazu führen, dass Putin verschwindet. Die Frage ist nur, wie er das anstellen will.«

»Was ist, wenn die Motte Sie im Verdacht hat, ein doppeltes Spiel zu spielen?«

»Einen Verdacht kann er ruhig haben, aber er kann es nicht wissen.« Sorokin deutete mit der Zigarette auf Nikolai. »Es sei denn, *du* hast es ihm gesagt. Aber einen solchen Fehler würdest du nie machen, oder?«

»Nein, Chef.«

Sorokin nickte. »Gut.«

Er stand vom Sofa auf und trat mit seiner Zigarette ans Fenster, öffnete es und ließ die Gerüche der Stadt herein. Unten auf der Straße hatte sich der Verkehr beruhigt. Sogar die Demonstranten lagen im Bett und schliefen.

»Wie sieht es mit der Sicherheit aus? Machst du dir Sorgen wegen dieser ungewaschenen kleinen Revolutionäre?«

»Die werden uns keine Probleme machen«, versicherte Nikolai.

Sorokin blickte vom Fenster zu seinem Leibwächter. »Was ist mit Lennon?«

»Soweit ich weiß, ist er nicht aktiv, Chef.«

»Das kommt uns gelegen.« Sorokin blies eine weiße Rauchwolke aus. »Wenn Lennon sich einmischt, ändert das alles.«

Ein paar Blocks entfernt hielt der Anführer der Londoner Gaia-Crusade-Zelle, der sich Harry nannte, mit seinem Vauxhall auf einem leeren Gehsteig beim Wellington Monument und schaltete die Innenbeleuchtung ein.

»Das Mandarin Oriental«, sagte Harry zu Vadik und schnaubte verächtlich. »Das ist typisch für diese reichen Schweine.«

»Wie gehen wir vor?«, fragte Vadik.

Harry ließ die Fenster herunter und vergewisserte sich, dass keine Polizei in der Nähe war. Dann holte er einen Stadtplan aus dem Handschuhfach und faltete ihn auseinander.

»Da wir jetzt wissen, wo er wohnt, werden unsere Leute ab morgen früh beim Hotel postiert sein. Wenn er zur WTO-Konferenz fährt, lassen wir sein Auto nicht mehr aus den Augen.«

»Aber wir wissen nicht, welche Route er nehmen wird«, gab Vadik zu bedenken. Er bemühte sich, ruhig zu klingen, obwohl seine innere Anspannung wuchs, je näher der entscheidende Augenblick kam. Er hatte an Operationen in Moskau teilgenommen, wo das Risiko generell noch höher war, hatte aber noch nie – so wie jetzt – an vorderster Front gestanden. Er war noch nie derjenige mit der Waffe in der Hand gewesen.

»Die naheliegende Route vom Hotel zum Naval College führt über die Westminster Bridge«, erklärte Harry. »Das wollen wir verhindern, weil wir so nah beim Parlament zu viel Security hätten, darum haben wir Flashmobs bereit, die jederzeit loslegen können. Sobald Sorokin losfährt, fluten wir Westminster und Lambeth Bridge mit Demonstranten und zwingen sie zu einem Umweg. Sie werden den Fluss auf der Waterloo Bridge überqueren. Dort haben wir acht Fahrzeuge bereit, die sie in die Zange nehmen werden, sobald sie auf der Brücke sind – vier am Nordufer und vier, die vom Südufer kommen. Wir schneiden sie von ihrer Eskorte ab und eliminieren die Sicherheitsleute; danach nehmen wir zwei uns Sorokin persönlich vor. Alles klar?«

Vadik schluckte schwer. »Alles klar.«

»Ich schieße ihm in die Knie und in den Schwanz. Wenn er daliegt und schreit, jagst du ihm zwei Kugeln in den Kopf.«

»Ja.«

»Wir müssen innerhalb von zehn Sekunden weg sein. Das Ziel ist die Waterloo Station, dann sind wir zwei Minuten später in der U-Bahn. Alles klar?«

»Ja.«

»Wenn du zögerst, erschieße ich dich.«

»Ich hab's verstanden.«

»Nachdem wir uns getrennt haben, sehen wir uns nie wieder, und du hast nie von Gaia Crusade gehört.«

»Versteht sich.«

»Also gut. Dann hole ich dich morgen früh ab.«

Vadik öffnete die Tür des Vauxhall und stieg aus. »Ich werde bereit sein.«

»Lang lebe Gaia«, sagte Harry.

Vadik schaute noch einmal ins Auto. »Lang lebe Gaia.«

Der Killer, der sich Lennon nannte, schlenderte pfeifend die Bayswater Road entlang.

Aus einem Schließfach im Bahnhof Paddington hatte er sich einen Rucksack geholt, der alles enthielt, was er für die morgige Verwandlung benötigte. Der norwegische Wissenschaftler war tot, doch seine Leiche würde bestimmt erst in einigen Tagen gefunden werden. Darum würde sich niemand wundern, wenn er seinen Platz in der Painted Hall einnahm, um sich Caffertys Vortrag anzuhören. Er würde das Foto in seinem Pass entsprechend anpassen, und Norwegisch gehörte zu den Sprachen, die Lennon fließend beherrschte – neben Englisch, Französisch, Deutsch und natürlich Russisch.

Eine gute Verkleidung war jedoch viel mehr als das Äußere und die Sprache. Mit diesen beiden Merkmalen konnte man einer flüchtigen Betrachtung standhalten, doch sie genügten nicht, wenn einem jemand wirklich auf den Zahn fühlte. Deshalb hatte er etwa zwei Dutzend Alter Egos vorbereitet – reale Personen, deren Leben er seit Jahren verfolgte und deren Identität er jederzeit annehmen konnte. Akademiker. Geschäftsleute. Mitarbeiter von Regierungsbehörden. Er hatte ihre Gewohnheiten, ihren Alltag und ihre Familien studiert, kannte ihre sexuellen Vorlieben, wusste, welche Autos sie fuhren, welche Drinks sie bevorzugten – all die Eigenheiten, die sie zu dem Menschen machten, der sie waren. Bei einer guten Verkleidung ging es nicht darum, so zu tun, als wäre man jemand anders. Es ging darum, ein anderer zu *werden.*

Als Kind hatte er davon geträumt, der größte Schauspieler der Welt zu werden. Er hatte seinen Traum wahr gemacht.

Die Londoner Straße war ruhig, nur hin und wieder rollte ein Bus oder ein Taxi an den Hecken und Bäumen des Hyde Park vorbei. Vor sich sah er ein weißes X mit Kreide auf einen Briefkasten gemalt. Das bedeutete, dass ein Paket auf ihn wartete, das ihm ein Beamter in der Botschaft gesandt hatte. Er liebte die altmodische Weise, wie die Russen Spionage betrieben, als hätte die Welt sich seit den 1960ern nicht verändert. Lennon überquerte die Straße und ging am Park entlang. Als er ein zweites mit Kreide gemaltes X fand, griff er in die Hecke und zog einen schwarzen Plastikbeutel hervor. Darin befand sich ein Solarin-Smartphone.

Damit ging er zu einer altmodischen roten Telefonzelle, um ungestört reden zu können. Er wählte die Nummer, die er seit Jahren benutzte, und wartete geduldig, während die Verbindung in das Anwesen Nowo-Ogarjowo bei Moskau hergestellt wurde.

Dann hörte er die vertraute Stimme.

»Und?«

»Alles bereit«, meldete Lennon.

»Sorokin?«

»Er ist heute Abend in Farnborough gelandet. Ich habe den Chatroom von Gaia Crusade verfolgt. Sie haben vor, Sorokin aufzulauern, wenn er morgen zum Naval College fährt. Auf der Waterloo Bridge wollen sie zuschlagen.«

»Wird es ihnen gelingen?«

»Nikolai wird dafür sorgen. Er wartet schon lange auf eine Gelegenheit, seinen Bruder zu rächen.«

Lennon hörte ein Lachen, das mehr wie ein Schnauben klang. »Gibt es irgendjemanden, den Sie nicht manipulieren können?«

»Nur Sie.«

»Also bitte! Ich wette, Ihre Akte über mich ist die dickste von allen. Zum Glück brauchen wir einander.«

»Das stimmt.«

»Ich habe meine Lobrede auf ihn schon vorbereitet. Sorokin war ein russischer Held, den Klimaaktivisten brutal ermordet haben. Nicht einmal die Amerikaner werden protestieren, wenn wir die Radikalen eliminieren.«

»Exakt.«

»Und Cafferty?«

»Ich werde ihn von Ihnen grüßen«, sagte Lennon grinsend.

»Eine kleine Lektion für den Präsidenten, damit er mir nicht blöd kommt.«

»Die Botschaft wird er verstehen.«

Lennon zögerte, was dem Mann am anderen Ende nicht verborgen blieb. »Gibt es ein Problem?«

»Ich hätte nur gern mehr über Caffertys Plan gewusst. Es ist ein gewagtes Manöver, sich mit Sorokin zu treffen. Das würde er nicht tun, wenn er nicht etwas in der Hand hätte, mit dem er die Oligarchen gegen Sie aufhetzen könnte. Ich wüsste gern, was es ist.«

Die Stimme am anderen Ende klang abfällig.

»Cafferty hat das Ego eines alten Mannes. Wenn er tot ist, stirbt sein Plan mit ihm, was zum Henker es auch sein mag. Wenn unsere verwöhnten Milliardäre die Bilder des toten Sorokin sehen, mit seinem Hirn über die halbe Waterloo Bridge verteilt, werden sie es nicht wagen, auch nur einen Finger gegen mich zu erheben.«

»Mag sein«, sagte Lennon, ohne seine Zweifel zu verbergen. Er war einer der wenigen Männer auf dem Planeten, die sich einen solchen Ton gegenüber seinem Gesprächspartner erlauben konnten.

»Gibt es noch etwas, das Sie mir sagen wollen?«

»Nur, dass Cafferty uns in kurzer Zeit beträchtlichen Schaden zugefügt hat. Die Milliardäre fürchten ihn. Ich vermute, dass er auch bei den Unruhen in Moskau seine Finger im Spiel hat. Der Widerstand ist einfach zu gut organisiert und finanziert; das wäre ohne amerikanische Hilfe gar nicht möglich. Ich wüsste zu gern, wie ihr ganzer Plan aussieht.«

»Das spielt keine Rolle. Wenn Cafferty weg ist, ist der Spuk vorbei.«

»Vielleicht haben Sie recht, aber Cafferty ist schlau. Holly Schultz und Dixon Lewis übrigens auch. Und natürlich Cain. Glauben Sie mir, davon habe ich mich schon vor Jahren selbst überzeugen können.«

»Schlauer als Sie? Das kann ich nicht glauben, wo Sie doch immer das Gegenteil behaupten.«

»Da will ich Ihnen nicht widersprechen.«

»Wo ist dann das Problem? Ich sehe keins. Es sei denn, Sie haben etwas übersehen. Kann das sein?«

Lennon runzelte nachdenklich die Stirn. Es war untypisch für ihn, dass er ins Grübeln kam. Das Leben war zu kurz für negative Gedanken. »Falls es so wäre, werde ich mich morgen darum kümmern. Pläne ändern sich. Glauben Sie mir, ich habe einen Plan B bereit, falls uns jemand eine Falle stellen will. Nein, mir macht etwas anderes Sorgen. Ein Puzzleteil, das einfach nicht ins Bild passt.«

»Welches?«

»Tati Reznikowa ist auch in London.«

»Ich weiß. Sie hat eine Einladung vom Weltklimarat der UNO.«

»Sie wird im Naval College sein, wenn Cafferty seinen Vortrag hält.«

»Ja, und? Tati ist eine unserer führenden Wissenschaftlerinnen.«

»Das stimmt«, sagte Lennon, »aber wir wissen beide, was sie noch ist. Ich finde das einen merkwürdigen Zufall. Und ich habe Zufälle noch nie gemocht.«

13

Dank seiner Identität als Thomas Gillette, stellvertretender Staatssekretär für Energieressourcen im US-Außenministerium, betrat Bourne die prächtige Painted Hall. Eine halbe Stunde vor dem Beginn von Clark Caffertys für zwölf Uhr angesetzten Vortrag waren bereits an die dreihundert Leute anwesend. Und ständig strömten weitere Zuhörer ins Vestibül. Sie standen in kleinen Gruppen beisammen, plauderten, lachten und diskutierten. Manche hatten bereits ihre Plätze in den Stuhlreihen des Saals eingenommen. Die Stimmung war gelöst, zumal das Naval College weit genug von den Straßen Greenwichs entfernt war, in denen die Demonstranten ihre Parolen skandierten.

Auf der Nordseite des Raumes hatte man ein Rednerpult auf einem Podium vorbereitet. Zwei Sicherheitsleute in dunklem Anzug standen zu beiden Seiten des Podiums. Weiteres Sicherheitspersonal war an den Türen postiert, um die Namensschilder der Besucher zu scannen. Bourne erkannte auch Agenten von CIA, Interpol und MI-5, die höflich die Papiere der Anwesenden überprüften und mit ihren eigenen Datenbanken verglichen.

Die Sicherheitsmaßnahmen waren umfassend und gut organisiert. Und dennoch – davon war Bourne überzeugt – würden sie Lennon nicht aufhalten können.

Er musterte ein Gesicht nach dem anderen und überprüfte die Besucher anhand der Checkliste, die er im Kopf hatte. Unter den anwesenden Frauen suchte er nach den charakteristischen Merkmalen der Agentin, die sich Yoko nannte, obwohl er nicht davon ausging, dass Lennon noch einmal den Fehler machen würde, sie auf ihn anzusetzen. Unter den Männern suchte er nach irgendeinem Anzeichen von Verkleidung. Haare. Schminke. Maskenbildnerische Veränderung der Gesichtszüge. Er verglich die Stimme, den Akzent, die Aussprache mit dem ethnischen und geografischen Hintergrund des Betreffenden. Außerdem beobachtete er die Körperhaltung, den Gang, die Haut und die Hände des Betreffenden und stellte diese Merkmale dem in der Akte angegebenen Alter gegenüber. Wenn ihm etwas auffiel, murmelte er den Namen in sein Funkgerät, damit Nova ihm vom Sicherheitsbüro aus weiterhelfen konnte, das im Keller des Gebäudes eingerichtet war. Sie rief das jeweilige Profil auf ihrem Computer auf und gab ihm zusätzliche Daten durch, sodass er dem Betreffenden mit Fangfragen auf den Zahn fühlen konnte.

Ah, Dr. Barrett! Ich habe Ihren Artikel gelesen, der kürzlich in Climatic Change *erschienen ist. Eine beeindruckende Analyse!*

Danke, aber mein Artikel ist in *Climate Dynamics* erschienen.

Minister Lundberg? Ich habe einen Artikel mit einem Kollegen von Ihnen verfasst. Sie arbeiten doch mit Hans Felkinow in Oslo zusammen, nicht?

Ja, aber sein Name ist Felikow. Hans Felikow.

Ja, natürlich!

»Gibt es etwas Neues bei dir?«, fragte Nova. Er wusste, dass sie die Bilder von einem Dutzend Kameras vor sich hatte, die den gesamten Saal im Blick hatten.

»Nein.«

»Vielleicht ist er doch nicht da.«

»Er ist da.«

Bourne stand am Fenster im vorderen Bereich des Saals und begutachtete das Podium, auf dem Cafferty sprechen würde und das von Sicherheitsglas umgeben war.

Niemand konnte ihn mit einer Schusswaffe angreifen, doch Bourne war ohnehin nicht davon ausgegangen, dass Lennon versuchen würde, mit einer Pistole durch den Metalldetektor zu gelangen. Nein, die eigentliche Gefahr lag in dem, was nach dem Vortrag passieren würde. Cafferty würde sich unter die Zuhörer mischen, Hände schütteln, Witze machen, plaudern. Das war der Moment, in dem er am verwundbarsten war.

Ein harmloses Schulterklopfen.

Ein Stich mit einer verborgenen Nadel.

Er musterte die Männer auf den Sitzen beim Mittelgang. Von hier aus war es besonders leicht, auf Cafferty zuzugehen, bevor die Sicherheitsleute eingreifen konnten. *Mr. Cafferty, das war eine großartige Rede!*

Jason sah junge Männer ebenso wie alte. Amerikaner, Briten, Asiaten, Europäer. Er kannte ihre Namen und Gesichter von den Unterlagen, die er studiert hatte, aber einer von ihnen hatte sich eingeschlichen. Einer gehörte nicht hierher.

Ich kenne dich. Wer bist du?

Widerstrebend zwang sich Jason, in die Nebel der Vergangenheit einzutauchen. Er war Lennon schon früher begegnet, auch wenn er nicht wissen konnte, wann und wo. Eine kurze Szene in einer verschwommenen Videoaufnahme hatte etwas Verschüttetes in ihm angesprochen, etwas, das seiner ausgelöschten Erinnerung angehörte. Es war dieser eigentümlich federnde, fast schwebende Gang, der ihm in der Aufnahme aufgefallen war, ohne dass er wusste, warum.

Es fühlte sich so an, als ob er Lennon kannte, doch ihm fehlten sowohl die Fakten als auch die Emotionen, die mit dieser Bekanntschaft verbunden gewesen waren.

Wer *war* er? Wie sah er hinter seinen vielen Verkleidungen aus?

Wie war sein richtiger Name?

Jason drückte die Augen zu, als dieses Pochen in seinem Kopf wieder einsetzte. Ein Schmerz, als ob sein Schädel in einen Schraubstock gespannt wäre. Wie immer, wenn er sich seiner Vergangenheit stellte und sich an etwas Verschüttetes zu erinnern versuchte. In solchen Momenten war es ratsam, ins Hier und Jetzt zurückzukehren, da ihm sonst eine ausgewachsene Panikattacke drohte. Er musste die Vergangenheit ruhen lassen.

Vergiss, wer du einmal warst! Dieser Mensch ist nicht mehr da!

Du bist Jason Bourne. Das ist jetzt deine Identität.

Seine Atmung wurde langsamer. Der Nebel lichtete sich, bis nur noch die Gegenwart da war. Er war zurück in der Painted Hall. Die Gesichter nahmen vor seinen Augen Gestalt an.

Da fiel sein Blick auf den Mann in der zehnten Reihe.

Er war weder jung noch alt, vielleicht vierzig. Er wirkte gelangweilt, wie er das Kinn auf einen Gehstock stützte, dessen Messinggriff die Form eines Alligators hatte. Seine Schultern waren gebeugt, die Beine lang. Er hatte lockige braune Haare und eine hohe, von Falten durchzogene Stirn. Er trug eine Drahtgestellbrille über den dunklen Augen und hatte einen ordentlich getrimmten Kinnbart. Bekleidet war er mit einem leicht schäbig wirkenden Jackett über einem schwarzen Rollkragenpulli.

Als Bourne ihn ansah, erwiderte der Mann seinen Blick einen Moment lang, ehe er sich desinteressiert abwandte. Jason versuchte auf sein Unterbewusstsein zu hören. Kannte er diesen Mann? Empfand er etwas? Irgendwas?

Der Stuhl vor dem Mann war frei. Bourne ging hin und setzte sich. Sein Blick streifte das Namensschild des Mannes, und er sprach den Namen laut genug aus, damit Nova es hören konnte.

»Dr. Russel Amundsen.«

Der Mann hob das Kinn von seinem Stock und rückte seine Brille zurecht. »Kennen wir uns?«, fragte er mit ausgeprägtem norwegischem Akzent.

»Tom Gillette vom U.S. State Department. Ich glaube, wir sind uns schon einmal begegnet, Dr. Amundsen. Wahrscheinlich auf irgendeiner Energiekonferenz.«

»Tut mir leid, ich kann mich nicht erinnern.«

»Er lebt in Bergen«, teilte Nova ihm über Funk mit.

»Ich glaube, es war eine Konferenz an der Technischen Universität in Trondheim«, sagte Jason lächelnd.

»Ich unterrichte an der HVL Bergen, also kann das durchaus sein«, meinte Amundsen. »Ich war aber schon eine ganze Weile nicht mehr in Trondheim. Vielleicht verwechseln Sie mich doch mit einem Kollegen.«

»Ja, vielleicht. Ich freue mich jedenfalls auf den Vortrag heute.«

»Geht mir genauso.«

»Kennen Sie Clark Cafferty?«

»Nicht persönlich. Meine Universität hat eine Förderung bei seiner Stiftung beantragt. Aber das können wahrscheinlich die meisten Wissenschaftler hier von ihren Universitäten sagen.«

»Das mit dem Antrag stimmt«, gab Nova über Funk durch. *»Es geht um die numerische Simulation des Brandrisikos bei Holzhäusern.«*

»Um welches Projekt geht es bei Ihrem Antrag?«, fragte Jason.

»Wir erforschen den Einfluss des Wetters auf das Brandrisiko bei Holzhäusern«, erklärte Amundsen. »Mein Spezialgebiet dabei ist die numerische Simulation.«

»Der Auslöser für das Projekt war ein Brand in Laerdal im Jahr 2014, von dem dreißig Gebäude betroffen waren.«

»Natürlich«, sagte Jason. »Dieser schreckliche Brand in Laerdal … 2015, nicht?«

»2014«, korrigierte Amundsen.

»Ja, natürlich.«

Der Mann wusste, wovon er redete. Falls hinter der Verkleidung Lennon steckte, spielte er seine Rolle als skandinavischer Wissenschaftler absolut perfekt. Vielleicht waren Lennon und Russel Amundsen sogar ein und dieselbe Person. Oder er hatte erst kürzlich den Platz des Mannes eingenommen, und der echte Russel Amundsen lag am Grund eines norwegischen Sees.

Oder dieser Wissenschaftler war genau der, der er zu sein vorgab.

Und dennoch …

Bourne erhob sich und hielt ihm die Hand hin. Amundsen reagierte mit einem schlaffen Händedruck. »Viel Glück mit Ihrem Antrag, Dr. Amundsen.«

»Danke.«

Jason ging die ganze Länge der Painted Hall hinunter, doch dann blickte er noch einmal zurück zu dem gelangweilten norwegischen Akademiker. Er wartete. Und wartete. Er ließ fast zwei Minuten vergehen, den Blick unverwandt auf den Hinterkopf des Mannes fixiert. Es bedurfte nur eines kurzen Blicks zurück, um ihm zu bestätigen, dass Russel Amundsen der Mann war, den er suchte. Der Mann, der hier war, um Clark Cafferty zu töten. Wenn Bourne Lennon kannte, dann beruhte das auf Gegenseitigkeit. Lennon würde von Zweifeln geplagt werden und sich fragen: *Hat Bourne meine Verkleidung durchschaut?* Er würde sich umblicken, um zu sehen, ob Jason ihn beobachtete. Ob er vielleicht flüchten musste.

Doch Amundsen saß einfach nur nach vorn gebeugt da, auf seinen Stock gestützt, als würde er im Kopf irgendeine Simulation durchgehen, während er auf den Beginn des Vortrags wartete.

»Ist er es?«, fragte Nova.

»Ich weiß es nicht. Vielleicht.«

*»*Vielleicht *ist nicht genug, Jason. Sollen wir ihn aus dem Saal holen?«*

»Noch nicht. Ich bin mir nicht sicher.«

Doch Jason hatte keine Zeit mehr, sich über Russel Amundsen Gedanken zu machen. Er sah, wie mehrere Sicherheitsmänner die Leute beim Eingang höflich aufforderten, Platz zu machen.

»Cafferty ist da«, gab Jason an Nova durch. »Dixon ist bei ihm.«

Als die beiden Männer näher kamen, wechselte Bourne einen Blick mit Dixon, doch der CIA-Agent zeigte keine Reaktion. Cafferty lächelte und winkte mit dem Charisma des Politprofis, doch die Sicherheitsleute schirmten ihn vor den Anwesenden ab. Die wenigen, die auf ihn zugehen wollten, wurden mit sanftem Nachdruck aufgefordert, zu ihren Plätzen zurückzukehren. Cafferty entschuldigte sich und tippte auf seine Uhr.

»Sie lassen niemanden an ihn heran«, murmelte Jason.

»Das ist gut.«

»Amundsen bleibt ganz ruhig sitzen. Er macht keine Anstalten, auf ihn zuzugehen.«

»Dann ist er es vielleicht doch nicht.«

»Ja, vielleicht.« Dann sah Bourne etwas, das ihn alarmierte. »Moment, da tut sich etwas. Eine Frau geht auf ihn zu. Die lassen sie durch.«

Cafferty blieb beim Podium stehen, und Dixon trat zur Seite, als eine Frau in der ersten Reihe sich von ihrem Platz erhob.

Sie war jung und attraktiv, hatte glatte blonde Haare mit violetten Strähnen und eine schwarze Brille, die ihr auf der Nase nach unten gerutscht war. Der kurze beige Rock brachte ihre langen Beine zur Geltung. Dazu trug sie einen marineblauen Blazer über einer weißen Bluse.

»Wer ist das?«, fragte Jason. »Haben wir sie überprüft?«

»Ich weiß es nicht.«

Jason ging nach vorn zum Podium, doch ein CIA-Mann trat ihm in den Weg. »Sorry, Mr. Secretary, Sie haben später Gelegenheit, mit Mr. Cafferty zu sprechen. Vor dem Vortrag ist es leider nicht möglich.«

»Aber da redet jemand mit ihm«, wies Jason hin.

»Keine Besucher«, wiederholte der Agent. »Treten Sie bitte zurück.«

»Sie wissen, wer ich bin«, zischte Bourne ihm zu. »Lassen Sie mich durch.«

»Anweisung von Mr. Lewis«, erwiderte der Agent kühl. »Niemand darf ohne seine Zustimmung in Caffertys Nähe. Auch nicht *Cain.*«

Bourne blieb frustriert stehen.

Die junge Frau stand nun direkt vor Cafferty. Er begrüßte sie mit einem Wangenkuss, und sie schüttelten einander die Hand. Falls sie für Lennon arbeitete, war alles aus. Dann war Cafferty so gut wie tot.

»Die Frau steht nicht auf unserer Liste«, murmelte Bourne.

»Bist du sicher?«, fragte Nova über Funk. *»Wir haben so viele Profile durchgesehen, Jason. Und wir haben uns vor allem auf Männer konzentriert, weniger auf Frauen.«*

Bourne schüttelte den Kopf und sah hilflos zu, wie Cafferty mit der Frau beiseitetrat und, von Dixon begleitet, hinter der kunstvollen Wandmalerei verschwand. Jason hatte sie nicht mehr im Blick.

»Nein, sie war nicht auf der Liste«, bekräftigte Jason. »Dixon hat uns ihre Akte absichtlich vorenthalten. Er hat uns alle Profile gegeben, nur ihres nicht. Wer, zum Teufel, ist die Frau?«

»Mrs. Reznikowa«, sagte Clark Cafferty, als die beiden unter sich waren. »Es freut mich sehr, dass Sie meine Einladung angenommen haben.«

»Ich habe Ihre Nachricht erhalten, als ich hier ankam«, sagte Tati. »Ich muss sagen, Ihre Einladung hat mich neugierig gemacht. Ich weiß natürlich, wer Sie sind, aber es überrascht mich, dass Sie von *mir* gehört haben.«

»Ihr Ruf als Wissenschaftlerin eilt Ihnen voraus«, erklärte Cafferty.

Tati blieb skeptisch. »Das ist schmeichelhaft, aber es sind so viele Wissenschaftler hier, die viel mehr Erfahrung haben als ich. Also nehme ich an, dass Sie nicht über etwas Wissenschaftliches mit mir reden wollen. Würden Sie mir verraten, worum es wirklich geht?«

Cafferty lächelte versonnen. Diese Frau war genau so, wie man sie ihm beschrieben hatte. Extrem schlau. Und extrem gut aussehend. »Sie haben recht. Es geht in diesem Fall nicht um Wissenschaft im engeren Sinn. Obwohl ein Begleiteffekt des Projekts, an dem ich gerade arbeite, auch eine veränderte Haltung gegenüber dem Klimawandel in Russland sein könnte. Das wäre dann sicher auch für Sie interessant.«

»Natürlich«, stimmte Tati zu. »Ich fürchte nur, mein Heimatland wird nie ein Vorreiter in Sachen erneuerbare Energie sein. Mit unseren fossilen Ressourcen lässt sich einfach zu viel Geld verdienen. Die Veränderung kommt sehr langsam.«

»Ich würde gern mithelfen, das zu beschleunigen«, betonte Cafferty.

»Wie?«

»Mit Ihrer Hilfe, Tati. Ich darf Sie doch Tati nennen?«

»Natürlich. Trotzdem kann ich mir nicht vorstellen, wie ich Ihnen dabei helfen könnte, Mr. Cafferty.«

»Ich bin auf dem Weg zu einem wichtigen Treffen und möchte Sie bitten, mich zu begleiten. Ihre Anwesenheit wäre dabei von größter Bedeutung. Vielleicht haben Sie es in der Hand, die Zukunft Russlands in eine andere Bahn zu lenken.«

Sie sah ihn ebenso verwirrt wie misstrauisch an. »Wie soll ich das anstellen?«

»Fürs Erste ersuche ich Sie, ein bisschen Geduld mit mir zu haben. Ich werde Ihnen alles erklären, wenn es so weit ist.«

»Wann soll dieses Treffen stattfinden?«, fragte Tati.

Cafferty nahm sie am Ellbogen und lächelte. »Jetzt.«

14

Von seiner Position am südlichen Ende der Waterloo Bridge sah Vadik einen Zug über die Themse rattern und in den Bahnhof einfahren. Etwas weiter den Fluss hinunter drehte sich das London Eye gemächlich mit seinen verglasten Gondeln. Es war ein bewölkter, düsterer Tag mit leichtem Nieselregen. Die meisten Londoner, die die Brücke überquerten, hatten einen Regenschirm über dem Kopf, doch Vadik stand ungeschützt im Regen und wartete.

Er spürte die Pistole im Rücken. Der Hahn war gespannt – er musste sie nur noch ziehen und abdrücken. Immer wieder ging er in Gedanken durch, wie es ablaufen würde. Der Konvoi würde zum Stehen kommen, von vorn und hinten würden Autos heranjagen und Sorokins Wagen in die Zange nehmen. Er stellte sich das Krachen der Schüsse vor, das Splittern von Glasfenstern, die Panik unter den flüchtenden Passanten. Für Vadik ging es darum, in dem allgemeinen Chaos die Ruhe zu bewahren. Er würde zu dem Wagen eilen, während die anderen Gennadi Sorokin aus der Limousine zogen, dann würden er und Harry ihn exekutieren.

Harrys Schüsse würden ihn nicht töten; Sorokin würde noch einen Augenblick leiden, ehe Vadik ihm den Gnadenschuss gab.

Zehn Sekunden.

Die ganze Operation würde nicht länger als zehn Sekunden dauern.

Lang lebe Gaia!

Der Mann, der sich Harry nannte, stand neben ihm, eine Zigarette zwischen den Fingern, während sein Blick den Mädchen folgte, die an ihnen vorbeigingen. Ihm war nicht die geringste Anspannung anzusehen. Er sah gar nicht so aus, wie Vadik sich fühlte, nämlich hundeelend; er hätte sich über das Brückengeländer beugen und kotzen können.

»Zeit?«, fragte Harry.

»Elf Uhr fünfundfünfzig«, sagte Vadik.

»Unser Mann in der Hotellobby hat gemeldet, dass Sorokin schon unten ist. Bist du bereit?«

»Bin ich«, versicherte Vadik mit mehr Zuversicht, als er empfand.

»In ein paar Minuten wird Sorokin tot sein«, erklärte Harry. Mit einem Achselzucken fügte er hinzu: »Oder wir. Dir ist doch klar, dass es keine dritte Möglichkeit gibt, oder?«

»Sicher.«

Vadik wusste, dass er die Mission nicht überleben würde. Entweder würde er noch auf der Brücke sterben oder später, wenn sie ihn auf der Flucht erwischten. Das war ihm von Anfang an klar gewesen, doch was er hier tat, war so etwas wie sein Lebenswerk. Er und Tati waren Wissenschaftler, aber die Wissenschaft war bedeutungslos, wenn die Welt nicht auf sie hörte.

Der heutige Tag würde die Welt aufrütteln.

Er hatte letzte Nacht kein Auge zugetan, hatte neben Tati gelegen und in die Dunkelheit gestarrt. Er hatte versucht, mit ihr zu schlafen, in dem Wissen, dass es das letzte Mal sein würde, doch sein Körper hatte ihn im Stich gelassen. Frustriert hatte er sich von ihr herunterrollen müssen; vielleicht hatte er auch zu viel Wodka getrunken. Die Beobachter an ihren Monitoren hatten wahrscheinlich gelacht. Das Lachen würde ihnen vergehen, wenn sie hörten, dass einer der größten Umweltsünder Russlands tot war.

Sorokin war nur der Erste, den es treffen würde. Andere würden folgen. Niemand war mehr sicher. Ihr ganzes Geld würde diese Leute nicht schützen können.

Vadik dachte an Tati, die nur wenige Kilometer entfernt in der Painted Hall saß. Gleich würde Clark Cafferty seinen Vortrag halten. In Vadiks Augen war Cafferty um nichts besser als Sorokin, in mancher Hinsicht sogar noch schlimmer. Sorokin versuchte gar nicht, zu verschleiern, welchen Schaden er dem Planeten zufügte, während Cafferty zwar vorgab, die grüne Revolution zu unterstützen, in Wahrheit aber von dem zerstörerischen System profitierte und damit Millionen verdiente. Auch seine Zeit würde kommen.

Tati.

Bei Caffertys Vortrag würde sie wie immer in der ersten Reihe sitzen, den Bleistift hinter dem Ohr und einen Notizblock auf dem Schoß, während ihr die Brille immer wieder von der Nase rutschte. Die Männer im Saal würden sich mehr auf sie konzentrieren als auf den Vortrag, ohne dass sie es überhaupt mitbekam. Er stellte sich ihr Gesicht und ihren Körper vor, ihre samtige Haut. Es tat ihm weh, dass er sie nie wiedersehen würde. Er hatte sie verführt, weil es der Sache diente – doch es war mehr als das. Er liebte Tati.

Hör auf! Er musste sich auf das Hier und Jetzt konzentrieren. Auf die Aufgabe, die vor ihm lag. Sorokin zu töten.

»Zwei Autos«, verkündete Harry.

»Was?«

»Zwei Autos. Vier Männer im ersten, drei im zweiten – inklusive Sorokin.«

»Okay«, murmelte Vadik. Sein Herz begann schneller zu schlagen. Der Regen vermischte sich mit seinem Schweiß. Er sah die Autos auf der Brücke, die Reisebusse, die Boote auf dem Fluss, die vorbeigehenden Frauen und Männer. Wie lange noch? Zwanzig Minuten? Dann würde sein Leben eine dramatische Wendung nehmen.

»In zwei Minuten riegeln wir die Brücke ab«, sagte Harry. »Die Flashmobs bei den anderen Brücken sind bereit. Die Schlacht beginnt. Die Zeit der Politiker mit ihren leeren Versprechen ist um. Die Zukunft der Erde hängt von uns ab.«

Vadik ballte die Fäuste. »Ja.«

»Sie steigen in ihre Autos. Sie fahren ab.«

Doch dann verzerrte sich Harrys Gesicht vor Wut. *»Scheiße! Scheiße!«*

»Was ist?«

Harry ignorierte ihn und zischte in sein Funkgerät. »Wo fahren sie hin? Folgt ihnen! Folgt ihnen! Verdammte Idioten, ihr dürft sie nicht verlieren!«

»Was ist los?«, wollte Vadik wissen. »Was ist passiert?«

Das feuchte Gesicht vor Wut verzerrt, packte Harry ihn am Kragen und drückte ihn ans Brückengeländer. »Warst du das? Ist das eine Falle? Wenn ich in den nächsten fünf Sekunden Sirenen höre, erschieße ich dich und werfe dich in den verdammten Fluss, das schwöre ich dir!«

»Wieso eine Falle? Wovon redest du?«

Harry hörte einen Moment lang zu, als eine neue Meldung über Funk kam, dann riss er sich das Gerät herunter und zertrat es wütend.

»Jemand hat uns ausgetrickst, du Idiot! Sorokin fährt nicht zur WTO. Er fährt in die entgegengesetzte Richtung. Die Polizei hat schon auf uns gewartet! Die nehmen jeden fest! Wir müssen weg. Die sind schon unterwegs!«

»Ich halte normalerweise nicht so viel von Planänderungen in letzter Minute«, sagte Gennadi Sorokin auf dem Rücksitz der Limousine.

Auf dem Beifahrersitz beäugte Nikolai den Fahrer, einen CIA-Agenten mit makellosem Anzug, perfekt gestyltem Haar, teurer Sonnenbrille und Zähnen so weiß wie Klaviertasten. Man konnte die Arroganz förmlich riechen.

»Das ist keine Planänderung, Sir«, erwiderte der CIA-Mann.

»Nicht? Mir hat man gesagt, das Treffen fände im Naval College statt.«

»Ich weiß, Sir, tut mir leid, aber das war nur ein Ablenkungsmanöver. Mr. Lewis hatte es von Anfang an so geplant. Ich selbst habe aus Sicherheitsgründen eben erst die Details erfahren. Übrigens hat Mr. Lewis die britischen Behörden auf eine extremistische Gruppe hingewiesen, die Ihnen auf dem Weg zur WTO-Konferenz auflauern wollte. Die Behörden sind gerade dabei, diese Leute festzunehmen. Die wussten, dass Sie im Mandarin Oriental wohnen, Sir, und überwachen das Hotel schon seit Stunden.«

»Terroristen haben gewusst, dass ich komme?«, fragte Sorokin.

»Ja, Sir. Eine Gruppe von radikalen Umweltaktivisten, die sich Gaia Crusade nennt. Sie können von Glück sagen, dass Sie ihnen nicht in die Falle gegangen sind. Diese Gruppe hat schon einige hochrangige Manager im Öl- und Gasgeschäft ermordet.«

Sorokin lehnte sich in den Ledersitz zurück. »Hast du schon mal von dieser Gruppe gehört, Nikolai? Gaia Crusade?«

»Ja, Chef.«

»Und hast nicht gewusst, dass die es auf mich abgesehen haben?«

Nikolai zögerte einen Augenblick und überlegte, wie er auf die Frage reagieren sollte. »Nein, Ihre Reise war völlig geheim,

Chef. Ich weiß nicht, wie die von Ihrem Terminplan wissen konnten.«

»Du enttäuschst mich, Nikolai. Ich bezahle dich dafür, dass du solche Vorfälle verhinderst. Jetzt bin ich schon darauf angewiesen, dass die CIA deinen Job erledigt.«

»Tut mir leid, Chef.«

Nikolai kochte innerlich, als er das Grinsen im Gesicht des CIA-Agenten sah.

»Na dann.« Sorokin wandte sich wieder an den Fahrer. »Da wir schon mal unterwegs sind – wohin geht die Reise eigentlich?«

»Mr. Lewis wird mich in zwei Minuten anrufen und mir weitere Anweisungen geben.«

»Der Mann ist ziemlich paranoid, oder?«

»Manchmal lohnt es sich, paranoid zu sein, Sir.«

»Da kann ich Ihnen nicht widersprechen.« Sorokin lehnte den Kopf in den weichen Sitz und schloss die Augen. »Da wir noch ein paar Minuten haben, nutze ich die Zeit, um etwas gegen den Jetlag zu tun. Weck mich, wenn wir da sind, Nikolai. Das wirst du doch wohl schaffen. Oder brauchen wir dafür auch die CIA?«

»Ich sorge dafür, dass Sie rechtzeitig wach sind, Chef.«

Nikolai starrte durch die getönte Scheibe der Limousine auf die Londoner Straßen hinaus. Er war innerlich in Aufruhr, hin- und hergerissen zwischen der Wut auf den Mann auf dem Rücksitz und der Angst, dass seine Rolle in der Verschwörung auffliegen könnte. Als er gesehen hatte, wie die Polizei die Leute von Gaia Crusade festnahm, war er nahe daran gewesen, die Flucht zu ergreifen.

Der Plan war auf der ganzen Linie gescheitert.

Es gab kein Treffen im Naval College. Folglich fuhren sie auch nicht zur Waterloo Bridge, wo der Anschlag hätte durchgeführt werden sollen. Sie waren alle miteinander ausgetrickst worden.

Außer Lennon.

Der Mann, der ihn dafür bezahlt hatte, dafür zu sorgen, dass Sorokin bei dem Terroranschlag ums Leben kam. Der Mann, der Nikolai die Dokumente geschickt hatte, die bewiesen, dass Sorokin das Geschäft seines Bruders vernichtet hatte. Nach dem Bankrott hatte sein Bruder sich das Leben genommen.

Lennon hatte alles kommen sehen. Er hatte Nikolai vor einer möglichen Planänderung gewarnt. *Seien Sie bereit. Nichts ist so, wie es scheint.*

Es war Zeit für Plan B.

Ohne dass der CIA-Agent es mitbekam, ließ Nikolai die Hand in der Tasche seines Anzugjacketts verschwinden und schaltete den GPS-Tracker ein, der ihren Standort verriet.

Yoko saß am Lenkrad eines Land Rover in einer kleinen Gasse nahe der Park Row, zwei Blocks vom Naval College entfernt. Sie ließ den Motor laufen. Ein Blick auf die Uhr zeigte, dass es Punkt zwölf Uhr war. Die Mission begann. Sorokin war unterwegs zur WTO. Cafferty würde seinen Vortrag halten.

Danach würde Dr. Russel Amundsen sich nach dem Stand seiner beantragten Forschungsförderung erkundigen und Cafferty versehentlich mit der Spitze seines Gehstocks berühren.

Yoko würde beim Sicherheitszaun auf Lennon warten. Noch bevor es dunkel war, würden sie das Land verlassen haben und irgendwo im Baltikum untertauchen. Wie immer nach vollendeter Mission würde er mit ihr schlafen. Und wie immer würde sie am Morgen allein aufwachen.

Während sie ungeduldig mit den Fingern auf das Lenkrad tippte, schreckte ein schriller Pfeifton ihres Handys sie aus ihren Gedanken auf. Ein kurzer Blick verriet ihr, dass Nikolais

GPS-Tracker aktiv war. Das entsprach nicht dem Plan, dachte sie mit steigender Nervosität. Sie rief den Stadtplan auf und sah, dass sich das Fahrzeug mit Gennadi Sorokin weit weg von der Waterloo Bridge befand.

Der Wagen fuhr nicht dorthin, wo er sollte, sondern in die entgegengesetzte Richtung. Auf der Cromwell Road westwärts Richtung Hammersmith. Weg aus der Innenstadt. Weg von der WTO-Konferenz.

Mit einem lauten Fluch wählte Yoko eine Nummer, und der Agent mit dem Decknamen Sean meldete sich aus der Painted Hall.

»Du sollst mich nicht hier anrufen«, zischte er gereizt. »Du kennst doch die Regeln.«

»Ist Cafferty schon da? Hat der Vortrag begonnen?«

»Ich lege jetzt auf«, sagte Sean.

»Verdammt, ich will wissen, ob der Vortrag schon begonnen hat!«

»Nein. Caffertys Vortrag wird mit etwas Verspätung anfangen.«

»Er wird gar nicht anfangen. Cafferty ist *weg*, du Idiot. Sorokin kommt nicht nach Greenwich. Sag Lennon Bescheid – er soll sofort herauskommen. Wir haben einen Notfall.«

15

Wo war Cafferty?

Irgendetwas stimmte nicht, da war Bourne sich ganz sicher. Die Minuten verstrichen, doch das Podium blieb leer. Clark Cafferty kam nicht, und auch Dixon Lewis und die Frau, die mit Cafferty gesprochen hatte, waren nicht mehr da.

Er stieg die Stufen hinter dem Podium hinauf. Eine riesige Darstellung der Krönung von George I. nahm die ganze Westwand ein, die anderen Wände waren von Gemälden in verschiedenen Grautönen geschmückt, die wie falsche Skulpturen wirkten. Vor einer Doppeltür stand der CIA-Agent, der ihn zuvor aufgehalten hatte.

»Ich muss Dixon Lewis sprechen«, betonte Bourne.

»Er ist nicht da.«

»Dann bringen Sie mich zu Cafferty. Oder zu Holly Schultz.«

»Das ist nicht möglich.«

»Sie haben eine Frau zu Cafferty gelassen, die nicht auf der Besucherliste steht. Haben Sie sie überprüft?«

Der Agent sah ihm fest in die Augen. »Das ist nicht Ihre Sache, *Cain.* Ihr Job ist erledigt.«

»Mein Job ist *erledigt?*«

»Ja. Sehen Sie sich die Kronjuwelen an, oder gehen Sie ins Pub.«

Himmel noch mal! Es war wie in Tallinn.

Jason ging zu den Stufen zurück und blickte in den weitläufigen Saal. Er schaute auf die Uhr. Zehn Minuten nach zwölf. »Nova, was, zum Teufel, geht hier vor sich?«

»Laut Plan sollte Cafferty jetzt am Rednerpult stehen, aber wir haben keine Ahnung, wo er steckt.«

Bourne studierte die dichte Menschenmenge. Alle saßen auf ihren Plätzen, bis auf die Sicherheitsleute, die rund um den Saal postiert waren. Unter den Anwesenden machten sich Unruhe und Verwirrung breit. Dann hörte er von draußen ein lautes Knattern. Er eilte die Treppe hinunter zum Fenster und sah von der Grünfläche hinter dem Naval Hospital einen schwarzen Hubschrauber abheben. Mit ohrenbetäubendem Dröhnen schwebte er über die Dächer hinweg und ließ die Fensterscheiben der Painted Hall vibrieren, ehe er in der Ferne verschwand.

Er wusste, wer in dem Hubschrauber saß. Clark Cafferty.

»Ein Köder«, zischte Jason ins Funkgerät.

»Was?«

»Wir waren ein Köder für Lennon. Ein Ablenkungsmanöver. Cafferty hatte nie vor, Sorokin hier zu treffen. Das war ein Trick. Sie wollten, dass Lennon hier auf ihn wartet. Dass ich hier war, hat Lennon in seiner Annahme bestätigt, dass das Treffen hier stattfinden würde, also kam er auch.«

Bourne wirbelte herum und überblickte die Stuhlreihen in der Painted Hall. Sein Blick fiel auf den Gangsitz in der zehnten Reihe.

Der Stuhl war leer.

»Er ist weg.«

»Wer?«

»Der norwegische Wissenschaftler. Russel Amundsen. Er ist fort.«

Bourne wusste nun, dass er auf seinen Instinkt hätte hören sollen. Nichts an dem Mann war in irgendeiner Weise verdächtig gewesen; er hatte völlig überzeugend gewirkt. Und dennoch hatte Jasons Gehirn ihm eine Botschaft durch den Nebel gesandt, der seine Vergangenheit umhüllte. *Ich kenne dich!*

Er ging zum nächststehenden Sicherheitsmann und sagte mit einem harmlosen Lächeln: »Ich suche einen Freund von mir, Dr. Amundsen. Er hatte den Gangsitz dort vorn, und jetzt ist er weg. Wir wollten uns nach dem Vortrag zusammensetzen. Sie haben nicht zufällig gesehen, wo er hin ist?«

Der Sicherheitsmann checkte Bournes Namensschild und nickte. »Ich glaube, er hat eine Nachricht erhalten. Ein Sicherheitsmann hat mit ihm geredet. Die zwei sind vor zwei Minuten rausgegangen.«

»Danke.«

Bourne ging zur Vorhalle. »Hast du das gehört?«

»Ja.«

»Check die Kameras und sag mir, wo sie hin sind.«

»Bin schon dabei.«

Jason trat in den Nieselregen hinaus. Weit und breit war niemand zu sehen. Es roch nach Rauch, und von den Straßen Greenwichs war der Lärm der Demonstranten zu hören.

»Nova?«

»Er ist in die Kapelle rein und könnte durch den Hinterausgang verschwinden. Er war nicht allein, Jason. Ein Mann Mitte zwanzig in dunklem Anzug war bei ihm. Groß, dünn, dunkle Haare.«

Bourne lief zum Eingang der Chapel of St. Peter and St. Paul auf der anderen Seite des Geländes. Er drückte das Tor auf und hörte seine Schritte auf dem Marmorboden hallen. Drinnen war es kühl und still. Am oberen Ende einer kurzen Treppe stand eine der Türen offen, über die man in die eigentliche Kapelle gelangte. Er schlich durch die Tür und blieb mit dem Rücken zur Wand stehen. Zwischen den Holzbänken führte ein Mittelgang zum Altar, der vor einem riesigen Wandbild stand. Bourne blickte nach oben zu den Balkonen auf beiden Seiten, konnte aber niemanden erkennen.

Bourne machte einen Schritt nach vorn. Und sah, dass er nicht allein war.

Ein Mann saß mit dem Rücken zu ihm in der ersten Reihe.

»Lennon!«, rief Jason und hörte seine Stimme in dem hohen Raum hallen.

Dr. Russel Amundsen stand auf und drehte sich zu ihm. Er blieb bei seiner Rolle des norwegischen Wissenschaftlers, als er durch den Mittelgang auf ihn zukam, doch Jason erkannte seinen eigentümlich federnden Gang wieder. Es war der Mann, den er auf dem Video vom Russel Square entdeckt hatte. Der Mann, dem er irgendwann in seiner verschütteten Vergangenheit schon einmal begegnet war.

Lennon blieb auf halber Höhe des Gangs stehen. Bourne blickte sich nach einer möglichen Bedrohung um.

»Sie haben recht, ich bin nicht allein«, sagte Lennon mit einem selbstzufriedenen Grinsen. »Sean ist auch hier. Einer meiner Agenten. Leider werden Sie ihn erst sehen, wenn er zuschlägt. Er ist wie eine Katze auf der Jagd.«

Bourne sah sich noch einmal kurz um, konnte aber niemanden erkennen. War es nur ein Trick?

»Cafferty ist fort«, sagte Bourne.

»Ich weiß. Er hat uns wohl beide an der Nase herumgeführt. Das heißt, ich habe es leider eilig. So gern ich noch über die alten Zeiten schwatzen würde, Jason.«

Seine Stimme hatte sich plötzlich verändert, der norwegische Akzent war verschwunden. Er klang jetzt jünger. Jason hörte auch keinen russischen Akzent. War der Mann Amerikaner?

Er klang irgendwie vertraut.

»Ich kenne Sie.«

Wieder lächelte Lennon. »Und ich kenne *Sie*. David Webb. Cain. Oder Jason Bourne, wie Sie sich heute nennen. Sie hatten schon viele Namen in Ihrem Leben. Jammerschade, dass Sie sich an so vieles nicht mehr erinnern können. Die wenigsten verstehen, wie traumatisch so ein Gedächtnisverlust ist, nicht? Diese Kopfschmerzen. Die Flashbacks. Die Albträume.«

»Wer sind Sie?«

»Wissen Sie das nicht? Ich habe die Sowjetunion gegründet. Und eine Popgruppe, die als Beatles weltberühmt wurde. Ich bin 1924 gestorben. Oder war es 1980? Diese Dinge verschwimmen rückblickend ineinander.«

Jason wusste nicht, ob der Mann wahnsinnig war oder ob Gunnar recht hatte mit seiner Einschätzung, dass Lennon ein ausgemachter Spieler war. Vielleicht traf beides zu.

»Auf die Knie«, forderte Bourne ihn auf.

»Sorry, aber Yoko wartet auf mich. Sie kann Sie übrigens nicht leiden. An Ihrer Stelle würde ich mich von ihr fernhalten.«

»Auf die *Knie*!«

»Sie machen es so dramatisch, aber, wie gesagt, ich habe es eilig. Nova wird sicher bald auftauchen, dann bin ich lieber weg. Ganz ehrlich, das Miststück macht mir eine Heidenangst. Diese vielen Tattoos. Zum Gruseln.«

Bourne machte einen Schritt vor.

Im nächsten Moment traf ihn von hinten etwas mit voller Wucht und riss ihn zu Boden. Von der Orgelempore direkt über ihm war der Agent namens Sean mit der Geschmeidigkeit eines Panthers herabgesprungen. Jason hatte keine Zeit mehr, Atem zu holen – Sean hatte ihm bereits eine Seidenkrawatte um den Hals geschlungen und zog die Schlinge zu. Ein Knie bohrte sich in Jasons Rücken, und sein Oberkörper wurde nach hinten gerissen.

Jasons Lungen schrien. Er wehrte sich, versuchte den Mann abzuwerfen, doch Sean zog die Schlinge noch fester zu. Verzweifelt griff Jason mit einer Hand nach hinten, fasste den Angreifer am Handgelenk und verdrehte es mit einem Ruck. Sean stöhnte vor Schmerz, ließ aber nicht locker. Die Krawatte schnitt sich immer noch in Bournes Hals und nahm ihm den Atem. Jason fand die Finger des Mannes, dann den Daumen, packte ihn und riss ihn nach hinten, bis er mit einem scharfen Knacken brach. Sean schrie auf, und die Krawatte lockerte sich um Bournes Hals.

Gierig sog Jason die Luft ein, doch Sean ließ ihm keine Verschnaufpause. Mit seiner gesunden Hand knallte er Jasons Kopf gegen den Steinboden. Grelles Licht flammte vor Jasons Augen auf, ein stechender Schmerz fuhr ihm durch den Schädel. Er hatte Blutgeschmack im Mund. Sean packte ihn mit dem Unterarm am Hals und riss seinen Kopf nach hinten, um ihm das Genick zu brechen. Jason spürte das Gesicht des Angreifers im Nacken, griff mit einer Hand hinter sich, riss ihm das halbe Ohr ab und stieß ihm dann den Fingernagel ins Auge.

Mit einem Aufschrei ließ der Mann ihn los. Jason warf ihn zur Seite, und sie rappelten sich beide auf. Jason setzte nach, packte Sean und stieß ihn mit dem Rücken gegen eine Säule. Sean riss ein Knie hoch und rammte es ihm zwischen die Beine. Während Jason einen Moment brauchte, um sich von dem Schmerz zu erholen, hämmerte sein Gegner ihm die Faust gegen das Kinn. Benommen wankte Jason einen Schritt zurück, täuschte einen Konter an und versetzte dem Mann einen harten Tritt in die Magengrube. Sean klappte nach vorn, Bourne packte seinen Kopf und riss ihn mit dem Gesicht voraus nach unten.

Die scharfe Ecke der Kirchenbank bohrte sich wie ein Pflock in Seans Stirn und tief in sein Gehirn. Der Mann röchelte noch einmal, ehe sein Körper in sich zusammensank, während sein Kopf immer noch in der Holzbank steckte.

Jason sog gierig die Luft ein. Vor ihm drehte sich alles, seine Schuhe waren von Blut und grauer Hirnmasse bedeckt. Er hörte Schritte hinter sich, gedämpft wie ein Pochen, plötzlich stand Nova neben ihm und rief seinen Namen. Sie nahm seinen Arm, legte ihn um ihre Schultern und führte ihn zu einer Bank, ehe er niedersank.

»Lennon?«, murmelte sie.

Bourne nickte. Er blickte sich um, doch außer ihnen war niemand mehr in der Kapelle. Dr. Russel Amundsen war verschwunden. »Er ist weg.«

»Auf der Flucht?«

Jason schüttelte den Kopf. »Nein. Er ist hinter Cafferty her.«

16

Tati war in ihrer Zeit in der Antarktis öfter mit dem Hubschrauber geflogen, deshalb hatte sie bei dem Flug über die Stadt kein mulmiges Gefühl. Sie trug ein Gehörschutz-Headset, so wie Clark Cafferty und die anderen Männer, die sie begleiteten. Einer war ein dunkelhäutiger Mann im Anzug, der sich ihr nicht vorstellte, aber, seinem Akzent nach zu urteilen, Amerikaner zu sein schien. Der zweite war ein bedrohlich aussehender britischer Polizist mit einem noch bedrohlicheren Armeegewehr. Keiner wollte ihr verraten, wo sie hinflogen oder warum man sie dabeihaben wollte.

Durch den Nieselregen blickte Tati auf London hinunter. Sie hielten sich die meiste Zeit südlich der Themse, deshalb konnte sie die charakteristischen Gebäude der Stadt nicht sehen. Sie flogen über lange Häuserreihen hinweg, über grüne Wiesen und Züge, die wie Tausendfüßer die Gleise entlangkrochen. Hier in der Luft gelangten sie innerhalb weniger Minuten vom Osten auf die Westseite der Stadt. Bald ging der Helikopter etwas tiefer, und sie überflogen eine Biegung im Fluss und schließlich ein Feuchtgebiet, das sich über mehrere Hektar erstreckte, eine grüne Insel aus Wald, Wiesen und Seen.

Der Pilot tauschte sich über Funk mit dem dunkelhäutigen Mann aus, doch Tati konnte nicht verstehen, worum es ging.

Dann ging der Hubschrauber geradewegs nach unten. Es gab kaum genug freien Platz zwischen den Bäumen und Seen; Tati fragte sich, wo sie hier landen sollten. Doch der Pilot wusste, was er tat, und fand tatsächlich eine Grasfläche, die nicht viel größer als der Hubschrauber selbst war. Die Büsche und Bäume wurden vom Rotorabwind durchgeschüttelt, doch dann stellte der Pilot das Triebwerk ab, und die Rotoren wurden langsamer. Sie sah, wie Cafferty und die anderen ihre Headsets abnahmen, und machte es ebenso.

»Wo sind wir hier?«, fragte Tati.

»Im London Wetland Centre«, erklärte Cafferty. »Als Umweltwissenschaftlerin finden Sie es bestimmt interessant hier. Es ist einer meiner Londoner Lieblingsplätze. Hier mache ich immer wieder gern einen Spaziergang, wenn ich in der Stadt bin. Wir haben diesen Teil des Naturschutzgebiets für Besucher sperren lassen. Das heißt, wir haben das Stück Natur ganz für uns.«

Der Pilot öffnete die Tür. Der Schwarze und der Polizist stiegen als Erste aus und forderten Tati und Cafferty auf, noch einen Moment zu warten. Tati schaute aus dem Fenster, während die zwei Männer die Umgebung erkundeten. Sie sah zwei sich kreuzende Wege, eine Holzbrücke über einen Bach und einen kleinen, von Schilf umgebenen See. Es war weit und breit niemand zu sehen.

Der dunkelhäutige Anzugträger streckte die Hand aus, um Tati aus dem Hubschrauber zu helfen. Nach ihr stieg auch Clark Cafferty aus. Der Pilot ging zum See und zündete sich eine Zigarette an.

»Verraten Sie mir Ihren Namen?«, fragte sie den dunkelhäutigen Mann.

»Ich heiße Dixon.«

»Sind Sie Amerikaner?«

»Ja.«

Sie musterte ihn einen Augenblick. Gut angezogen. Sonnenbrille. Etwas leicht Bedrohliches in der Haltung. »CIA?«

»Wie kommen Sie darauf?«

»Wir Russen haben ein Auge für Spione«, erklärte Tati.

»Ich arbeite für die amerikanische Regierung, belassen wir es dabei. Mein Job ist es, für Ihre Sicherheit zu sorgen.«

»Sind wir hier in Gefahr?«

»Nein, sicher nicht.« Er deutete auf den Polizisten mit dem bedrohlich aussehenden Gewehr. »Trotzdem wird SFO Baxter nicht von Ihrer Seite weichen, solange wir hier sind.«

»Und wo werden Sie sein?«

Clark Cafferty trat zu ihnen und beantwortete ihre Frage. »Wie gesagt, ich bin hier zu einem wichtigen Gespräch verabredet. Der Mann, mit dem ich mich treffe, wird in wenigen Minuten hier sein. Ich werde zuerst allein mit ihm reden, bevor ich Sie hinzuziehe. Wir haben einiges zu besprechen – es wird also eine Weile dauern. Wahrscheinlich eine Stunde, vielleicht auch ein bisschen länger. Ich möchte Sie bitten, so lange hier zu warten und die Landschaft zu genießen, bis Dixon Sie holt. Wir haben Sandwiches im Hubschrauber für den Fall, dass Sie hungrig sind. Alles vegetarisch.«

»Sie haben gut recherchiert«, sagte Tati anerkennend.

»Das gehört dazu.«

»Verraten Sie mir, worum es geht?«

»Das werden Sie bald erfahren, versprochen. Aber erst kurz vorher. Glauben Sie mir, es ist besser so.«

»Warum?«, hakte Tati nach.

Cafferty und Dixon wechselten einen kurzen Blick. »Offen gesagt, kann ich nicht ausschließen, dass das Gespräch erfolglos verläuft. Dass die Person, mit der ich sprechen werde, kein Interesse an meinem Vorschlag hat. In diesem Fall fliegen wir sofort zurück, und Sie können zu Ihrem gewohnten Leben zurückkehren. Dann müssen Sie auch nichts über die Sache wissen; nur, dass Sie zwei Stunden in dieser schönen Landschaft verbracht haben.«

»Mit anderen Worten, Sie werden mir in diesem Fall nicht sagen, wozu das alles gut war?«

Cafferty zuckte mit den Schultern. »Ich sehe schon, Sie sind genauso schlau, wie man mir gesagt hat.«

»Ja, Mr. Cafferty. Schlau genug, um zu verstehen, was Sie gerade angedeutet haben. Sie haben gesagt, ich kann zu meinem Leben zurückkehren, wenn das Gespräch erfolglos verläuft. Das lässt auch eine andere Möglichkeit zu. Dass Sie mich eben nicht in mein gewohntes Leben zurücklassen. Wollen Sie mich etwa entführen? Weil ich russische Staatsbürgerin bin und noch dazu Verbindungen zu wichtigen Leuten habe? Die würden es gar nicht gut finden, wenn Sie mich gegen meinen Willen festhalten.«

Cafferty legte ihr die Hand auf die Schulter, und sie sah ein hartes, entschlossenes Funkeln in seinen Augen. »Mir ist sehr wohl bewusst, wer Sie sind, Mrs. Reznikowa.«

Ihr war bewusst, dass er es vermieden hatte, ihre Frage zu beantworten. Er versprach ihr nicht, dass sie sich frei bewegen konnte, wenn dieses mysteriöse Treffen vorbei war. »Ich weiß auch, wer Sie sind, Mr. Cafferty. Und ich kann Ihnen verraten, dass die wichtigen Leute, die ich erwähnt habe, Sie nicht sehr schätzen.«

Er sah sie aus dunklen, eingesunkenen Augen an. »Das bestätigt mir nur, dass ich meinen Job mache.«

Dixon hob eine Hand an den Funkempfänger in seinem Ohr und nickte Cafferty zu. »Er ist da.«

»Ausgezeichnet.«

Caffertys Augen hellten sich auf, und er atmete die warme, feuchte Luft ein. Sein ganzer Körper straffte sich, und er strich seinen ohnehin makellosen Anzug glatt. In gespannter Erwartung rieb er sich die Hände. Tati hatte oft genug russische Männer gesehen, die, so wie Cafferty, vom Adrenalin und ihrem Jagdinstinkt angetrieben wurden. Sie lebten dafür, möglichst vorteilhafte Deals auszuhandeln. Und für die Macht, die sie sich damit sicherten. Sie witterten jede gute Gelegenheit, wie ein Wolf Beute witterte.

»Ich werde mich beeilen«, versicherte Cafferty.

»Das hoffe ich.«

Cafferty und Dixon folgten dem Weg zur Brücke über den Bach. Sekunden später waren sie hinter den Bäumen verschwunden. Ihr fiel auf, dass der Pilot sich wieder in den Hubschrauber gesetzt hatte, sodass sie mit Baxter allein war, der das Gewehr im Anschlag hielt und den Finger am Abzug hatte. Seine Augen schweiften ruhelos hin und her.

»Sind Sie hier, um mich zu beschützen oder mich als Gefangene zu bewachen?«, fragte Tati.

»Ich habe für Ihre Sicherheit zu sorgen«, erwiderte Baxter. Er war ein hart und undurchdringlich dreinblickender Mann etwa Mitte dreißig, mit einem Gesicht, das so unscheinbar war, dass man es sah und sofort wieder vergaß. Seine kurz geschnittenen dunklen Haare waren von einer Kappe bedeckt. Er trug ein kurzärmliges weißes Hemd, aus dem behaarte Arme ragten. Darüber trug er eine schwere Schutzweste.

»Kann ich wenigstens einen Spaziergang machen?«

»Tut mir leid. Ich darf Sie nicht aus den Augen lassen.«

Tati deutete auf einen Baum etwa zwanzig Meter entfernt. »Ist es okay, wenn ich mich dort drüben ins Gras setze und meine Yoga-Übungen mache? Da können Sie mich von hier aus sehen.«

»Das geht in Ordnung.«

»Sie haben nicht zufällig eine Decke im Hubschrauber?«

»Ich sehe nach.«

Baxter stieg in den Hubschrauber und kam Augenblicke später mit einer karierten Wolldecke zurück. Tati nahm die Decke und ging den Weg hinunter. Trotz des Nebels genoss sie die Aussicht. Schmetterlinge schwirrten um sie herum, und die Luft war vom Summen der Insekten erfüllt. Unter dem Baum breitete sie die Decke auf dem feuchten Gras aus, zog ihren Blazer aus, streifte die High Heels ab und legte den Blazer über ihre Beine.

Tati atmete tief ein, um sich zu beruhigen, und schob eine Hand in die Tasche der Jacke auf ihrem Schoß. Unauffällig zog sie ihr Handy und einen kleinen Plastikbehälter mit den Ohrhörern hervor. Sie verbarg das Handy neben ihrem rechten Oberschenkel, klappte den Behälter auf und steckte sich einen der Stöpsel ins Ohr.

Als sie sicher war, dass der Polizist es nicht sehen konnte, drückte sie die Kurzwahltaste, um Vadik anzurufen.

»Ich bin's«, hauchte sie ins Mikrofon, als er ranging, so leise, dass sie nicht wusste, ob er sie hören konnte.

»Tati? Ich kann jetzt nicht reden.« Vadiks Stimme klang gestresst, sie hörte Straßengeräusche im Hintergrund.

»Ich brauche Hilfe.«

»Was? Was ist los?«

»Da geht etwas sehr Merkwürdiges vor sich.«

»Wovon redest du? Bist du nicht bei der WTO-Konferenz?«

»War ich, aber Clark Cafferty wollte, dass ich ihn begleite – er hat mir nicht gesagt, wohin. Wir sind im *Hubschrauber* hergeflogen, Vadi. Zu einem streng geheimen Treffen, sagt er. Mit bewaffneten Leuten und allem.«

Es folgte eine lange Pause. Die Hintergrundgeräusche verstummten, als würde Vadik in einem Auto sitzen und hätte die Fenster geschlossen. »Ein Treffen?«

»Ja.«

»Mit wem?«

»Das wollte er mir nicht sagen, aber ich glaube …« Tati blickte kurz zu Baxter, dann flüsterte sie mit eindringlicher Stimme: »Ich hab dir doch gesagt, dass Gennadi Sorokin nach London kommt, weißt du noch?«

»Ja.«

»Ich frage mich, ob er es sein könnte, mit dem Cafferty reden will. Cafferty beschäftigt sich doch mit Russland, dem Klimawandel und fossiler Energie. Wäre das nicht irgendwie logisch? Aber warum wollen sie *mich* dabeihaben?«

Die Stimme ihres Mannes klang plötzlich ganz ruhig. »Wo bist du, Tati?«

»Irgendwo im Wetland Centre. Nahe der Themse, westlich der Stadt.«

»Bleib, wo du bist«, sagte Vadik. »Ich komme zu dir.«

Bourne und Nova liefen durch die Straßen von Greenwich. Zwei Blocks vom Naval College entfernt hatte jemand Feuer gelegt. Die Luft war von dichtem grauen Rauch erfüllt. Vor ihnen waren Demonstranten in eine blutige Auseinandersetzung mit den Sicherheitskräften verwickelt. Er zog Nova zur Mauer eines NatWest-Bankhauses und versuchte erneut, Dixon Lewis zu erreichen. Er ging nicht ran.

»Die haben ihre Handys ausgeschaltet.« Bourne beugte sich an ihr Ohr, um sich in dem Lärm verständlich zu machen. »Holly, Dixon, Cafferty. Ich kann niemanden erreichen.«

»Wie sollen wir dann herausfinden, wo das Treffen stattfindet?«

Auf der Straße sah Jason eine Schneise in der Menschenmenge und nahm Nova kurz entschlossen an der Hand. Sie rannten Richtung Süden, wo die Lage etwas ruhiger war.

Tränengas hing in der Luft, Ascheflocken legten sich auf ihre Haut. Sie blieben kurz stehen, um Atem zu schöpfen, dann rannten sie eine unbelebte Seitenstraße hinunter, die aus dem Stadtzentrum hinausführte. Eine Minute später erreichten sie Novas Wagen, den sie vor einer Reihe von zweistöckigen Apartmenthäusern geparkt hatte.

Aus dem Kofferraum holte sie zwei Pistolen, dann stiegen sie ein. Nova setzte sich ans Lenkrad.

»Wie finden wir Cafferty?«, fragte sie erneut.

»Dixon hat das schon vor Wochen geplant. Er muss unter irgendeinem Vorwand dafür gesorgt haben, dass der Ort abgesperrt wird. Es muss ein abgelegener Platz sein, damit es keine Zeugen gibt, und er hat bestimmt bewaffnete Sicherheitskräfte vor Ort. So etwas kann man nicht hundertprozentig geheim halten.«

Nova nickte. »Ich frage meinen Kontaktmann beim MI-5.«

Sie holte ihr Handy heraus und wählte eine Nummer. Anthony Audley meldete sich beim ersten Klingeln mit seiner typisch britischen Stimme.

»Tony«, sagte sie. »Ich bin's, Nova.«

»Hallo, meine Liebe. Das ist jetzt schon das zweite Mal in zwei Tagen. Siehst du, du kannst einfach nicht von mir lassen.«

Nova blickte kurz zu Jason. »Tony, ich habe das Handy auf Lautsprecher geschaltet.«

Es folgte längeres Schweigen vonseiten des MI-5-Agenten. Dann sagte er in deutlich kühlerem Ton: »Cain ist bei dir, nehme ich an?«

»Ja, ich bin hier«, bestätigte Jason.

»Ich habe gerade eine Nachricht hereinbekommen. In der Kapelle des Naval College ist jemand getötet worden. Das halbe Gehirn auf dem Boden verteilt. Waren Sie das?«

»Er wollte mich töten.«

»Klar. Okay, was kann ich für Sie tun?«

»Dixon Lewis ist mit Clark Cafferty im Hubschrauber zu einem Geheimtreffen geflogen. Wir müssen herausfinden, wo das Treffen stattfindet.«

»Wenn Sie glauben, Dixon vertraut sich dem MI-5 an, liegen Sie falsch«, entgegnete Audley.

»Aber er muss eine Spur hinterlassen haben. Ich bin sicher, dass er Unterstützung von einer Spezialeinheit Ihrer Polizei bekommt. Haben die irgendwelche Einsätze in der Stadt laufen?«

»Wir haben die WTO-Konferenz hier«, sagte Audley trocken. »Da kommt keine Langeweile auf.«

»Es muss relativ weit entfernt vom Konferenzort sein«, fügte Jason hinzu.

Audley seufzte übertrieben. »Na gut, mal sehen, was wir hier haben. Ein paar Restaurants sind für Privatveranstaltungen reserviert. Da ist bewaffnete Security vor Ort, aber die Gästelisten sind lang und lesen sich ganz normal. Nichts, was nach Dixon riecht. Ich nehme mal an, es handelt sich um eine Party im kleinsten Kreis?«

»Höchstwahrscheinlich«, bestätigte Jason. »Irgendwo, wo es keine Beobachter gibt.«

»Hmm. Das hier klingt interessant. Ein Firmentermin, für den sie unsere Jungs als Security engagiert haben. Die haben dafür fast das halbe London Wetland Centre abgesperrt.«

»Worum geht es dabei?«

»Angeblich wird ausländischen Kunden eine neue Drohne vorgeführt. Sie wollen verhindern, dass die Konkurrenz spioniert. Außerdem gab es angeblich Drohungen von islamistischen Terroristen, weil die Drohne auch militärisch genutzt werden kann. Darum der bewaffnete Schutz.«

»Um welches Unternehmen handelt es sich?«

»Es nennt sich Parsifal. Eine amerikanische Firma mit Sitz in Florida.«

Nova sah Jason an. »Kennst du sie?«

Er nickte. »Die arbeiten oft für das Verteidigungsministerium. Die CEO hat fünf Amtszeiten im Kongress hinter sich. Sie war im Geheimdienstausschuss des Repräsentantenhauses.«

»Klingt nach jemandem, den Dixon um Hilfe ersuchen würde«, meinte Nova.

»Genau. Ich glaube, wir haben Cafferty und Sorokin gefunden.«

17

Cafferty schlenderte den Weg entlang, der von dichtem Gebüsch begrenzt war. Sorokin ging neben ihm, eine Zigarette im Mund. Der Himmel war von dunklen Wolken verhangen, ein warmer Wind wehte durch die Landschaft. Ringsum waren die Geräusche der Natur zu hören; ihre Stimmen waren die einzigen menschlichen Laute.

Sorokin blieb bei einer Wegbiegung stehen und blickte auf einen der vielen Teiche hinaus. »Hübsches Plätzchen. Hatte ich noch gar nicht entdeckt. Schon erstaunlich, dass wir hier noch in der Stadt sind.«

»Es erinnert mich an manche Gegenden in New Hampshire«, meinte Cafferty.

»Ich habe gerade an eine bestimmte Landschaft bei Nowgorod gedacht. Waren Sie schon mal dort?«

»Mehrmals sogar. Früher bin ich durch halb Russland gereist. Ein schönes Land mit großartigen Leuten. Nur leiden sie unter einer Regierung, die ihr Potenzial unterdrückt.«

Sorokin lachte. »Ihr Amerikaner wollt uns immer erklären, wie wir unser Land führen sollen.«

»Der Ehrlichkeit halber muss man hinzufügen, dass Russland sich seit einigen Jahren auch ganz massiv in die Führung unseres Landes einmischt.«

Sorokin grinste verschlagen. »Das mag schon sein, aber ihr habt es unseren Jungs auch verdammt leicht gemacht.«

»Habt ihr geglaubt, wir würden uns nicht wehren? Neuer Sheriff, neue Regeln.«

Sorokin schwieg eine Weile und betrachtete die Landschaft. »Sind wir deshalb hier? Um über Politik zu reden? Sie wissen doch, dass ich kein Politiker bin, Clark.«

»Ich auch nicht. Wir sind Geschäftsleute. Uns geht es vor allem darum, dass die Politik uns keine Knüppel zwischen die Füße wirft.«

»Da kann ich Ihnen nur recht geben«, meinte Sorokin.

»Darum wollte ich mit *Ihnen* reden. Sie sind jung und hängen deshalb nicht automatisch am Status quo. Sie sind reich und einflussreich, aber auch pragmatisch. Sie können rücksichtslos sein, wenn die Situation es verlangt, was nichts Schlechtes ist, und, das Allerwichtigste, Sie scheuen kein Risiko. Sie sind nicht zimperlich, wenn es darum geht, Ihre Ziele zu erreichen. Kurz gesagt, Sie sind ein Mann, mit dem ich gern einen Deal machen würde.«

Sorokin hob eine Augenbraue. »Wirklich? Warum haben Sie mir dann mit Ihren Sanktionen in die Eier getreten? Warum ist die amerikanische Justiz hinter mir her? Glauben Sie, ich habe unter diesen Umständen Lust auf einen Deal?«

»Ein Tritt in die Eier kann hilfreich sein, um jemandes Aufmerksamkeit zu gewinnen«, hielt Cafferty dagegen.

Der Russe nahm die Zigarette aus dem Mund und blies den Rauch in die Luft. Er wischte sich imaginären Staub vom Ärmel. »Na schön, ich bin ganz Ohr. Kommen wir zur Sache. Was wollen Sie?«

»Ich will ein starkes Russland«, betonte Cafferty.

»Tatsächlich?«, erwiderte Sorokin mit unverhohlener Skepsis.

»Im Ernst. Die Welt braucht ein starkes, unabhängiges Russland.«

»Und Ihrer Meinung nach sind wir das jetzt nicht?«

»Nein. Sie nutzen nur einen Bruchteil Ihres Humankapitals. Die Unterdrückung und Gängelung durch die Regierung kaschiert in Wahrheit eine Schwäche. Eine wirtschaftliche und politische Schwäche. Das weiß jeder, sogar Ihr eigenes Volk. Die Russen jubeln Putin zu, weil sie sich dadurch ein bisschen stärker fühlen. Aber dieser Stolz ist nicht viel wert.«

»Ihre Sorge um unser Wohlergehen ist rührend, aber nicht sehr überzeugend. Warum sollte Amerika ein starkes Russland wollen?«

»Weil wir beide ein strategisches Interesse daran haben, China Grenzen zu setzen«, betonte Cafferty. »Darum geht es.«

»Ah«, sagte Sorokin gedehnt. »Ihr glaubt, ihr könnt uns als eine Art Gegengewicht benutzen?«

»Natürlich. Russland steht doch seit jeher dem Westen näher als China. Nach dem Zerfall der Sowjetunion kam es ja schon zu einer Annäherung an Europa. Bis 1999 – da wurde auf einmal alles anders, und Russland hat sozusagen den Rückwärtsgang eingelegt. Es wird Zeit, dass Ihr Land wieder vorwärtsgeht und zugleich zu seinen Wurzeln zurückkehrt.«

»Sie übersehen unsere ideologischen Gemeinsamkeiten mit China.«

Cafferty zuckte mit den Schultern. »Ich weiß, dass Sie sich nichts aus Ideologie machen. Aber sehen wir doch den Tatsachen ins Auge. Die ideologischen Gemeinsamkeiten mit China sind nur sehr oberflächlich. Chinas Ideologie ist Macht, nicht Kommunismus. China will die Welt beherrschen. Das heißt, ein schwaches Russland ist durchaus im strategischen Interesse der Chinesen. Die wollen nicht, dass Russland ein echter

Konkurrent wird. Denen kommt es sehr gelegen, dass Ihr Land nicht weiß, wo es hinwill, dass es den Westen ärgert, aber sein wahres wirtschaftliches Potenzial nicht ausschöpft.«

Als sie auf dem Weg weitergingen, hielten sich ihre Leibwächter, Dixon und Nikolai, in einigem Abstand hinter ihnen.

»Eines würde mich interessieren«, sagte Sorokin schließlich. »Die Klimaunruhen in Moskau, die Bomben, die Anschläge auf unsere Energieinfrastruktur – haben da vielleicht die USA ihre Finger im Spiel?«

»Wollen Sie damit sagen, dass Russland nichts mit den Unruhen in unserem Land zu tun hat?«

Sorokin lachte. »Diese jungen Idealisten sind so leicht zu manipulieren, nicht?«

»Ja. Nur sind solche Unruhen schwer wieder einzudämmen, wenn sie einmal entfacht wurden.«

»Welches Ziel verfolgen Sie damit?«

»Die Russen schätzen Recht und Ordnung noch mehr als die amerikanischen Vorstadtbürger.«

»Und eine Regierung, die nicht für Recht und Ordnung sorgen kann, ist verwundbar. Geht es darum? Unzufriedenheit säen, damit die Leute Veränderung wollen?«

»Auch Autokraten sind letztlich auf die Zustimmung der Bevölkerung angewiesen«, betonte Cafferty.

Sorokin schüttelte den Kopf. »Eher auf die Zustimmung des Militärs.«

»Okay, da ist was dran.«

Sie blieben wieder stehen. Sorokin musterte Cafferty einen Moment lang nachdenklich. »Angenommen, ich hätte irgendein Interesse an der Veränderung, von der Sie reden – was hätte ich davon?«

»Ganz einfach. Ihre Probleme mit der amerikanischen Justiz wären aus der Welt«, sagte Cafferty. »Wir erwarten sowieso, dass ein Bundesrichter schon in wenigen Wochen einen guten Teil der Anklagen gegen Sie kippen wird. Sehen Sie es als eine Geste des guten Willens. Die Sanktionen müssen zwar in den Augen der Öffentlichkeit bestehen bleiben, wir sind aber sehr flexibel in ihrer Umsetzung.«

»Status quo ante? Ich bekomme alles wieder, was ich vorher hatte? Das ist nicht gerade ein tolles Angebot.«

»Das ist erst der Anfang. Ich rede von großen wirtschaftlichen Chancen. Von Partnerschaften mit dem Westen und den Entwicklungsländern. Wie es derzeit aussieht, können Sie vielleicht noch fünf bis zehn Jahre Öl und Gas fördern und damit einen Haufen Geld verdienen – aber was ist dann? Wem wollen Sie das Zeug verkaufen, wenn alle auf erneuerbare Energie umgestiegen sind? Energie ist *der* Wachstumsmarkt der nächsten fünfzig Jahre. Wir reden hier von einer neuen industriellen Revolution. Diejenigen, die dabei vorangehen, werden die neuen Carnegies und Rockefellers sein. Sie haben das Zeug dazu. Sie können in Russland vorangehen.«

»Und was erwarten Sie von mir?«, fragte Sorokin mit wachsender Neugier.

»Dass Sie den politischen Wechsel unterstützen. Sehen wir den Tatsachen ins Auge, Gennadi. In Ihrem Land kann es keinen Fortschritt geben, solange es von kurzsichtigen, rückwärtsgewandten Leuten regiert wird.«

Sorokin lachte. »Sie erwarten, dass ich mich öffentlich gegen Putin stelle? Nichts für ungut, aber Sie müssen verrückt sein. Ja, ich würde mir eine Veränderung wünschen, aber nicht, wenn ich sie gar nicht mehr erlebe, weil ich vorher in irgendeinem abgelegenen Wald verscharrt werde.«

»Ich sage ja nicht, dass Sie sich öffentlich gegen den Präsidenten äußern sollen. Noch nicht. Sie können aber hinter den Kulissen mit uns zusammenarbeiten. Wir müssen die anderen

Oligarchen mit an Bord holen und ihnen klarmachen, dass es eine realistische Alternative gibt.«

Sorokin schüttelte den Kopf. »Ich glaube, Sie machen sich da etwas vor. Ein paar Unruhen auf den Straßen reichen bei Weitem nicht. Mit denen wird Putin leicht fertig. Solange die Silowiki hinter ihm stehen, wird es niemals einen Umsturz geben. Und die Motte hat dafür gesorgt, dass die Silowiki ihm treu ergeben sind. Die sind seine Soldaten, seine Armee.«

»Sie irren sich.«

»Wie meinen Sie das?«

»Die Silowiki wollen ebenfalls eine Alternative. Insgeheim rumort es auch bei ihnen schon länger. Die sehen genauso wie Sie, worunter Ihr Land leidet. Russland erlebt heute die Wiederauferstehung des alten Sowjetsystems. Das will keiner. Sie finden sich damit ab, bis ihre Zeit kommt, um etwas dagegen zu unternehmen. Nach Tschernobyl und Gorbatschow kam Jelzin, aber der hat versagt und die Macht in die falschen Hände gelegt. Das muss beim nächsten Machtwechsel anders laufen.«

»Denken Sie dabei an mich? Sie müssen verrückt sein.«

Cafferty lächelte. »Sie? Nein, natürlich nicht. Sie sagen ja selbst, Sie sind kein Politiker. Nein, ich denke an jemanden, den die Silowiki unterstützen würden. Jemand, der genauso stark ist und genauso rücksichtslos sein kann wie die jetzigen Machthaber, der aber für ein neues Russland eintritt. Jemand mit einer wirtschaftlichen und politischen Vision und nicht bloß mit der Gier nach Macht.«

»So jemanden gibt es nicht«, stellte Sorokin klar. Doch dann kniff er nachdenklich die Augen zusammen. »Oder?«

»Ich möchte, dass Sie jemanden kennenlernen«, betonte Cafferty.

»Von wem reden Sie?«

Cafferty kam nicht mehr dazu, es ihm zu sagen.

In diesem Augenblick wurde das Feuchtgebiet von krachenden Explosionen erschüttert, die einen Vogelschwarm auffliegen ließen. Cafferty zuckte überrascht zusammen und sah Sorokin an. Der Russe zeigte keine Furcht, hatte aber einen seltsam resignierten Ausdruck im Gesicht.

Sein Blick sagte, dass sich manche Dinge nie ändern würden.

»Was, zum Teufel, war das?«, fragte Cafferty.

Er sah Dixon und Nikolai mit den Waffen in der Hand loslaufen.

»Ich glaube, Ihre russische Revolution ist zu Ende, noch bevor sie begonnen hat, Clark«, meinte Sorokin mit einem Seufzer. »Das sind Schüsse.«

Tati hörte mehrfaches Knallen, als würden Böller explodieren, und sprang von der Decke auf. Baxter riss sein Gewehr hoch und rief etwas in sein Funkgerät.

»Status! Status!«

Niemand antwortete ihm.

»Was ist das?«, rief Tati. »Was ist da los?«

Baxter winkte sie aufgeregt zu sich. »Hier lang! Schnell!«

Tati lief ein paar Schritte, dann blieb sie erschrocken stehen, als Baxter das Gewehr anlegte und auf sie zielte.

»Halt!«, rief Baxter mit dem Finger am Abzug. »Auf die Knie! Die Hände hoch!«

Tati begriff, dass er nicht sie meinte. Da war jemand hinter ihr. Sie blickte über die Schulter zurück und sah Vadik an einer Wegbiegung auftauchen. Als er den schwer bewaffneten Polizisten sah, sank Vadik auf die Knie und riss die Hände in die Höhe.

»Sag ihnen, dass ich dein Mann bin!«, rief er Tati zu.

Tati lief zu ihm, sodass Baxter ihn nicht mehr in der Schusslinie hatte. Er forderte sie auf, aus dem Weg zu gehen, doch sie tat es nicht, sondern nahm Vadik in die Arme.

»Das ist mein Mann!«, rief sie Baxter zu. »Ich habe ihn angerufen!«

»Ihr *Mann*?«

»Ja. Ich habe ihn vor einer Stunde angerufen und gebeten, herzukommen.«

Baxter ließ sein Gewehr im Anschlag. »Ich habe Schüsse gehört.«

»Da sind bewaffnete Männer!«, rief Vadik. »Die stürmen den Park! Ich bin gerannt, was ich konnte, damit sie mich nicht erwischen. Die haben die Wachmänner erschossen!«

»Status!«, blaffte Baxter erneut ins Funkgerät, doch auch diesmal kam keine Reaktion.

Mit einem lauten Fluch kam er auf die beiden zu, ohne das Gewehr zu senken.

Vadik hielt Tati fest in den Armen. Den Mund an ihrem Ohr, flüsterte er ihr so leise zu, dass Baxter es nicht hören konnte: »Ist Sorokin hier?«

»Ich weiß es nicht. Cafferty wollte sich mit jemandem treffen; er ist nicht zurückgekommen.«

»Wohin ist er gegangen?«

»Über den Bach. Vadik, was geht hier vor sich?«

»Hab keine Angst.«

»Angst – wovor?«

»Vor dem, was ich tun muss«, sagte ihr Mann.

Sie spürte, wie Vadiks Arme sich von ihren Schultern lösten. Er wandte sich an Baxter, der nur noch wenige Meter entfernt war. »Dort drüben!«, rief er ihm zu.

Wieder krachten Schüsse zwischen den Bäumen, so laut, dass Tati aufschrie und sich die Ohren zuhielt. Vadik drückte sie energisch zu Boden. Im nächsten Augenblick feuerte Baxter ins dichte Gebüsch. Er war verwundet, Blut rann von seiner Schulter herab.

Was dann geschah, fühlte sich für Tati wie ein furchtbarer Albtraum an.

Vadik hatte plötzlich eine Pistole in der Hand. Sie dachte, er würde ins Gebüsch auf die Angreifer schießen, doch ihr Mann streckte den Arm aus und feuerte auf Baxter. Die erste Kugel traf den Polizisten am Ohr, und als Baxter das Gewehr zu ihm schwenkte, drückte Vadik erneut ab. Die Kugel bohrte sich in Baxters Kopf, der Mann sackte zu Boden und blieb leblos liegen.

Tati schrie.

So laut, wie sie noch nie geschrien hatte. *»Vadik, mein Gott, was hast du getan?«*

Sie blieb noch einen Augenblick auf dem Boden liegen, dann versuchte sie sich aufzurappeln, doch ihre Beine zitterten zu sehr. Sie war von feuchter Erde bedeckt, und von etwas anderem. Blutspritzer. Zuerst dachte sie, sie selbst würde bluten, bis ihr klar wurde, dass es Baxters Blut war.

»Vadik!«, schrie sie außer sich. »Du hast ihn *umgebracht*!«

Er zog sie auf die Beine hoch, musste sie aber festhalten, damit sie nicht wieder niedersank. Sie zitterte am ganzen Leib, alles drehte sich um sie herum. Dann kam ein zweiter Mann aus dem Gebüsch hervor, ein Mann mit kurz geschnittenen roten Haaren. Auch er hatte eine Pistole in der Hand und deutete auf Vadik.

»Wir müssen los.«

»Ich komme gleich.« Vadik legte sie auf den Boden, weil sie nicht stehen konnte. »Tati, bleib hier und warte auf mich. Ich bin in ein paar Minuten wieder zurück, dann bringe ich dich hier weg. Irgendwohin, wo wir sicher sind.«

Tati schüttelte benommen den Kopf. »Ich verstehe das alles nicht.«

»Ich muss das tun. Für dich, für mich, für Russland und die ganze Welt. Wir werden Sorokin töten. Bleib hier und warte auf mich. Ich bin gleich wieder da, das verspreche ich dir.«

Sie sah ihm nach, als er sich dem anderen Mann anschloss. Zusammen liefen sie mit ihren Pistolen in den Händen den Weg entlang.

18

Bourne sah drei Tote an der Wegkreuzung. Eine Frau in Polizeiuniform und zwei Terroristen. Das Blut war noch nicht geronnen – sie konnten erst wenige Minuten zuvor gestorben sein.

Einer der Männer trug ein Earth-Day-T-Shirt mit einer Darstellung des von Stacheldraht umgebenen Planeten. Eine Tätowierung auf dem Unterarm zeigte eine Frau mit wehendem Haar zwischen Blumen, Bäumen und Vögeln.

Gaia. Mutter Erde.

»Ob Lennon dahintersteckt?«, murmelte Nova. »Er lässt zwei tote Terroristen zurück, damit wir es für einen Anschlag von Gaia Crusade halten.«

»Oder diese Gruppe ist selbst aktiv.« Bourne deutete auf den Weg Richtung Norden. »Geh du da lang. Wir bleiben in Funkkontakt.«

Ohne ein Wort zu sagen, rannte Nova los, während Jason dem Pfad folgte, der Richtung Themse verlief. Auf dem Schotterweg war es unmöglich, sich lautlos zu nähern. Der leichte Regen vermochte seine Schritte nicht zu dämpfen, deshalb wich er auf den Grasstreifen entlang der Bäume aus. Im Laufen duckte er sich unter den Zweigen hindurch. Auf der anderen Seite des Gehölzes war das tiefe Blau eines Sees zu erkennen.

Er blieb stehen, als er hinter der Wegbiegung Stimmen hörte. Da war jemand ganz in der Nähe. Nicht zu sehen, aber nur wenige Meter entfernt.

»Harry, ich bin's, Charles. Habt ihr ihn gefunden?«

Die Antwort konnte Jason nicht hören – wahrscheinlich trug der Mann Ohrhörer.

»Andrew und Will melden sich nicht«, fuhr die Stimme fort. »Ich glaube, die haben sie erwischt.«

Wieder folgte eine Pause, dann: »Lang lebe Gaia!«

Jason hob einen abgefallenen Ast auf und schlich lautlos durchs dichte Gebüsch. Tief geduckt wartete er einen Augenblick, dann brach er den Ast mit lautem Knacken in der Mitte durch.

Der Mann von Gaia Crusade reagierte sofort. Bourne hörte seine Schritte zur Wegbiegung kommen und sah einen Mann in den Zwanzigern mit einem halbautomatischen Gewehr in den Händen. Mit dem Finger am Abzug sah er sich nervös um. Jason ließ ihn herankommen und wartete mit angespannten Muskeln, bis der Mann einen Schritt an seinem Versteck vorbeigegangen war. Als der Bewaffnete in die andere Richtung schaute, sprang Jason aus der Deckung hervor. Seine Hände arbeiteten völlig automatisch, wie die eines Pianisten am Klavier. Mit der rechten Hand schlug er ihm die Waffe aus der Hand, der andere Arm schlang sich um seinen Hals und schnürte ihm die Kehle zu. Der Terrorist schlug verzweifelt mit Armen und Beinen um sich, doch Jason riss ihn vom Boden hoch und hielt ihn fest umklammert, bis der Mann in seinem Griff erschlaffte.

Er legte ihn auf den Boden, hob das Gewehr auf und schulterte es.

»Einer außer Gefecht«, murmelte er Nova zu.

»Ich habe einen Schuss hier in der Nähe gehört«, antwortete sie über Funk. *»Ich sehe nach, was los ist.«*

Bourne rannte weiter. Hinter den Bäumen konnte er einen niedrigen Aussichtsturm aus Ziegeln und Holz erkennen. Hinter dichtem Gehölz verborgen, hörte er Schreie, dann Schüsse. Er lief zwischen den Bäumen hindurch, bis er zu einer offenen Grasfläche gelangte.

Kurz entschlossen warf er sich auf den Boden und robbte zu einem schmalen Bach, wo das Gras hoch genug war, um sich darin zu verbergen. Auf der anderen Seite des Bachs verlief ein paralleler Weg, auf dem er drei Männer mit Gewehren sah. Sie richteten ihre Waffen auf zwei Männer, die vor ihnen knieten.

Einer war ein bulliger Sicherheitsmann, den Bourne nicht kannte. Der andere war Dixon Lewis.

Jason kroch auf den Turm zu. Er war nur zwei Stockwerke hoch und stand an einem Holzzaun, der mit Stacheldraht gesichert war, um den Zutritt zu dem empfindlichen Feuchtbiotop zu verhindern. Die Tür des Turms war offen. In der Lichtung davor sah Jason vier Männer.

Clark Cafferty stand mit dem Rücken zum Turm, Gennadi Sorokin neben ihm. Zwei Männer bedrohten sie mit Pistolen. Der eine hatte kurze rote Haare, der andere war dunkelhaarig und dünn. Der Rothaarige richtete seine Waffe auf Caffertys Kopf, der andere auf Sorokin.

Im hohen Gras verborgen, nahm Bourne das Gewehr von der Schulter und zielte auf die sommersprossige Schläfe des Mannes vor Cafferty.

»Drück ab«, blaffte der Rotschopf seinem Partner zu. »Erschieß Sorokin! Na los, mach schon!«

Jason sah jedoch, dass der Dunkelhaarige den Finger nicht am Abzug hatte. Der Mann blickte in Sorokins höhnisch funkelnde Augen und konnte sich nicht dazu durchringen, abzudrücken. Jason wusste, was in ihm vorging.

Es war schwer, jemanden zu töten, wenn man in die Augen des Betreffenden schaute, selbst wenn man ihn hasste.

»Drück endlich ab!«

Bourne zielte weiter auf den Rothaarigen, der Cafferty die Pistole gegen die Stirn drückte. Der alte Mann blieb ruhig, sein Gesicht zeigte keine Angst. Jason konnte keinen Schuss riskieren, solange der Rothaarige den Finger am Abzug hatte. Er brauchte nur kurz zu zucken, wenn die Kugel ihn traf, dann würde Cafferty mit ihm sterben. Dennoch musste Bourne handeln, bevor es zu spät war.

Die Wut des Rothaarigen kochte über. »Verdammt, erschieß Sorokin, Vadik! Oder muss ich es selbst machen?«

»Ich tue es ja!«

Doch die Sekunden verstrichen. Mit einem ungeduldigen Knurren nahm der Mann die Pistole von Caffertys Kopf und richtete sie auf Sorokin.

Er drückte ab.

Im selben Moment feuerte auch Bourne.

Die Explosion direkt neben Vadiks Ohr donnerte wie eine Druckwelle durch seinen Schädel. Er zuckte zusammen, seine Knie zitterten, die Pistole fiel ihm aus den gefühllosen Fingern. Einen Moment lang verschwamm die Welt vor seinen Augen, und als er wieder klar sehen konnte, sank Gennadi Sorokins lebloser Körper an der Mauer des Turms zu Boden. Sorokin hatte ein schwarzes Loch in der Stirn und einen überraschten Ausdruck in den starren Augen.

Harry lag ebenfalls auf dem Boden; seine roten Haare färbten sich dunkelrot von dem Blut, das aus der Wunde in seiner Schläfe rann. Starr vor Entsetzen blickte Vadik auf den Gaia-Crusade-Kämpfer hinunter. Sein Gehirn konnte nicht verarbeiten, was hier vor sich ging.

Harry! Tot!

Er taumelte einen Schritt zurück. In diesem Augenblick schoss eine Kugel an ihm vorbei, so nahe, dass er den heißen Luftzug spürte. Holz splitterte von der Tür des Turms. Etwas weiter weg krachten noch mehr Schüsse, und er sah wieder einen Mann von Gaia Crusade zu Boden sacken, mit einer blutenden Schusswunde im Kopf. Dann noch einen. Der Letzte konnte noch einige Schüsse mit seinem Gewehr abgeben, ehe ihn eine Kugel in die Stirn traf.

Sie waren alle tot. Alle. Vadik war allein.

Clark Cafferty trat von der Mauer vor. Vadik war zu schockiert, um zu reagieren. Der alte Mann kam auf ihn zu und stieß ihn mit beiden Händen nach hinten. Vadik taumelte und hielt sich mit Mühe auf den Beinen. Wieder explodierte ein Schuss neben ihm. Dann sah er, wie Cafferty sich bückte und Vadiks Pistole aufhob.

Und auf ihn zielte!

Vadik warf sich gegen Cafferty, packte seinen Arm und riss ihn zur Seite, als der Mann abdrückte. Er stieß Cafferty gegen die Wand und lief durch die Tür in den Turm. Zwei Stufen auf einmal nehmend, sprang er die Treppe hinauf, während hinter ihm noch mehr Schüsse krachten. Als er ganz oben war, wurde ihm klar, dass er in der Falle saß.

Es gab keinen Ausweg.

Die Fenster des sechseckigen Turms boten einen Blick über das weite Naturschutzgebiet. In seiner Panik rannte er hin und her und schaute hinaus. Der Teich war von grünem Schleim überzogen, im seichten Wasser suchten Enten nach Nahrung. Hinter dem Zaun, der an den Turm grenzte, wuchsen Disteln und Wildblumen. Ein Blick zur Themse rief ihm in Erinnerung, wie nahe die Stadt mit ihrem geschäftigen Treiben war. Dort konnte er untertauchen und diesem Wahnsinn entfliehen. Wenn er es schaffte, hinzukommen.

Unter ihm polterte jemand die Stufen hoch. Ihm blieben nur noch Sekunden, um zu entkommen.

Vadik lief zu einem offenen Fenster an der Hinterseite des Turms und wand sich durch die schmale Öffnung. Kopf, Schultern und Arme waren bereits im Freien, und er sah den von Stacheldraht gekrönten Zaun unter sich. Er kämpfte sich noch ein Stück weiter nach draußen, bis er nach unten stürzte, knapp am Zaun vorbei. Der Stacheldraht zerfetzte ihm den Hemdsärmel und überzog seinen Arm mit blutigen Streifen. Er landete im Gras und rollte, noch benommen vom Aufprall, die Böschung hinunter, ehe er im seichten Wasser liegen blieb.

Vadik rappelte sich auf, doch seine Beine gaben unter ihm nach. Er stand wieder auf und taumelte weiter.

Er musste Tati finden. Und mit ihr fliehen.

Vom Fenster des Turms sah Jason den Mann durch das Feuchtgebiet entkommen. Er hatte keine freie Schusslinie und ließ ihn laufen. Rasch sprang er die Treppe hinunter und sah draußen den bulligen Leibwächter, offensichtlich ein Russe, bei Gennadi Sorokin knien.

Der Milliardär war tot.

Beim Bach standen Clark Cafferty und Dixon Lewis und schauten auf die am Boden liegenden Terroristen, die Bourne zur Strecke gebracht hatte. Schlammbedeckt stapfte Jason durchs hohe Gras zu ihnen.

»Cain?«, fragte Cafferty und musterte ihn einen Augenblick.

Jason nickte.

»Sind das Lennons Leute?«

»Nein, ich glaube nicht. Die sind von einer extremistischen Organisation, die sich Gaia Crusade nennt. Sie hatten es auf Sorokin abgesehen. Das heißt, wir müssen weiter auf der Hut sein. Lennon weiß, dass Sie hier sind. Er ist bestimmt ganz in der Nähe.«

Cafferty sah sich besorgt um. »Wir müssen Tati finden.«

»Wen?«

»Tati Reznikowa. Die russische Wissenschaftlerin. Es wäre eine Katastrophe, wenn Lennon die Frau in seine Hände bekäme. Wir müssen sie finden, Bourne. Schnell! Wir haben sie beim Hubschrauber zurückgelassen.«

Bourne trat ein paar Schritte beiseite.

»Nova«, murmelte er ins Mikrofon. Er wartete, doch es kam keine Antwort.

»Nova? Bist du da? Cafferty ist in Sicherheit, aber wir suchen die Frau, die mit ihm vom Naval College weggegangen ist.«

Er wiederholte seine Botschaft.

»Nova, bist du da? *Nova?*«

19

Wenige Minuten davor hatte Nova den Hubschrauber gefunden.

Er stand im hohen Gras am Rand des Sumpfgebiets; das schwarze Metall glitzerte vom Regen. Nicht weit entfernt lag ein britischer Polizist. Sie lief zu ihm, tastete nach seinem Puls, doch die Schusswunden allein machten deutlich, dass der Mann tot war. Nova richtete sich auf und umkreiste die Grasfläche mit der Pistole im Anschlag, ehe sie sich langsam dem Helikopter näherte. Die Cockpittür war offen, der Pilot war über der Instrumententafel zusammengesunken. Der Mann war ebenfalls tot; Blut strömte aus einer Schusswunde im Hinterkopf den Hals hinunter.

Nova wich zurück und lauschte einen Augenblick. Hinter dem Hubschrauber plätscherte das Wasser des Teichs, als ein Eisvogel nach Nahrung tauchte. Eine Libelle flog zwischen den Wildblumen hin und her. Die Natur blieb unbeeindruckt von den dramatischen Ereignissen, dem gewaltsamen Tod mehrerer Menschen. Dann hörte Nova ein Geräusch, das ihr unnatürlich erschien. Ein Rascheln im Schilf, das lauter war als von irgendeinem kleinen Tier. Mit der Pistole im Anschlag schlich sie zwischen den Halmen hindurch. Der Boden unter ihren Füßen wurde tiefer, Mücken umschwärmten sie und setzten sich auf ihre Haut. Sie zuckte zusammen und widerstand dem Drang, sie zu verscheuchen. Wer immer sich im Schilf verbarg, hatte offenbar das gleiche Problem, denn Nova hörte lautes Klatschen, mit dem jemand sich der kleinen Quälgeister zu erwehren versuchte.

Bald konnte Nova den keuchenden Atem der Person hören. Die Pistole in der einen Hand, schob sie mit der anderen ein paar Halme zur Seite, hinter denen das hübsche Gesicht einer Frau zum Vorschein kam. Nova erkannte sie von dem Video in der Painted Hall. Es war die Frau, die mit Clark Cafferty weggegangen war. Sie saß im Sumpfwasser, ihre Bluse schlammbedeckt, die grauen Augen weit aufgerissen vor Angst. Die Arme hatte sie um die Knie geschlungen. Als die Frau Novas Waffe sah, sog sie den Atem ein, um einen Schrei auszustoßen.

»Pst!«, zischte Nova ihr zu. »Ich tue Ihnen nichts.«

Die Frau schloss den Mund und ließ die Luft durch die Nase entweichen.

»Wer sind Sie?«, fragte Nova.

»Tati Reznikowa. Ich bin eine russische Klimawissenschaftlerin.«

»Sind Sie mit Clark Cafferty hergekommen?«

Sie nickte.

»Was ist passiert?«

»Er ist weggegangen, um sich mit jemandem zu treffen. Aber dann sind auf einmal bewaffnete Leute aufgetaucht. Zwei von ihnen haben den Mann getötet, der auf mich aufpassen sollte. Als ich noch mehr Leute kommen hörte, habe ich mich hier versteckt. Ich glaube, die haben auch den Piloten erschossen. Ich war mir sicher, dass sie mich ebenfalls umbringen wollten!«

»Warum wollte Cafferty, dass Sie ihn begleiten?«

Sie schüttelte den Kopf. »Ich weiß es nicht.«

»Wie viele Männer haben Sie gesehen?«

»Zuerst waren es nur zwei. Einer von ihnen …«

»Was?«

Tati biss sich auf die Lippe. »Einer von ihnen ist mein Mann. Vadik. Sie dürfen ihm nichts tun! Ich hatte keine Ahnung, dass er mit diesen Leuten zu tun hat!«

»Wo sind sie hin?«

»Richtung Norden. Am See vorbei.«

»Und dann sind noch mehr gekommen?«, hakte Nova nach.

»Ja! Ich habe mich versteckt, als ich sie kommen hörte. Die haben den Piloten erschossen! Ich glaube, sie haben mich gesucht! Dann sind weiter nördlich Schüsse gefallen, und sie sind in diese Richtung gelaufen. Aber nicht auf dem Weg, sondern durch den Wald zu den Sümpfen.«

»Wie viele?«

»Vier oder fünf. Eine Frau war dabei und ein älterer Mann, anscheinend der Anführer. Ich meine, er hat alt ausgesehen, hat sich aber bewegt wie ein Junger. Der hat sich hier umgeschaut, als ob er spürte, dass ich in der Nähe war. Die hätten mich bestimmt gefunden, aber als sie die Schüsse hörten, sind sie weitergelaufen.«

Lennon, dachte Nova.

»Wie lange ist das her?«, fragte sie.

»Höchstens ein paar Minuten. Die können nicht weit sein!«

»Bleiben Sie hier, und rühren Sie sich nicht. Verhalten Sie sich möglichst still. Ich bin gleich wieder da.«

Nova watete aus dem Sumpf und lief Richtung Norden über eine Holzbrücke und weiter auf einem Weg, der von dichtem Gestrüpp gesäumt war. Wenig später gelangte sie zu einer Hütte, deren Tür offen stand. Drinnen war es dunkel.

Sie wollte das Innere durchsuchen, als sie zwischen den Bäumen hinter der Hütte eine Bewegung wahrnahm. Ein Mann trat im hohen Gras hervor.

Er sah alt aus, stützte sich auf einen Gehstock und hatte ein Fernglas um den Hals hängen. Seine Verkleidung konnte Nova nicht überzeugen. Es war der Mann aus der Painted Hall. Dr. Russel Amundsen. Zudem erkannte sie seinen eigentümlich schwebenden Gang wieder, auf den Jason sie hingewiesen hatte.

»Lennon«, sagte sie, die Pistole im Anschlag.

»Hallo, Nova.«

Sie ging an der Hütte vorbei ins hohe Gras, bis sie nur noch drei Meter von ihm entfernt war.

Lennon.

Der Killer, den sie seit drei Jahren jagte. Der Mann, der für Morde in ganz Europa verantwortlich war. Sie brauchte nur noch den Abzug zu drücken.

»Sie können mich natürlich erschießen«, sagte er, ihren Gedanken erahnend. »Aber dann werden Sie nie die Antworten auf Ihre Fragen bekommen, die Sie unbedingt wollen, oder?«

»Mag sein, aber man muss eben Prioritäten setzen.«

»Was haben Sie davon, wenn ich tot bin? Der Tod wird überschätzt. Sie waren auch tot und sind ins Leben zurückgekehrt.«

Nova kniff die Augen zusammen und musterte den Mann einen Moment lang. »Wer sind Sie? Cain meint, er hat in der Vergangenheit mit Ihnen zu tun gehabt.«

»Meine Identität ist nicht wichtig. Ebenso wenig *Jason Bournes* Identität. Was allein zählt, ist, wer wir heute sind.«

»Sie scheinen viel über Cain zu wissen.«

»Das stimmt. Ich weiß Dinge über Cain, die er selbst nicht weiß. Aber ich weiß ja auch einiges über *Sie*.«

»Was zum Beispiel?«

Lennon lächelte verschlagen. »Ich weiß, was für ein trauriges kleines Mädchen Sie waren, Nova.«

»Fick dich.«

»Ach, so furchtlos und unbeugsam. Und trotzdem sind Sie unter diesen wilden Tattoos immer noch genauso einsam und verloren.«

Sie krümmte den Finger über dem Abzug. »Was war in Tallinn? Wer hat uns damals verraten?«

»Wenn Sie die Wahrheit über Tallinn wüssten, würden Sie sich bei mir bedanken.«

Nova schüttelte den Kopf. »Die Hände hoch.«

»Wollen Sie mich festnehmen?«

»Sie haben es erfasst.«

Nova machte einen Schritt auf ihn zu, zögerte dann aber. Er machte es ihr zu leicht. Sie hatte ihn in der Ecke, doch er schien es anders zu sehen. Ihr stellten sich die Nackenhaare auf – ein sicheres Zeichen, dass Gefahr drohte. Das Voodoo-Masken-Tattoo auf ihrem Arm kribbelte, wie immer, wenn jemand sich ihr von hinten näherte.

Und eine Pistole auf ihren Kopf richtete.

Lennons Augen funkelten. *Du hast verloren!*

Nova wusste, was als Nächstes passieren würde. Er würde kaum merklich mit dem Kopf nicken, und die Person hinter ihr würde abdrücken. Nova ließ die Pistole fallen, doch im nächsten Augenblick wirbelte sie herum und trat zu. Damit hatte die Frau hinter ihr nicht gerechnet. Es war Yoko. Novas Fuß traf ihr Handgelenk – Yoko ließ die Pistole fallen.

Einen Moment lang standen sich die beiden Frauen gegenüber, dann hämmerte Yoko blitzschnell die Faust in Novas Kehle. Sie taumelte nach hinten und duckte sich zu spät, als Yoko ihr einen wuchtigen Tritt gegen die Schulter versetzte. Ein weiterer Tritt in die Magengrube presste ihr die Luft aus den Lungen. Schwer atmend sah sie die offene Tür und lief in die Hütte, die nur von dem wenigen Licht erhellt war, das durch zwei schmale Fenster an der Rückseite hereinfiel.

Yoko folgte ihr ins Innere, und Nova warf sich auf den Holzboden, als der nächste Tritt ihren Kopf nur um Haaresbreite verfehlte. Sie nutzte die Gelegenheit, fasste Yoko am Fußknöchel und riss sie von den Beinen. Nova warf sich auf ihre Gegnerin und wollte mit der Faust zuschlagen, doch Yoko packte sie am Handgelenk. In zähem Ringen rollten sie über den Boden, ehe Yoko oben zu liegen kam. Nova war überrascht von der Kraft der Frau, spürte ihren heißen Atem, als Yoko ihre Arme und Beine am Boden fixierte. Nova wollte einen Kopfstoß anbringen, doch Yoko wich blitzschnell aus.

Von draußen fiel ein Lichtstrahl auf Yokos Gesicht. Ihr Mund war zu einem grausamen Grinsen verzerrt, als sie Nova zu Boden drückte. Plötzlich riss sie mit der linken Hand Novas Handgelenk hoch. Nova versuchte sich loszureißen, doch Yokos Griff war wie ein Schraubstock. Als die Faust der Frau sich ins Licht hob, sah Nova den Ring an ihrem Zeigefinger. Es war ein Ring aus blauem Tansanit, mit kleinen eingelegten Edelsteinen in der Mitte, ein Schmuckstück, wie sie es eher am Finger eines Mannes vermutet hätte. Yokos Daumen drückte gegen den Ring, und Nova sah eine kurze Nadel zwischen den Edelsteinen herausragen.

Nova versuchte mit aller Kraft, sich die Hand mit dem Ring vom Leib zu halten, während Yoko die Nadel langsam nach unten drückte. Sie sah so klein und harmlos aus, doch Nova wusste, dass der kleinste Kratzer den Tod zur Folge haben würde. Sie wehrte sich mit aller Kraft, doch ihre Gegnerin war mindestens zehn Jahre jünger, was ihr einen entscheidenden Vorteil verschaffte. Zentimeter für Zentimeter kam Yokos Hand näher. Die Edelsteine funkelten im Licht. Die Nadel ebenfalls. Nova drückte ihren Kopf gegen den Holzboden und versuchte, die Frau abzuwerfen, doch der Ring berührte fast schon ihre Haut.

Ein kleiner Stich genügte.

Es wäre das Ende.

Dann ächzte der Holzboden, ein Schatten fiel durch die Tür herein, dann prallte die Stahlkappe eines Schuhs gegen Yokos Handgelenk und brach es wie einen trockenen Zweig. Nova spürte, wie die Frau sie mit einem Aufschrei losließ, und nutzte die Gelegenheit, um sie wegzustoßen.

Als sie sich aufrappelte, sah sie Jason neben sich stehen.

Yoko sprang auf, sprungbereit wie ein Tiger, das Gesicht wutverzerrt. Ein Arm hing schlaff herunter, doch sie griff zu ihrem zertrümmerten Handgelenk, zog sich den Ring herunter und hielt ihn zwischen den Fingern wie ein winziges Schwert. Jason hob den Waffenarm und richtete die Pistole auf sie, so nahe, dass ihre Hände sich fast berührten. Yoko wich zur Seite aus, und Jason drückte ab, doch die Kugel streifte nur ihre Schulter. Sie ließ die Hand vorschnellen, und der Ring sauste haarscharf an Jasons Fingerknöcheln vorbei.

Er feuerte erneut.

Die Kugel durchbohrte ihren Hals, wodurch eine rote Wolke in die Luft gesprüht wurde. Blut strömte durch ihre offenen Lippen. Noch einmal griff sie an, aber nicht Bourne, sondern Nova, und zielte mit dem tödlichen Ring auf ihr Gesicht.

Jason drückte noch zweimal ab. Beide Kugeln trafen Yokos Kopf, und die Frau sackte tot zu Boden.

Vornübergebeugt, die Hände auf die Oberschenkel gestützt, rang Nova nach Luft, und die Haare fielen ihr übers Gesicht. »O Gott.«

»Bist du okay?«

Sie nickte mit gesenktem Kopf. Dann richtete sie sich auf und ging zu Jason, nahm sein Gesicht in beide Hände und küsste ihn auf die Lippen. Es fühlte sich so gut an wie in alten Zeiten, als hätte sich nichts zwischen ihnen geändert. Dann trat sie aus der Hütte in den Nieselregen hinaus, Bourne hinter ihr.

Nova blickte zum Weg, doch Lennon war verschwunden.

Aus der Richtung, in der die Stelle lag, an der Jason Clark Cafferty und die anderen zurückgelassen hatte, hörten sie einen Schuss.

20

Tati lugte durch das hohe Schilf. Sie war durchnässt und fror, vor allem aber hatte sie Angst. Auch die Mücken gönnten ihr keine Ruhe. Sie hatte keine Ahnung, wie viel Zeit vergangen war, aber es kam ihr vor, als wäre es Stunden her, dass die Frau mit den rabenschwarzen Haaren sie in ihrem Versteck gefunden hatte. Seitdem hatte sie sich nicht mehr blicken lassen; Tati befürchtete, dass sie ebenso tot war wie die anderen.

Ihr Instinkt sagte: *Lauf!*

Zurück zum Eingang des Naturreservats und immer weiter. Aber als sie sich aus ihrem Versteck wagte, überkam sie erneut die Angst, dass die bewaffneten Männer zurückkommen könnten. Also blieb sie, wo sie war, und versuchte sich nicht zu bewegen. Sie wagte kaum zu atmen, aus Angst, sich durch irgendein Geräusch zu verraten.

Dann hörte sie lautes Platschen von der anderen Seite des Weges. Jemand watete aus dem Wasser, Zweige knackten, Vögel flogen kreischend auf. Ihr erster Impuls war, nachzusehen, wer es war, doch sie tat es nicht, sondern duckte sich noch tiefer und umschlang ihre Knie mit beiden Armen, um sich möglichst unsichtbar zu machen.

Wer immer es war – er war schon ganz nah. Würde er sie sehen?

Sie hatte die Augen fest zugedrückt, als sie plötzlich eine verzweifelte Stimme ihren Namen flüstern hörte. *»Tati!«*

Es war Vadik.

Tati sprang auf. Ihre Beine waren eingeschlafen, sie stolperte und stürzte. Rappelte sich wieder auf und taumelte durch das Schilf zum Weg hinaus. Vadik sah sie und wedelte verzweifelt mit den Armen, um sie zur Eile anzutreiben. Sie war barfuß, kam trotzdem nur mühsam voran. Als sie fast bei ihm war, blieb sie schockiert stehen. Er war so verdreckt und nass wie sie, außerdem von roten Spritzern übersät, bei denen es sich, wie sie nun sah, um Blut handelte.

Er hielt ihr die Hand hin, doch sie wich zurück. »Vadik, was ist passiert? Was hast du getan?«

»Ich kann es dir jetzt nicht erklären! Wir müssen schnell weg! Sofort!«

»Vadik, du hast einen Menschen getötet!«

»Wir müssen uns gegen die Leute wehren, die den Planeten zerstören! Keiner der Leute hier ist unschuldig. Komm schnell! Wir müssen weg, bevor die Polizei da ist. Hörst du nicht die Sirenen?«

Tati hörte sie.

Sie waren noch ein gutes Stück entfernt, kamen aber schnell näher.

»Wo sollen wir hin?«, fragte sie.

Vadik zog sie mit sich. Er lief den Weg hinunter, und sie hatte Mühe, mit ihm Schritt zu halten. Die Pflastersteine waren hart, also wichen sie auf das Gras aus, wo sie besser barfuß laufen konnte.

»Sag mir, wo du hinwillst! Sonst gehe ich keinen Schritt weiter.«

Er sah sie mit angstgeweiteten Augen an und wischte sich Blut vom Mund. »Ich weiß es nicht! Weg! Fort aus der Stadt!

Wir müssen jemanden finden, der uns hilft, von hier wegzukommen!«

»Wer soll das sein?«

»Gaia Crusade. Die können uns in Sicherheit bringen. Sie werden uns helfen.«

»Können sie uns helfen, nach Hause zu kommen?«, fragte Tati.

Vadik rannte weiter, und sie mit ihm. »Nach Hause können wir nicht«, sagte er atemlos. »Es tut mir leid. Wir können nicht zurück. Nie mehr.«

Cafferty war verschwunden.

Bourne und Nova rannten mit den Pistolen in den Händen zum Turm, doch sie kamen zu spät. Lennon und seine Männer waren schon fort, und sie hatten Cafferty mitgenommen. Auch der russische Sicherheitsmann war verschwunden. Da waren nur noch die Toten am Wegrand, unter ihnen Gennadi Sorokin, immer noch mit überraschtem Ausdruck in den leeren Augen. Jason sah Dixon Lewis in einer Blutlache im Gras liegen. Als er sich zu ihm beugte und einen Finger an seinen Hals drückte, spürte er einen schwachen Puls.

»Dixon lebt«, sagte Jason. »Wir brauchen einen Krankenwagen.«

Nova holte ihr Handy heraus und wählte die Nummer.

Jason lief in den Turm und sprang die Stufen hoch. Als er oben war, eilte er von einem Fenster zum anderen und blickte auf die grüne Landschaft des Naturschutzgebiets hinaus. Keine hundert Meter entfernt zog sich das blaue Band der Themse vorbei. Die Gebäude der Stadt reichten bis an die Grenzen des Naturreservats. Es war weit und breit niemand zu sehen.

Innerhalb weniger Minuten hatte sich Lennon aus dem Staub gemacht.

Während Jason aus dem Fenster in die Ferne schaute, klingelte sein Handy. Als er ranging, meldete sich eine weibliche Stimme. »Cain.«

»Holly.«

»Was ist los? Ich kann niemanden erreichen.«

»Sorokin ist tot. Cafferty ist verschwunden.«

»Verschwunden?«

»Lennon hat ihn in seiner Gewalt.«

»Das ist schlimmer als tot. Was ist mit Dixon?«

»Er wurde angeschossen, ist aber am Leben.«

Es dauerte lange, bis Holly etwas darauf sagte. »Ich bin in zwanzig Minuten da. Lassen Sie niemanden in die Nähe des Tatorts.«

Jason beendete das Gespräch.

Als er unten war, sah er, dass Nova den verletzten Dixon ins Gras beim Bach gezogen hatte, wo er, an einen Baum gelehnt, saß. Sie hatte einem der Toten das Hemd ausgezogen und es um Dixons Schulter gewickelt, um den Blutverlust zu stoppen. Er war wieder bei Bewusstsein und sah stabil aus.

»Die waren plötzlich da und Sekunden später wieder weg«, berichtete Dixon. »Sie haben Clark.«

»Was ist mit dem russischen Leibwächter?«

»Nikolai war Lennons Maulwurf. Er ist mit ihnen gegangen. Wo ist Tati?«

»Wir haben sie nicht gefunden.«

Dixon fluchte frustriert.

Nova nahm Jason beiseite und ging mit ihm zum Turm. Jenseits der Bäume wurde das Sirenengeheul lauter.

»Wir werden bald Besuch bekommen«, meinte Nova. »Dann wimmelt es hier von Polizei und Sanitätern. Auch MI-5. Ich habe Tony angerufen. Holly wäre es wahrscheinlich lieber, wenn nichts davon herauskommt.«

»Sie ist schon auf dem Weg«, sagte Jason.

»Warum haben sie Cafferty mitgenommen?«, überlegte Nova laut. »Warum haben sie ihn nicht erschossen? War das nicht ihr Plan? Sorokin ist tot – warum wollten sie Cafferty lebend?«

»Anscheinend hat sich die Situation geändert.«

»Inwiefern?« Nova schürzte nachdenklich die Lippen und beantwortete ihre Frage selbst. »Tati.«

»Vermutlich, ja.« Er deutete auf den Weg. »Komm, die Mission ist noch nicht vorbei. Sie fängt jetzt erst richtig an.«

Er drehte sich um, doch Nova hielt ihn an der Schulter zurück. »Jason. Warum hast du Cafferty alleingelassen?«

»Er wollte, dass ich Tati finde.«

»Das hätte Dixon übernehmen können. Lennon war in der Nähe, und du hast Cafferty praktisch schutzlos zurückgelassen. Warum? So etwas würdest du normalerweise nicht tun.«

»Ich bin davon ausgegangen, dass Dixon und Nikolai die Angreifer aufhalten können. Ich wusste ja nicht, dass der Russe Lennons Spion war.«

Novas grüne Augen funkelten zornig. »Lüg mich nicht an, Jason. Sag mir, *warum.*«

Plötzlich hörte Jason wieder dieses Dröhnen im Kopf, als die zwei Seiten seines Gehirns gegeneinander kämpften. Der Einzelgänger in ihm, der nichts anderes war und sein wollte als ein Treadstone-Killer. Und der Teil in ihm, der immer noch in diese Frau verliebt war.

Wann kapierst du es endlich? Dir bleibt nichts anderes übrig, als zu lügen.

Doch er brachte es nicht fertig. Diesmal nicht. Er konnte sie nicht anlügen.

»Ich habe dich schon einmal verloren«, sagte Jason. »Ich habe dich sterben sehen und wollte nicht, dass mir das noch einmal passiert.«

ZWEITER TEIL

21

Holly Schultz' Labrador Sugar grub seine Schnauze in das geplättete Schilf, in dem Tati Reznikowa sich versteckt gehalten hatte. Dann planschte die Hündin durchs Wasser, hetzte durch das Schilf und kam Augenblicke später wieder zurück. Neben Holly hockte Sugar sich hin und wartete auf Anweisungen. Holly befestigte die Leine wieder am Halsband.

»Such«, befahl sie dem Tier.

Sugar sprang auf und lief so energisch los, dass sie Holly fast von den Beinen riss. Mit einem kurzen Ruck an der Leine hielt Holly die Hündin zurück. Tatis Witterung folgend, trottete Sugar Richtung Süden zum Eingang des Naturschutzgebiets.

Bourne ging neben Holly. Ihm fiel auf, dass die anwesenden Sicherheitskräfte sich sehr um sie bemühten und ihr eine Gasse frei machten. Es lag nicht nur daran, dass sie blind war. Die klein gewachsene CIA-Agentin strahlte eine Autorität aus, die niemand infrage stellte. Sie war als Amerikanerin an einem britischen Tatort – und dennoch hätte man glauben können, dass sie allein das Sagen hatte.

»Sie glauben also, dass Lennon Cafferty in seiner Gewalt hat?«, fragte Holly.

»Davon müssen wir ausgehen.«

»Haben Sie eine Ahnung, wohin man ihn bringen könnte?«

Bourne schüttelte den Kopf. »Nein. Die Agentin, die ich getötet habe – Yoko –, hatte nichts bei sich, was uns irgendeinen Hinweis geben könnte. Wahrscheinlich hat Lennon im ganzen Land Häuser zur Verfügung, die er bei Bedarf als Unterschlupf nutzt.«

»Werden sie ihn am Leben lassen?«

»Fürs Erste ja.«

»Mit anderen Worten, Lennon wird ihn foltern, um Informationen von ihm zu bekommen, und ihn dann töten.«

»Ja.«

Hollys Gesicht verriet keine Emotion. »Es wäre besser gewesen, sie hätten ihn einfach erschossen.«

»Welche Informationen hat Cafferty?«, fragte Bourne.

»Er kennt einige unserer bestgehüteten Geheimnisse. Fakten, zu denen keine zehn Leute Zugang haben.«

»Sie sollten davon ausgehen, dass Lennon bald zu diesem erlauchten Kreis gehören wird.«

»Das ist anzunehmen.« Holly schwieg eine Weile, während sie eiligen Schrittes hinter Sugar herging, die mit der Schnauze am Boden Tatis Witterung folgte. »Ich kann Ihnen nicht den geringsten Vorwurf machen, Jason. Dixon und ich haben Sie nicht in unseren Plan eingeweiht. Wir hatten bestimmte Gründe dafür, deshalb werde ich mich nicht dafür entschuldigen.«

»Haben Sie mich nicht eingeweiht, weil Sie mir nicht vertrauen?«

»Weil wir niemandem vertrauen. Wir haben immer wieder erlebt, dass Informationen durchsickern. CIA, Treadstone, MI-5, Interpol – alle sind verwundbar. Lennon hat eine erstaunliche Gabe, Leute zu benutzen. Wir haben in dem Glauben operiert, dass unser Plan nicht geheim bleiben wird. Deshalb haben wir uns für eine List entschieden und Sie dafür benutzt, den scheinbaren Treffpunkt glaubwürdig zu machen. Sie waren dazu da,

Lennon abzulenken. Wir wollten, dass er und seine Leute Sie in der Painted Hall sehen. Wir waren von dem Plan überzeugt – und dennoch ist er gescheitert. Ich trage dafür die Verantwortung. Sie sollten eigentlich gar nicht hier sein.«

»Ich werde Cafferty finden«, betonte er. »Ich bringe ihn zurück.«

Holly schüttelte den Kopf. »Nein. Für Clark ist es zu spät. Auf ihm liegt nicht mehr unsere oberste Priorität. Er selbst würde es genauso sehen. Sie müssen sich darauf konzentrieren, Tati Reznikowa zu finden.«

»Welche Rolle spielt sie in der Sache?«

Holly ignorierte seine Frage. Sie befanden sich nahe dem Parkplatz, von dem aus eine Zufahrtsstraße zum sogenannten *Queen Elizabeth Walk* führte. Vor ihnen zerrte Sugar an der Leine und führte sie zu einem Polizeibeamten, der auf einer Bank vor dem Zugangstor zum Fußgängerweg saß. Er wurde von einer Sanitäterin versorgt. Der Polizist blutete am Kopf und zuckte zusammen, als die Frau seine Wunde reinigte.

Sugar blieb vor dem Mann stehen und bellte zweimal. Holly sah Bourne an und überließ es ihm, die Fragen zu stellen.

»Wir suchen eine junge Frau, die vor Kurzem hier herausgekommen ist«, begann Jason. »Groß, schlank, attraktiv, etwa dreißig Jahre alt, lange blonde Haare mit violetten Strähnchen.«

»Die habe ich gesehen.« Der Polizist deutete auf seine Kopfwunde. »Das hat mir der Typ verpasst, der sie begleitet hat.«

»Was ist passiert?«

»Die zwei kamen angerannt, haben mich gesehen und um Hilfe gerufen. Drinnen wären Leute erschossen worden, haben sie gesagt. Ich war einfach naiv, weil die Frau ganz harmlos ausgesehen hat. Als ich den Mann kurz aus den Augen ließ, hat er mir eins über den Schädel gezogen.«

»Wie viele waren es? Nur die zwei?«

»Ja. Die Frau und so ein dünner kleiner Kerl mit schwarzen Haaren und dunklen Augen.«

»Wo sind sie hin?«

Der Polizeibeamte deutete zur Zufahrtsstraße. »Sie sind da langgerannt.«

Holly ließ ihren Hund wieder Tatis Witterung aufnehmen, und sie folgten der Straße, die an ausgedehnten Sportanlagen vorüberführte. »Kennen Sie den Mann, mit dem Tati unterwegs ist?«, fragte sie.

»Er war einer der Bewaffneten von Gaia Crusade«, erklärte Bourne. »Er hätte Sorokin erschießen sollen, brachte es aber nicht fertig, den Abzug zu drücken. Deshalb hat es der andere getan. Er ist aus dem Turm gesprungen und entkommen.«

Holly runzelte die Stirn. »Sind Sie sicher, dass er mit Gaia Crusade zusammengearbeitet hat? Kann es nicht sein, dass er ihre Geisel war?«

»Nein. Laut Nova hat Tati behauptet, ihr Mann sei auch hier und habe jemanden erschossen.«

»Vadik«, murmelte Holly, ohne ihr Marschtempo zu drosseln, während Sugar sie die Straße entlangzog. »Vadik Reznikow. Nach der Beschreibung könnte er es sein. Wir wussten, dass er der russischen Widerstandsbewegung angehört, aber nicht, dass er auch in terroristische Aktivitäten verwickelt ist. Er muss irgendwie herausgefunden haben, dass Sorokin nach London kommt. Als wir Tatis Einladung zur WTO arrangierten, hat Vadik darin anscheinend eine Gelegenheit gesehen, einen Mordanschlag zu verüben, der für enormes Aufsehen sorgen würde.«

»Woher wissen Sie, dass Tati nicht auch mit den Terroristen zusammenarbeitet?«, gab Bourne zu bedenken.

Holly zuckte mit den Schultern. »Wir können es nicht mit Sicherheit ausschließen. Es ändert aber nichts an der Sache. Wir müssen sie finden, bevor Lennon sie erwischt.«

»Wer ist die Frau? Warum wurde sie zur WTO-Konferenz eingeladen?«

Holly schwieg. Sugar folgte der Witterung, bis sie zu einer Kreuzung kamen, an der fünf Straßen aufeinandertrafen. Der Hund blieb stehen, als Tatis Witterung von Auspuffgasen und den Gerüchen Dutzender Passanten überlagert wurde. Sugar hatte ihre Spur verloren, blickte zu Holly auf und stieß ein verwirrtes Kläffen aus.

»Schon gut, altes Mädchen«, sagte Holly.

Bourne studierte die Straßenkreuzung. Tati und Vadik konnten jede Richtung genommen haben, nicht nur zu Fuß, sondern auch mit dem Bus oder Taxi. Die zwei waren längst weg.

»Die werden erst einmal untertauchen, bis es dunkel ist«, meinte er.

»Würden Sie das an ihrer Stelle tun?«

»Ja.«

Holly nickte. »Also gut.«

Sie stieß einen kurzen Pfiff aus. Sugar führte sie zurück zum Wetland Centre, doch bevor sie den Kreuzungsbereich verließen, hielt Jason Holly an der Schulter zurück, was der Hund mit leisem Knurren quittierte.

»Wer ist Tati Reznikowa?«, fragte Bourne mit Nachdruck.

Holly starrte ihn mit ihren leeren Augen an. »Sie ist nun Lennons vorrangiges Ziel. Das ist alles, was Sie wissen müssen.«

Bourne schüttelte den Kopf. »Wir gehen nirgendwohin, solange ich nicht ein paar Antworten bekomme. Wer *ist* sie?«

Sugars Knurren wurde drohender. Mit einer knappen Geste brachte Holly den Hund zum Schweigen.

»Also gut«, begann sie. »Vielleicht ist es wirklich Zeit, dass Sie die Wahrheit erfahren. Lennon weiß ja auch alles über die Frau, also kann es nicht schaden, wenn Sie auch Bescheid wissen. Ihr Geburtsname war Tatiana Kotow.«

»*Kotow*«, zischte Jason ungläubig.

Wieder schweiften seine Gedanken zu den Vorfällen in Tallinn zurück.

»Genau. Tati ist Grigori Kotows Tochter.«

Clark Cafferty wusste, dass er nahe daran war, alles zu sagen, was sie wissen wollten.

Sein Herz schlug wild und unregelmäßig. Vielleicht würde es der Belastung nicht mehr lange standhalten und aufhören zu schlagen, bevor er zusammenbrach und redete. Es wäre das Beste, was ihm passieren konnte. Wenn nicht, würde er ihnen alles verraten, das wusste er. Sie hatten ihm eine Droge gespritzt, die seinen Realitätssinn verschwimmen ließ.

Außerdem hatten sie ihm die Augen verbunden und Kopfhörer aufgesetzt, über die sie sein Gehirn mit Musik bearbeiteten – so laut, dass seine Trommelfelle wahrscheinlich schon geplatzt waren. Musik der Beatles. Songs von John Lennon. So, als wäre alles nur ein Scherz. Er saß in einem überhitzten Raum und war an einen Stuhl gefesselt. Schweißgebadet, die Zunge geschwollen vor Durst. Er hatte keine Ahnung, wo er sich befand oder wie viel Zeit vergangen war, seit sie ihn hierhergebracht hatten. Es konnte eine Stunde sein. Vielleicht waren es aber auch Tage.

Ab und an setzte die Musik aus, und er hörte sein Gehirn pochen, als wollte es seinen Schädel sprengen. Dann sprach eine Stimme zu ihm. Lennon. Die Stimme war tatsächlich die von John Lennon. Derselbe Liverpooler Akzent, den er als Kind im Fernsehen gehört hatte. Cafferty glaubte, dass er allmählich verrückt wurde.

»Reden Sie mit mir, mein Freund. Wie ist der Plan?«

Die Stimme war laut, aber nach der donnernden Musik klang sie ihm wie ein Flüstern.

»Erzählen Sie mir von Sorokin. Was haben Sie ihm angeboten? Na los, spucken Sie's aus. Wir wissen beide, dass Sie am Ende doch reden werden. Warum machen Sie es sich so schwer?«

Cafferty presste die Lippen zusammen, damit ihm nicht gegen seinen Willen etwas entschlüpfte. Das Problem war nur, dass er nicht mehr wusste, ob er dachte oder redete. Sein Gehirn und seine Ohren konnten den Unterschied nicht mehr erkennen. Die Stimme stellte ihm Fragen, und sein Gehirn antwortete reflexartig. Er wusste nicht, ob er es auch aussprach.

»Tati. Was hat sie damit zu tun? Okay, wir wissen beide, dass sie Kotows Tochter ist. Aber wie soll sie Ihnen helfen?«

Caffertys Gehirn gab alle seine Geheimnisse preis, doch er sprach sie nicht aus.

Oder doch?

Wir müssen Tati in Sicherheit bringen. Sobald die Wahrheit herauskommt, ist sie in Gefahr.

»Okay, wir können es auch auf die harte Tour machen.«

Die Musik setzte wieder ein. Unerträglich laut. Cafferty wollte schreien. Vielleicht schrie er tatsächlich und hörte seine Stimme nur nicht in dem unerbittlichen Dröhnen, das sein Gehirn zu Brei zerstampfte.

Whatever gets you through the night.

So hieß der Song. Cafferty würde die Nacht nicht überstehen, das wusste er. *Frag mich. Egal was, ich sag dir alles. Du willst die Wahrheit? Kannst du haben.*

Wir werden die Motte zu Fall bringen. Putins Zeit ist um.

Die Silowiki werden uns unterstützen, wenn wir ihnen eine neue Führungsfigur präsentieren. Es darf nur kein Machtvakuum geben.

Redete er wirklich? Cafferty wusste es nicht. Er sang aus Leibeskräften die amerikanische Hymne, nur um zu verhindern, dass er seine Gedanken aussprach, doch er konnte seine Stimme nicht hören. Kein Wort. Er wusste nicht, was real war und was nur in seinem Kopf stattfand.

Schalt endlich ab!

Schalt die Musik ab und frag mich irgendwas.

»Was habt ihr Sorokin angeboten, Clark? Warum haben Sie geglaubt, ihn überzeugen zu können? Der Mann ist kein Idiot. Sie hatten etwas, mit dem Sie ihn umstimmen wollten. Was?«

Wir hatten … wir hatten …

Er spürte, wie sein Mund aufging. Wie er Wörter formte.

Nein! Sag nichts!

Cafferty spürte warmen Atem an seinem Ohr.

»Kommen Sie, Clark. Dann haben Sie es hinter sich. Reden Sie endlich. Wie wollten Sie die Oligarchen auf Ihre Seite bringen? Die Silowiki? Mit Geld? Oder Waffen? Damit würden Sie bei denen nichts erreichen. Nein, Sie hatten etwas anderes, oder?«

Er spürte eine Hand, die seinen Kopf fast zärtlich massierte. Finger zogen die Augenbinde weg. Er öffnete die Augen und blinzelte, doch er konnte nichts sehen. Der Raum war völlig dunkel. Dann konnte er nicht einmal mehr blinzeln; Klebeband fixierte seine Augenlider, sodass er nur ins Leere starren konnte. Der Boden vibrierte von Schritten, doch er hörte nur das Echo der Musik wie eine Faust in seinem Schädel.

Hinter ihm ging ein Scheinwerfer an. Ein Lichtkegel durchschnitt den dunklen Raum. Das Licht fiel auf ein Gesicht, und Cafferty glaubte zu träumen. Vor sich in der Dunkelheit sah er John Lennons *Kopf.* Keinen Körper, nur den Kopf. Die Gesichtshaut wirkte seltsam künstlich, das Lächeln eingefroren. Wo die Augen sein sollten, waren zwei ovale schwarze Löcher.

Eine Maske! Eine Halloween-Maske!

In dem dunklen Raum sah sie zum Fürchten aus. Cafferty wehrte sich gegen die Fesseln, die ihn an dem Stuhl festhielten.

»Wir haben alle vor irgendetwas Angst«, sagte Lennons Kopf, der im Raum schwebte wie ein Ballon. »Der eine vor großen Höhen oder engen Räumen, der andere vor Blut oder Spinnen. Wir haben alle unsere Phobien. Sie haben eine besonders interessante, nicht wahr?«

Woher weiß er das?

»Woher ich das weiß?«, sagte Lennon lachend. »Woher ich das weiß?«

O Gott, er redete wirklich! Er sprach seine Gedanken laut aus! Er konnte es nicht verhindern!

»Ich weiß es, weil ich alles über Sie weiß. Es ist mir wichtig, alles über die Leute zu wissen, die ich töten werde. Ich studiere sie durch und durch. Erinnern Sie sich nicht an das Interview, das Sie vor Jahren einer New Yorker Zeitschrift gegeben haben? Die Redakteure haben Sie gefragt, wovor Sie am meisten Angst haben. Und Sie haben gesagt, vor Masken. Sie haben ihnen von einer Halloween-Party erzählt, die Sie mit sieben Jahren besuchten, und wie Sie geschrien haben, als Sie die Masken sahen. Sie waren so fertig, dass man Sie ins Krankenhaus bringen musste.«

Aufhören!

»Aufhören soll ich? Gut. Sagen Sie mir, was ich wissen will, dann können wir das sofort beenden.«

Bitte!

Wieder fiel ein Lichtkegel in den Raum. Und wieder hing eine Maske vor ihm in der Luft. Diesmal ein riesiges Fledermausgesicht mit spitzen Ohren und gelben Zähnen.

O Gott! Nein!

»Der Plan, Clark.«

Eine neue Maske erschien. Diesmal war es Queen Elizabeth, mit einem boshaften Lächeln und schneeweißen Augen.

»Warum ist Tati so wichtig für Sie? Warum haben Sie sie zu dem Treffen mitgenommen?«

Und noch mehr Masken. Immer mehr. Sie waren überall, tauchten aus der Dunkelheit auf und schwebten Zentimeter vor seinem Gesicht. Ein Stephen-King-Clown. Woodstock aus den Peanuts. Shrek. Ein Kürbis. Eine Hyäne. Cafferty zerrte und ruckte auf seinem Stuhl. Er wollte aufstehen, konnte aber nicht. Er schüttelte den Kopf, versuchte die Augen zu schließen, doch das Klebeband hielt sie erbarmungslos offen, zwang ihn, alles zu sehen.

Aufhören!

Und immer neue Masken. Eine nach der anderen kam auf ihn zu, bis sie ihn von allen Seiten umgaben. Sein Herz schlitterte wie ein Stein über die Oberfläche eines Sees.

Dann rief er – ein gequälter Aufschrei aus seiner gepeinigten Seele.

»Tallinn!«

Er hörte ein leises Klicken. Die Lichtstrahlen erloschen. Die Masken verschwanden. Nur der Kopf von John Lennon schwebte im Licht des Scheinwerfers im dunklen Raum.

»Was ist mit Tallinn, Clark?«

»Kotow.«

»Was ist mit Kotow? Sagen Sie es mir.«

Nein! Sag es nicht! Sag es nicht!

Aber wenn er es nicht sagte, würden die Masken zurückkommen. Die Masken, die ihn in seinen Albträumen verfolgten.

Cafferty schrie das Geheimnis heraus. Er wollte die Lippen zusammenpressen, doch die Wörter kamen direkt aus seinem Gehirn, ohne dass er es verhindern konnte.

»Kotow *lebt!*«

22

»Kotow lebt«, sagte Holly zu Bourne und Nova.

Sie ließ die Bombe so beiläufig platzen, dass Jason einen Moment brauchte, um es zu verarbeiten. Er sah den Schock in Novas Gesicht. »M-Moment … was? Er *lebt?*«

»Ja.«

»Die Fähre ist gesunken. Es gab keine Überlebenden.«

»Kotow war nicht auf der Fähre. Dixon hat ihn auf dem Landweg nach Riga geschmuggelt; dort haben wir ihn in ein Flugzeug gesetzt. Die letzten drei Jahre hat er streng abgeschirmt in den Vereinigten Staaten verbracht. Aber jetzt ist seine Sicherheit bedroht. Cafferty kennt die Wahrheit – das heißt, auch Lennon wird bald Bescheid wissen. Ich hoffe, Ihnen ist bewusst, was auf dem Spiel steht.«

Bourne und Nova schwiegen.

Sie hatten den ganzen Tag nach Tati und Vadik gesucht, doch nun saßen sie mit Holly auf den Stufen der St. Paul's Cathedral, mit dem Rücken an eine der hohen Säulen gelehnt. Es war Hollys Idee gewesen, sich hier zu treffen. Sugar erkundete den Platz vor der Kathedrale und erwies der Statue von Queen Anne auf seine Weise Reverenz. Es war schon spät am Abend. Die Straßen der Stadt hatten sich längst beruhigt, hier und dort rollte ein Bus oder ein Taxi vorbei.

»Fünfzig Menschen«, sagte Nova schockiert.

»Was?«

»Fünfzig unschuldige Menschen sind bei der Explosion auf der Fähre gestorben. Unter ihnen drei Kinder. Sie haben sie einfach geopfert.«

»Wir konnten nicht wissen, dass das passieren würde«, erwiderte Holly in kaltem, abweisendem Ton. »Ja, es war natürlich eine furchtbare Tragödie. Der Anschlag auf die Fähre war der erste echte Beweis für Lennons Skrupellosigkeit. Seine völlige Missachtung von Menschenleben.«

Bourne atmete die Gerüche der Stadt ein, den Duft des nahen Flusses, die Ausdünstungen der Pflastersteine. Das alles war so bodenständig, so real. Nicht wie die Welt, in der er sich bewegte. Was Holly ihnen anvertraut hatte, sollte ihn eigentlich schockieren, doch er musste einsehen, dass ihn nichts mehr schockieren konnte. Er erinnerte sich daran, wie Nova ihn beschrieben hatte, als sie sich nach so langer Zeit wiedergesehen hatten.

Du rechnest immer damit, dass dich jemand verraten könnte.

Früher oder später passierte es immer. Meistens früher.

»Verkaufen Sie uns nicht für dumm, Holly«, erwiderte er. »Die Bombe auf der Fähre kam nicht unerwartet. Das war genau so geplant. Es war eine List, ein Trick, so wie das, was heute abgelaufen ist. In den Augen der Öffentlichkeit musste Kotow sterben, damit sie ihn auch in Russland für tot hielten. Hätte Putin auch nur den kleinsten Verdacht gehegt, dass Kotow lebt, hätte er alle Hebel in Bewegung gesetzt, um ihn zu töten. Deshalb hat Dixon den Fluchtweg durchsickern lassen. Er hat dafür gesorgt, dass Lennon davon wusste. Für Ihren Plan war es zwingend notwendig, dass die Fähre explodiert. Dass alle diese Menschen sterben. Ihr Tod machte die Lüge so überzeugend.«

Holly versuchte gar nicht erst, es zu leugnen. Jason sah keine Schuldgefühle in ihrem Gesicht. »Wir tun alle, was notwendig ist, *Cain.* In unserem Geschäft sterben Menschen für eine höhere Sache. Sie haben nicht das geringste Recht, mir Vorträge über Moral zu halten. Auch Sie nicht, Nova. Sie beide sind genauso Killer.«

»Mit dem Unterschied, dass Sie *uns* die Schuld in die Schuhe geschoben haben«, schnaubte Nova. »Seit ich bei Interpol anfing, war ich immer mit diesen Gerüchten konfrontiert.«

»Falsche Anschuldigungen machen die Geschichte umso glaubhafter«, warf Jason ein. »Ist es nicht so, Holly? Damit eine solche List funktioniert, muss man das Spiel konsequent durchziehen. Es muss eine Untersuchung geben. Und natürlich Verdächtige.«

Holly zuckte mit den Schultern. »Sie müssen zugeben, dass es wunderbar funktioniert hat. Und das war nur möglich, weil nur wenige eingeweiht waren. Die Leute, die die Wahrheit über Kotow und Tallinn kennen, kann ich an den Fingern meiner Hände abzählen. Wir haben es nicht einmal dem Präsidenten gesagt, weil wir Angst hatten, dass es nicht lange dauern würde, bis es auch Putin weiß. Diese Strategie der totalen Geheimhaltung hat funktioniert. Bis heute.«

»Und was genau *ist* die Strategie?«, hakte Bourne nach.

Holly schnippte mit den Fingern. Ihr Hund, der dreißig Meter entfernt den Platz erkundete, kam sofort angelaufen und blieb keuchend vor ihr stehen.

»Leute?«, sagte Holly zu Sugar.

Die Hündin bellte zweimal, was bedeutete, dass sich nur zwei Fremde in der Nähe aufhielten. Bourne. Nova. Holly war immer vorsichtig.

Irgendjemand hört immer mit. Treadstone.

Holly griff in ihre Tasche und gab dem Hund ein Leckerli. Dann deutete sie über die Schulter zum Tor der Kathedrale. »Hier auf diesem Platz habe ich Grigori vor neun Jahren zum ersten Mal getroffen. Clark hat das Treffen eingefädelt. Er und Kotow haben sich schon lange gekannt. Kotow hat sich nach den Wahlen 2012 in Russland an ihn gewandt. Damals hat Putin die Präsidentschaft wieder übernommen. Alle gingen davon aus, dass die Wahl manipuliert war. Kotow wollte in einen geheimen Dialog mit uns eintreten. Es gebe eine große Unzufriedenheit im Land, meinte er, auch wenn es niemand öffentlich sagen wolle. Wir begannen auf ein Szenario hinzuarbeiten, in dem am Ende jemand bereit sein würde, Putin herauszufordern. Uns war klar, dass das Zeit braucht. Jahre. Und es musste völlig geheim vor sich gehen.«

»Kotow hat uns Geheimdienstinformationen zugespielt«, mutmaßte Bourne.

»Ja. Es war ein Riesenvorteil, einen Spion unter den Silowiki zu haben. Kotow war in viele wichtige Entscheidungen eingebunden. Er stand ganz oben auf der Liste der vertrauenswürdigsten Berater des Präsidenten. Er und Putin kannten sich seit ihren gemeinsamen KGB-Tagen, als Kotow sein Leutnant war. Nach dem Fall der Mauer hat Kotow in ganz Europa die Drecksarbeit erledigt, mit deren Hilfe Putin und die Oligarchen ihre Geschäftsimperien aufbauen und ihre Macht konsolidieren konnten. Grigori hat uns die Namen von Leuten genannt, auf die wir Druck ausüben konnten, hat uns politische und wirtschaftliche Pläne zugespielt. Unser Ziel war, eine Kampagne zu starten, um das Regime ins Wanken zu bringen, und eine Alternative zu Putin vorzubereiten. Wir wollten ihn schwächen, damit er entweder zurücktritt oder leicht verdrängt werden kann.«

»Von wem?«, warf Nova ein. »Von Kotow?«

»Ja. Das war die Idee. Ich will gar nicht behaupten, dass seine Motive völlig selbstlos waren. Er wollte Präsident werden und war überzeugt, dass Putin niemals freiwillig zurücktreten würde. Der Mann würde sich wie die einstigen Sowjetführer an die Macht klammern, bis er irgendwann mit fünfundneunzig an einem Herzinfarkt stirbt. Kotow wollte nicht darauf warten, sondern mit unserer Hilfe an die Macht gelangen.«

»Was ist dazwischengekommen?«, fragte Bourne.

»Jemand hat ihn verraten. Wir wissen nicht, ob auf unserer oder auf russischer Seite. Aber Kotow war aufgeflogen, deshalb mussten wir ihn schnell in Sicherheit bringen. Der FSB erwartete ihn schon in Tallinn. Und Lennon ebenfalls.«

»Aber Kotow konnte nicht einfach untertauchen«, schlussfolgerte Bourne. »Er musste sterben, um wirklich in Sicherheit zu sein.«

»Natürlich musste er sterben«, fuhr Holly ungeduldig fort. »Da wir nicht wussten, wer ihn hatte auffliegen lassen, mussten wir ein extrem dichtes Sicherheitsnetz spannen. Dass Kotow ›tot‹ war, brachte viele Vorteile mit sich. Er konnte hinter den Kulissen für uns arbeiten, ohne befürchten zu müssen, entdeckt zu werden. Clark und ich haben mit Grigori über zwei Jahre lang an einer Strategie gearbeitet. Wir hätten sie gern früher umgesetzt, aber die politische Stimmung war einfach nicht danach. Bis wir anfingen, eine Widerstandsbewegung in Moskau zu fördern und groß angelegte Proteste zu organisieren. Anschläge auf wichtige Infrastruktur. Wir wollten den Eindruck entstehen lassen, dass Putin die Lage nicht mehr im Griff hat. Außerdem haben wir mit Sanktionen Druck auf die Oligarchen ausgeübt. Wir wollten erreichen, dass das russische Volk und die Eliten sich nach Veränderung sehnen.«

»Und plötzlich erscheint Kotow wieder auf der Bildfläche, wie der Phönix aus der Asche«, warf Bourne ein. »Er hält eine Pressekonferenz mit Oligarchen und Silowiki und verkündet, Putin als Präsidenten ablösen zu wollen. Er verlangt Neuwahlen. Und die USA haben einen Verbündeten im Kreml.«

»Exakt. Sorokin war der erste Dominostein, den wir dazu antippen wollten. Ein junger, aufstrebender Mann unter den Oligarchen. Mit seiner Hilfe wollten wir auch die anderen an Bord holen.«

»Und jetzt ist er tot«, stellte Nova ernüchtert fest. »Und Cafferty wahrscheinlich auch. Lennon hat Ihren Plan hochgehen lassen wie damals die Fähre.«

»Ja«, gestand Holly stirnrunzelnd.

»Weiß Tati, dass ihr Vater lebt?«, wollte Bourne wissen.

»Nein, sie hat keine Ahnung. Wir dachten, dass es weder für ihre noch für Grigoris Sicherheit gut wäre, wenn sie die Wahrheit kennt. Das Risiko war zu groß, dass es ihr unbeabsichtigt entschlüpft. Clark wollte es ihr heute sagen.«

»Wo ist Kotow?«, fragte Bourne.

»Seit Tallinn hält er sich in einem abgelegenen Haus in Kalifornien auf.«

»Ist Nash jetzt bei ihm?«, hakte Bourne nach.

»Ja. Dixon und ich mussten hier dafür sorgen, dass das Treffen zwischen Cafferty und Sorokin klappt, aber wir mussten auch Kotow von unserem Plan in Kenntnis setzen. Also habe ich Nash hingeschickt, um ihm alles zu erklären.«

»Weiß Cafferty, wo Kotow sich aufhält?«

Holly schüttelte den Kopf. »Den genauen Standort kennt er nicht. Nur, dass es irgendwo im Norden des Bundesstaats ist. Jeder Besucher trägt während der Fahrt eine Kapuze über dem Kopf. Clark könnte auch unter der Folter nicht verraten, wo Kotow sich aufhält.«

»Lennon wird es trotzdem herausfinden.«

»Darum ist es so wichtig, dass wir Tati finden«, betonte Holly. »Wenn Lennon Kotows Tochter in seine Gewalt bekäme, hätte er ein starkes Druckmittel gegen Kotow in der Hand. Er könnte ihn aus seinem Versteck locken oder ihm jeden

Handlungsspielraum nehmen, indem er ihm droht, seine Tochter zu töten, falls Kotow etwas gegen Putin unternimmt. In diesem Fall würde Kotow reagieren wie jeder andere Vater auch. Er würde alles tun, um seine Tochter zu retten. Dann wäre alles umsonst gewesen.«

»Tati und Vadik werden bald aus ihrem Versteck kommen müssen«, meinte Bourne. »Sie brauchen Hilfe, um die Stadt zu verlassen.«

»Wessen Hilfe?«

»Vadik hat bei dem Attentat auf Sorokin mit Gaia Crusade zusammengearbeitet. Vermutlich wendet er sich an diese Leute.«

»Was schlagen Sie vor?«, fragte Holly.

Bourne blickte zu Nova, die seinen Blick erwiderte und nickte. Sie waren immer noch Partner. Einer wusste, was der andere dachte.

»Der MI-5 hat Ethan Pople in Gewahrsam«, sagte Bourne. »Er ist der Manager des Pubs, in dem die Gruppe sich getroffen hat, und gehört selbst dazu. Wenn der MI-5 ihn freilässt, folgen wir seiner Spur. Vielleicht führt er uns zu Vadik.«

23

Vadik und Tati hockten auf einem Lastwagen in einer Parkgarage beim Smithfield Market. Schon seit Stunden rührten sie sich nicht mehr von der Stelle; Vadik spürte seine Beine nicht mehr. Das Treffen mit den Leuten von Gaia Crusade war für zwei Uhr nachts vereinbart, wenn der Fleischmarkt öffnen würde. Es war fast so weit.

Noch fünfzehn Minuten, dann konnten sie endlich hier weg.

Tati hatte kaum ein Wort gesprochen, seit sie aus dem Naturschutzgebiet geflohen waren. Vadik wusste nicht, ob sie sauer oder schockiert war, vielleicht auch beides; jedenfalls war sie ihm gegenüber äußerst kühl und wortkarg. Er konnte sie nicht sehen auf der dunklen, von einer Plane bedeckten Ladefläche, doch er spürte ihre Wärme neben sich und atmete ihren Duft ein. Ihr Atem war ruhig und gleichmäßig. Sie war wach.

»Bald können wir hier weg«, murmelte er, um sie zu beruhigen.

Sie antwortete nicht sofort. Zögernd streckte er die Hand aus und berührte ihr Gesicht, doch sie schlug sie weg.

»Wir können weg, sagst du?« Tati klang frustriert und verbittert. »Und wohin? Wie stellst du dir das vor?«

»Ich weiß es noch nicht so genau. Gaia Crusade wird uns aus London wegbringen. Vielleicht helfen sie uns, auf einem Boot zu entkommen oder auf einem Laster durch den Eurotunnel. Sobald wir auf europäischem Festland sind, haben wir mehr Möglichkeiten.«

»Ja? Welche?«

»Vielleicht neue Identitäten.«

»Wir sollen uns für den Rest unseres Lebens verstecken? Das ist dein großartiger Plan? Ich bin Wissenschaftlerin. Glaubst du, ich gebe das alles auf und schlage mich als Obstverkäuferin durch?«

Seine eigene Frustration machte sich nun ebenfalls bemerkbar. »Ich weiß es doch auch nicht. Jetzt geht es erst einmal darum, zu überleben, Tati. Es tut mir leid. Ich weiß, ich hab's verkackt. So war das nicht geplant. Es sollte ganz anders laufen.«

Ihre Stimme zischte ihm aus der Dunkelheit entgegen. »Du bist ein Mörder, Vadik. Du hast diesen armen Mann erschossen.«

»Ja, aber er war Teil des *Systems*, Tati. Wir müssen dieses System bekämpfen, weil es den Planeten zerstört. Von diesen Leuten ist keiner unschuldig. Ich hab gedacht, du siehst das auch so.«

»Nein, tu ich nicht.«

Er wusste nicht, was er sagen sollte, also schwieg er und sah erneut auf sein Handy. Je näher der vereinbarte Zeitpunkt rückte, umso nervöser wurde er. Tati hatte recht. Er war ein Mörder, das ließ sich nicht rückgängig machen. Wenn die britischen Behörden ihn fassten, würde er hinter Gittern landen. Wenn die Russen ihn erwischten, wäre er so gut wie tot. Er hatte nur noch Feinde.

»Du hast mich benutzt, Vadik«, fuhr Tati fort. »Hast du mich deshalb geheiratet? Wegen meiner Verbindungen? Weil ich durch mein Elternhaus mächtige Leute in Moskau kenne? Dir liegt doch überhaupt nichts an mir.«

»Das ist nicht wahr.«

»Du hast meinen Körper für Sex benutzt, und meine Freunde als Informationsquelle. Das ist doch alles, worum es dir geht, oder?«

»Tati, das siehst du falsch. Was immer ich getan habe – ich liebe dich.«

»Lüg mich nicht an. Du liebst nur deine Fantasien von der Rettung der Welt. Denn mehr als Fantasterei ist es nicht. Du bist wie ein kleiner Junge, der ganz in sein Spiel vertieft ist. Du veränderst die Welt nicht. Was ich tue, trägt viel mehr dazu bei, dass sich etwas ändert. Nur ist es mühsamer und nicht so spektakulär.«

Sie machte ihn zornig, doch jetzt war nicht die Zeit, um zu diskutieren. Es ging nur darum, aus London wegzukommen. Er fasste sie am Handgelenk und hielt sie fest, obwohl sie sich wehrte. »Komm, wir müssen los.«

»Ich glaube, ich bleibe lieber hier. Geh du allein.«

»Du kannst nicht hierbleiben. Glaubst du, die würden dich nicht auch festnehmen?«

»Ich habe nichts getan.«

»Das glaubt dir keiner.«

»Und daran bist *du* schuld«, zischte sie wütend. »Wegen dir denken sie jetzt vielleicht, dass ich da mit drinstecke.«

»Es reicht, wir müssen los.«

Vadik zog die Plane ein Stück zurück und blickte in die Parkgarage hinaus. Nicht weit entfernt hörte er Stimmen und sah Männer in weißen Kitteln zum Markt gehen. Trotz der nächtlichen Stunde herrschte hier schon ein geschäftiges Treiben; die Metzger bereiteten das Fleisch für den Verkauf vor. Er wartete, bis niemand mehr in Sicht war, dann zog er die Plane zurück und half Tati von der Ladefläche.

Sie sah anders aus als sonst. Unauffälliger. Nach der Flucht aus dem Naturreservat hatte er in einem H&M schlichte Kleidung für sie besorgt. Sie trug einen grauen Pulli und weite Jeans, die ihre Figur verbargen, außerdem Schuhe mit flachen Absätzen und eine braune Perücke. Die Schminke hatte sie sich aus dem Gesicht gewischt. Wenn man nicht genau hinsah, hätte man sie kaum wiedererkannt.

Auch Vadik hatte sein Äußeres verändert. Er hatte sich eine Baseballkappe gekauft, trug eine Sonnenbrille und hatte den weißen Pulli gegen ein Chelsea-Fußballtrikot getauscht – in der Hoffnung, dass ihre Verkleidung ausreichte, um auf den Aufnahmen der Sicherheitskameras unentdeckt zu bleiben.

Er eilte mit Tati zur Treppe, die aus der Tiefgarage nach oben zur Straße führte. »Wir dürfen nicht zu spät kommen. Schnell.«

»Woher weißt du, wie der Mann aussieht, der sich mit dir treffen will?«

»Er hat im Chatroom gepostet. Er wird eine Mütze mit Camouflage-Muster tragen.«

»Wer ist er?«

»Das weiß ich nicht. Er gehört zu Gaia Crusade – mehr muss ich nicht wissen.«

»Vertraust du ihm?«

»Was bleibt uns anderes übrig, Tati? Wir müssen irgendwie aus London rauskommen.«

Die beiden traten aus der Parkgarage und blieben hinter der Ziegelmauer beim Ausgang stehen. Vadik nahm sich einen Moment, um sich umzusehen. Sie befanden sich gegenüber dem viktorianischen Marktgebäude mit seinen roten Wänden und den im Renaissance-Stil gestalteten Tor- und Fensterbögen. Vadik konnte das Blut der Tierkadaver riechen, deren Fleisch an den langen Marktständen angeboten wurde. Es herrschte bereits ein geschäftiges Treiben. Trucks lieferten ständig frische Ware; die Männer verständigten sich mit lauten Zurufen.

Tati wollte zum Markt gehen, doch Vadik hielt sie zurück. »Warte. Noch nicht.«

Er musterte die Gesichter der Passanten, die im Licht der Straßenlaternen auftauchten und wieder verschwanden. Blickte zu den parkenden Autos. Auf der anderen Straßenseite reihten sich zwei- und dreistöckige Apartmenthäuser mit Pubs im Erdgeschoss. Vadik suchte die Fenster nach eventuellen Beobachtern ab.

»Okay, gehen wir.«

Vadik hielt Tati fest an der Hand, weil er fürchtete, dass sie jeden Moment wegrennen könnte. Er ging mit ihr zu dem dunklen Tunnel, durch den man zu den Marktständen gelangte, und schaute nach links und rechts. Es waren nicht nur die vielen fremden Gesichter, die ihn beunruhigten, sondern auch die weißen Vans, in denen sich leicht MI-5-Agenten verborgen halten konnten, die die Umgebung mit Kameras beobachteten. Oder FSB-Agenten, die jeden Moment aus einem Wagen springen und sie entführen konnten, ohne dass es jemand bemerkte. Auch Polizisten waren allgegenwärtig. Ihre gelben Jacken leuchteten im Licht der Laternen. Vadik konnte nur hoffen, dass keiner von ihnen sie erkannte. Bestimmt hatten längst alle Sicherheitskräfte ihre Fotos.

»Halt den Kopf gesenkt«, warnte er seine Frau. »Damit die Leute dein Gesicht nicht sehen.«

Sie betraten den Tunnel mit seinem Netz aus Stahlträgern unter der Decke. Das Pflaster war feucht, nachdem es mit dem Schlauch abgespritzt worden war. An einigen Marktständen wurden tiefrote Steaks angeboten, an anderen Käse, Gemüse, große rote Maschensäcke mit Zwiebeln und frisch gebackenes Brot und Scones.

»Ich hab Hunger«, sagte Tati. Sie hatten seit Stunden nichts mehr gegessen.

»Dann hol dir etwas. Aber mach schnell.«

Er wartete nervös, während sie zu einem Stand mit Backwaren ging. Unter dem herabgezogenen Schirm seiner Baseballkappe hielt er Ausschau nach dem Mann, der sie aus der Stadt bringen sollte. Wo war der Kerl mit der Camouflage-Mütze?

Es sollte doch jemand von Gaia Crusade hier sein!

Tati kam zurück und nahm einen kleinen Bissen von ihrem Nussbrötchen. Sie aß wie ein Vogel – einer der Gründe, warum sie so schlank war. Sie bot ihm das Brötchen an, doch er schüttelte den Kopf. Sein Magen knurrte vor Hunger, doch er war zu aufgeregt, um zu essen. Außerdem hatte er ein mulmiges Gefühl. Er war zur richtigen Zeit am vereinbarten Ort, doch sein Kontaktmann ließ sich nicht blicken. Irgendetwas stimmte nicht.

Vielleicht wollten sie nichts mehr mit ihm zu tun haben, nun, da er verfolgt wurde.

Oder sie hatten ihn sogar verraten, um die Gruppe aus der Schusslinie der Behörden zu nehmen, indem sie einen der Killer auslieferten.

»Vadik«, murmelte Tati mit vollem Mund.

Er zuckte zusammen. »Was ist?«

»Der Mann dort drüben hat eine Mütze auf, wie du gesagt hast.«

Vadik folgte ihrem Blick zwischen all den Leuten hindurch, den Metzgern in ihren Schürzen, den Polizisten und den ersten Kunden, die ihre Einkäufe für die Londoner Restaurants machten. Bei einem Geflügelstand am anderen Ende des Markts lungerte ein Mann bei den gerupften Enten herum, die an den Füßen aufgehängt waren. Er war klein, hatte die Hände in den

Taschen einer blauen Windjacke vergraben und trug eine Beanie-Mütze mit Camouflage-Muster, die er fast bis zu den Augenbrauen heruntergezogen hatte. Sein Blick schweifte unentwegt hin und her.

Er suchte nach Vadik, so wie Vadik ihn suchte.

»Ist er das?«, fragte Tati.

»Sieht so aus.«

»Dann gehen wir zu ihm.«

»Warte.«

Irgendetwas kam ihm nicht ganz koscher vor. Er nahm Tati an der Hand und zog sich mit ihr zu einem der Fleischstände zurück. Während er so tat, als würde er sich die Lammkoteletts ansehen, musterte er die anderen Kunden. Einen nach dem anderen. Ein Gesicht nach dem anderen. Er wollte herausfinden, ob irgendjemand den Mann mit der Mütze beobachtete. Weil er mit diesem Treffen rechnete.

Und tatsächlich.

Ihm fiel eine Frau mit langen schwarzen Haaren auf, die sie zu einem Pferdeschwanz zusammengebunden hatte.

Sie war, so wie Tati, verkleidet, um möglichst nicht aufzufallen. Während sie sich mit einem Metzger darüber unterhielt, wie man ein Rinderfilet am besten zubereitete, blickte sie alle paar Sekunden zu dem Kontaktmann von Gaia Crusade hinüber. Und als sie den Kopf drehte, sah Vadik einen Funk-Kopfhörer in ihrem Ohr.

»Scheiße!«, zischte er.

»Was ist?«, fragte Tati.

In diesem Augenblick schaute die Frau beim Fleischstand zu ihnen herüber. Vadik drehte sich rasch um und lachte gezwungen, als wäre das Fleisch an dem Stand viel zu teuer. Er nahm Tati an der Hand und ging mit ihr zum Ende des Markts.

»Wohin gehen wir?«, fragte Tati. »Was ist denn los?«

»Es ist eine Falle.« Vadik ging schnell, aber nicht zu schnell, um nicht aufzufallen. »Wir müssen weg. Sofort.«

»Gibt es etwas Neues?«, fragte Bourne.

»Es ist noch niemand auf Ethan Pople zugegangen«, meldete Nova über Funk. »Er wartet auf jemanden, aber bisher kein Kontakt.«

»Tati oder Vadik haben sich noch nicht blicken lassen?«

Nova zögerte. »Ich bin mir nicht sicher. Ich habe zwei Leute gesehen, die infrage kämen, aber sie sind in der Menge verschwunden, bevor ich ihre Gesichter sehen konnte. Sie haben keine Anstalten gemacht, auf Ethan zuzugehen.«

»Kann es sein, dass sie dich bemerkt haben?«

»Ich kann es nicht ausschließen.«

»In welche Richtung sind sie gegangen?«

»Nach Norden, Richtung Charterhouse.«

»Ich versuche, sie zu finden«, sagte Bourne.

Er ging zum anderen Ende des Durchgangs. Draußen an der Charterhouse Street, in einiger Entfernung vom Gewühl des Markts, waren die Straßen zu dieser nächtlichen Stunde noch unbelebt und leer. Auf der anderen Straßenseite sah er die Gerüste eines Bauprojekts, doch auf der Baustelle war alles ruhig. Die Pubs und Imbissläden hatten geschlossen. Ein gutes Stück entfernt sah er zwei Leute eiligen Schrittes am Marktgebäude entlanggehen. In der Dunkelheit waren sie nur schwer zu erkennen. Als sie ins Licht einer Straßenlaterne kamen, sah er, dass es ein Mann und eine Frau waren – er mit einer Baseballkappe, sie mit unscheinbaren braunen Haaren.

Etwas an ihrer Frisur ließ ihn zweimal hinsehen. Es konnte eine Perücke sein. Die Frau hatte jedenfalls die richtige Größe, der Mann ebenso.

»Ich sehe die zwei«, gab Bourne durch.

»Ist sie es?«

»Das kann ich noch nicht sagen. Ich gehe näher heran.«

Er folgte den beiden. Sie sahen sich nicht nach eventuellen Verfolgern um, doch für zwei Leute, die um zwei Uhr nachts einen Markt verließen, hatten sie es ziemlich eilig. Auf der Charterhouse Street näherten sie sich einer Gabelung mit einem Gebäude, das wie eine Miniaturausgabe des New Yorker Flatiron Building aussah. Der Mann und die Frau gingen nach links und waren immer noch zwei Blocks voraus. Jason behielt sie im Blick und schlich dicht an den Hausmauern entlang, um sich jederzeit in einem Türeingang verbergen zu können.

Das Pärchen kam an einer Gasse vorbei, die zurück zum östlichen Ende des Markts führte. Vor ihnen befand sich ein schmiedeeisernes Tor, dahinter ein gepflasterter Platz. Sie eilten am Tor vorbei und bogen rechts ab. Bourne nutzte die Gelegenheit, um im Laufschritt den Abstand zu verkürzen.

Dann blieb er abrupt stehen.

Ein Mann kam aus der Gasse hervor, auf der dunklen, unbeleuchteten Straßenseite. Instinktiv wich Bourne zur Hausmauer zurück, von wo er den Mann jedoch nur von hinten sah. Er war groß, trug einen rostfarbenen Trenchcoat und hatte helle, lockige Haare. Ohne sich umzusehen, blieb der Mann plötzlich stehen, als spürte er, dass Bourne in der Nähe war.

Dann ging er weiter, auf das schmiedeeiserne Tor zu, wo der Mann und die Frau abgebogen waren.

Dieser *Gang!*

Energisch, aber fließend, fast schwebend. Er kannte diesen Mann. Er *erinnerte sich* an ihn.

»Lennon ist da«, murmelte Bourne ins Funkgerät.

Nova zögerte einen Augenblick, ehe sie antwortete. »Bist du sicher?«

»Er ist es. Komm herüber.«

Jason zog seine Waffe und zielte auf den Rücken des Mannes, der sich nun jedoch auf der anderen Seite des Tors befand, sodass das Eisengitter zwischen ihnen war.

»Lennon!«

Der Mann hörte ihn in der nächtlichen Stille und blieb stehen. Lennon – er war es mit Sicherheit – schaute zurück, sein Gesicht vom Eisentor durchkreuzt. Auf diese Entfernung konnte Bourne ihn kaum erkennen. Lennon hatte die Hände in den Manteltaschen vergraben, doch im nächsten Augenblick zog er eine Pistole und feuerte. Die Kugeln verfehlten ihr Ziel, zwangen Bourne jedoch in Deckung.

Lennon duckte sich, sprintete über den gepflasterten Platz und verschwand in einem Durchgang. Bourne jagte hinterher, erreichte den Durchgang und betrat ihn mit der Pistole im Anschlag. Lennon war nicht mehr zu sehen. Der Weg führte unter einem Torbogen hindurch; die Gebäude zu beiden Seiten waren kaum drei Meter voneinander entfernt. Es war eine Sackgasse, die an einer hohen Mauer endete. Es gab keinen Ausweg.

Auf der linken Seite sah er die Fenster eines französischen Restaurants. Tief geduckt schlich Bourne unter den Fenstern hindurch. Die weiß gestrichene Tür war nur angelehnt. Er trat sie auf, in der Erwartung eines Kugelhagels von drinnen. Da es still blieb, trat er in den Speiseraum, der von einem Nachtlicht beleuchtet war. Jason sah weiße Tischtücher, Steinwände und eine Decke mit Holzträgern. Es roch nach würzigen Speisen, nach Zwiebel und Knoblauch. Das Restaurant war jedoch leer.

Jason sah sich in der Küche um, dann in einem Raum für private Veranstaltungen. Er schloss eine Tür auf, die auf die gegenüberliegende Seitenstraße führte, doch auch hier war niemand mehr zu sehen. Außer Nova, die auf ihn zugelaufen kam.

»Hast du ihn gesehen?«, fragte Bourne, als sie bei ihm war. »Ist dir irgendjemand entgegengekommen?«

Atemlos schüttelte Nova den Kopf. »Nein. Da war niemand. Wo ist er hin?«

Jason ärgerte sich über sich selbst, dass er Lennon hatte entwischen lassen. Er ging zu dem Eisentor zurück und blickte sich in der schmalen Gasse um. Es war weit und breit niemand zu sehen. Abgesehen von einigen Autos, waren die umliegenden Straßen völlig leer.

Lennon war fort.

Tati und Vadik ebenso.

24

Als Vadik Schüsse hörte, trieb er Tati zur Eile an. Sie sprinteten am Charterhouse Square vorbei und eine stille Straße hinunter, bis sie an der Aldersgate Street zu einer Kreuzung gelangten. Es war ihm egal, welchen Weg sie einschlugen – sie mussten nur schnell weg. Er war überzeugt, dass die Schüsse ihnen gegolten hatten.

»Was tun wir jetzt?«, fragte Tati.

Vadik runzelte die Stirn und sah sich auf der Straße um. Von Süden näherte sich ein schwarzes Taxi, dessen eingeschaltetes Licht anzeigte, dass es frei war. Er trat auf die Straße und winkte; der Fahrer hielt vor ihm an. Vadik öffnete die Tür, ließ Tati einsteigen und nannte das erstbeste Ziel, das ihm einfiel.

»Zum Bahnhof Liverpool Street.«

Der Fahrer zuckte mit den Schultern. »Ich bringe Sie natürlich hin, wenn Sie wollen, aber der Bahnhof wird erst um vier geöffnet. Sie werden draußen warten müssen.«

»Na gut, dann zu einem Restaurant!«, sagte Vadik ungeduldig. »Es gibt doch sicher einige, die rund um die Uhr offen haben. Fahren Sie schon!«

Irgendwohin. Nur weg von hier.

Vadik lehnte den Kopf zurück und schloss die Augen. Er musste nachdenken. Am liebsten würde er einfach nur schlafen, aber das kam nicht infrage. Seine Welt war aus den Fugen geraten, er war im Begriff, alles zu verlieren. Auch seine Frau.

»Diese Leute wollen uns umbringen, Vadik«, murmelte Tati mit dunkler Stimme.

»Ich weiß.«

»Sind die von Gaia Crusade? Du hast gesagt, die wollen uns helfen.«

»Jemand hat unseren Kontaktmann beobachtet. Entweder haben sie uns verraten, oder jemand hat sich bei ihnen eingeschleust. Wir sind jedenfalls auf uns allein gestellt.«

»Dann sollten wir uns vielleicht stellen.«

Vadik riss die Augen auf. »Bist du verrückt? Dann wären wir so gut wie tot, verstehst du das nicht? Da gehen Dinge vor sich, die weit über das hinausgehen, was ich getan habe! Viel größere Dinge.«

»Was?«

»Ich weiß es nicht. Ich weiß es wirklich nicht!«

Der Fahrer ließ sie in der Brick Lane bei einem Café aussteigen, das rund um die Uhr geöffnet hatte. Selbst jetzt, um drei Uhr nachts, standen Leute an, um sich etwas zu essen zu holen. Vadik war am Verhungern. Er kaufte sich ein Beef-Sandwich, dann gingen sie die Straße hinunter. Die Geschäfte und Läden waren noch geschlossen, die Schaufenster mit Metallgittern gesichert. Er lehnte sich an einen Mülleimer und aß sein Sandwich. Für einen Augenblick fühlte er sich sicher in dieser dunklen Gegend, in der niemand nach ihnen suchte. Doch das Gefühl der Sicherheit würde nicht von Dauer sein.

Tati war sehr schweigsam. Er kannte diesen Blick. Sie analysierte das Problem mit den Augen der Wissenschaftlerin, um eine Lösung zu finden.

»Wir brauchen Hilfe«, sagte sie schließlich. »Allein schaffen wir es nicht.«

»Das weiß ich auch, aber es gibt niemanden, der uns helfen könnte. Gaia Crusade war unsere einzige Hoffnung, aber dieser Weg ist uns verschlossen.«

Tati schüttelte den Kopf. »Ich meine russische Hilfe. Du gehörst doch der Klimabewegung an, nicht, Vadik? Die ganzen Lügen, die du mir erzählt hast – in Wahrheit geht es darum, oder? Die Proteste, die Unruhen, die Bomben in Moskau. Da warst du dabei.«

Er zuckte mit den Schultern. »Ja.«

»Können diese Leute nichts für uns tun?«

»Denen wäre es nur recht, wenn ich sterbe. Wenn ich tot bin, kann ich nicht mehr reden und niemanden verraten.«

»Aber sie müssen doch Kontakte in England haben. Russische Auswanderer, die der Bewegung angehören. Die haben doch sicher ein Netzwerk, um an Informationen zu kommen.«

Vadik nahm einen Bissen von seinem Sandwich, kaute und schluckte. »Die Proteste werden von verschiedenen Zellen organisiert, Tati. Das verringert das Risiko, falls der FSB eine Gruppe erwischt. Wir wissen nicht, wer im Hintergrund die Fäden zieht, wer die Aktivitäten organisiert und finanziert. Ich muss es auch nicht wissen.«

»Gibt es niemanden, an den du dich wenden kannst?«

»Ich habe keine Führungsposition. Der einzige Grund, warum ich derjenige war, der den Kontakt zu Gaia Crusade hergestellt hat, war …«

Er wollte es nicht aussprechen, doch Tati wusste, was er meinte.

»Der Grund war ich«, führte sie seinen Gedanken zu Ende. »Ich habe dir von Sorokin erzählt. Und dank meiner Einladung zur WTO-Konferenz warst du laufend über alles informiert. Das war deine Chance, dich zu beweisen, oder?«

Vadik nickte. »Ja.«

Tati hob die Hand, um ihn zu ohrfeigen, doch er fasste sie am Handgelenk, bevor sie ihn schlagen konnte. Sie riss sich los und blickte angewidert zur Seite. »Du kotzt mich an, weißt du das? Ich bin mit einem Arschloch verheiratet.«

Vadik warf das halbe Sandwich in einen Mülleimer; ihm war der Appetit vergangen. »Es tut mir leid.«

Tati trat auf ihn zu. Wie sie so in ihrer vollen Größe vor ihm stand, kam er sich noch kleiner vor. Er konnte in ihrem Gesicht lesen und wusste, dass ihre Gefühle für ihn erloschen waren. Sie betrachtete die Situation als ein wissenschaftliches Problem und übernahm das Kommando. Das Ziel hieß nun, zu überleben, koste es, was es wolle. Ihr Gesicht drückte ruhige Entschlossenheit aus.

»Kannst du uns ein Auto beschaffen?«, fragte sie.

»Was?«

»Wir brauchen ein Auto. Der Zug wäre viel zu riskant, oder? Es gibt Kameras auf jedem Bahnhof.«

Er nickte. »Das stimmt.«

»Also, kannst du uns ein Auto organisieren? Kannst du eins stehlen?«

»Ich glaube schon.«

»Dann tu es. Sieh dich um und beschaff uns eins.« Sie spähte in der Dunkelheit zum Ende der Straße. »Dort vorn ist ein Park, glaube ich. Wenn du ein Auto hast, komm hin – ich warte dort. Okay?«

Er wusste, dass ihm selbst nichts Besseres einfallen würde. »Gut.«

»Wie lange wirst du brauchen?«

»Ich weiß es nicht.«

»Wenn du länger als eine Stunde brauchst, werde ich nicht mehr da sein. Verstanden?«

Vadik nickte. »Aber was dann? Was tun wir, wenn wir ein Auto haben? Wo fahren wir hin?«

Tati blickte verstohlen nach links und rechts, als wäre *sie* es, die ein geheimes Doppelleben führte, nicht er. Sie vergewisserte sich, dass niemand in der Nähe war. »Es gibt da im Norden eine Stadt am Meer, ein paar Stunden entfernt: Whitby. Dort müssen wir hin.«

»Warum?«

»Ein Freund meines Vaters lebt dort. Er wird uns helfen. Oder vielmehr mir. Er war beim KGB.«

Vadik fasste sie entsetzt an den Schultern. »KGB? Bist du wahnsinnig? Der wird uns niemals helfen! Er wird uns verraten!«

»Jetzt beruhige dich, Vadik.« Sie redete mit ihm wie mit einem kleinen Kind. »Maxim *war* beim KGB. Das ist Vergangenheit. Jetzt ist er genauso ein Verräter wie mein Vater.«

Um vier Uhr morgens stand Jason in einer grünen Parklandschaft am Fluss nahe der Lambeth Bridge. Hinter ihm im Thames House, dem Hauptquartier des MI-5, war Nova zusammen mit Anthony Audley und Holly Schultz dabei, Ethan Pople zu befragen.

Jason hielt es für reine Zeitverschwendung. Sie hatten den Code des Chatrooms von Gaia Crusade geknackt, waren Ethan zu dem vereinbarten Treffen beim Smithfield Market gefolgt, hatten die Falle ausgelegt, doch die Beute war ihnen trotzdem entwischt. Gaia Crusade war nicht mehr relevant. Wo immer Tati und Vadik sich aufhielten – von dieser Gruppe würden sie keine Hilfe mehr erwarten.

Jason kämpfte gegen die Erschöpfung an, die ihn überkam, und blickte auf das schlammige Wasser hinaus. Er hatte gelernt, sich in solchen Situationen zu erholen, indem er eine halbe Stunde schlief, doch diesmal hatte es nicht geholfen, sich auf einer Parkbank auszustrecken. Es gab zu viel, das ihn beschäftigte und wach hielt. Nicht nur, dass die CIA ihn wieder einmal belogen und im Dunkeln gelassen hatte. Nicht nur, dass Lennon ihn herausforderte und er einfach nicht wusste, woher er den Mann kannte.

Es war vor allem Nova.

Auch wenn er es noch so sehr bestreiten mochte – sie beeinträchtigte sein Urteilsvermögen. Wäre es nur körperliches Verlangen gewesen, hätte er damit leben können. Das Problem war, dass alles, was er je für sie empfunden hatte, wieder in ihm hochkam. Wenn er in ihrer Nähe war, konnte er die Augen nicht von ihr lassen. Er wurde eifersüchtig, wenn er sie zusammen mit Anthony Audley sah, weil er spürte, dass etwas zwischen den beiden war. Jason hasste dieses Gefühl.

Er wusste, dass es für sie beide am besten gewesen wäre, wenn er sich von ihr fernhielte, doch dazu konnte er sich nicht überwinden. Je mehr Zeit sie miteinander verbrachten, desto mehr fühlte er sich zu ihr hingezogen.

Während er an der Themse stand und aufs Wasser hinausblickte, klingelte sein Handy.

Argwöhnisch sah er auf das leere Display. Nur ganz wenige hatten seine Nummer. Als er ranging, hörte er lange nichts, nur die Geräusche der Stadt wie fernes Echo.

»Wer ist da?«, fragte Bourne.

Eine Stimme lachte und sagte: »Sie sollten sich ein bisschen Ruhe gönnen, Cain. Sie sehen müde aus.«

Lennon.

Bourne wirbelte herum. Er konnte niemanden erkennen, doch die Dunkelheit bot genug Möglichkeiten, sich zu verstecken. Er fragte sich, ob Lennon bluffte, um ihn zu verunsichern, doch dann hörte er nicht weit entfernt Polizeisirenen, die ebenso aus seinem Handy tönten. Lennon war tatsächlich in der Nähe. Als er auf den Fluss hinausblickte, sah er einen Mann am anderen Ufer. Er war nur als Silhouette bei einer Straßenlaterne zu erkennen, doch der Mann hob eine Hand zum Gruß.

»Ich liebe London bei Nacht«, sagte Lennon. »Sie nicht?«

Jason schwieg.

»Oh, ich weiß, Ihre Stadt ist Paris, nicht? Die kleine Wohnung im Quartier Latin. Die Austernbar in der Rue Dante. Sie gehen da ein bisschen zu oft hin, wissen Sie. Das macht Sie berechenbar. Ich war noch nie zweimal im selben Restaurant.«

Jason unterdrückte den Schock, der ihn durchfuhr. Lennon wusste Dinge über ihn, die niemand wissen sollte. Nicht einmal Treadstone.

»Die Austern dort sind einfach zu gut«, erwiderte Bourne in ruhigem Ton. »Es wäre mir ein zu großes Opfer, nicht mehr hinzugehen.«

»Sie haben ja recht. Ich war auch einmal dort. Sie haben ein Bassiri-Hemd mit schwarzen Streifen getragen. Haben an einem Tisch an der Straße gesessen, um das Kommen und Gehen im Blick zu haben, nicht? Und um jederzeit schnell verschwinden zu können.«

Lennons provokanter Ton war nicht zu überhören.

Siehst du, was ich alles über dich weiß, Cain?

»Sie hätten sich zu mir setzen können«, meinte Jason.

»Klar, das wäre höflicher gewesen, als Sie nur zu beobachten. Dafür entschuldige ich mich. Ich habe übrigens an dem Tisch gegenüber gesessen. Direkt vor Ihren Augen. Ich war nicht verkleidet. Erinnern Sie sich an mich?«

Jason schloss die Augen. Er erinnerte sich tatsächlich. Es musste – *wann?* – letzten Sommer gewesen sein. Ein heißer Augustnachmittag. Er sah sich bei einem Teller Austern sitzen; am Tisch gegenüber ein Mann im dunklen Hemd. Blonde Haare. Nur das Gesicht blieb verschwommen.

»Es war ein ziemlich krasses Erlebnis«, sagte Lennon.

»Inwiefern?«

»Sie haben mich angesehen und sich nicht an mich erinnert.«

Jason versuchte das Dröhnen in seinem Kopf zu unterdrücken, das ihn immer in solchen Momenten überkam. »Wenn wir uns wirklich irgendwann gekannt haben, sollten Sie doch wissen, dass meine Vergangenheit für mich gestorben ist.«

»Und doch holt uns unsere Vergangenheit immer wieder ein. Davor haben Sie Angst, nicht wahr? Dass Ihre Vergangenheit wieder zum Leben erwacht und Sie mit allem konfrontiert, was Sie getan haben.«

Bourne hatte genug von diesen Psychospielchen. »Was wollen Sie, Lennon?«

»Dasselbe wie Sie. Tati Reznikowa. Es wird sich zeigen, wer sie zuerst findet.«

»Wir werden sehen.«

»Ihr Problem ist – ich kenne Tati, und Sie nicht. Sie ist sehr klug. Im Gegensatz zu ihrem Mann. Es wird ziemlich schwierig, sie auszutricksen.«

»Der Unterschied ist, dass wir sie schützen wollen.«

Lennons Stimme nahm einen zynischen Unterton an. »Sie schützen? Wirklich? Deswegen sind Sie hinter ihr her? Das glauben Sie doch selbst nicht. Aber was rede ich – Holly Schultz und die CIA haben doch immer nur die edelsten Motive. Die würden doch nie ein unschuldiges Menschenleben opfern, oder?«

Bourne schwieg, doch der Name hing unausgesprochen in der Luft.

Kotow.

»Warum haben Sie mich angerufen?«, fragte Jason. »Haben Sie gedacht, Sie können etwas von mir erfahren?«

»Es mag Ihnen nicht bewusst sein, aber was mich am meisten interessiert, haben Sie mir schon verraten.«

»Und das wäre?«

»Sie haben Tati auch noch nicht gefunden. Ich habe es für möglich gehalten, dass sie Vadik überredet, sich zu stellen. Für ihn wäre es besser, die Briten oder die Amerikaner nehmen ihn in Gewahrsam, als dass der FSB ihn in die Finger bekommt. Obwohl es am Ende wahrscheinlich keinen großen Unterschied macht. Er ist so oder so tot.«

Bourne fluchte leise. Er war müde und hatte sich dadurch zu einem Fehler verleiten lassen.

»Aber da Sie mir weitergeholfen haben, gebe ich Ihnen etwas zurück«, fuhr Lennon fort. »Eine Information.«

»Sie müssen mir keinen Gefallen tun.«

»Okay, Ihre Entscheidung.«

Bourne runzelte die Stirn und gab sich einen Ruck. »Welche Information?«

»Es gibt da ein unscheinbares kleines Lagerhaus nahe der Wallingford Road in Uxbridge. Es könnte recht interessant für Sie sein, es sich einmal anzusehen. Ein nützliches Plätzchen, das ich nur ungern aufgebe. Keine Fenster, ausgezeichneter Schallschutz. Aber Sie kennen ja meine Grundregel: Nutze denselben Platz nie zweimal.«

»Was ist in dem Lagerhaus?«, fragte Bourne.

Am anderen Ende wurde es still. Auch die Hintergrundgeräusche der Stadt waren verstummt.

»Lennon?«

Jason schaute über den Fluss. Er war wieder allein.

Der Mann im Schatten war fort.

25

Bourne und Nova waren noch vor Tagesanbruch in Uxbridge. Sie fuhren allein hin, ohne jemanden vom MI-5. Holly wollte zuerst wissen, was sich in dem Lagerhaus befand, bevor sie die Briten informierte.

Es war noch etwas Zeit, bis die ersten Arbeiter eintreffen würden, deshalb war die Straße zum Industrieviertel noch leer. Bourne und Nova parkten bei einem grauen Zaun am Nordende der Straße, stiegen aus und gingen den Rest des Weges zu Fuß. In der Dunkelheit konnten sie einander kaum sehen. Novas schwarzes Haar und ihre dunkle Kleidung verschmolzen mit der Nacht. Sie gingen zwar nebeneinander, doch Jason hielt Abstand zu ihr, als bestünde Ansteckungsgefahr.

Nova blieb es nicht verborgen.

»Ich glaube, Lennon setzt dir mehr zu, als du es dir eingestehst«, meinte sie.

»Du übertreibst«, erwiderte Jason.

»Okay, was ist es dann?«

»Nichts. Was soll sein?«

»Wirklich? Du tust, als wären wir Fremde.«

Er schwieg. Nova ließ es dabei bewenden, und sie gingen schweigend weiter.

Nach zwei Blocks gelangten sie zu einem fensterlosen Gebäude mit grauen Stahlwänden. Es gab zwei Ladetore und eine kleine weiße Tür, bei der ein Kastenwagen parkte. Jason trat zu den Wagenfenstern, konnte aber nur zwei Kartons auf dem Beifahrersitz erkennen, die laut Aufschrift Kondensatoren für Klimaanlagen enthielten.

»Wissen wir, wonach wir suchen müssen?«, fragte Nova.

»Nein. Aber ich schätze, wir werden es wissen, sobald wir es sehen.«

Er ging zur Tür des Lagerhauses. Sie war abgeschlossen. Von drinnen hörte er das Brummen einer Maschine. Er konnte sich nicht vorstellen, dass er hier richtig war.

»Gehen wir weiter. Schnell, es wird gleich hell. Wir müssen das Lagerhaus finden, bevor die Frühschicht anfängt.«

Sie gingen weiter Richtung Süden. Die meisten Gebäude, an denen sie vorbeikamen, entsprachen nicht Lennons Beschreibung, also beachtete er sie nicht weiter. Als sie ein weiteres fensterloses Gebäude hinter einem Zaun sahen, überkletterte ihn Bourne und brach die Tür mit der Schulter auf. Er knipste seine Taschenlampe an und sah an den Wänden Fräsmaschinen aufgereiht.

Wieder eine Sackgasse.

Er ging zur Straße zurück, wo Nova auf ihn wartete. Der Himmel hellte sich allmählich auf, sodass er sie nun deutlicher sehen konnte. Ihre kleine, zierliche Gestalt. Das ebenholzfarbene Haar. Sie hatte einen eindringlichen, zornigen Ausdruck in ihren grünen Augen.

»Sag mir endlich, was los ist«, forderte sie ihn auf.

»Wovon redest du?«

»Dass du plötzlich so kalt und abweisend bist. Hängt es mit Lennons Anruf zusammen?«

»Nein, das hab ich dir doch gesagt.«

»Was ist es dann?«

»Konzentriere dich auf den Job, Nova. Wir haben nicht mehr viel Zeit.«

Er drehte sich um, doch sie hielt ihn am Handgelenk zurück.

»Ist es wegen Anthony?«, fragte sie. »Bist du seinetwegen sauer? Zwischen ihm und mir, da ist nichts. Nichts Ernstes.«

»Wirklich? Schläfst du mit ihm?«

Novas Gesicht drückte Unmut aus. »Ja. Und?«

»Dann kann man wohl kaum sagen, dass da nichts ist, oder?«

»Das ist rein körperlich, mehr nicht. Vielleicht sieht er ein bisschen mehr darin, aber ich nicht.«

»Du hast davon angefangen, nicht ich.«

»Ich weiß nicht, was du von mir willst, Jason. Wirklich.«

»Ich will gar nichts. Habe ich das nicht klar gesagt?«

»Hast *du* mit Abbey Laurent geschlafen?«

»Was macht das für einen Unterschied?«

»Du hast mich danach gefragt, also frage ich dich auch.«

Jasons Gedanken schweiften zu der Nacht in einem heißen Hotelzimmer bei Amarillo zurück. Er erinnerte sich an das Rascheln von Abbeys Kleidern, als sie sich auszog, an das Gefühl, ihre Haut zu spüren, als sie zu ihm ins Bett kam. »Ja.«

»Natürlich. Ich bin ja nicht blind, weißt du.«

Jason wollte nicht darüber reden, schon gar nicht hier und jetzt, aber es ließ sich nicht vermeiden. »Bist du eifersüchtig auf meine Beziehung zu Abbey?«

»Das siehst du verdammt richtig.«

»Ich habe sie seit über einem Jahr nicht mehr gesehen. Das habe ich dir doch gesagt.«

»Ja, und ich habe *dich* zwei Jahre nicht gesehen«, erwiderte Nova. »Für mich hat sich aber nichts geändert.«

Jason schüttelte den Kopf. »Es hat nichts mit dem zu tun, was wir einmal hatten.«

Ihr entging nicht, dass er es in der Vergangenheitsform ausdrückte.

»Womit hat es dann zu tun?«

Jason trat einen Schritt näher. Er war ihr so nahe, dass er sie nur noch küssen wollte. »Mit *Paris.* Es geht um Paris.«

»Wovon redest du?«

»Lennon weiß von Paris. Wo ich wohne, wo ich esse. Er war dort, hat mich beschattet.«

»Ich verstehe nicht …«, begann Nova und hielt abrupt inne. »Du glaubst, *ich* habe es ihm verraten?«

»*Hast* du?«

Ihr Gesicht lief rot an, die Nasenflügel blähten sich. Im nächsten Augenblick schlug sie ihm mit der flachen Hand ins Gesicht. »Fick dich, Jason. Das glaubst du doch selbst nicht. Du suchst nur einen Vorwand, um mich zurückzustoßen. Um allein zu sein. Es macht dir eine Scheißangst, mich an dich heranzulassen, oder?«

»Gehen wir«, sagte Jason kalt. Er wollte nicht zugeben, dass sie recht hatte.

Sein Gesicht brannte. Er eilte weiter; es dauerte eine Weile, bis er Novas Schritte hinter sich hörte. Die Straße war holprig, in den Schlaglöchern hatte sich Regenwasser gesammelt. Einen Block weiter traf er auf einen mit Stacheldraht gekrönten Drahtzaun mit einem verschlossenen Tor. Dahinter sah er das Dach eines kleinen fensterlosen Lagerhauses mit einem Ladetor.

Nova schloss zu ihm auf. »Sorry«, sagte sie knapp.

»Selbst schuld.«

Sie widersprach ihm nicht. »Glaubst du, das ist es?«

Er deutete auf ein Schild mit der Aufschrift »Imagine Enterprises«.

»Das klingt nach Lennons Humor«, meinte er.

»Der Zaun ist nicht ohne. Da liegt jemandem viel daran, dass keiner reinkommt.«

Bourne ging zu einer Straßenlaterne beim Zaun, zog Lederhandschuhe aus der Tasche und streifte sie über. Wie ein Forstarbeiter kletterte er den Masten hinauf, bis er über der Höhe des Stacheldrahts war. Dann stieß er sich ab und landete hart auf der anderen Seite des Zauns. Er blickte zurück und sah, dass Nova ihm folgte. Geschickt kletterte sie an dem Mast hoch, sprang und landete so leichtfüßig neben ihm, als könnte sie fliegen.

Er sah sich auf dem Hof um. Es gab noch mehr Gebäude, zwischen denen Pick-up-Trucks und Sattelschlepper standen. Über dem Gelände verliefen Stromleitungen. Mehrere Mülleimer auf Rollen quollen über mit Holz- und Metallabfällen. Niemand schien bemerkt zu haben, dass sie eingedrungen waren.

Bourne ging zum Ladetor; es war verschlossen. Sie gingen an der Wand entlang und fanden eine Seitentür, die zwar auch verschlossen war, aber sofort nachgab, als Bourne kräftig dagegentrat. Beide zogen ihre Pistolen und warteten einen Augenblick, als sie von drinnen Geräusche hörten. Ein leises Kratzen und Schaben, als ob Ratten durch den dunklen Raum huschten.

Bourne griff ins Innere, fand einen Schalter, doch das Licht ging nicht an. Tief geduckt traten sie in den dunklen Raum, Bourne nach rechts, Nova nach links. Er trat die Tür zu. Sie waren völlig blind, und das Kratzen wurde lauter. Etwas streifte an seinem Bein, er griff hinunter, doch da war nichts mehr. Wenigstens war es kein Mensch, mit dem sie es zu tun hatten.

Er knipste die Taschenlampe an. Im Lichtkegel tauchte etwas Kleines, schwarz Gestreiftes auf und verschwand wieder. Für einen kurzen Moment sah er rote Augen leuchten. Er folgte dem Tier und erstarrte, als das Licht der Taschenlampe auf ein groteskes Bild in der Mitte des Raums fiel.

John Lennon sah ihn an.

Es war eine Karikatur des Popkünstlers aus hartem Kunststoff, eine Maske mit leeren schwarzen Augen und einem Mund, der zu einem bizarren Grinsen verzerrt war. Die Darstellung hatte etwas Gruseliges an sich, dem man sich nicht entziehen konnte.

»Zum Teufel, was soll das?«, flüsterte Nova.

Sie gingen näher heran. Die Maske schien losgelöst in der Luft zu schweben. Plötzlich streifte das Tier wieder an Bournes Bein, entwischte ihm aber erneut, als er es zu packen versuchte. Er hörte einen kehligen Laut, ein Heulen, das ihm einen Schauer über den Rücken jagte, weil es von der Maske zu kommen schien.

Jason hielt die Lampe auf den John-Lennon-Kopf gerichtet. Als sie näher herankamen, sah er, dass die Maske an einem menschlichen Kopf befestigt war. Ein Mann saß auf einem Stuhl; die Maske bedeckte sein Gesicht. Der Körper war mit schwarzem Tuch bedeckt, sodass er auch im Licht nicht zu sehen war. Bourne zog an dem Stoff, das Tuch glitt zu Boden und entblößte den Mann darunter.

Jason brauchte die Maske nicht abzunehmen, um zu wissen, wen er vor sich hatte. Es war Clark Cafferty. Er griff nach dem Handgelenk des Mannes, um nach einem Puls zu tasten. Die geringfügige Bewegung des Arms genügte, um die Lennon-Maske herunterfallen zu lassen.

Dahinter war nichts.

Caffertys Kopf fehlte.

»Scheiße«, zischte Nova.

Bourne blickte auf den blutigen Stumpf des Halses, die durchtrennte Wirbelsäule.

Neben seinen Füßen heulte das Tier erneut auf, was den blanken Horror des Augenblicks noch verstärkte.

Jason richtete die Lampe auf den Boden und folgte der Wand des Lagerhauses bis zur Ecke. Da saß sie mit gekrümmtem Rücken und feuerroten Augen – eine schwarze Katze, die sie wütend anfauchte.

»Eine Katze?«, murmelte Nova. »Warum hat er eine Katze dagelassen?«

Jason verstand die Botschaft.

»*Kotow* heißt Katze«, erklärte er ihr. »Lennon weiß, dass Tallinn eine List war. Er weiß, dass Kotow am Leben ist. Wir müssen Nash in Kalifornien warnen. Lennon hat ein neues Ziel.«

26

Nash Rollins war Grigori Kotow vor Jahren schon einmal begegnet. Damals hatte Putin den Mann gerade in sein Regierungsteam aufgenommen. Seitdem hatte Kotow sich nicht sehr verändert. Sein Gesicht war ein bisschen voller geworden, die Haare schütterer, der Bart mit etwas mehr Grau durchsetzt.

Für einen Mann, der seit drei Jahren tot war, sah er ganz passabel aus.

Gekleidet war er wie ein Mann, der es gewohnt war, Macht auszuüben. Sein Anzug hatte wahrscheinlich mehr gekostet, als Nash im Monat verdiente. Holly und Dixon ließen es ihm an nichts fehlen; sie versüßten ihm seine Isolation mit dem besten Wodka und erstklassigem Wein, mit teuren Zigarren und echten Gemälden an den Wänden, die einigen Kunstsinn verrieten. Ein Ehepaar, wahrscheinlich beide in den Diensten der CIA, lebte im Haus und sorgte für ihn. Die beiden – sie waren zweifellos bewaffnet – ließen erlesene Speisen von Märkten aus aller Welt einfliegen, um ihren Schützling bei Laune zu halten. An seinem ersten Abend in dem Haus in Kalifornien hatte Nash mit Kotow Hummer gegessen und mit Krug-Champagner hinuntergespült.

Auch für die sexuellen Bedürfnisse des russischen Spions war gesorgt. Alle zwei Wochen ließ die CIA eine neue Prostituierte einfliegen, aus New York, Nassau oder Hongkong. Die Frau leistete dem Mann ein paar Tage Gesellschaft, ehe sie wieder abgeholt wurde, ohne zu wissen, mit wem sie geschlafen und wo das Stelldichein stattgefunden hatte.

Das Haus im Wald war riesig für einen einzelnen Spion: zwei Stockwerke, 370 Quadratmeter, inmitten eines weitläufigen, von Mammutbäumen bewachsenen Grundstücks, das von Stacheldrahtzaun mit einem bewachten Tor umgeben war. Es gab einen bestens ausgestatteten Fitnessraum, eine Bibliothek mit Hunderten russisch- und englischsprachigen Bänden, einen kleinen Kinosaal und ein Hallenbad. Das luxuriöse Anwesen hätte einen Milliardär zufriedengestellt, doch Nash war sich bewusst, dass das Haus auch ein Gefängnis war, in dem der Russe in Einzelhaft verwahrt wurde. Kotow konnte nirgendwohin. Er konnte nicht einmal telefonieren, ohne dass die CIA das Gespräch überwachte. Auch wenn er das Internet benutzte, wurde jeder Tastendruck und Mausklick überwacht. Es war ein einsames Leben.

Die beiden saßen auf der weitläufigen Terrasse mit Blick auf den Wald, doch Kotow hielt es nicht lange auf seinem Stuhl. Er war ein rastloser Mensch, ging ständig auf und ab und rauchte eine Zigarette nach der anderen. Seine Schritte waren schwer. Hier in Kalifornien war es erst Vormittag, doch in London fast schon Abend, sodass Kotow ungeduldig auf Neuigkeiten wartete.

Bisher hatten sie nur erfahren, dass das geplante Treffen zwischen Cafferty und Sorokin geplatzt war. Als wäre das allein nicht schon schlimm genug, war auch noch Kotows Tochter Tati verschwunden.

Auf seinen Stock gestützt, hinkte Nash zum Geländer, vor dem mehrere Mammutbäume standen. Ein Duft von Eukalyptus hing in der Luft. Der Himmel war von den Baumkronen verdeckt, die kein Sonnenstrahl durchdrang. Sie waren dem Meer so nah, dass er das Rauschen der Wellen hörte, auch wenn er sie nicht sehen konnte. Die morgendliche Luft war kühl und feucht.

»Holly wird anrufen, sobald es Neuigkeiten gibt«, versicherte Nash.

»Sie sollte jetzt anrufen!«, klagte Kotow. »Das ist doch verrückt! Ich sitze hier weit weg vom Geschehen und weiß nicht einmal, ob meine Tochter noch lebt.«

»Ich kann Sie ja verstehen.«

Kotow hämmerte mit der Faust auf das Geländer. »Haben Sie Kinder, Rollins?«

»Nein.«

»Dann können Sie das nicht verstehen.«

Der Russe hatte wohl nicht ganz unrecht. Nash war nie verheiratet gewesen, hatte kein Kind und nie jemanden gehabt, den er wirklich geliebt hatte. Nicht einmal einen Hund. Nash war Einzelkind gewesen, seine Eltern waren schon vor Jahren gestorben. Somit war er der perfekte Agent für Treadstone. Ein Mann ohne Bindungen.

»Wir wissen, dass Tati mit ihrem Mann zusammen ist«, teilte Nash ihm mit. »Sie sind auf der Flucht. Mehr kann ich Ihnen im Moment leider nicht sagen.«

»Vadik«, schnaubte Kotow verächtlich. »Wenn ich bei ihr gewesen wäre, hätte ich verhindert, dass sie diesen nichtsnutzigen Trottel heiratet. Tati hatte immer schon eine Schwäche für solche Jungs. Sie hätte den Sohn eines Oligarchen heiraten können oder einen berühmten Turner, aber ihr ging es nie um Geld, Ruhm oder Aussehen. Wer sie gewinnen will, muss über CO_2-Ausstoß und Erderwärmung reden – da schmilzt sie dahin. Ich habe Holly gesagt, dass sie Vadik beseitigen soll. Als ich von der Heirat hörte, habe ich gesagt, schicken Sie Cain los, damit wir den kleinen Arsch los sind. Sie hat es nicht getan. Und jetzt sehen Sie, was wir davon haben.«

»Cain ist jedenfalls vor Ort«, erwiderte Nash. »Er wird Tati in Sicherheit bringen.«

»Das will ich hoffen, nach allem, was meine Tochter meinetwegen hat durchmachen müssen. Nicht nur, dass sie mich für tot hält, musste sie mich auch noch gegenüber Putin und den anderen verleugnen. Wenn ihr etwas passiert, würde ich es mir nie verzeihen.«

»Falls Lennon inzwischen weiß, dass Sie am Leben sind, wird er Ihre Tochter nicht töten, falls er sie findet. Tut mir leid, dass ich das so pragmatisch sehe, aber er braucht Tati, um ein Druckmittel gegen Sie in der Hand zu haben.«

Kotow schnaubte abfällig. »Es gibt Schlimmeres, als zu sterben. Wenn Putin sich zwischen seiner Sympathie für Tati und seinem Hass auf mich entscheiden muss, dann weiß ich jetzt schon, wie es ausgehen wird. Dass Putin ein Druckmittel haben will, mag ja sein, aber noch viel mehr will er Rache. Ich habe ihn verraten, das hat seinen Preis.«

Der Russe drehte sich um, drückte frustriert die Glastür auf und betrat das Arbeitszimmer. Im Kamin knisterte ein Feuer. Trotz der frühen Stunde schenkte er sich einen großzügigen Schluck Wodka ein und ging zum Kaminsims, auf dem er gerahmte Bilder von seiner Tochter aufgereiht hatte. Dann setzte er sich auf das schwarze Ledersofa, beugte sich vor und stützte die Ellbogen auf die Knie. Nash setzte sich ihm gegenüber auf einen kunstvoll geschnitzten Lehnstuhl.

»Wir waren jahrelang Freunde«, begann Kotow.

»Ich weiß.«

»Ich habe ihm dabei geholfen, seine Machtbasis aufzubauen. Er ist ein Fuchs, vielleicht der schlaueste Kerl, der mir je begegnet ist, aber an die Spitze schafft es keiner allein. Man braucht

Verbündete. Mein Job war es, den Oligarchen zu helfen, immer reicher zu werden. Er wollte ihre Dankbarkeit und Loyalität, also habe ich Deals geschlossen, Konkurrenten aus dem Weg geräumt und alles getan, um ihre Positionen zu festigen. Das hat ihm den Weg zur Macht geebnet. Wir hatten eine Übereinkunft. Nach einigen Jahren sollte ich ihn ablösen. Aber nach 2012 war mir klar, dass er den Platz niemals freiwillig räumen würde. Wenn Sie mich fragen, ob ich ehrgeizig bin – ja, natürlich. Ich gebe es ganz offen zu und entschuldige mich nicht dafür. Aber ich bin auch Patriot, Rollins. Russland kommt bei mir zuerst, und alles andere danach.«

»Trotzdem scheint es mir auch eine persönliche Sache zwischen Ihnen beiden zu sein«, erwiderte Nash.

Kotow schaute ihn eindringlich an; mit seinen schweren Tränensäcken sah er müde aus. Sein Blick erinnerte Nash daran, dass er einem Killer gegenübersaß. Er konnte einen Armani-Anzug tragen und sich erlesene Kunstwerke an die Wände hängen – trotzdem war er um nichts weniger skrupellos als der Mann, den er von der Macht verdrängen wollte. Nash zweifelte nicht daran, dass Kotow seine amerikanischen Verbündeten genauso für seine Zwecke benutzte wie sie ihn. Sollte er sein Ziel erreichen und eines Tages im Kreml sitzen, würde er vergessen, dass Holly Schultz und Clark Cafferty ihm geholfen hatten. Seine Loyalität würde nicht den Vereinigten Staaten gelten. Nicht einmal Russland. Dann würden nur noch seine eigenen Interessen zählen. Darauf lief es am Ende immer hinaus.

»Eine persönliche Sache?« Kotow lächelte. »Natürlich ist es das. Wenn man einmal eng befreundet war, kann es gar nicht anders sein. Er will mich eliminieren – und ich ihn. Nur einer kann gewinnen. Bis dahin spielen wir unser Spiel. Wissen Sie, dass ich mir bei Tati nie ganz sicher war?«

»Was meinen Sie?«

»Ob sie von mir ist. Ich hatte so einen Verdacht, dass er meine Frau gevögelt hat.«

»Haben Sie sie gefragt?«

»Das war nicht mehr möglich. Sie ist bei der Geburt gestorben und hat das Geheimnis mit ins Grab genommen. Ich war mit Tati allein. Natürlich hätte ich Tests machen können, aber ich wollte nicht. Es gibt Dinge, die will man nicht wissen. Ich wollte eine Tochter, und ich hatte eine. Also ließ ich es dabei bewenden.«

»Glauben Sie, er hat diesen Verdacht auch, dass Tati von ihm sein könnte?«

»Er kennt bestimmt die Wahrheit. Er will immer Gewissheit.«

»Wenn es zutrifft, wird er ihr sicher nichts tun.«

Kotow schüttelte den Kopf. »Für einen Treadstone-Mann sind Sie ganz schön naiv, Rollins. Blut mag dicker als Wasser sein, aber nicht dicker als Macht. Wen er nicht für seine Zwecke benutzen kann, der ist ihm im Weg.«

Nash blickte auf, als es an der Tür klopfte. Der CIA-Mann, der im Haus wohnte, öffnete die Tür und winkte mit einem Umschlag. Nash stand auf, nahm den Umschlag entgegen, setzte sich wieder hin und öffnete ihn. Kotow ließ ihn nicht aus den Augen, sein Gesicht war von bösen Vorahnungen verdüstert.

»Und?«, drängte der Russe.

»Holly bestätigt, was wir befürchtet haben. Lennon hat Clark Cafferty getötet. Cain und Nova haben ihn heute früh gefunden.«

Kotow zuckte mit den Schultern. Der Tod eines seiner amerikanischen Freunde schien ihm nicht sehr nahezugehen. »Damit beginnt ein neuer Abschnitt im Spiel. Lennon kennt die Wahrheit, und damit auch Putin. Ich bin von den Toten auferstanden.«

»Davon müssen wir wohl ausgehen. Wenn sie Cafferty getötet haben, heißt das, sie haben die Information, die sie wollten.«

»Und was ist mit Tati?«

»Lennon hat sie nicht in seiner Gewalt, aber wir haben sie auch nicht. Sie suchen sie in London und Umgebung, bisher aber ohne Ergebnis. Sie ist verschwunden.«

Über Kotows Gesicht huschte ein Lächeln, in dem ein gewisser väterlicher Stolz zum Ausdruck kam. »Tati ist schlau.«

»Mag sein, aber wir müssen sie finden. Lennon weiß, dass Sie am Leben sind, aber Ihre Tochter weiß es nicht. Sie hat keine Ahnung, in welcher Gefahr sie schwebt oder was ihr droht, wenn diese Leute sie erwischen. Sie glaubt immer noch, dass es nur um den Terroranschlag auf Sorokin geht.«

Kotow schürzte die dicken Lippen. »Da haben Sie wohl recht.«

»Weiß Tati von Lennon?«

»Ich glaube nicht. Lennon ist Putins Privatagent. Zu diesen Kreisen hatte sie keinen Zugang.«

»Wer ist Lennon?«, fragte Nash.

»Ich weiß nicht mehr als Sie. Er ist ein Rätsel. Glauben Sie mir, Holly und Dixon haben mich oft genug nach ihm gefragt, und ich konnte ihnen nichts Brauchbares sagen. Es gab Gerüchte über ihn, als ich noch in Russland war und selbst für den Präsidenten spioniert habe. Es hieß, ein neuer Killer sei auf der Bildfläche erschienen. So wie damals Carlos. Aber wir hatten keine Ahnung, woher er kam. Er hat im Dunkeln operiert, ohne greifbare Identität. So wie Ihr Cain. Vielleicht hatte Putin den Verdacht, einen Maulwurf unter den Silowiki zu haben – deshalb hat Lennon nur ihm persönlich Bericht erstattet, sonst niemandem.«

»Dann war es vielleicht Lennon, der Sie vor drei Jahren verraten hat«, mutmaßte Nash. »Irgendwie wird er herausgefunden haben, dass Sie für uns spionieren.«

»Daran habe ich auch schon gedacht. Möglich wäre es. Ich war immer vorsichtig, aber wie schützt man sich vor einem Phantom? Er hätte jeder sein können, und ich hätte keinen Verdacht geschöpft.«

Nash schaute auf die Nachricht, die er bekommen hatte. »Holly hat eine Bitte an Sie. Es ist dringend.«

»Worum geht es?«

»Sie braucht Ihre Hilfe. Wenn Tati sich stellen wollte, hätte sie es schon getan, meint Holly. Hat sie aber nicht. Sie ist auf der Flucht.«

»Ich sitze hier im Wald fest«, erwiderte Kotow verbittert. »Wie könnte ich ihr helfen?«

»Sie kennen Tati besser als irgendjemand. Wo könnte sie hingehen? Was wird sie tun?«

»Ich habe meine Tochter drei Jahre nicht gesehen. Ich weiß nicht, ob ich sie noch gut genug kenne, um ihr Verhalten einzuschätzen.«

»Ich rede von Kontaktpersonen, Grigori. Gibt es jemanden, zu dem sie gehen könnte, wenn sie in Schwierigkeiten steckt? Jemanden in England, den Tati als Freund betrachtet?«

Kotow stand auf und ging zum Kamin. Seine Wangen waren rot angelaufen, teils von der Wärme, teils vom Wodka. »Einen gibt es, an den sie sich vielleicht erinnert. Ein Ex-KGB-Mann, der schon lange in England lebt. Irgendwo in Yorkshire, glaube ich. In einer Stadt am Meer – Whitby. Nach Bram Stoker ging Dracula dort an Land, wenn ich mich richtig erinnere.«

»Wie heißt der Mann?«

»Maxim Zungaya. Maxim und ich waren gemeinsam beim KGB, aber er ist ein bisschen älter, ein Veteran des Kalten Kriegs. Als die Mauer fiel, zog er sich in den Ruhestand zurück. Er muss schon über achtzig sein. Früher haben wir oft Schach gespielt, und Tati hat auf seinem Schoß gesessen. Sie hat ihn geliebt.«

»Warum ist er in England?«, wollte Nash wissen. »Und nicht in Russland?«

Kotow schenkte sich noch einen Drink ein und kippte ihn hinunter. »Vor zwanzig Jahren fand ich heraus, dass Maxim für die Briten spionierte, schon ab der Mitte der 1970er-Jahre. Eigentlich hätte ich ihn eliminieren müssen, aber wozu? Er war schon ein alter Mann, und die Sowjetunion war Geschichte. Außerdem wäre Tati sehr unglücklich gewesen, und als Vater macht man seine Tochter nicht unglücklich. Also ließ ich Maxim entkommen. Ich gab ihm achtundvierzig Stunden, um zu verschwinden. Die Briten haben ihn aus dem Land geschmuggelt. Jahrelang wussten wir nicht, wo er war, aber irgendwann fand ich heraus, dass er sich unter falschem Namen in Whitby niedergelassen hatte. Ich habe ihm ein Schachspiel geschickt. Ein bisschen aus Nostalgie, aber auch, um ihm zu sagen, dass er vorsichtig sein soll.«

Nash runzelte die Stirn. »Weiß Tati, wo er jetzt lebt?«

»Ja. Sie hat mich nach ihm gefragt, und ich habe ihr die Wahrheit gesagt. Sie hat sogar per Post mit ihm Schach gespielt. Ich weiß nicht, ob sie es immer noch tun. Ich hatte gegen Maxim nur selten eine Chance, aber er und Tati sind sich ebenbürtig. Das sagt einiges, denn Maxim ist richtig gut.«

»Glauben Sie, dass Tati ihn um Hilfe bitten wird?«

»Ja.« Kotow schien sich seiner Sache nun sehr sicher zu sein. »Und Maxim würde wahrscheinlich alles tun, um ihr zu helfen. Einmal Spion, immer Spion. Außerdem liebt er das Mädchen.«

Nash nickte. »Ich gebe es sofort an Holly weiter. Sie wird Cain einschalten.«

Er stand auf und ging zur Tür, doch Kotow folgte ihm und legte ihm die Hand fest auf den Arm. »Rollins? Sagen Sie Cain, er wird wahrscheinlich nicht allein dort oben sein. Tati und ich sind nicht die Einzigen, die wissen, wo Maxim sich aufhält.

Einige Silowiki wissen ebenfalls Bescheid. Also wird auch Lennon im Bilde sein. Und ich fürchte, er wird zur gleichen Schlussfolgerung kommen wie ich: dass Tati jemanden sucht, der ihr hilft, und dass es in Whitby jemanden gibt, der ihr helfen würde.«

27

Die zwei alten Männer saßen sich an einem Schachbrett gegenüber, in einem Blumengarten mit Aussicht auf die Klippen an der stürmischen Nordsee. Es war kein Schachbrett im eigentlichen Sinn, sondern ein weißer Marmortisch, in den kleine Quadrate aus rosa-grauem Travertin eingelegt waren. Die bis zu fünfzehn Zentimeter langen Figuren waren aus Alabaster gearbeitet.

Ein Geschenk von einem Freund. Ein Geschenk und zugleich eine Warnung.

Wir wissen, wo du bist. Sei vorsichtig.

Maxim schob seine Dame über das Brett und schlug einen Turm seines Freundes. Nach seiner Rechnung würde er ihn in sieben Zügen mattsetzen. Er spielte jeden Nachmittag gegen Seymour Beyer – draußen im Garten, wenn das Wetter es zuließ, oder im Wintergarten, wenn es wieder einmal regnete. Sie hatten vor fast zwei Jahrzehnten damit angefangen, als Maxim sich in Whitby niedergelassen hatte. Seymours Spiel hatte sich seither kaum verbessert, aber Maxim spielte nur noch, um seine geistige Schärfe nicht zu verlieren und mit seinem Freund zu plaudern. Sie waren beide über achtzig und diskutierten gern über Politik, Religion und Frauen.

Aus Höflichkeit taten beide so, als wüssten sie nicht über den wahren Hintergrund des anderen Bescheid. Maxim war für seinen Nachbarn Stefan Gurski, einen ehemaligen Maler und Lackierer aus Kroatien, nicht der Ex-KGB-Agent Maxim Zungaya, der lange Jahre für die Briten spioniert hatte. Und Maxim ließ sich nicht anmerken, dass er über Seymour Beyer im Bilde war, einen ehemaligen MI-5-Agenten, der Anweisung hatte, den russischen Ex-Spion im Auge zu behalten, mit dem er sich längst angefreundet hatte.

Maxim trug einen schokoladebraunen Pulli über einem weißen Hemd, dazu eine hellbraune Hose und schwarze Lederschuhe, als würde er immer noch in einem Büro arbeiten. Er war klein, schmächtig und hatte schüttere weiße Haare und einen Bleistiftschnurrbart. Sein Gesicht war von tiefen Furchen durchzogen. Auf Anraten seines Arztes hatte er das Rauchen und Trinken aufgegeben und verzichtete auf Süßigkeiten. Dafür trank er umso mehr Tee. Seymour war von ähnlicher Statur und hatte von seinem Arzt den gleichen Rat bekommen. Dennoch erschien er zum nachmittäglichen Schachspiel stets mit mehreren Dosen Bier und zwei Päckchen Marlboro. Dazu knabberte er Cadbury-Flake-Schokoriegel, während er an seinem nächsten Zug tüftelte. Maxim frönte in Gedanken den Lastern seines britischen Schachpartners.

»Hast du die Nachrichten gesehen?«, fragte Seymour und blies eine Rauchwolke aus, die von der Meeresbrise fortgeweht wurde. Stirnrunzelnd studierte er die Figuren auf dem Brett, als gäbe es einen Ausweg aus seinem Dilemma, obwohl das Spiel längst verloren war. Seinen schweren Gehstock, ohne den Seymour nie wegging, hatte er an den Tisch gelehnt.

»Welche Nachrichten?«

»Gestern wurde in London irgendein Russe erschossen.«

»Gennadi Sorokin«, antwortete Maxim ein bisschen zu schnell.

»Du hast davon gehört?«

»Ein Oligarch, der im Öl- und Erdgasgeschäft zum Milliardär geworden war.«

»Ein schmerzlicher Verlust«, spöttelte Seymour.

Trotz seiner langjährigen Geheimdiensttätigkeit war Seymour bekennender Sozialist – im Gegensatz zu Maxim, der jeder Ideologie mit zynischer Gleichgültigkeit gegenüberstand.

Maxim schwieg und begann Chatschaturjans Säbeltanz zu summen, während er die Blumen im Garten betrachtete. Sein politischer Instinkt sagte ihm, dass mehr hinter Sorokins Tod steckte, als man in den Zeitungen lesen konnte, doch er wollte nicht darüber reden, dass auffallend häufig prominente Russen ermordet wurden. Er fragte sich, ob Seymour ihm Informationen entlocken wollte.

»Wie geht es mit den Renovierungsarbeiten an den Cottages voran, die dein Sohn vermieten will?«, fragte Maxim, um das Thema zu wechseln.

Seymour griff nach seinem Springer, um zu ziehen, runzelte die Stirn und stellte ihn wieder aufs Brett. Er nahm seinen Gehstock und stützte das Kinn darauf. »Tommy wollte eigentlich noch diesen Monat eröffnen, aber es wird wohl Juli werden.«

»Ich habe sie mir vorige Woche angesehen«, erwiderte Maxim. »Für mich sehen die Zimmer fertig aus.«

»Ich weiß. Ich sage ihm auch immer, er soll schon mal Buchungen entgegennehmen, auch wenn die Farbe noch nicht trocken ist. Aber er ist nun mal ein Perfektionist.«

Seymour griff erneut nach dem Springer und machte zögernd seinen Zug. Maxim reagierte postwendend und schlug den Springer. »Schach.«

»Bastard«, murmelte Seymour lachend.

»Hast du schon mal in das Buch reingelesen, das ich dir geschenkt habe? Über Spasskis beste Spiele?«

»Ich *spiele* Schach. Ich lese nicht darüber. Ich bin kein Freak wie du.«

Augenzwinkernd nahm Maxim einen Schluck Tee. »Ich hab nur gedacht, du würdest vielleicht auch gern mal ein Spiel gewinnen, Seymour.«

»Da stehen die Chancen nicht so blendend, oder?«

Er hatte recht. Sein Gegner war ihm haushoch überlegen. Maxim hatte schon als junger Bursche in Nowgorod zahlreiche Turniere gewonnen und mit seinen geistigen Fähigkeiten die Aufmerksamkeit des KGB auf sich gezogen. Er glaubte heute noch, dass er es bis zum Großmeister hätte bringen können, wäre er nicht Spion geworden.

Seymour unterbrach seine Konzentration auf das Schachspiel, lehnte sich mit einem gedehnten Stöhnen im Stuhl zurück und streckte beide Arme in die Höhe, um die Verspannungen im Rücken zu lösen. Dann stieß er einen anerkennenden Pfiff aus. »Also, bei dem Anblick wünscht man sich, man wäre ein paar Jahre jünger.«

Maxim folgte Seymours Blick. Die Gartenmauer seines kleinen Cottages grenzte an eine Wiese, durch die ein Weg an der Klippe entlangführte, der bei Wanderern und Joggern beliebt war. Die Abendsonne warf lange Schatten auf die Schaumkronen der Wellen. Nun sah er, was Seymour entdeckt hatte: eine junge Frau, die von der Klippe herüberkam. Ihre dunkelblonden, in der Mitte gescheitelten Haare umwehten ihre Schultern. Sie war groß und kräftig gebaut, trug einen weiten weißen Pulli, unter dem sich ihre vollen Brüste abzeichneten, dazu Shorts und Wanderschuhe und einen Rucksack auf dem Rücken. Lächelnd näherte sie sich der Gartenmauer und hob neckisch die Augenbrauen.

Maxim spannte sich innerlich an. Fremde machten ihn nervös. Immer wenn jemand vorbeikam, den er nicht kannte, dachte er unwillkürlich: *Jetzt haben sie mich gefunden.* Er war ein alter Überläufer, der wahrscheinlich nicht ganz oben auf der Liste der zu eliminierenden Personen stand. Dennoch wäre es naiv gewesen, zu glauben, dass er für alle Zeit in Sicherheit war. Früher oder später würde jemand kommen, um ihn zu töten.

Deshalb hatte Maxim immer eine geladene Pistole in Reichweite. Als die Frau sich neben ihnen an die weiße Steinmauer lehnte, zog er seinen Pulli ein kleines Stück hoch und ließ die Hand zum Griff der Pistole wandern.

»Guten Abend, meine Herren«, sagte sie. »So ein Glück, zwei so hübsche Jungs zu treffen.«

»Guten Abend«, erwiderte Seymour ohne das geringste Misstrauen. »Der Hübsche bin eher ich. Er ist nur ein alter Griesgram.«

Sie lachte glockenhell. »Hübsch und witzig. Ich sehe schon, vor Ihnen muss ich mich in Acht nehmen. Ich heiße übrigens Rhonda.«

»Ein schöner Name. Ich bin Seymour, und der Griesgram hier ist …«

Maxim unterbrach seinen Freund, bevor der ihn vorstellen konnte. »Können wir Ihnen irgendwie helfen, Miss?«

Rhonda richtete ihr strahlendes Lächeln auf ihn, ohne dieselbe Wirkung zu erzielen wie bei Seymour. »Ich wollte Sie fragen, ob Sie vielleicht einen kleinen Hund haben vorbeilaufen sehen. Einen kleinen Cairn-Terrier. Ich hatte ihm die Leine abgenommen, dann hat er ein Kaninchen gesehen und ist abgedampft. Er ist in diese Richtung gelaufen.«

»Hier war kein Hund«, erwiderte Maxim bestimmt.

Er hatte keinen Hund gesehen, weil keiner vorbeigelaufen war. Glaubte die Frau wirklich, dass er ihr die Geschichte abnahm? Für ihn stand fest, dass sie log.

Seine Finger schoben sich zur Pistole.

»Wie heißt Ihr Hund?«, fragte Seymour.

»Ringo.« Sie lachte, als wäre der Name besonders witzig.

»Da war kein Hund«, stellte Maxim klar. »Außerdem stören Sie meinen Freund in der Konzentration. Er ist auf jedes bisschen Konzentration angewiesen.«

Rhonda setzte einen zerknirschten Ausdruck auf. »Oh, tut mir leid.«

»Hören Sie nicht auf ihn«, erwiderte Seymour augenzwinkernd. »Wir halten die Augen offen. Aber Sie sollten mir vielleicht Ihre Telefonnummer geben, damit ich Ihnen Bescheid sagen kann, falls wir Ihren Ringo sehen.«

Rhonda wedelte schelmisch mit dem Finger. »Vor Ihnen muss ich mich wirklich in Acht nehmen! Danke, ich werde ihn schon finden.«

Sie sah Maxim mit unschuldiger Miene an, wie um zu sagen: *Sehen Sie? Ich bin nur eine Frau, die ihren Hund sucht. Keine Bedrohung.*

Doch sie *war* eine Bedrohung.

Eine tödliche Bedrohung. Er hatte in seinem Leben genug Spione gesehen und wusste genau, wann jemand sich vorstellte, wie er einen um die Ecke bringen würde.

»Übrigens«, sagte Rhonda mit einem Blick auf das Schachbrett. »Das sieht mir ganz nach Schachmatt in sechs Zügen aus.«

Rhonda winkte zum Abschied und ging. Maxim erwartete nicht, dass sie noch einmal zurückblickte – das taten Profis nie –, dennoch sah er ihr nach, als sie die Straße hinunterging und »Ringo« rief, um ihrer Geschichte vom verlorenen Hund Glaubwürdigkeit zu verleihen. Als sie in der Ferne kaum noch zu sehen war, entspannte sich Maxim, nahm die Hand von der Waffe und trommelte mit den Fingern auf den Tisch.

»Ich hätte wahrscheinlich schon in der ersten Nacht einen Schlaganfall«, sinnierte Seymour mit der Wehmut eines Mannes, der seit Jahren keinen Sex mehr gehabt hatte. »Aber was wär das für ein Abgang.«

Maxim grunzte nur. Rhonda war nicht mehr zu sehen, also wandte er seine Aufmerksamkeit wieder dem Schachbrett zu. Dennoch glaubte er nicht, dass er sich geirrt hatte. Rhonda war nicht die Wanderin, die sie zu sein vorgab. Sie war etwas ganz anderes.

Es war ein seltsamer Zufall, dass am Vortag ein russischer Oligarch ermordet worden war. *Zuerst wird Sorokin eliminiert, dann taucht eine gefährliche Frau bei mir zu Hause auf.*

Was geht da vor sich?

»Stimmt es, was sie gesagt hat? Schachmatt in sechs Zügen?«, fragte Seymour und tippte sich mit dem Gehstock ans Kinn.

»Ja.«

»Scheiße.« Seymour streckte die Hand aus und warf seinen König um. »Noch ein Spiel? Irgendwann krieg ich dich dran, mein Freund.«

Rhonda erreichte das Ende des Blocks und rief noch einmal mit glockenheller Stimme »Ringo«, dann warf sie einen kurzen Blick zurück zur Klippe, um sicherzugehen, dass der Mann im Eckhaus sie nicht mehr sehen konnte. Sie vergewisserte sich, dass niemand in der Nähe war, öffnete ihren Rucksack und zog eine lederne Hundeleine hervor.

Sie stand vor einem Ziegelhaus, dessen Fenster im Obergeschoss einen prächtigen Blick aufs Meer boten. Im Garten, der von makellos getrimmten Hecken umrahmt war, rankten sich Rosen an weißen Gittern empor. Sie glättete ihren Pulli über der Brust, ging zur Haustür und klingelte.

Sekunden später öffnete ein fülliger Mann in mittleren Jahren die Tür. Ein Hauch von indischem Essen zum Mitnehmen wehte heraus. Als der Mann Rhonda sah, betrachtete er sie von oben bis unten und grinste. Anscheinend kam es nicht so oft vor, dass hübsche junge Frauen an seiner Tür klingelten.

»Ja? Kann ich Ihnen helfen?«

Rhonda strahlte, ließ die Hundeleine von den Fingern baumeln und sagte in schrillem Ton, um ihrer Nervosität Ausdruck zu verleihen: »Tut mir leid, wenn ich störe, Sir. Ich glaube, mein Hund ist in Ihren Garten gelaufen und treibt sich irgendwo hinter dem Haus herum. Ich würde ihn gern holen, bevor er irgendwelchen Schaden anrichten kann. Dürfte ich kurz nachsehen, wo er steckt?«

»Oh«, sagte der Mann überrascht. »Kein Problem. Kommen Sie nur.«

»Danke!«

Sie trat ins Haus, und der Mann schloss die Tür.

»Mein Name ist …«, begann er. Weiter kam er nicht. Rhonda hatte ihm blitzschnell die Leine um den Hals geschlungen und zog die Schlinge zu. Mit ihren muskulösen Armen warf sie den Mann zu Boden und drückte ihm das Knie auf die Brust. Seine Augen weiteten sich in seiner Panik, er trat mit den Beinen um sich, und sein Gesicht verfärbte sich dunkelblau.

Zwei Minuten später war er tot.

Rhonda erhob sich und verstaute die Leine pfeifend im Rucksack. Sie stieg über die Leiche hinweg und ging die Treppe hinauf. Im ersten Stock betrat sie das Zimmer an der Ecke, von dessen Fenstern sie die Straße zum Meer im Blick hatte. Sie holte einen Zeiss-Feldstecher heraus und fokussierte auf das Eckhaus. Der Blumengarten kam in Sicht.

Die beiden Männer spielten immer noch Schach. Sie hatten die Figuren aufgestellt, um ein neues Spiel anzufangen. Die

Sonne war bereits am Untergehen, doch der russische Spion würde wahrscheinlich nicht lange brauchen, um seinen Freund abzufertigen.

Rhonda griff nach ihrem Handy.

»Ich bin's, JoJo«, meldete sie sich. »Ich habe Maxim Zungaya im Blick.«

»Was ist mit Tati und Vadik?«, fragte Lennon.

»Sie sind noch nicht aufgetaucht. Maxim hat Besuch von einem Freund. Soll ich ihn eliminieren, sobald er allein ist?«

»Nein, behalt ihn vorerst nur im Auge«, entschied Lennon. »Melde es mir, sobald er das Haus verlässt. Oder wenn Cain und Nova auftauchen. Ich komme mit einem Team, sobald es dunkel ist. Früher oder später wird Tati ihn kontaktieren, dann wird Maxim uns direkt zu ihr führen.«

28

Tati schreckte aus dem Schlaf hoch, als Vadik den gestohlenen Renault durch einen Kreisel lenkte und zu einer Tankstelle einbog, die rund um die Uhr geöffnet hatte. Obwohl es schon kurz vor ein Uhr nachts war, standen mehrere Autos an den Zapfsäulen. Vadik sah sich nervös um, bevor er parkte.

»Wo sind wir?«, fragte Tati und rieb sich die Augen.

»In Scarborough«, antwortete Vadik.

»Wie weit ist es noch bis Whitby?«

»Eine knappe Stunde, schätze ich.«

Vadik stieg aus und betrat den Tankstellenladen, um zu bezahlen. Tati stieg ebenfalls aus und streckte ihre Glieder, die durch das stundenlange Sitzen steif geworden waren. Trotz der unvorteilhaften Kleidung und der biederen Perücke zog sie einige männliche Blicke auf sich, was ihre Nervosität steigerte.

Sie hatten auf ihrem Fluchtweg einen Bogen um die größeren Städte gemacht und waren möglichst abgelegenen Landstraßen gefolgt, auf denen sie zwar langsamer vorwärtskamen, dafür aber sicherer waren. Gegen Abend hatte Tati entschieden, dass es besser war, die letzte Etappe zu ihrem Ziel bei völliger Dunkelheit zurückzulegen. Auf dem Parkplatz eines Sainsbury's-Supermarkts hatten sie gewartet, bis die Sonne untergegangen war, ehe sie weiterfuhren, an grünen Hügeln und Feldern vorbei, die vom Halbmond beleuchtet wurden. Nun war ihr Ziel nicht mehr weit.

Sie dachte an Maxim Zungaya. Onkel Maxim hatte sie ihn genannt, doch das war lange her. Heute war er ein alter Mann. Sie wusste nicht, ob er ihr helfen würde, aber es gab sonst niemanden, den sie fragen konnte. Sie erinnerte sich noch an die Zeit, als er ihr das Schachspiel beigebracht und über ihre Begabung gestaunt hatte. Besiegt hatte sie ihn zwar nie, aber ihm mehrmals ein Unentschieden abgerungen, was bei seinem Können beeindruckend war. Es gab offenbar nicht viele, die ein Schachspiel gegen Onkel Maxim unbesiegt zu Ende brachten. Es waren schöne Nachmittage gewesen, die sie mit Onkel Maxim und ihrem Vater auf dessen Datscha verbracht hatte. Die beiden Männer hatten gelacht und geraucht, während sie das Schachbrett studierte.

Und dann war er plötzlich nicht mehr da gewesen.

Erst Jahre später hatte sie die Wahrheit erfahren. Es war nicht leicht gewesen, damit fertigzuwerden. Maxim hatte Russland verraten, indem er Geheimnisse an den Westen weitergab – für Tati etwas Unverzeihliches. Dennoch war er ihr Onkel Maxim geblieben, der ihr Puppen geschenkt und Schachspielen beigebracht hatte. Sie konnte nicht verstehen oder gutheißen, was er getan hatte, aber nun brauchte sie ihn. Alles andere war unwichtig.

»Was machst du hier draußen?«

Vadik war zurück und sah sie vorwurfsvoll an. »Du sollst doch im Auto bleiben. Je weniger Leute uns sehen, umso besser. Du bist nun mal nicht ganz unscheinbar, vor allem für die Männer.«

»Ich muss Maxim anrufen«, sagte Tati. »Ich will nicht einfach so aufkreuzen. Das wäre riskant.«

»Dann ruf ihn an, aber mach schnell. Ich tanke inzwischen.«

Tati ging in den Laden und wartete zwischen den Regalen, während ein Kunde eine Tüte Chips bezahlte. Als außer ihr niemand mehr da war, ging sie zu der Frau an der Kasse, die gelangweilt in einer Zeitschrift blätterte.

»Würden Sie mir ganz kurz Ihr Handy leihen?«, fragte Tati.

Die Frau blickte nicht von ihrer Zeitschrift auf. »Ist Ihres kaputt?«

»Kein Akku mehr.«

»Dann kaufen Sie sich ein Ladegerät.«

»Bitte. Ich gebe Ihnen fünf Pfund. Ich muss nur einen kurzen Anruf machen.«

Die grauhaarige Frau sah sie finster an, doch als Tati ihr den Schein reichte, schob sie ihr billiges Handy durch die Öffnung im Kunststofffenster. »Aber machen Sie schnell, und glauben Sie ja nicht, Sie können es klauen.«

»Danke.«

Tati ging mit dem Handy auf die Damentoilette und schloss die Tür ab. Sie kannte die Nummer; auf ihr Zahlengedächtnis war Verlass. Sie wählte in der Erwartung, dass der alte Mann jetzt, mitten in der Nacht, eine Weile brauchen würde, um ranzugehen. Doch er hob schon beim ersten Klingeln ab, als ob er auf einen Anruf gewartet hätte. Trotz der vielen Jahre, die vergangen waren, erkannte sie seine Stimme sofort.

»Ja, wer ist da?« Maxim klang angespannt.

»Ein Mädchen, das gern Schach spielt«, antwortete Tati.

Es folgte eine lange Pause. In der Stille spürte sie, wie überrascht er war. »Bist du es wirklich, meine Liebe? Nach so vielen Jahren?«

»Ich bin es.«

»Geht es dir gut?«

»Ich muss dich sehen«, sagte Tati.

Wieder schwieg er einige Augenblicke. »Hast du Ärger?«

»Ja.«

Onkel Maxim war immer schon sehr schlau gewesen. Der Zusammenhang war ihm sofort klar.

»Ich habe gehört, was in London passiert ist«, murmelte er. »Hat es irgendwie damit zu tun?«

»Ja.«

»Wo bist du jetzt?«

»Nicht weit weg.«

»Komm nicht hierher. Ich werde beobachtet.«

Tati war sofort alarmiert. »Meinetwegen?«

»Das weiß ich nicht, aber das Timing ist schon auffällig, meine Liebe. Hier wärst du nicht sicher.«

»Kannst du mir helfen?«

»Aber sicher«, sagte Maxim, ohne zu zögern. »Für dich bin ich immer da. Das hab ich dir doch versprochen, als du noch ein kleines Mädchen warst.«

»Ich will dich nicht in Gefahr bringen.«

»Ich bin ein alter Mann. Es kommt, wie's kommt.«

»Was soll ich tun?«, fragte Tati.

»Ich gebe dir erst mal eine andere Nummer. Ein Handy für Notfälle. Merkst du dir die Nummer?«

»Ja.«

Maxim gab ihr die Nummer durch. »Ruf mich in einer Stunde von einem Münztelefon an. Dann sag ich dir, wo wir uns treffen.«

»Gut.« Sie zögerte einen Augenblick. »Danke.«

»Nichts zu danken. Dass ich dich wiedersehe, ist Belohnung genug.«

Tati beendete das Gespräch, trat aus der Toilette und gab der Frau an der Kasse das Handy zurück. Vadik erwartete sie bereits ungeduldig beim Auto. Er wollte sie küssen, doch sie wandte sich mit einem kalten Ausdruck ab. Wie immer es ausgehen würde – sie war mit ihm fertig. Sie stiegen ein, doch als Vadik den Motor anließ, blickte er in den Innenspiegel und fluchte.

»Was ist?«, fragte Tati.

Sie wollte sich umdrehen, doch Vadik zischte ihr zu: »Nicht hinsehen! Ein Polizeiwagen ist auf den Parkplatz gekommen. Scheiße! Die sind wahrscheinlich hinter uns her.«

»Das kannst du nicht wissen«, erwiderte Tati. »Bleib ganz ruhig und fahr los.«

»Ich muss direkt an ihnen vorbei! Er wird uns sehen, und das Auto auch. Wahrscheinlich suchen längst alle Cops im Land nach uns. Ich habe einen Polizisten erschossen. Das nehmen die sehr persönlich, Tati.«

»Sieh nicht hin.«

Vadiks Blick war auf den Innenspiegel geheftet. »Er steigt aus!«

»Kommt er zu uns?«

»Nein, er geht in den Laden.«

»Dann warte einfach ab. Wenn er drin ist, fahren wir.«

Hinter den Zapfsäulen sah Tati den britischen Polizeibeamten auf die Ladentür zugehen. Er schaute nicht zu ihnen. »Okay«, sagte sie, als er den Tankstellenshop betrat, »fahr los, aber nicht zu schnell. Tu nichts, was irgendwie auffällt.«

Vadik legte den ersten Gang ein und fuhr langsam los. Er musste am Laden vorbei, um zu wenden und auf die Straße aufzufahren. Tati blickte kurz durch das Fenster in den Laden. Sie sah, wie der Cop mit der Frau an der Kasse redete.

Mit deren Handy Tati soeben telefoniert hatte.

War das ein fataler Fehler gewesen?

Durch ihren Anruf hatte sie Onkel Maxims Nummer auf dem Handy hinterlassen.

Doch der Polizist sah nicht nach draußen. Nicht in ihre Richtung. Sie ließ den Atem langsam entweichen, doch erleichtert fühlte sie sich noch nicht.

»Fahr einfach vorbei«, forderte sie ihn auf.

Vadik lenkte den Renault am Polizeiwagen vorbei, bog in den Kreisel ein und fuhr auf die Straße nach Whitby auf. Wenig später rollten sie in der Dunkelheit zwischen Wiesen und Feldern hindurch.

»Das war knapp«, murmelte Vadik.

»Hmmm.«

»Was ist? Stimmt etwas nicht?«

Tati runzelte beunruhigt die Stirn. Ein Polizist, der mitten in der Nacht unterwegs war und kein bisschen neugierig wirkte – das machte sie misstrauisch. Im Scheinwerferlicht des Wagens sah sie nicht weit voraus die Zufahrt zu einem alten Farmhaus.

»Bieg da vorn beim Farmhaus ab«, sagte sie kurz entschlossen. »Dann stell den Motor ab und schalt die Lichter aus.«

»Warum?«

»Tu es!«, blaffte sie.

Vadik trat auf die Bremse, riss das Lenkrad herum und bog ab. Er lenkte den Wagen hinter eine halb verfallene Ziegelmauer und stellte den Motor ab. Mit ausgeschalteten Lichtern waren sie praktisch unsichtbar.

Tati drehte sich auf dem Sitz um und behielt die Straße im Auge.

»Was ist?«, fragte Vadik.

»Sei still.«

Sie brauchte nicht lange zu warten. Eine knappe Minute später fuhr der Polizeiwagen von der Tankstelle vorbei.

Der Cop war auf der Suche nach ihnen.

Bourne fuhr durch die eintönige Landschaft von Yorkshire. Im Mondlicht waren meilenweit nur rostfarbene Büsche zu sehen. Whitby war als schwaches Leuchten am Horizont zu erkennen. Sie hatten eine lange Fahrt hinter sich, zuerst auf der Autobahn, dann auf Landstraßen durch ausgedehnte Moor- und Heidelandschaften. Nova saß neben ihm und sah die meiste Zeit schweigend aus dem Fenster.

Er versuchte, die Erinnerung an ihre gemeinsame Zeit auszublenden. Für ihn war es sicherer, in die Leere und Einsamkeit zurückzukehren, in der er zu Hause war. Der Mann, der er in der Zeit seiner Beziehung mit Nova gewesen war und der tatsächlich an die Möglichkeit einer gemeinsamen Zukunft gedacht hatte, war nur eine Illusion. So wie *Jason Bourne* eine Illusion war.

Seine wahre Identität rief sich ihm jeden Tag aufs Neue in Erinnerung.

Du bist *Cain!*

Du bist ein *Killer!*

Nach Novas vermeintlichem Tod hatte er diese Wahrheit über sich endlich akzeptiert. Er hatte sich in sein Schicksal gefügt, da es nichts anderes mehr gegeben hatte, für das es sich zu leben lohnte. Zwei Jahre hatte er ohne sie verbracht. Zwei Jahre lang hatte er die Bilder und Gedanken verdrängt, die ihn nicht loslassen wollten. Jetzt war sie wieder da. Saß neben ihm, unverändert, immer noch dieses feurige Energiebündel, das sein Leben auf den Kopf gestellt hatte.

Nie würde er ihre erste Begegnung in dem Café an der Moldau in Prag vergessen.

Er hatte allein an einem Fenstertisch gesessen, die Straßenbahnen am Fluss entlangrattern gesehen, Scotch getrunken und der Musik des silberhaarigen Pianisten im Smoking gelauscht. Er war hier, um einen Auftrag zu übermitteln.

Drecksarbeit – eine Eliminierung. Sie hatten Informationen über einen tschechischen Minister gesammelt, der einen weltweiten Pornoring aufgebaut hatte, dessen Opfer zehnjährige Mädchen waren. Es war eine so heikle Angelegenheit, dass Treadstone die tschechische Regierung nicht damit belasten wollte, dass es an die Öffentlichkeit kam. Das Problem sollte anders gelöst werden.

Das war Novas Aufgabe.

Er entdeckte sie am anderen Ende des Cafés. Eine faszinierende Erscheinung. Knapp dreißig, dunkelhaarig, vor Energie sprühend. Sie trug eine graue, tief in die Stirn gezogene Wollmütze, unter der ihre schwarzen Haare auf die Schultern fielen. Ihre Jeans war an beiden Knien zerrissen. Sie hatte sich als Felicity Brand vorgestellt, eine Influencerin für Vitaminpräparate. Das war ihre Tarnidentität, mit der sie sich Zugang zur Welt der tschechischen Models, der hiesigen Drogen- und Pornoszene verschafft hatte.

Er teilte ihr mit, was sie zu tun hatte, und gab ihr die Akte mit allen Informationen. Sie hatte nur eine Frage.

»Auf die harte oder sanfte Tour?«

Bourne wusste, was sie meinte. Was für einen Tod hatten sie für den Minister vorgesehen? Als er sagte, dass das ihre Sache sei, hatte sie nach seinem Glas gegriffen, einen Schluck Scotch genommen und gesagt: »Dann auf die harte Tour.«

In diesem Augenblick hatte er alles gewusst, ihre gemeinsame Zukunft gesehen. Noch bevor sie die nächsten zwei Stunden zusammen in dem Café verbrachten, obwohl das Treffen höchstens zehn Minuten dauern sollte. Lange vor der Mission, während der er an einem griechischen Strand ihren von Tattoos verzierten Körper sah. Lange vor der Nacht in einem Chalet nordöstlich der Stadt Quebec, als sie die Linie überschritten, vor der Treadstone-Agenten sich zu hüten hatten. Nein, er hatte schon nach zwei Minuten gewusst, dass Nova sein Leben für immer verändern würde.

Jason jagte den Wagen die Straße entlang, die schnurgerade durch die Moorlandschaft von Yorkshire führte. Der schwarze Asphalt schimmerte im Scheinwerferlicht. Die Vergangenheit ließ sich nicht abschütteln.

»Ich habe die Frau getötet, die damals auf dich geschossen hat«, sagte er zu ihr.

Überrascht drehte sie sich zu ihm. »Was?«

»In Las Vegas. Es war nicht der Attentäter, der das Massaker angerichtet hatte. Es war eine Frau, die dich eliminieren wollte.«

»Das habe ich nicht gewusst.«

»Alle haben sie Miss Shirley genannt. Sie hat damit geprahlt, dich erschossen zu haben.«

»Ich erinnere mich an sie«, sagte Nova. »Ein widerliches Miststück.«

»Ja. Ich habe sie getötet. Für das, was sie dir angetan hat.«

Nova sah ihn genauso an wie damals in Prag. Es war, als wüsste sie, woran er kurz zuvor gedacht hatte. »Auf die harte oder sanfte Tour?«

»Ziemlich hart.«

Ihre Lippen krümmten sich zu einem leisen Lächeln. »Gut.«

Die nächsten paar Meilen legten sie schweigend zurück, doch das Eis war gebrochen.

»Eines würde mich interessieren«, begann sie schließlich. »Falls du es mir verraten willst.«

»Was?«

»Warum bist du noch dabei?«

Bourne verstand, was sie meinte. *Warum bist du noch bei Treadstone? Warum bewegst du dich immer noch in dieser Welt?*

Warum bist du immer noch Cain?

»Das ist alles, was ich gelernt habe«, erklärte er. »Alles, was ich bin.«

Das Gleiche hatte er letztes Jahr zu Abbey Laurent gesagt, als er sich von ihr verabschiedet hatte.

»Das glaube ich nicht«, entgegnete Nova kopfschüttelnd. »Ich selbst … ich habe wirklich einen Schaden seit dem, was damals mit meinen Eltern passiert ist. Aber du bist anders, Jason. Du musst dieses Leben nicht führen, aber aus irgendeinem Grund tust du es doch. Als ob du dich für irgendetwas bestrafen wolltest.«

»Was sollte ich sonst machen?«, fragte Bourne.

»Ich weiß nicht. Unterrichten. Schreiben. Oder dich irgendwo niederlassen und ein zufriedenes Leben führen. Du hast doch bestimmt Geld zur Seite gelegt. Such dir ein Plätzchen, wo dich keiner findet.« Sie stockte einen Augenblick, ehe sie hinzufügte: »Du könntest Abbey heiraten. Schick ihr eine Tüte von diesen Ahornbonbons, und schreib ihr, dass du sie wiedersehen willst.«

»Warum sagst du das?«

»Weil ich will, dass du glücklich bist.« Nova streckte die Hand aus und berührte sein Gesicht, während er fuhr. »Vielleicht auch, weil ich weiß, dass du mit mir nie glücklich wärst.«

Er drehte sich zu ihr. *Diese Augen!*

»Ich *war* glücklich, damals mit dir.«

Sie sah ihn mit einem traurigen Lächeln an. »Schön, dass du das sagst, aber es wäre nicht gut gegangen. Das wissen wir beide. Wir haben von einer gemeinsamen Zukunft geträumt, aber mit jemandem wie mir kannst du dir keine Zukunft aufbauen.«

Er fragte sich, ob sie recht hatte. Wieder eine Illusion.

»Selbst wenn ich wollte, könnte ich das alles nicht hinter mir lassen«, sagte Jason. »Noch nicht.«

»Warum nicht?«

»Meine Vergangenheit sitzt mir im Nacken. Zum Greifen nah.«

»Glaubst du, du kannst deine Erinnerung zurückgewinnen?«

Er schüttelte den Kopf. »Nein, das nicht. Aber Lennon hat gemeint, ich lebe in der ständigen Angst, meine Vergangenheit könnte mich einholen. Und er hat recht. Ich spüre es. Irgendwann, irgendwo werde ich damit konfrontiert sein. Und dann sind alle um mich herum in größter Gefahr. Darum bin ich lieber allein.«

Er wusste, dass es noch mehr gab, was sie ihm sagen wollte, doch das Klingeln ihres Handys unterbrach sie in ihrem Gespräch. Vielleicht war es besser so. Nova ging ran, hörte einen Augenblick zu und steckte das Handy weg. Es war Zeit, sich wieder auf die Mission zu konzentrieren.

»Ein Polizist hat Tati und Vadik bei einer Tankstelle gesehen«, berichtete sie. »Er ist ihnen gefolgt, hat sie aber verloren.«

»Wo war das?«, fragte Bourne.

»In Scarborough, nahe der Küste. Kotow hatte recht. Sie wollen nach Whitby.«

»Alles klar«, meinte Jason. »Zeit für den Showdown.«

Er trat aufs Gas und fuhr auf die Lichter der Stadt zu.

29

Lennon saß hinter dem Lenkrad eines schwarzen SUV und studierte das Cottage am Meer. Seine Unruhe wuchs mit jeder Minute, die ereignislos verstrich. Hinter den Fenstern brannte Licht, doch Maxim Zungaya war nicht zu sehen. Sein Wagen stand noch in der Garage; der alte Mann machte keine Anstalten, wegzufahren. Lennons Agenten an der Klippe und an der Straße, die am Haus vorbeiführte, hatten noch nichts Auffälliges beobachtet. Keine Spur von Maxim. Auch nicht von Tati und Vadik. Oder Cain.

Lennon fragte sich, ob er sich nicht doch geirrt hatte. Vielleicht dachte Tati gar nicht daran, den alten Freund ihres Vaters um Hilfe zu bitten.

Er sah JoJo von ihrer Erkundungsmission beim Haus zurückkommen. Sie trug eine Jacke, die ihre üppigen Rundungen betonte. Sie war schlau, physisch stark und ein Tiger im Bett, wie er von den drei Nächten wusste, in denen er sie in ihrem dunklen Hotelzimmer besucht hatte. Sie stieg auf der Beifahrerseite ein.

»Ich habe ihn nicht im Haus gesehen«, berichtete sie.

»Bist du sicher, dass er noch da ist?«

»Ich habe ihn jedenfalls nicht herauskommen sehen. Im Schlafzimmer oben sind die Vorhänge zugezogen; vielleicht ist er längst im Bett.«

»Ohne die Lichter im Haus abzudrehen?«, hielt Lennon dagegen. »Das glaube ich nicht.«

»Sollen wir reingehen?«

»Noch nicht. Wir warten noch eine Weile.«

Sie legte eine Hand zwischen seine Beine, und ihre einfühlsamen Finger begannen ihn zu streicheln. »Soll ich machen, dass die Zeit schneller vergeht?«

Er lächelte, nahm aber ihre Hand weg und schüttelte den Kopf. Sie war wirklich ein Tiger. »Nicht jetzt, JoJo.«

»Später vielleicht?«

»Ja, später.«

Lennon sah in den Innenspiegel. Es war weit und breit niemand zu sehen. Nichts deutete auf eine Falle hin. Er betrachtete sein Spiegelbild und vergewisserte sich, dass die Verkleidung perfekt war. Die lange, schmale Nase war am Ende leicht nach unten gekrümmt. Mit den hohen, ausgeprägten Wangenknochen sah er aus wie ein britischer Gentleman. Er trug eine schwarze Kurzhaarperücke und braune Kontaktlinsen. Die rote Narbe auf der Wange war wahrscheinlich das Einzige, woran sich ein eventueller Zeuge erinnern würde. Sie war natürlich nicht echt. Er war ganz in Schwarz gekleidet, sodass er mit der Dunkelheit verschmolz.

»Maxim hat kurz telefoniert«, berichtete JoJo. »Ich habe das Gespräch nicht mitgehört, aber ich habe ihn im Garten gesehen. Er hat besorgt ausgesehen.«

»Und danach?«

»Ist er ins Haus gegangen und nicht wieder herausgekommen.«

»Gib mir den Feldstecher«, verlangte Lennon, doch bevor JoJo ihn aus ihrem Rucksack holen konnte, sah er die Lichter im Cottage ausgehen. Endlich passierte etwas. Ein Fenster nach dem anderen wurde dunkel, zuletzt erlosch auch die

Verandabeleuchtung. Nirgendwo im Haus brannte noch Licht. Er wartete und beobachtete. Sekunden später kam ein Mann aus der Haustür und hinkte weg. Mit dem schwarzen Filzhut und dem Regenmantel entsprach er dem Klischeebild eines Spions. Er ging auf einen Gehstock gestützt.

Lennon erwartete, dass er den Wagen holen würde, doch er ging nicht zur Garage, sondern in Richtung der Parklandschaft am Meer.

»Bleib hier«, forderte er JoJo auf. »Melde dich, sobald es etwas Neues gibt. Sei vorsichtig, falls Cain auftaucht.«

Er stieg aus dem Wagen. Maxim war bereits nahe der Klippe verschwunden, doch der alte Mann würde ihm nicht entwischen. Lennon eilte zum Ende des Blocks und weiter zur Parklandschaft, wo der Wind vom Meer spürbar kälter geworden war. Es gab keine Beleuchtung bei der Klippe, doch im Mondlicht war der kleine, leicht gebückt gehende Mann gut zu erkennen, der sich in westlicher Richtung von der Stadt entfernte.

Aus der Gegenrichtung tauchte einer seiner Männer aus dem hohen Gras auf wie ein Vampir. Lennon hörte ihn über Funk.

»Soll ich an ihm dranbleiben?«

»Nein, das übernehme ich selbst. Bleib, wo du bist.«

Lennon ließ genug Abstand; der alte Mann konnte ihn unmöglich abschütteln. Maxim blieb auf dem Weg und kam an einem Abschnitt vorbei, wo die Häuser nahe an der Klippe standen. Zwischendurch blieb er kurz stehen und schaute zu den Wellen hinunter, die sich am Strand brachen, wie man es von einem Spion erwarten konnte, der das Geschehen um sich herum im Auge behielt. Nur zurück schaute er nie.

Maxim ging sehr langsam. Lennon sah auf die Uhr; der Mann war schon fünfzehn Minuten unterwegs. Noch war nicht abzusehen, wohin der alte Russe ging. Es deutete auch nichts darauf hin, dass er sich mit jemandem treffen wollte. Bald ließ er die letzten Cottages hinter sich und hinkte die Landzunge entlang, nur noch von grünen Hügeln und der langen Meeresküste umgeben.

Dann blieb Maxim plötzlich stehen. Lennon blieb auf Abstand, wartete und beobachtete.

War das der Treffpunkt?

Lennon schlich ein Stück weiter am Hügel entlang, wo er mit seiner schwarzen Kleidung so gut wie unsichtbar war. Ein winziger Lichtpunkt flammte auf – offenbar ein Feuerzeug. Sekunden später wehte der Geruch von Zigarettenrauch zu ihm herüber.

Merkwürdig.

Irgendetwas stimmte hier nicht.

Lennon hatte die Akte über Maxim Zungaya eingehend studiert. Moskau behielt den Mann im Auge, für den Fall, dass man doch noch beschließen würde, ihn zu eliminieren. Zu diesem Zweck hatte man auch seine aktuelle Gesundheitsakte gehackt. Lennon erinnerte sich ganz genau, was in der Akte stand.

Maxim hatte das Rauchen schon vor Jahren aufgegeben.

Lennon musste erkennen, dass er sich hatte täuschen lassen. Dennoch war es beeindruckend, wie der alte Spion ihn ausgetrickst hatte.

»Pete, Meldung«, murmelte er ins Funkgerät. Pete war der Mann, der an der Straße hinter Maxims Haus positioniert war.

»Pete«, wiederholte er.

Es kam keine Antwort. Natürlich nicht. Pete war tot.

Lennon kam aus der Deckung und rannte den Weg hinunter. Der Mann vor ihm wirkte kein bisschen überrascht. Er hatte auf seinen Verfolger gewartet und sich wahrscheinlich schon gefragt, wie lange es dauern würde, bis die List aufflog.

Der Mann drehte sich zu ihm um. Im Mondlicht war das Gesicht unter dem Filzhut zu erkennen.

Es war nicht Maxim Zungaya.

Der Mann, der im gleichen Alter wie Maxim war, hob seinen Stock mit beiden Händen wie ein Soldat der Leichten Brigade, der zum Angriff überging. Er drückte auf den Griff des Stocks, und eine dreißig Zentimeter lange Klinge mit gesägter Schneide kam zum Vorschein. Der Mann stieß sie in Lennons Richtung, und sein wettergegerbtes Gesicht verzog sich vor grimmiger Entschlossenheit.

»Na los, Kumpel«, sagte der Alte. »Lass sehen, was du draufhast.«

Maxim schaute auf das Blut an seinen Händen. Es war lange her, seit er das letzte Mal blutige Hände gehabt hatte. Er hatte damit gerechnet, dass jemand auf ihn warten würde, wenn er sich hinter dem Haus davonschlich. Ebenso hatte er zu Recht angenommen, dass es ein junger, arroganter Kerl sein würde, der einen alten Spion nicht als ernst zu nehmende Bedrohung betrachtete.

Er hatte den Mann im Auto sofort gesehen, war hingegangen, hatte ans Fenster geklopft und einen Schuss abgefeuert, der im Rauschen der Brandung kaum zu hören war. Er durchsuchte den Toten nach Papieren, fand jedoch keine, dafür ein Messer und eine Pistole. Der Mann war eindeutig ein Killer. So wie die blonde Frau, die zuvor zum Haus gekommen war.

Er hatte es mit einem Killerkommando zu tun, das wahrscheinlich nicht nur seinetwegen hier war.

Diese Leute waren auch hinter Tati Reznikowa her.

Maxim fuhr mit Seymours 1986er-Volvo durch die stillen Straßen von Whitby. Er ließ die Spiegel nicht aus den Augen, doch es deutete nichts darauf hin, dass er verfolgt wurde. Die List hatte funktioniert. Seymour hatte ihm die nötige Zeit zur Flucht verschafft.

Sein Freund hatte nicht überrascht gewirkt, als Maxim um ein Uhr nachts an seine Tür geklopft hatte. Nach zwanzig Jahren legten sie die Rollen ab, die sie einander vorgespielt hatten, und Maxim bat ihn um Hilfe, von Spion zu Spion. Seymour hatte sich sofort bereit erklärt, statt Maxim zur Klippe zu gehen, obwohl dem Ex-MI-5-Agenten bewusst war, dass es sein letzter Einsatz sein konnte.

Maxim fuhr ins Zentrum der Stadt, in der er seit Langem zu Hause war. Wieder einmal verspürte er Sehnsucht nach Sotschi, wo er seine Kindheit verbracht hatte, doch als er 1975 die erste streng geheime Akte weitergegeben hatte, war ihm bereits klar gewesen, dass er seine Heimat eines Tages für immer würde verlassen müssen. Falls er sie überhaupt noch verlassen konnte. Whitby war ein guter Ort, um seinen Ruhestand zu genießen und sich zu verstecken. Er kam an den vertraut gewordenen Backsteinhäusern vorbei, an den Pubs und Restaurants, die er seit Jahren besuchte. Mit jedem Ort verbanden ihn Erinnerungen. Wie Seymour war auch ihm bewusst, dass er das alles vielleicht nie wiedersehen würde. Er wusste nicht, was das Treffen mit Tati bringen würde – nur, dass es mit Sicherheit gefährlich war. Vielleicht tödlich.

Trotzdem genoss er den Adrenalinschub, den dieser wahrscheinlich letzte Feldeinsatz mit sich brachte. Für einen kurzen Augenblick fühlte er sich wieder jung.

Er überquerte die Brücke über den Esk im Osten der Stadt. Dann bog er rechts ab und fuhr ein Stück am Fluss entlang, vorbei an den Segelbooten, die am Ufer vertäut waren. Wenig später erreichte er die Abzweigung zu einer Straße, die den Hügel hinaufführte. Der alte Volvo quälte sich den steilen Anstieg hoch, bis Maxim auf der Hochebene bei der Klippe ankam. Die Häuser verschwanden hinter ihm. In der Ferne sah er die Ruine von Whitby Abbey als imposante Silhouette im Mondlicht. Sein Weg führte ihn an weitläufigen Wiesen vorbei zu den Überresten des alten Benediktinerklosters, durch dessen leere Fensterbögen der Nachthimmel zu sehen war. Es war ein gespenstischer Ort.

Gegenüber der Ruine stand ein kleines Farmhaus. Tommy Beyer, Seymours Sohn, hatte es in monatelanger Arbeit ausgebaut und renoviert, um es an Urlaubsgäste zu vermieten. Die Ferienanlage lag am Rand der Klippe. Ein Zaun hielt die Wanderer davon ab, sich zu nahe an den Abgrund zu wagen. Maxim bog in die Auffahrt ein, die bei einem Holzzaun endete. Sein Auto war nicht das einzige. Vor ihm parkte ein cremefarbener Renault im Gras. Als er den Motor abstellte, ging die Beifahrertür des Renault auf, und eine Frau stieg aus.

Trotz der vielen Jahre, die vergangen waren, erkannte Maxim sie auf Anhieb. Tati Reznikowa.

Er stieg aus und trat in den Wind, der über die Klippe hinwegfegte. Dass Tati eine Perücke getragen hatte, sah er, als der Wind sie ihr vom Kopf wehte, sodass ihre zerzausten blonden Haare zum Vorschein kamen. Sie lief durchs Gras auf ihn zu und umarmte ihn.

»Onkel Maxim.«

»Tati.« Mit ausgestreckten Armen hielt er sie an den Händen und betrachtete sie im Mondlicht. »Wie schön du geworden bist. Aber das habe ich damals schon gewusst.«

»Danke, dass du gekommen bist.« Sie blickte auf seine Ärmel und sah die dunklen Blutspritzer. »O mein Gott, was ist passiert?«

»Ein Mann hat vor meinem Haus auf mich gewartet.«

»Weil ich dich angerufen habe?«

»Vermutlich.«

»Wer?«

»Ich weiß es nicht. Ein Killer. Wenn die es auf mich abgesehen haben, dann auch auf dich.«

Sie schüttelte verzweifelt den Kopf. »Es tut mir so leid! Jetzt habe ich dich auch in Gefahr gebracht! Aber ich weiß einfach nicht mehr, was ich tun soll.«

»Kein Problem. Es war richtig, dass du mich angerufen hast. Das Problem ist, dass wir hier auch nicht mehr lange sicher sein werden.«

»Es gibt so viel, was ich dir sagen muss.« Tati deutete auf den Renault. »Mein Mann Vadik sitzt im Auto. Er hat furchtbare Dinge getan, aber ich glaube nicht, dass es dabei nur um ihn geht. Aus irgendeinem Grund ist auch hinter mir jemand her. Ich muss weg. Fort aus England.«

Maxim nickte. Er war wieder ganz der Spion, der Schachspieler, der mehrere Züge vorausdachte. »Ist der Renault gestohlen?«

»Ja.«

»Wir müssen ihn verstecken.«

»Und was dann?«, fragte sie.

»Ich rufe einen Freund an. Er hat ein Privatflugzeug am Flughafen in Durham. Er hat sich darauf spezialisiert, Dinge zu transportieren, ohne dass die Zollbeamten es mitbekommen. Hoffentlich kann er euch beide aus dem Land schmuggeln. Vielleicht nach Norwegen oder Dänemark.«

»Danke!« Tati umarmte ihn und küsste ihn auf die Wange.

»Damit ist es aber nicht getan, Tati. Wenn es jemand wirklich darauf angelegt hat, dich und deinen Mann zu finden, dann werden diese Leute nicht so schnell aufgeben.«

Ihr Gesicht verdüsterte sich. »Glaub mir, das ist mir klar.«

Maxim schaute sich auf der verlassenen Klippe um. Die Ruine des alten Klosters ragte wie Draculas Schloss in die Höhe. Der schneidende Wind ging ihm durch und durch. Hier draußen fühlte er sich schutzlos und verwundbar. Er fragte sich, wie es

Seymour auf der anderen Seite des Flusses gehen mochte. Ob er vielleicht schon tot war.

»Komm, bringen wir den Wagen erst einmal hier weg, damit man ihn nicht so leicht sieht. Wir müssen uns beeilen, meine Liebe. Die werden nicht lange brauchen, um uns zu finden.«

30

Bourne und Nova näherten sich Maxims Haus vom Meer her und folgten der GPS-Anzeige auf seinem Handy. Der Wind wehte ihnen den Sprühnebel ins Gesicht, während sie an der Klippe entlangliefen. Unter ihnen rollte weiß schäumend die Brandung über den Strand. Sie hatten ihre Pistolen gezogen.

Als sie am Rand der Parklandschaft eine Steinmauer entdeckten, liefen sie durchs nasse Gras darauf zu und schlichen tief geduckt die Mauer entlang. Schritt für Schritt rückten sie vor, bis sie zu dem weißen Cottage gelangten. Die Fenster waren dunkel. Es war mitten in der Nacht und völlig still ringsum. Zu still.

Jason blieb stehen; Nova ebenfalls. Er richtete sich weit genug auf, um über die Mauer zu sehen. Im Garten hinter dem Haus war alles ruhig. Er blickte sich kurz um; es war weit und breit niemand zu sehen.

»Wo sind sie?«, murmelte er.

»Wer?«

»Lennons Leute. Sie sollten eigentlich hier sein.«

»Ob wir zu spät kommen?«, sinnierte Nova.

»Schwer zu sagen.«

Sie näherten sich dem Haus von der Rückseite. Als sie nahe genug waren, blickte Bourne in den Garten und sah einen

Schachtisch aus Marmor. Hier waren sie richtig. Das musste Maxim Zungayas Haus sein. Er schlich mit Nova bis zur Ecke der Mauer, wo die Straße in einer Sackgasse endete. Vor einigen Häusern standen Autos, alle Fenster waren dunkel.

Niemand beobachtete sie.

Niemand hatte auf sie gewartet.

Jason stieg über die niedrige Mauer in den Garten, Nova dicht hinter ihm. Beim Haus schaute er in die Fenster, konnte jedoch keine Bewegung erkennen. Sie kamen zu einer Glastür, die in einen kleinen Wintergarten mit antiken Möbeln führte. Er versuchte sie zu öffnen; sie war unverschlossen.

»Ich gehe nach hinten«, sagte Nova.

Jason nickte. Nova eilte auf einem schmalen Weg zur Garage, während Jason die Glastür öffnete und ins Haus trat. Er lauschte einen Moment lang, hörte aber nur das Ticken einer Standuhr. Mit der Pistole im Anschlag schlich er weiter.

Er überprüfte ein Zimmer nach dem anderen, ohne ein Licht im Haus einzuschalten; seine Taschenlampe genügte vollauf. Nach der Einrichtung und Dekoration zu schließen, hatte Maxim Zungaya seine russische Vergangenheit völlig hinter sich gelassen. Es gab keine Fotografien und Bilder, die irgendeinen Bezug zu Osteuropa aufwiesen. An den Wänden hingen Aquarelle mit Küstenmotiven, die abgenutzten Sofas, Stühle und Tische sahen aus, als hätte er sie bei Haushaltsauflösungen erworben. In der Küche roch es nach Rindfleisch und Zwiebeln, doch es stand kein schmutziges Geschirr mehr herum.

Es gab kein Telefon. Keinen Computer. Keine Kameras.

Bourne stieg die Treppe in den ersten Stock hinauf. Das Bett im Schlafzimmer war gemacht, die anderen Zimmer waren sauber und aufgeräumt. Maxim war nicht im Haus.

Jason kehrte ins Erdgeschoss zurück. In dem dunklen Korridor, der zur Hintertür führte, blieb er abrupt stehen, als er von draußen ein Geräusch hörte. Er hob die Pistole, ließ sie aber gleich wieder sinken, als Nova hereinkam.

»Hast du etwas gesehen?«, fragte er.

Sie nickte. »Da waren Schritte im feuchten Gras. Jemand ist durch die Hintertür rausgegangen. Die Schritte führen zu einer Sackgasse hinter dem Haus. Ich habe mich draußen umgesehen.«

»Und?«

»Ein Mann in einem Mercedes, mit einer Kugel im Kopf. Tot.«

»Maxim?«

Nova schüttelte den Kopf. »Ein junger Mann, wahrscheinlich einer von Lennons Agenten.«

»Dann ist Maxim ihnen entwischt?«

»So sieht's aus. Ich vermute, dass er den Kerl im Auto erschossen hat. Leg dich nie mit einem russischen Spion an.«

»Er trifft sich mit Tati.«

»Wahrscheinlich«, stimmte Nova zu. »Die Frage ist, wo.«

»Gut, dann sind wir hier fertig. Komm.«

Sie eilten zum Wohnzimmer, doch plötzlich blieb Jason stehen. Sie hörten, wie eine Tür geöffnet wurde und jemand ins Haus kam. Sie schalteten ihre Taschenlampen aus und hoben die Waffen. Langsame, schleppende Schritte knarrten auf dem Boden, jemand atmete schwer.

Eine dunkle Gestalt erschien in der Tür. Bourne knipste die Taschenlampe an und sah einen alten Mann ins grelle Licht blinzeln. Sein blutverschmiertes Gesicht stimmte nicht mit dem Foto überein, das sie von Maxim Zungaya hatten. Der Mann machte noch einen hinkenden Schritt, dann brach er zusammen.

Nova schaltete das Licht im Zimmer ein. Der Mann auf dem Boden war schwer verletzt, sein Hemd blutdurchtränkt. Er blutete aus Stichwunden am Hals und an den Armen. Sie knieten sich zu ihm, und er hob mühsam die Hände, um sich zu verteidigen, als er ihre Pistolen sah.

»Interpol«, sagte Nova. »Wer sind Sie?«

»Seymour Beyer«, keuchte der Mann gequält. »Ex-MI-5.«

»Was ist passiert? Können Sie den Täter beschreiben?«

»Ein Profi.« Seymour schüttelte den Kopf. »Groß, dunkle Haare.«

Bourne blickte zu Nova. »Lennon.«

»Ich rufe Hilfe für Sie«, sagte Nova, doch Seymour hielt sie am Arm zurück.

»Lassen Sie's. Es ist zu spät. Sie müssen Maxim finden.«

»Wo ist er? Wissen Sie, wo er sich mit Tati treffen will?«

»Bei der Ruine«, keuchte Seymour. »Whitby Abbey. Mein Sohn hat ein Cottage dort.«

Jason beugte sich zum Gesicht des alten Spions hinunter. »Weiß Lennon, wo Maxim hin ist? Haben Sie es ihm gesagt?«

Seymour hob beide Hände, die gekrümmt waren wie Vogelkrallen. Die Haut um die Knöchel war blauviolett verfärbt. Alle Finger waren gebrochen.

»Tut mir leid«, flüsterte er. »Ich hab nicht durchgehalten. Hab's ihm gesagt, nachdem er mir drei Finger gebrochen hatte. Die anderen … das hat er aus Spaß getan.«

Das leere Cottage roch nach frischer Farbe. Die Möbel waren neu, die Ablageflächen sauber und leer. Sie ließen die Lichter ausgeschaltet, doch Tati saß mit Vadik an einem Tisch, der vom Mondlicht beleuchtet wurde, das durch die Fenster auf der Seeseite hereinfiel. Er trank dunkles Bier aus der Flasche, die sie im Kühlschrank gefunden hatten. Sein Gesichtsausdruck sagte ihr alles. Er war völlig am Boden, von Angst und Schuldgefühlen gepeinigt.

Maxim versuchte, seinen Freund, den Piloten, zu erreichen, der ein Flugzeug besaß.

Tati drehte den Ehering an ihrem Finger hin und her. Sie waren seit etwas mehr als einem Jahr verheiratet. Sie war nie rasend in Vadik verliebt gewesen, aber er schien sie so sehr zu wollen. Jetzt wusste sie, warum. Um sie zu benutzen und zu manipulieren. Sie hätte auf ihre innere Stimme hören sollen, die ihr sagte, dass sie allein besser dran war. Vadik war kein besonders guter Wissenschaftler. Und ein noch schlechterer Liebhaber. Er war in gewisser Weise ganz attraktiv, aber er würde nie wirklich erwachsen werden. Sie hatte sich schließlich eingeredet, dass es mit dreißig an der Zeit sei, zu heiraten und Kinder zu bekommen. Jetzt wusste sie, dass sie einen Fehler gemacht hatte. Wenn sie sich auf eine Partnerschaft einließ, dann musste es ein Mann sein, der ihr ebenbürtig war – und davon gab es nicht viele.

»Ich habe nachgedacht«, sagte Vadik schließlich. »Was wir in Europa machen könnten. Wir können uns ein neues Leben aufbauen.«

»Ja?« Sie versuchte, so zu klingen, als wäre sie interessiert.

»Ich habe schon einen Plan. Er ist vielleicht nicht perfekt, aber ein guter Anfang. Wir könnten uns Jobs als Labortechniker suchen. Auf diesem Niveau werden die Firmen unseren Lebenslauf nicht so genau ansehen. Auch mit neuen Identitäten können wir in der Wissenschaft arbeiten.«

»Und was tun? Reagenzgläser putzen?«, erwiderte Tati. »Mit meiner Qualifikation?«

»Es ist immerhin ein Einstieg.«

Sie hätte ihn ohrfeigen können für seine Blödheit, doch sie unterdrückte ihre Wut. »Ich muss es mir überlegen«, sagte sie ausweichend.

»Tati, wenn ich unsere Situation ändern könnte, würde ich es sofort tun, das weißt du. Aber im Moment sind wir überall in Gefahr. Ich kann nie mehr zu meinem alten Leben zurück. Und für dich gilt das Gleiche. Sobald die mich finden, bringen sie mich um.«

»Dann tun wir, was notwendig ist«, sagte Tati.

Sie blickte auf, als Maxim hereinkam. Er steckte sein Handy weg und blieb vor dem Tisch stehen. Es war seltsam, diesen Mann, den sie seit frühester Kindheit kannte, so alt zu sehen. Er bewegte sich langsam und gebeugt, sah aus, als wäre er geschrumpft. Nur sein Verstand war noch genauso scharf wie früher. Maxim durchblickte die Situation voll und ganz.

»Hast du ihn erreicht?«, fragte Tati. »Den Piloten?«

»Nein. Weder ihn selbst noch seine Frau. Das beunruhigt mich.«

»Glaubst du, jemand weiß, dass er dir helfen könnte?«

»Möglich wäre es. Aber vielleicht ist er ja nur unterwegs.«

»Was sollen wir jetzt tun?«, fragte Tati. »Hier warten?«

Maxim schüttelte den Kopf. »Nein. Wir können nicht in Whitby bleiben. Wir müssen uns auf der anderen Seite des Moorgebiets irgendein abgelegenes Plätzchen suchen. So gewinnen wir erst mal Zeit. Ich werde versuchen, herauszufinden, was mit meinem Freund passiert ist.«

Vadik sprang auf. »Ja! Wir müssen weg hier! Während wir hier herumsitzen, kommen die uns immer näher.«

Tati stand ebenfalls auf und wechselte einen Blick mit Maxim, der ihrem Mann entging. Sie nickte kurz – mehr brauchte sie nicht zu tun. Vadik drehte sich zur Haustür. In diesem Augenblick zog Maxim seine Pistole und fasste sie am Lauf. Der alte Mann hob den Arm über den Kopf und zog Vadik den Stahlgriff der Waffe über den Kopf. Er wusste genau, wo er ihn treffen musste. Mit einem leisen Stöhnen sackte Vadik zu Boden und blieb bewusstlos liegen. Blut lief ihm aus den Haaren.

Tati schaute auf ihren Mann hinunter. Sie wusste, dass sie ihn nie wiedersehen würde. Den Rest der Reise würde sie allein zurücklegen, doch sie hatte keine Schuldgefühle. »Mach's gut, Vadik.«

»Schnell«, drängte Maxim. »Er wird bald wieder aufwachen. Wir müssen los.«

Tati stieg über den bewusstlosen Vadik und folgte Maxim zur Hintertür. Der alte Spion blickte durch das Fenster, dann nahm er sie an der Hand und schlich mit ihr hinaus. Zur Linken ragten die Mauern der Klosterruine vor dem Nachthimmel auf. Zur Rechten verstellte ihnen eine Hecke den Blick auf die Wiesen dahinter. Tati lauschte nach irgendeinem verdächtigen Geräusch im Heulen des Windes und dem Rauschen der Wellen unten an der Klippe.

Dann hörte sie etwas.

Das Brummen von Motoren, das Knirschen von Kies. Mehrere Fahrzeuge, schon ganz nah. Maxim hörte es ebenfalls, und sein Gesicht verfinsterte sich. Er nahm sie an der Hand und eilte mit ihr zum Zaun. Sie hockten sich ins hohe Gras und spähten über die Hecke. Vier dunkle SUV hielten hinter Maxims Volvo. Sie waren höchstens dreißig Meter entfernt. Männer und Frauen stiegen aus, mindestens ein Dutzend, schwarz gekleidet und mit Pistolen und Gewehren bewaffnet. Ein Mann, allem Anschein nach der Anführer, stieg als Letzter aus. Er trat ein paar Schritte beiseite und schaute sich auf dem Gelände um.

»O mein Gott«, murmelte Tati. »Die werden uns umbringen.«

Maxim nahm sie an der Hand und führte sie zu den Nebengebäuden hinter dem Cottage. Er schien genau zu wissen, was er tat, betrat einen alten Pferdestall und deutete auf eine Holzleiter zwischen zwei Boxen.

»Kannst du die Leiter tragen?«, fragte er.

»Ja. Was tun wir damit?«

»Wir müssen über die alte Klostermauer, so gewinnen wir einen Vorsprung.«

Tati nahm die Leiter und trug sie umständlich unter dem Arm, während Maxim zwischen den Gebäuden vorausging, bis sie zu einem Eisentor an der Straße gelangten. Er zog das Tor auf und zuckte zusammen, als das rostige Metall quietschte. Sie überquerten die Straße zu einer zwei Meter hohen Mauer, die das Gelände der Klosterruine umgab. Tati stellte die Leiter an die Mauer.

Maxim hob die Hand und lauschte. »Hörst du das?«

»Was?«

»Klingt seltsam, fast wie ein Insekt. Aber es ist etwas anderes.« Er blickte zum Nachthimmel und schüttelte den Kopf, konnte aber nichts erkennen. »Egal. Beeil dich.«

»Schaffst du es?«, fragte sie ihn.

Er lächelte. »Wir werden es gleich sehen. Ich zuerst. Zieh die Leiter hinter dir herauf.«

Maxim kletterte überraschend behände die Leiter hoch, doch als er auf der anderen Seite hinuntersprang, hörte sie einen Schmerzensschrei, den er nicht unterdrücken konnte. Sie stieg ebenfalls hinauf und verharrte einen Augenblick auf der Mauer, wo sie von Weitem zu sehen war. Dann packte sie die Leiter.

Die Verfolger sahen sie, als hätten sie geahnt, wo sie war. Schüsse krachten. Steinsplitter explodierten in einer Staubwolke. Tati schrie auf, ließ die Leiter fallen und stürzte von der Mauer.

»Tut mir leid, die Leiter ist auf die andere Seite gefallen. Jetzt können sie uns folgen!«

Maxims Blick sagte ihr, dass das nicht die einzige schlechte Nachricht war.

»Ich glaube, mein Knöchel ist gebrochen«, sagte er.

»O nein!«

»Ich kann nicht mehr gehen. Du musst ohne mich weiter.«

»Die bringen dich um!«

»Ohne mich kommst du viel schneller voran. Du musst los, Tati. Kannst du mit einer Pistole umgehen?«

»Ja. Mein Vater hat es mir beigebracht.«

»Nimm sie.« Maxim reichte ihr seine Waffe. Er griff in die Tasche und gab ihr auch ein Reservemagazin.

»Ohne Waffe bist du wehrlos«, meinte sie.

»Das bin ich sowieso«, erwiderte Maxim achselzuckend. »Im Schach gibt es manchmal nur noch eine Möglichkeit – den König umzuwerfen. Jetzt geh schon. Lauf. Wenn dir jemand zu nahe kommt, *erschieß ihn.*«

Tati umarmte ihn fest. Sie hatte Onkel Maxim nach so vielen Jahren endlich wiedergesehen und musste ihn schon wieder verlassen.

»Geh!«, drängte er.

Sie rannte auf die Mauern des alten Klosters zu, um dahinter Schutz zu finden.

31

»Schüsse«, sagte Bourne.

Er trat auf die Bremse, riss das Lenkrad herum und ließ den Wagen ins hohe Gras schlittern. Während er durch die Fahrertür nach draußen sprang, warf sich Nova auf der anderen Seite ins Gras. Vor ihnen verlor sich die schmale Landstraße in der Dunkelheit. Auf einer Seite stand hinter einer Steinmauer die Ruine des alten Klosters, auf der anderen befanden sich mehrere Gebäude inmitten von grünen Wiesen. Dann hörten sie es wieder.

Schüsse.

In der Ferne sah er winzige Gestalten über die Wiese laufen und feuern. Sie waren hinter jemandem her.

»Hilf mir über die Mauer«, sagte Jason. »Dann sieh dich beim Haus um, damit wir nicht wieder einer falschen Spur hinterherjagen.«

Sie überquerten die Straße zur Steinmauer, die das Gelände der Whitby Abbey umschloss. Wortlos ging Nova vor der Mauer in Position und hakte die Finger ineinander. Jason legte einen Fuß in ihre Hände, und sie wuchtete ihn hoch, bis er das obere Ende der Mauer zu fassen bekam. Er zog sich hinauf, schwang die Beine über die Kante und landete weich im hohen Gras.

Er befand sich in der Nähe eines kleinen Teichs, dessen Oberfläche vom kalten Seewind gekräuselt wurde. Das Wasser war von einem hohen Schilfgürtel umgeben. Ein Fußweg führte durch grüne Wiesen zur Klosterruine, deren Türme er etwa hundert Meter entfernt erkennen konnte. Jenseits des Flusses sah er den Lichtschein der Stadt. Am Nachthimmel zogen dunkle Wolkenbänder vorüber.

Mit der Pistole in der Hand rannte Jason tief geduckt durchs hohe Gras. Als er sich der Ruine näherte, krachten erneut Schüsse, die aber nicht ihm galten. Er sah einen Schützen auf der Mauer, ließ sich auf ein Knie nieder, zielte und drückte ab. Von der Kugel in die Schläfe getroffen, stürzte Lennons Agent rücklings von der Mauer.

Vor dem Hintergrund des Nachthimmels konnte er nun auch den Mann erkennen, den der Schütze aufs Korn genommen hatte. Eine Gestalt stand gebeugt im Gras, das Gewicht auf einen Fuß verlagert. Er schien sich nur mit Mühe aufrecht zu halten. Sein Gesicht war im Dunkeln nicht zu erkennen, doch die Haltung deutete auf einen alten Mann hin. Jason konnte sich denken, wen er vor sich hatte.

Maxim Zungaya.

Doch Bourne kam zu spät. Der alte Spion sank bereits zu Boden, wie ein uralter Baum, der, vom Blitz getroffen, langsam fiel. Als Jason bei ihm war, sah er, dass der Mann von mehreren Kugeln in Schulter und Brust getroffen worden war. Sein Gesicht war schmerzverzerrt. Aus mehreren Wunden blutend, lag er schwer atmend im Gras.

Jason beugte sich zu ihm und flüsterte: »Wo ist Tati?«

Der alte Mann schüttelte nur den Kopf.

»Ich will ihr helfen. Ich gehöre nicht zu denen. Ich bin Amerikaner. Wo ist Tati?«

Endlich flüsterte Maxim mit heiserer Stimme: »In der Ruine.«

Wieder krachten Schüsse, diesmal so nah neben Bourne, dass ihm feuchte Erde ins Gesicht spritzte. Er rollte sich ab und sah einen Schützen auf der Mauer, dessen Kugeln ihn durchs Gras verfolgten. Jason gab ein paar ungezielte Schüsse ab, um den Feind zu irritieren, was ihm die nötige Zeit verschaffte, um den Mann aufs Korn zu nehmen. Mit der ersten Kugel traf er ihn in die Schulter, mit der zweiten in den Hals. Der Mann kippte vornüber von der Mauer.

Als Jason zu Maxim zurückkam, atmete der alte Mann kaum noch. Sein starrer Blick war zu den Sternen gerichtet. »Seymour?«, murmelte er.

Jason schüttelte den Kopf. »Es tut mir leid.«

Maxim schloss die Augen und ließ den Atem ganz langsam entweichen. Dann war seine Brust völlig reglos. Er atmete nicht mehr.

Mit einem letzten Blick zur Mauer sprintete Jason durchs Gras zu den Ruinen. Er erreichte das alte Baudenkmal, dessen steinerne Überreste vor ihm aufragten. Das alte Kloster wirkte so leer und verlassen wie eine Geisterstadt. Die Ziegel waren von Moos und Flechten überwuchert. Der Wind pfiff durch die Öffnungen in dem alten Gemäuer, in denen sich einst kunstvolle Glasfenster befunden hatten. Schritt für Schritt schlich er die Mauer entlang. Je weiter er kam, desto weniger war vom alten Mauerwerk übrig. Die Säulen am östlichen Ende erinnerten an abgebrochene Zähne. Vorsichtig näherte er sich einem gotischen Torbogen und trat hindurch. Auf dieser Seite waren nur noch niedrige Mauerreste übrig.

Er horchte in das Heulen des Windes hinein. Im Inneren des Gemäuers war es totenstill, doch er wusste, dass sie hier irgendwo war.

»*Tati!*«, rief Jason.

Sie antwortete mit einem Kugelhagel. Im Dunkeln waren nur ihre blonden Haare zu erkennen, als sie sich hinter einer Säule vorbeugte und auf ihn feuerte. Die Kugeln prallten vom Stein ab und wirbelten Gras und Erde auf. Jason duckte sich hinter die Wand des gotischen Bogens, doch eine Kugel hatte ihn am Oberschenkel gestreift. Er wartete ab, während sie weitere Schüsse abgab, bis ihm ein Klicken verriet, dass das Magazin leer war. In diesem Augenblick sprang er auf und rannte los.

Nicht schnell genug. Sie war geschickt und lud innerhalb weniger Sekunden nach, richtete sich auf und zielte. Die erste Kugel streifte ihn am Hals. Jason sprang zur Seite und duckte sich hinter die nächste Säule. Sie waren nur wenige Meter auseinander – er hinter seiner Säule, sie hinter einer anderen.

»Tati, ich tue Ihnen nichts«, rief er. Ihm war bewusst, dass ihnen nicht viel Zeit blieb. Die Schüsse würden noch mehr Verfolger anlocken. »Ich will Ihnen helfen.«

»Gehen Sie zum Teufel«, zischte sie zurück.

»Ich war mit Clark Cafferty in London.«

Sie antwortete mit einer weiteren Kugel, die zwei Zentimeter neben seinem Gesicht vom Stein abprallte.

»Tati, Sie müssen mir vertrauen.«

»Tu ich aber nicht.«

»Ich werfe Ihnen meine Pistole hin.«

»Na und? Sie haben bestimmt eine zweite.«

»Ich komme mit erhobenen Händen heraus. Wenn Sie wollen, können Sie mich erschießen. Aber es kommen immer mehr bewaffnete Männer über die Mauer. Die werden in wenigen Sekunden hier sein. Wir müssen weg.«

»Was ist mit Maxim?«, rief sie. »Wo ist er?«

»Es tut mir leid. Die haben ihn erschossen.«

Sie nahm es schweigend hin. Doch plötzlich schrie sie auf und schoss in einem Wutausbruch mehrmals in die Luft. Als der Wind für einen Moment nachließ, hörte Jason etwas, das wie Weinen klang.

»Tati, ich werfe Ihnen meine Waffe hin.« Er sicherte die Pistole und warf sie ins Gras. »Ich komme jetzt raus. Ich verspreche Ihnen, ich werde Ihnen helfen.«

Er richtete sich auf, hob die Hände in die Höhe und kam hinter der Säule hervor. Die Mauerreste umringten ihn wie stramm stehende Soldaten. Tati kam ebenfalls aus der Deckung und richtete die Pistole auf seine Brust. Ihre Knie zitterten vor Kälte, blonde Haarsträhnen klebten in ihrem tränenverschmierten Gesicht.

»Wir müssen weg hier«, drängte er. *»Sofort.«*

»Wer sind Sie?«, fragte sie, ohne die Waffe zu senken.

»Mein Name ist Jason Bourne. Als Sie sich in den Wetlands im Schilf versteckt hatten, da kam eine Frau zu Ihnen. Erinnern Sie sich? Schwarze Haare, tätowiert. Sie ist mit mir hier. Wir helfen Ihnen, von hier wegzukommen, aber uns bleibt nicht viel Zeit.«

Jason sah, dass Tati zögerte, während sie mit sich rang, ob sie ihm trauen konnte. Plötzlich riss sie die Augen weit auf und blickte über seine Schulter. Er wusste, was sie sah. Da war jemand hinter ihm. Tatis Mund öffnete sich in einem stummen Schrei, und Bourne warf sich auf den Boden, als die ersten Kugeln über ihn hinwegpfiffen. Er tauchte nach seiner Pistole im Gras, packte sie und feuerte auf einen Mann und eine Frau mit halbautomatischen Gewehren. Er traf den Mann in den Bauch, die Frau an der Schulter. Trotz ihrer Verletzungen feuerten die beiden weiter, nicht auf Tati, sondern auf ihn, doch sie konnten ihre Gewehre nicht mehr ruhig halten. Eine verirrte Kugel traf Tati am Ohrläppchen. Jason schoss zurück, bis das Magazin leer war.

Die Frau sackte zu Boden. Der Mann ebenfalls.

Jason rannte zu ihnen, hob ihre Gewehre auf, schulterte eines und hielt das andere im Anschlag. Als er zu Tati kam, stand sie wie angewurzelt da. Sie war in Schockstarre, Blut tropfte von der Wunde am Ohr. Er trat zu ihr, nahm ihr vorsichtig die Pistole aus der Hand und schob sie in seinen Gürtel.

»Wer sind die?«, murmelte Tati und starrte mit weit aufgerissenen Augen auf die Leichen im Gras. »Wer *waren* sie?«

»Sie arbeiten für einen gewissen Lennon. Haben Sie von ihm gehört?«

Tati schüttelte den Kopf. »Nein.«

»Er ist ein Killer.«

Sie sah ihn an und blinzelte. »Und Sie? Sind Sie nicht auch ein Killer?«

»Ja«, sagte er ohne jede Emotion.

»Wollen Sie mich töten?«

»Sicher nicht.«

»Warum verfolgen die mich?«, fragte sie. »Ich bin keine Terroristin. Ich bin Wissenschaftlerin, sonst nichts.«

»Sie sind die Tochter von Grigori Kotow«, erklärte Bourne.

Ihre Augen drückten Verwirrung aus. »Was hat das damit zu tun?«

Bourne sah, dass Tatis Ohr stark blutete. Er riss ein Stück von seinem zerfetzten Hemd ab und versuchte die Blutung zu stillen. »Es geht um Ihren Vater. Darum hat Cafferty Sie zur Konferenz eingeladen. Es war ihm wichtig, dass Sie aus Russland herauskommen, weil er wusste, dass Sie in Gefahr sind, wenn die Wahrheit herauskommt.«

»Das verstehe ich nicht!«, erwiderte Tati. »Welche Wahrheit? Das ist doch verrückt! Mein Vater ist tot. Er war ein Verräter, ein Spion, deshalb haben sie ihn getötet. Aber das ist Vergangenheit. Ich will gar nicht mehr daran denken.«

Jason nahm Tati am Arm und zog sie zu einem kleinen Erdhügel hinter der Ruine, der von dichtem Gestrüpp bewachsen war. Der niedrige Hügel gab ihnen eine gewisse Deckung. Im Eilschritt zog er sie mit sich, in dem Wissen, dass die Verfolger ihnen auf den Fersen waren.

»Wir müssen hier weg«, drängte er. »Ich erzähle Ihnen alles, wenn wir in Sicherheit sind, aber eins müssen Sie wissen: Ihr Vater ist nicht tot. Er war nicht auf dieser Fähre in Tallinn. Diese Leute wollen ihn immer noch töten – deshalb wollen die zuerst *Sie.*«

Vadik öffnete blinzelnd die Augen. Er lag mit dem Gesicht nach unten auf dem Boden, die Nase blutig vom Sturz. Als er sich an den brummenden Schädel fasste, zuckte er vor Schmerz zusammen. Er rappelte sich auf und musste sich an der Wand abstützen, als sich das Zimmer um ihn zu drehen begann.

Er blickte sich um und stellte fest, dass Tati fort war. Sie hatte ihn eiskalt im Stich gelassen. *Dieses Miststück!*

Er hätte es kommen sehen müssen. Hätte erkennen müssen, was hinter diesen Augen mit dem kühl kalkulierenden Blick vor sich ging. Sie hatte ihn nie in ihre Pläne einbezogen, hatte von Anfang an vorgehabt, ihn zurückzulassen, als sie sich um Hilfe an den alten Mann gewandt hatte.

Vadik taumelte zur Hintertür. Er hatte keine Ahnung, wie lange er bewusstlos gewesen war. Der Flur verschwamm vor seinen Augen. Er wollte die Tür öffnen und griff ins Leere. Tastend bekam er den Griff zu fassen, riss die Tür auf und wankte in die kalte Nachtluft hinaus.

In diesem Augenblick explodierten Schüsse auf der anderen Seite des Cottage. Bei der alten Abtei. Er fasste sich an den Gürtel und stellte fest, dass seine Pistole noch da war. Tati und Maxim hatten sie ihm nicht abgenommen. Er zog die Waffe, schüttelte den Nebel in seinem Kopf ab und ging zum Gartentor.

Er musste weg hier.

Dazu brauchte er einen Plan!

»Vadik!«

Erschrocken fuhr er herum. Eine kleine, athletische Frau mit rabenschwarzem Haar stand an der gegenüberliegenden Hausecke und richtete eine Pistole auf seine Brust. Sie kannte ihn!

»Nicht bewegen, Vadik. Gehen Sie nicht durch das Tor, sonst sind Sie so gut wie tot.«

Er blieb stehen. »Wer sind Sie?«

»Interpol.«

»Scheiße!«

»Wo ist Tati?«

»Die ist abgehauen! Geflohen! Sie hat mich im Stich gelassen, damit die mich umbringen!«

»Lassen Sie die Waffe fallen, und kommen Sie mit«, forderte die Frau ihn auf. »Das Gefängnis ist besser als der Tod, Vadik.«

Das sah er anders. Wenn er wählen musste, würde er lieber sterben. Er würde sich nicht in eine kleine Zelle sperren lassen, nur weil er versucht hatte, den Planeten zu retten. Außerdem würde das Gefängnis ihn auch nicht vor dem Tod bewahren. Diese Leute würden ihn überall finden.

Vadik drückte den Abzug, und die Frau duckte sich hinter die Hausecke. Vadik rannte durch das Tor auf die Wiese hinaus. Er war immer noch benommen und hatte Mühe, sich auf den Beinen zu halten. Nach wenigen Metern sah er Männer bei mehreren Autos stehen, die an der Zufahrtsstraße parkten.

Alle mit Gewehren bewaffnet.

Als sie ihn sahen, hoben sie ihre Waffen und eröffneten das Feuer. In seiner Panik warf sich Vadik auf den Boden und versuchte, sich kriechend in Sicherheit zu bringen. So kam er nicht schnell genug voran, also sprang er auf und rannte. Augenblicke später bohrte sich eine Kugel in seine Schulter.

O mein Gott, die haben mich erwischt!

Er lief im Zickzack durchs Gras, doch die Männer feuerten weiter. Eine Kugel schlug in seine Wade ein, und er sank auf ein Knie nieder. Kriechend erreichte er die Rückseite des Cottage, wo er vor dem Gewehrfeuer geschützt war. Aber sie würden ihn bald finden. Und die Frau ebenfalls. Er musste weg.

Der Renault.

Maxim hatte den gestohlenen Renault hinter einem Pferdestall versteckt. Ob er noch da war? Er rappelte sich auf, humpelte über den Kies hinter dem Cottage und zog eine Blutspur hinter sich her. In seiner Schulter und seinem Bein tobte ein Schmerz wie von Feuer und Eis zugleich. Er fiel hin, stand wieder auf, taumelte zum Stall und stützte sich an der Holzwand ab.

Dahinter stand das Auto.

Vadik schleppte sich zur Fahrertür. Seine Wunden brannten wie tausend Sonnen. Er fingerte in seiner Hosentasche nach dem Schlüssel, zog ihn hervor, ließ ihn fallen und stöhnte frustriert. Mühsam bückte er sich, hob den Schlüssel auf und startete endlich den Motor.

Er legte den Gang ein und holperte durch das hohe Gras zwischen dem Cottage und der Klippe.

Sie warteten schon auf ihn. Vier Bewaffnete. Als sie das Feuer eröffneten, splitterte das Glas des Seitenfensters, und die Karosserie erzitterte von den Einschlägen. Tief geduckt klammerte sich Vadik ans Lenkrad, und der Wagen schlingerte durchs Gras. Wenn er es bis zur Straße schaffte, konnte er die Stadt hinter sich lassen und sich in Sicherheit bringen. Konnte irgendwo neu anfangen.

Doch jemand stand ihm im Weg.

Er fuhr direkt auf einen Mann zu, der auf ihn zu warten schien. Groß, dunkle Haare und völlig ruhig, als die Autoscheinwerfer ihn anstrahlten. Als der Wagen auf ihn zuschlingerte, hob er die Pistole und drückte ab. Nur ein Mal.

Die Kugel durchschlug die Windschutzscheibe. Ein tödliches kleines Loch.

Vadik schaute hinunter und sah das Blut auf seiner Brust. Er wollte einatmen, doch seine Kehle war wie zugeschnürt. Versuchte, die Arme und Beine zu bewegen, doch sie gehorchten nicht mehr den Befehlen seines Gehirns. Er kippte nach vorn auf das Lenkrad, riss es nach links, und der Wagen raste auf den Zaun am Rand der Klippe zu.

Sein Fuß lag bleischwer auf dem Gaspedal, und der Wagen wurde immer schneller. Er konnte den Fuß nicht mehr bewegen.

Vadik spürte nicht einmal mehr, wie der Wagen den Zaun durchschlug. Er spürte nur noch Luft.

Seine Welt sackte nach unten. Das Auto hob ab und flog auf das tosende Wasser zu.

32

Nova sah den Wagen über die Klippe rasen und in der Tiefe verschwinden. Vor der Klippe stand mitten in der Wiese Lennon. Schwarz gekleidet, verschmolz er mit der Nacht. Er sah ganz anders aus als bei ihrem letzten Zusammentreffen in den Wetlands, doch sie wusste sofort, dass er es war. Langsam kam er auf sie zu; trotz der Verkleidung erkannte sie ihn an seinem eigentümlich federnden Gang.

Nova hob die Pistole und drückte ab, doch sie war noch zu weit entfernt, um einen gezielten Schuss abzugeben. Lennon zuckte nicht mit der Wimper, als die Kugel über ihn hinwegstrich. Sie feuerte noch einmal, verfehlte ihn erneut. Es war verschwendete Munition.

Sie fühlte sich schutzlos, so allein mitten im hohen Gras. Nicht weit entfernt legten mehrere Männer ihre Gewehre auf sie an. Sie war ein leicht zu treffendes Ziel, doch keiner drückte ab. Lennon und seine Männer kamen aus zwei Richtungen auf sie zu. Nova wich zum Cottage zurück, schwenkte die Pistole hin und her und fragte sich, wer zuerst abdrücken würde.

Wenn es ihr gelang, die Angreifer zu beschäftigen, konnte sie Jason und Tati wertvolle Zeit verschaffen, um zu fliehen.

Als sie sich der Hecke näherte, die das Cottage umgab, drehte sie sich um und rannte. Sie erwartete, dass die Verfolger das

Feuer eröffnen würden, doch sie taten es nicht. Nova erreichte das offene Tor und blieb stehen. Keine fünf Meter vor ihr stand eine kräftige, blonde Frau in einer bis zum Hals geschlossenen Sportjacke. In den ausgestreckten Armen hielt sie eine Pistole auf Novas Kopf gerichtet. Es gab keinen Ausweg.

Es war, als hätten diese Leute jede ihrer Bewegungen beobachtet. Wo sie auch hinging – überall wartete bereits jemand auf sie.

»Pistole auf den Boden«, blaffte die Frau. »Sofort.«

Nova wog einen Moment lang ihre Optionen ab, doch es gab keine. Sie ging in die Knie, legte die Pistole nieder und richtete sich wieder auf.

»Kicken Sie sie zu mir her.«

Nova tat es. Ihr war klar, dass sie keine Chance hatte. Sie hatte in ihrem Leben oft gekämpft und gesiegt, doch diesen Kampf würde sie verlieren. Die blonde Frau hob die Waffe auf und schob sie in ihren Gürtel. Sie trat näher heran und setzte ihr die Pistole an die Stirn. Der Lauf war heiß; die Frau hatte die Waffe kurz zuvor benutzt.

»Umdrehen. Gehen Sie zurück zum Tor. Keine Dummheiten. Lennon meint, Sie seien gut in Form, aber das bin ich auch. Sie würden mir nur einen Vorwand geben, Sie zu töten.«

Nova ging hinaus auf die Wiese, wo die Männer mit ihren Gewehren auf sie warteten. Sie richteten die langen schwarzen Läufe auf ihre Brust. Ihr Gehirn versuchte immer noch fieberhaft, eine Fluchtmöglichkeit zu finden. Doch was immer sie unternahm, konnte nur auf eine Weise enden: Sie würde tot im Gras liegen.

Nun, da Nova von Bewaffneten umzingelt war, schob die blonde Frau ihre Pistole ins Holster. Sie ging zu Lennon hinüber, der gemächlichen Schrittes auf sie zukam.

»Gute Arbeit, JoJo«, sagte er zur Blondine. »Fessle ihr die Hände.«

JoJo zog einen langen Kabelbinder aus der Tasche, packte Novas Handgelenke und fixierte sie hinter dem Rücken. Sie zog die Plastikfessel so fest zu, dass sie sich tief in Novas Haut schnitt. Dann trat sie ebenso wie die anderen zur Seite, um Lennon Platz zu machen. Direkt vor Nova blieb er stehen und musterte sie mit seltsam eindringlichem Blick.

»Beim letzten Mal wollten Sie mich noch töten«, sagte Nova. »Jetzt haben Sie mich und fesseln mir die Hände? Was wollen Sie?«

Lennon zuckte mit den Schultern. »Pläne ändern sich. Ich brauche Ihre Hilfe.«

»Glauben Sie wirklich, ich werde Ihnen helfen? Sie müssen verrückt sein.«

»Seien Sie sich da nicht so sicher.« Lennon strich ihr über die Haare, und Nova zuckte zurück. »Aber eins nach dem anderen.«

»Das heißt *was?*«

»Cain«, sagte er.

Er blickte zum Himmel und warf JoJo einen auffordernden Blick zu. Sie zog das Handy aus der Tasche und rief eine App auf.

»Bourne hat Tati«, teilte JoJo ihm mit. »Sie sind schon ein gutes Stück entfernt.«

»Dann müssen wir uns beeilen. Aber nicht vergessen – ich brauche das Mädchen lebend. Ihr darf nichts passieren.«

Die Bewaffneten liefen lautlos zur alten Abtei und verschmolzen mit der Dunkelheit. Nova war mit Lennon allein. Nur sie beide im Mondlicht. Er trat hinter sie und tippte ihr zwischen die Schulterblätter, um sie zum Gehen aufzufordern. Sie hätte versuchen können zu fliehen, doch sie wussten beide, dass sie nicht weit kommen würde. Verzweifelt versuchte sie ihre Hände zu befreien, doch die Fessel ließ ihr nicht den kleinsten Spielraum. Also ging sie über die Wiese zur Straße, die an der Mauer der Klosterruine entlanglief.

Von den Bewaffneten und JoJo war nichts mehr zu sehen, doch sie waren unterwegs zur Abtei. Zu Jason.

Er lief geradewegs in die Falle.

Bourne hielt Tati fest an der Hand, während sie zusammen durchs Gestrüpp hetzten. Das Heulen des Windes übertönte die Geräusche, die sie verursachten, doch ihnen blieb nicht verborgen, dass immer mehr von Lennons Leuten über die Mauer kamen und die Verfolgung aufnahmen. Vor ihnen, wo das Gelände etwas abfiel, sah Jason die Umrisse dunkler Gestalten, die auf den Wiesen ausschwärmten, um ihnen den Weg abzuschneiden. Ein halbes Dutzend Bewaffnete bildete einen Halbkreis und zog das Netz langsam zu.

»Wie sollen wir denen entkommen?«, murmelte Tati. »Die sind überall! Fast so, als könnten sie uns sehen!«

Sie hatte recht. Auch er hatte das Gefühl, beobachtet zu werden. Obwohl sie im dichten Gestrüpp verborgen waren, spürte er Lennons Augen auf sich gerichtet.

Unmöglich!

Doch dann wurde ihm bewusst, dass es sehr wohl möglich war. Als er den Himmel absuchte, sah er grüne und rote Lichter hoch über ihnen unter den Wolken. Das Surren des Motors war im Heulen des Windes nicht viel lauter als das Summen einer Fliege.

Eine Drohne. Sie schwebte über der Klippe und beobachtete das Geschehen auf der Erde.

Lennon wusste über jeden ihrer Schritte Bescheid. Er hatte sie ankommen sehen und verfolgte nun ihre Flucht. Das bedeutete, er hatte auch Nova entdeckt, als sie zum Cottage gegangen war.

Er hat sie in seiner Gewalt.

Bourne hob das Gewehr, zielte auf die Lichter der Drohne und drückte ab. Der erste Schuss ging ins Leere. Die Drohne drehte ab und flog weiter. Bourne folgte ihr mit dem Gewehrlauf wie beim Tontaubenschießen. Mit dem zweiten Schuss holte er sie vom Himmel. Die Drohne stürzte nicht einfach ab. Lennon musste einen Selbstzerstörungsmechanismus eingebaut haben, denn das Fluggerät explodierte in der Luft und erhellte den Himmel mit einem kleinen Feuerball, aus dem eine Trümmerwolke herabfiel.

»Wenigstens kann er uns nicht mehr sehen«, meinte Jason.

Trotzdem konnten sie nicht zum Auto zurück, da Lennon dort auf sie warten würde. Jason spähte über das im Wind wogende Gestrüpp hinweg und sah Männer von drei Seiten näher kommen.

»Schnell, auf den Bauch«, forderte er Tati auf.

Sie warfen sich auf den Boden und krochen langsam vorwärts. Nach zwanzig Metern hielt er inne, richtete den Gewehrlauf auf einen der Killer und drückte ab.

Der Schuss löste sich mit einem Krachen.

Der Mann sackte zu Boden.

Jason sah sich um, fand ein neues Ziel und drückte ab. Und noch einmal. Bevor die Angreifer wussten, wie ihnen geschah, setzte er zwei weitere außer Gefecht.

»Schnell«, drängte Bourne. »Hier lang.«

Sie schlängelten sich weiter, um ihre Position zu verändern, bevor die Verfolger, von den Schüssen angelockt, sie fanden. Einer kam direkt auf sie zu. Bourne wartete. Im letzten Moment packte er den Mann am Fußknöchel und riss ihn zu Boden. Dann zog er sein Messer, warf sich auf ihn und schnitt ihm die Kehle durch.

Neben ihm verfolgte Tati die Szene und übergab sich ins Gras.

Jason wollte sie mit sich ziehen, als er ganz in der Nähe eine Bewegung spürte. Ein Angreifer näherte sich und schlug das Gestrüpp mit dem Gewehrlauf beiseite. Bourne drehte sich auf den Rücken und wartete. Als der Mann das Gewehr direkt über ihm schwang, packte er den Lauf und zog ihn mit einem jähen Ruck zu sich. Als der Mann vornüberkippte, hämmerte Bourne ihm die Faust in die Kehle, zog ihn ins Gras und drosch ihm den Gewehrlauf gegen die Schläfe. Der Mann blieb liegen und rührte sich nicht mehr.

Tati starrte ihn mit aufgerissenen Augen an. Ihm war klar, wie er aussehen musste, so verdreckt und blutverschmiert.

»Wer sind Sie wirklich?«, murmelte sie.

»Das sehen Sie doch.«

Vom Adrenalin befeuert, sprang er auf, schwenkte die Waffe und setzte drei Verfolger außer Gefecht. Dann nahm er Tati an der Hand und zog sie hoch.

»Wir müssen weg. Schnell.«

Sie schüttelte den Kopf. »Ich kann nicht mehr.«

»Da kommen noch mehr.«

»Ich kann einfach nicht«, stöhnte sie.

Doch es war ohnehin zu spät. Ein Stück voraus sah Jason Lichter, dann donnerte ein schwarzer SUV durch das Metalltor, das die Abtei von der Straße trennte. Drei weitere Fahrzeuge folgten. Auf der Schotterstraße kamen sie zum Stehen, und ein halbes Dutzend Männer sprang heraus. Es waren zu viele. Sie schwärmten aus, ihre Waffen auf Bourne und Tati gerichtet, doch keiner eröffnete das Feuer. Eine Frau mit wehenden blonden Haaren stieg auf der Fahrerseite eines der Autos aus und ging langsam auf ihn zu.

Die Verfolger hatten es nicht mehr eilig. Sie waren sich ihrer Sache sehr sicher. Die Beute würde ihnen nicht entwischen.

»Lassen Sie die Waffen fallen«, rief die blonde Frau. »Sofort, *Cain*.«

Sie richtete ihr Gewehr auf ihn, drückte aber nicht ab. Er wusste, warum. Sie wollte nicht riskieren, Tati zu treffen. Die brauchten sie lebend. Tati war ihr Druckmittel, um an Grigori Kotow heranzukommen.

Bourne hielt sein Gewehr auf die Frau gerichtet, die langsam auf ihn zukam. Er hätte sie töten können, aber alle konnte er unmöglich ausschalten. Es war eine Pattsituation, in der die Angreifer alle Trümpfe in der Hand hatten. Sie bildeten einen weiten Kreis um ihn, aus dem es kein Entrinnen gab.

»Was sollen wir tun?«, fragte Tati.

»Nichts. Die wollen Sie, nicht mich. Ihnen werden sie nichts tun.«

Jason sah einen Mann aus dem Führungsfahrzeug aussteigen. Groß, schwarze Haare, ein Gesicht, das Bourne noch nie gesehen hatte. Doch die Verkleidung vermochte ihn nicht zu täuschen. Er war es. Doch Lennon war nicht allein. Nova war bei ihm, die Hände hinter dem Rücken gefesselt. Jasons Herz begann zu rasen, als er sie sah.

»Wir sollten alle die Ruhe bewahren«, rief Lennon ihm zu, zog eine Pistole und setzte sie Nova an den Kopf. »Cain, es ist Zeit, den Tatsachen ins Auge zu sehen und aufzugeben. Wenn Sie noch eine Kugel abfeuern, wenn Sie noch einen meiner Männer erschießen, ist Nova tot. Das wollen Sie doch nicht, oder? Legen Sie das Gewehr auf den Boden.«

Bourne rührte sich nicht. Er schaute über die dunkle Landschaft zu Nova. Sie erwiderte seinen Blick mit stiller Leidenschaft. Er wusste, was sie ihm sagen wollte. *Kämpfe. Flieh. Vergiss mich.*

»Wir können einen Deal schließen«, schlug Lennon vor. »Sie geben mir Tati Reznikowa, ich gebe Ihnen Nova. Das ist doch fair, oder?«

Bourne schüttelte langsam den Kopf. »Glauben Sie, ich traue Ihnen?«

Lennon verzog den Mund zu einem Lächeln. »Sie beleidigen mich. Aber Sie haben natürlich recht – Sie kommen hier nicht lebend raus. Diesmal nicht. Die Frage ist nur, ob Nova auch sterben muss. Das haben Sie in der Hand, Cain. Darum schlage ich Ihnen einen anderen Deal vor. Geben Sie Tati heraus, dann werde ich Nova nicht töten. Darauf gebe ich Ihnen mein Wort. Und JoJo wird es kurz und schmerzlos für Sie machen.«

»Jason!«, schrie Nova. »Nimm Tati und *lauf!*«

Lennon drückte ihr die Pistole hart an die Wange, und sie verstummte.

»Sie liebt Sie«, sagte Lennon. »Wie süß. Aber Sie als Profi wissen, wann Sie verloren haben. Warum wollen Sie jemanden mitnehmen? Sehen Sie sich um – es gibt kein Entkommen. Jason Bourne hat oft genug die Oberhand behalten; aber jeder Champion wird irgendwann von einem Herausforderer besiegt.«

Bourne wusste, dass Lennon recht hatte. Es gab keinen Ausweg. Wenn er aufgab, hatten wenigstens Nova und Tati die Chance, zu überleben. Als Cain hatte er dem Tod immer wieder ein Schnippchen geschlagen, doch Jason hatte nie erwartet, dass es für ihn ein Happy End geben würde. Er war immer davon ausgegangen, dass sein Leben eines Tages durch eine Kugel enden würde.

Er spürte das Gewicht des Gewehrs in der Armbeuge, als er sich anschickte, die Waffe niederzulegen. Die blonde Frau vor ihm, die Lennon JoJo nannte, krümmte die breiten Lippen zu einem erwartungsvollen Lächeln.

Dann explodierte ihr Kopf.

Eben noch hatte sie ihn angegrinst. Im nächsten Augenblick schoss eine Wolke aus Blut und Gehirnmasse aus ihrem Schädel hervor.

Eine Millisekunde später folgte das Krachen des Schusses. Dann erhellte ein riesiger Lichtkegel die dunkle Wiese. Ein Knattern und Dröhnen ertönte über ihnen, wurde lauter. Bourne blickte zum Himmel und sah einen schwarzen

Hubschrauber über dem Gelände der Abtei schweben. Die offene Tür spie eine Flamme herab, und ein Mann aus dem Kreis um Bourne wurde von den Beinen gerissen, mit einem riesigen Loch in der Brust.

Jason zog Tati auf den Boden und schützte sie mit seinem Körper. Ein weiterer Scheinwerfer beleuchtete das Gelände – ein zweiter Helikopter brauste von der Küste heran. Lennon rief einen Befehl, und die Männer drehten sich um und rannten zu den Fahrzeugen. Langsam senkten sich die Helikopter zur Wiese herab und wirbelten die Luft zu einem Tornado auf. Die Bordschützen stellten das Feuer ein. Bourne hörte Kies knirschen und Reifen quietschen. Die SUV schlitterten durchs Gras und schossen durch das offene Tor auf die Straße hinaus.

Der erste Hubschrauber landete auf der Wiese. Der andere stieg wieder höher und verfolgte die Fahrzeuge, die zurück zur Stadt rasten. Auf dem Boden liegend, blickte Bourne auf und sah Männer in britischen Militäruniformen durchs Gestrüpp auf sich zukommen. Trotz des ohrenbetäubenden Lärms hörte er das scharfe Bellen eines Hundes.

In der Hubschraubertür zerrte Sugar an der Leine, an der Holly Schultz ihre Hündin festhielt.

Langsam stand Jason auf. Tati versuchte ebenfalls, auf die Beine zu kommen, doch es wollte ihr nicht gelingen. Schließlich schlang sie die Arme um seinen Hals, und er half ihr auf. Von britischen Einsatzkräften umgeben, trug er Tati zum Hubschrauber.

Als er in den Wirbelwind der knatternden Rotoren trat, blickte er zu dem Tor, vor dem eben noch Lennon gestanden hatte. Es war niemand mehr da, außer den Männern, die bei dem Schusswechsel gefallen waren.

Nova war fort. Jason hatte sie verloren.

33

Auf dem Flug zurück nach London wurde Jason von den Schmerzen und Anstrengungen der letzten Stunden eingeholt. Er fror und war hundemüde. Seine Wunden brannten auch noch, nachdem ein Bordsanitäter sie verbunden hatte. Die Schmerzen durchzuckten seinen geschundenen Körper wie elektrische Schläge. Gesicht und Haare waren nass von dem feuchten Tuch, das Holly ihm gegeben hatte, um das Blut abzuwischen.

Tati lag mit dem Kopf an seiner Schulter, die Arme um seine Taille geschlungen. Immer wieder öffnete sie die Augen und schaute zu ihm hoch, ohne zu blinzeln. Sie lächelte nicht; ihre vollen, blassen Lippen zeigten keinen bestimmten Ausdruck. Sie schien ihn als Wissenschaftlerin zu studieren, als suche sie immer noch nach einer Antwort auf die Frage, die sie ihm zuvor gestellt hatte.

Wer sind Sie wirklich?

Er hatte ihre Frage mit Taten beantwortet. Mehr gab es dazu nicht zu sagen. Er war ein Killer. Er war Treadstone. Gegen seine eigene Identität konnte er nicht ankämpfen.

Das rhythmische Knattern des Hubschraubers hatte etwas Hypnotisches an sich. Jasons Kopf sank nach hinten, er schloss die Augen, konnte aber nicht schlafen. Die Erschöpfung wog nicht so schwer wie die Schuldgefühle und der Schmerz. In seinen Gedanken sah er Novas Gesicht, und die Frage, wo sie war und ob sie noch lebte, ließ ihn nicht los.

Er hatte sie im Stich gelassen. Hatte es zugelassen, dass sie Lennon in die Hände fiel.

Es war noch dunkel, als sie am London Heliport landeten, auf einer Plattform, die auf die Themse hinausragte. Jason half Tati aus dem Hubschrauber. Obwohl sie inzwischen allein gehen konnte, klammerte sie sich weiter an ihn und legte den Kopf auf seine Schulter. Er gab ihr Sicherheit, war ihr Rettungsanker auf stürmischer See, wie er mit einer gewissen Beunruhigung registrierte.

Dixon Lewis erwartete sie bereits. Er hatte das Krankenhaus verlassen und trug den Arm in einer Schlinge. Als sie ihn sah, glühten Tatis Augen wie Feuer. Für sie verkörperte er den Albtraum, der über sie hereingebrochen war.

»Schon gut«, flüsterte Jason ihr ins Ohr. »Ich hasse ihn auch.«

Immerhin entlockte er ihr damit ein schwaches Lächeln.

Sie stiegen in eine Limousine ein – auch Sugar – und fuhren durch die leeren Londoner Straßen. Für ihren Schutz sorgten zwei Cadillac-Escalade-SUV mit bewaffneten Agenten. Niemand sprach über das Geschehene – nicht, solange Tati dabei war. Weder Holly noch Dixon fragten Bourne nach Einzelheiten, und niemand erwähnte Grigori Kotow. Sie erkundigten sich auch nicht nach Novas Verbleib. Für die CIA-Leute war sie nur ein Name, der von der Liste der aktiven Personen zu streichen war.

Die Limousine brachte sie zu einem umzäunten Haus in St. John's Wood in der Nähe des Regent's Park. Mit den vier Säulen und der Backsteinfassade sah es aus, als wäre es aus einer noblen Gegend in New England hierher verpflanzt worden. Jason vermutete, dass das Haus hier in London zig Millionen

Dollar wert war. Die Einrichtung war so luxuriös, wie es das Äußere vermuten ließ, mit weißen Marmorböden und goldschimmernden Kronleuchtern.

»Der US-Botschafter wohnt in der Nähe«, teilte Holly ihnen mit. »Dieses Haus gehört dem CEO einer Firma, die für das Verteidigungsministerium arbeitet. Er überlässt es uns gelegentlich zur Nutzung. Hier sind Sie absolut sicher.«

Tati nickte, ohne Jasons Arm loszulassen.

»Wir haben eine Ärztin kommen lassen«, fügte Holly hinzu. »Die wird Sie sicherheitshalber durchchecken.«

»Ich brauche keinen Arzt«, entgegnete Tati.

»Sie haben ein traumatisches Erlebnis hinter sich. Es wäre uns lieber, wenn Sie sich kurz untersuchen ließen, um sicherzugehen, dass Sie keine inneren Verletzungen erlitten haben.«

Jason nickte ihr zu. »Das ist wirklich sinnvoll, Tati.«

»Und du?«, fragte sie. »Du bist verletzt, nicht ich.«

»Ich bin okay. Lass dich erst mal untersuchen.«

»Gut.«

Holly lächelte. »Wunderbar. Es dauert sicher nicht lange. Dann können Sie duschen und ein paar Stunden schlafen. Morgen können wir immer noch über alles reden. Sie haben sicher eine Menge Fragen.«

»Wird Jason hierbleiben?«, fragte Tati.

»Er bekommt das Zimmer neben Ihnen«, versicherte Holly.

»Okay.« Tati zögerte einen Augenblick. »Ist es wahr, was er mir gesagt hat? Dass Papa am Leben ist?«

»Ich weiß, es muss ein Schock für Sie sein – aber ja, es ist wahr.«

»Drei Jahre – und ich habe nichts gewusst. Er hat nie versucht, Kontakt zu mir aufzunehmen. Wie kann das sein?«

»Glauben Sie mir, Grigori hätte es Ihnen liebend gern gesagt«, versicherte Holly. »Ich habe oft mit ihm geredet – er vermisst Sie schrecklich. Wir haben ihm regelmäßig über Sie berichtet. Aber wir hätten Sie beide in große Gefahr gebracht, wenn wir es Ihnen gesagt hätten. Natürlich sorgen wir jetzt dafür, dass Sie ihn wiedersehen können.«

Sie schürzte nachdenklich die Lippen. »Gut.«

Eine indische Krankenschwester im blauen Kittel kam mit einem Stethoskop um den Hals die Treppe herunter. Sie fasste Tati sanft am Ellbogen, und das Mädchen zuckte zusammen. Jason musste Tatis Arm mit sanftem Nachdruck von seiner Taille lösen. Die Schwester ging mit ihr nach oben, doch Tati drehte sich um und fragte: »Du wirst im Zimmer nebenan sein?«

Jason nickte. »Keine Angst. Ich gehe nirgendwohin.«

»Okay.«

Als die beiden oben waren, ließ Holly sich von Sugar ins Wohnzimmer führen, das mit zebragestreiften Möbeln und einem Klavier eingerichtet war. Bourne und Dixon folgten ihr. Holly und Dixon setzten sich; Jason zog es vor, stehen zu bleiben.

»Ich hätte nicht erwartet, Sie hier zu sehen«, sagte er zu Dixon. »Wie geht es Ihnen?«

»Ich werd's überleben«, antwortete der CIA-Agent. »Auch wenn ich Sie damit vielleicht enttäusche. Und Sie? Sie sehen auch nicht gerade blendend aus.«

»Mir geht's gut«, erwiderte Bourne, obwohl die Erschöpfung sich nun doch bemerkbar machte. Er konnte kaum noch die Augen offen halten.

»Sie haben heute sehr gute Arbeit geleistet«, meinte Holly.

»Sie sind im richtigen Moment gekommen. Es war verdammt knapp.«

»Obwohl es natürlich unerfreulich ist, dass wir Nova nicht retten konnten.«

»Ja«, sagte er kühl. Ihn ärgerte ihre Wortwahl. *Unerfreulich.* Als hätte sie den falschen Wein zum Dinner bestellt.

»Ich glaube, Tati braucht Sie jetzt. Sie vertraut Ihnen«, stellte Holly fest. »Das könnte sich als nützlich erweisen.«

»Sie hat einen schweren Schock«, entgegnete Bourne.

»Ja. Nur wird ihr ein weiterer Schock nicht erspart bleiben – wenn ihr klar wird, dass ihr altes Leben vorbei ist. Für sie gibt es kein Zurück. Es wird ihr helfen, jemanden zu haben, dem sie vertraut.«

Bourne blickte zwischen Holly und Dixon hin und her. »Ich würde ihr raten, niemandem zu vertrauen. Auch nicht mir.«

Holly kraulte Sugars Kopf. Ihr Mund verhärtete sich. »Vielleicht habe ich mich nicht klar ausgedrückt. Ich *will*, dass sie Ihnen vertraut. Und dass Sie sie in ihrem Vertrauen bestärken. Sie ist klug und eigenwillig. Wenn sie das Trauma überwunden hat, könnte es sein, dass sie unüberlegte Dinge tut. In diesem Fall wäre es gut, wenn wir davon wüssten.«

»Mit anderen Worten, Sie wollen, dass ich sie belüge.«

»Ist das ein Problem für Sie?«

Jason zog es vor, nicht darauf zu antworten. Es war nicht nötig. Lügen war für ihn wie Atmen.

Für dich gibt es keine andere Wahrheit als die Lüge. Treadstone.

»Ich gehe duschen«, sagte er, um das Gespräch zu beenden. »Und dann ins Bett.«

Holly nickte. »Sicher. Das haben Sie sich verdient. Noch einmal, das war sehr gute Arbeit.«

Bourne ließ die beiden im Wohnzimmer zurück. Er stieg die Treppe hoch, mit der Hand auf das Geländer gestützt. Sein Zimmer befand sich im zweiten Stock. Es war mit einem Kingsize-Bett, Samtvorhängen und Spiegelschränken ausgestattet. Als Erstes suchte er nach eventuellen Überwachungsgeräten; er ging davon aus, dass sie ihn im Auge behalten wollten. Er fand eine Wanze in einem Topf mit Chrysanthemen und eine Minikamera in einem Kronleuchter. Er machte beides unschädlich.

Dann zog er sich aus und ging ins Badezimmer. Die Dusche war mit Glastüren und schwarzen Granitwänden ausgestattet. Er drehte das Wasser auf und ließ sich von dem heißen Strahl massieren. Im ersten Moment brannte das Wasser auf seinen Wunden, doch allmählich fühlte es sich immer besser an. Er schrubbte den Dreck und das Blut von seiner Haut ab, dann schloss er die Augen und stand völlig reglos da. Er hätte im Stehen einschlafen können. Als er fertig war, fühlte er sich wiederbelebt und fast wieder wie ein Mensch. Doch das körperliche Wohlbefinden steigerte nur die seelischen Qualen. Er musste unentwegt an Nova denken, für die er nichts mehr tun konnte.

Jason trocknete sich ab und ging ins Zimmer zurück, das Handtuch um die Taille geschlungen.

Unter der Bettdecke wartete Tati auf ihn. Sie war ebenfalls frisch geduscht, die Haare und ihre nackten Schultern noch feucht. Ihre schwarze Brille lag zusammengeklappt auf dem Nachttisch.

»Hallo«, sagte sie mit seltsamer Höflichkeit. Ihr Gesicht zeigte dieselbe Ernsthaftigkeit wie zuvor.

Er setzte sich zu ihr auf die Bettkante. »Hast du dich untersuchen lassen? Was hat die Ärztin gesagt?«

»Dass ich sehr zäh bin und mir nichts fehlt, und dass ich schlafen soll. Aber ich bin überhaupt nicht müde. Ich bin so aufgedreht. Voller Energie.«

»Das ist das Adrenalin. Wenn das nachlässt, brichst du zusammen.«

»Wirklich? Und du? Wirst du auch zusammenbrechen?«

»Wahrscheinlich. Wir brauchen beide ein paar Stunden Schlaf. Du solltest in dein Zimmer zurückgehen, Tati.«

»Ich will nicht allein sein«, erwiderte sie. »Ich würde lieber hierbleiben. Bei dir fühle ich mich sicher.«

»Ich bin ja da, wenn du mich brauchst.«

Tati streckte die Hand aus und strich mit dem Fingernagel über seine nackte Brust. »Wir können Sex haben, wenn du willst. Es macht mir nichts aus.«

»Nein, können wir nicht. Zwischen uns darf nichts sein. Das ist gegen die Regeln. Aber noch schlimmer wäre, dass ich deine Situation ausnutzen würde. Das werde ich bestimmt nicht tun.«

»Sicher nicht? Vadik wollte jede Nacht Sex. Ich habe es nie wirklich gemocht. Aber irgendwie habe ich das Gefühl, dass es mir mit dir gefallen könnte.«

Jason schwieg.

Ihre Stirn kräuselte sich, als sie an ihren Mann dachte. »Vadik … ist er tot? Weißt du, was mit ihm passiert ist?«

»Ja, er ist tot. Ich habe es im Hubschrauber erfahren.«

»Oh.«

»Es tut mir leid«, sagte er.

»Wenn ich ganz ehrlich sein soll – ich habe ihn nie geliebt. Ich glaube, Liebe ist nichts für mich. Dass Onkel Maxim tot ist, macht mich viel trauriger.« Sie streichelte seine Wange, und ihre Augen drückten Mitgefühl aus. »Die Frau mit den schwarzen Haaren. Da ist etwas in deinen Augen, wenn du von ihr redest. Liebst du sie?«

»Das ist kompliziert.«

»Glaubst du, dass sie tot ist?«

Ihre Frage durchbohrte ihn wie ein Messer. »Ich weiß es nicht.«

»Es tut mir leid«, sagte sie, als sie seine Reaktion beobachtete. »Was ich sage, klingt wahrscheinlich herzlos und unsensibel. Aber so bin ich eben. Eine Wissenschaftlerin. Für mich zählen nur Fakten. Dinge, die sich messen lassen.«

»Schon gut. Ich verstehe, was du meinst.«

Tati schlug die Decke zurück und stieg aus dem Bett. Ihre Nacktheit war ihr kein bisschen peinlich. Ihr Körper war von blauen Flecken übersät. Sie blieb vor ihm stehen, küsste ihn flüchtig auf die Lippen; ihre Haare streiften sein Gesicht.

»Gute Nacht«, sagte sie mit einem kleinen Fragezeichen.

»Gute Nacht.«

Sie machte zwei Schritte zur Tür, blieb dann aber stehen. »Mein Vater lebt also.«

»Ja.«

»Bringst du mich zu ihm?«, fragte Tati.

»Wenn du willst, werden sie dich schon morgen in ein Flugzeug setzen und zu deinem Vater bringen.«

Tati schüttelte den Kopf. »Das habe ich nicht gemeint. Wirst *du* mich zu ihm bringen? Wirst du mich begleiten?«

»Ich weiß nicht, ob die das zulassen«, erwiderte Bourne. »Sein Aufenthaltsort ist streng geheim. Zu seiner eigenen Sicherheit. Und deiner. Nur ganz wenige wissen, wo er sich aufhält.«

»Wenn du nicht mitkommst, verzichte ich.«

Jason dachte an das, was Holly Schultz zuvor gesagt hatte. *Ich will, dass sie Ihnen vertraut.*

»Dann komme ich mit«, sagte er. »Jetzt schlaf erst mal.«

»Tati geht es gut«, sagte Nash zu Grigori Kotow, nachdem er das Telefonat beendet hatte. »Cain hat sie gerettet. Sie ist in einem sicheren Haus in London.«

Strahlend vor Erleichterung sprang Kotow von seinem Stuhl auf, eilte zur Tür und trat auf die Terrasse hinaus. Er schaute in die Dunkelheit zwischen den Mammutbäumen und atmete die Nachtluft ein, lockerte seine Krawatte und öffnete den obersten Hemdknopf. Mit geschlossenen Augen stieß er einen tiefen Seufzer aus. »Danke, Gott.«

Nash trat zu ihm auf die Terrasse. »Ich kann mir vorstellen, wie erleichtert Sie sind.«

»Ich bin gerettet, Rollins. Anders kann man es nicht sagen. Cain hat nicht nur Tati gerettet, sondern auch mich. Bringen Sie sie zu mir?«

»Das haben wir vor. In ein paar Stunden können Sie mit ihr telefonieren, in zwei Tagen werden Sie sie auch sehen. Laut Holly hat sie einiges durchgemacht, aber sie ist unverletzt.«

Der Russe sah ihn stirnrunzelnd an. »Was hat sie durchgemacht?«

»Lennon hätte sie bei einem Angriff in Whitby beinahe in seine Gewalt bekommen. Es war knapp. Ihr Mann Vadik ist tot.«

Kotow holte eine Zigarre hervor und zündete sie an. Der süßliche Rauch mischte sich mit den feuchten Düften des Waldes. »Das ist kein großer Verlust.«

»Leider auch Maxim«, fügte Nash hinzu.

Kotow hob eine Augenbraue. »Wirklich? Das ist ein schwerer Schlag. Ich habe ihn gemocht. Hat er Tati geholfen?«

»Ja. So wie Sie es vermutet haben.«

Mit der Zigarre in der Hand schaute Kotow einen Moment lang in die Dunkelheit, dann zu den unsichtbaren Sternen auf. »Danke, alter Freund. Du warst zwar ein Verräter, aber du bist ehrenhaft aus dem Leben gegangen.«

Nash behielt seine Gedanken für sich. Er hatte diese Heuchelei von Doppelagenten immer wieder beobachtet. Für ihr eigenes Handeln fanden sie gute Gründe, während sie andere verurteilten, die es genauso machten.

»Weiß Tati schon, dass ich lebe?«, wollte Kotow wissen.

»Ja. Cain hat es ihr gesagt.«

»Wie hat sie es aufgenommen?«

»Das weiß ich nicht«, erklärte Nash. »Es war vermutlich ein Schock.«

»Natürlich. Wenn ich ehrlich bin, weiß ich nicht, was ich von ihr erwarten soll. Ich habe Tati drei Jahre nicht gesehen.«

»Sie ist Ihre Tochter und liebt Sie. Das ist das Wichtigste.«

Eine Wolke verdüsterte Kotows Gesicht. »Hoffentlich. Als sie noch klein war, habe ich einmal mit ihr über diese Dinge gesprochen. Ein Gespräch, das jeder Russe in einer höheren Position irgendwann mit seiner Familie führen muss. Ich habe ihr erklärt, wie leicht man in diesem Geschäft denunziert werden und in Ungnade fallen kann. Wie leicht man im Gefängnis landen oder getötet werden kann. Und wenn man noch so loyal gedient hat. Das Risiko ist immer da. Ich habe ihr klargemacht, dass sie sich von mir lossagen muss, wenn es so weit kommt. Dass sie an ihre eigene Zukunft denken muss.«

»Immerhin ist sie jetzt außerhalb von Putins Einflussbereich«, meinte Nash.

»Das stimmt.« Kotow lachte und paffte seine Zigarre. »Ich hätte viel dafür gegeben, sein Gesicht zu sehen, als er erfahren hat, dass ich lebe. Er weiß, dass ich nicht aufgebe. Dass ich alles tun werde, um ihn aus dem Kreml zu vertreiben. Und jetzt habe ich Tati an meiner Seite und kann endlich wieder nach vorn schauen.«

Nash horchte in die Nacht hinein, registrierte jedes kleinste Geräusch. Es war eine alte Gewohnheit, die er in seiner langjährigen Arbeit für Treadstone entwickelt hatte. Egal, wo du bist und wie streng deine Sicherheitsvorkehrungen sind – du musst immer auf deine Sinne hören. Sobald du dich in Sicherheit wähnst, bist du schon in Gefahr.

Das galt gerade auch dann, wenn man ambitionierte Pläne schmiedete. Als erfahrener Spion sollte Kotow das eigentlich wissen; nur leider war sein Ego mindestens so groß wie sein Ehrgeiz.

»Sobald Sie einen Fuß in das Land setzen, werden Sie festgenommen«, mahnte Nash. »Und höchstwahrscheinlich getötet.«

»Nicht, wenn die Silowiki und die Oligarchen mich unterstützen. Die sehnen sich längst nach Veränderung. Wir haben in den letzten drei Jahren den Boden dafür bereitet. Wenn sie erkennen, dass sich ihnen eine Alternative bietet, werden sie mich unterstützen. Und das Volk auch. Ich werde als Held nach Hause kommen. Vielleicht sollte ich mit dem Fallschirm auf dem Roten Platz landen. Glauben Sie mir, nächstes Jahr um diese Zeit bin ich Präsident von Russland. Das war mir immer vorherbestimmt. Und Tati wird an meiner Seite sein.«

Nash lauschte weiter in die Dunkelheit. Irgendwo jenseits des Waldes schlugen die Wellen des Pazifiks gegen den Strand.

»Hoffentlich kommt es so, wie Sie sagen, Grigori«, meinte er vorsichtig.

Der Russe sah ihn mit einem verschlagenen Grinsen an. »Aber? Ich höre da ein *Aber* heraus. Wenn Sie etwas einzuwenden haben, sagen Sie es nur, Rollins.«

»Lennon ist immer noch aktiv«, mahnte Nash. »Es wäre ein schwerer Fehler, ihn zu unterschätzen.«

34

Strawberry Fields Forever.

Den Song hatte Lennon ausgewählt, um Nova zu foltern. Sie wusste nicht, warum. Für sie hatte er keine bestimmte Bedeutung, und doch spielte er ihn immer wieder ab, damit die psychedelische Melodie wie ein Wurm in ihre Gehirnwindungen kroch. Seltsamerweise erzielte er damit die gewünschte Wirkung. Die Musik begann sie in einen Nebel zu hüllen, in dem die Gedanken ihre Schärfe verloren. Nova fragte sich, ob er irgendwelche subtilen Botschaften in dem Song versteckt hatte, um ihr Unterbewusstsein anzusprechen. Oder ob er irgendeine geruchlose Chemikalie in den Raum gesprüht hatte, um ihre Willenskraft zu schwächen.

Sie wusste nicht, wie viele Stunden vergangen waren, seit sie hier war. Anfangs hatte sie noch versucht, die Sekunden und Minuten zu zählen, doch nach einer Weile hatte sie es aufgegeben. Sie war in völliger Dunkelheit an eine Wand gefesselt, die Arme erhoben und die Beine gespreizt wie in Leonardo da Vincis Zeichnung *Der vitruvianische Mensch.* Ihre Hände und Füße waren an der Wand fixiert, ein Metallring um ihren Hals verhinderte, dass sie den Kopf bewegen konnte. Ihre Augen, die mit Klebeband offen gehalten wurden, brannten, während sie in die Dunkelheit starrte.

»Lennon!«, rief sie unwillkürlich. Sie wusste nicht, wo der Killer steckte, doch er konnte sie bestimmt hören. »Lennon, ich werde Ihnen nichts sagen. Sie können mich auch gleich umbringen, falls Sie das vorhaben. Es wird nicht funktionieren!«

In Wahrheit funktionierte es sehr wohl. Es war nicht das erste Mal, dass sie gefoltert wurde, doch das hier war anders. Die Mauer, hinter der sie ihre Emotionen verbarg, begann zu bröckeln.

Es ist bestimmt irgendeine Droge!

Ihr Widerstand war bereits geschwächt, als das erste Bild kam. Zu den Klängen von *Strawberry Fields Forever* erschien eine alte Fotografie an der Wand gegenüber, als würde sie einen Film sehen. Sie wollte die Augen schließen angesichts der plötzlichen Helligkeit nach so vielen Stunden im Dunkeln, doch sie konnte nicht. Was sie sah, war ein fünfjähriges Mädchen mit schwarzen Haaren und einem strahlenden Lächeln. Sie selbst. Das Foto zeigte Nova im Badeanzug an einem griechischen Strand, bis zu den Knien im Wasser. Dieses fröhliche Gesicht. Sie konnte sich nicht erinnern, wann sie zum letzten Mal so gelächelt hatte.

Weitere Bilder wurden an die Wand geworfen, sie erschienen im Rhythmus der Musik. Bilder aus ihrer Kindheit. Wie war Lennon an diese Aufnahmen herangekommen? Eines war klar: Während sie ihn im Auftrag von Interpol gejagt hatte, war auch er nicht untätig gewesen und hatte Informationen über sie gesammelt, die er gegen sie einsetzen konnte. Sie erinnerte sich an alle Plätze, die sie hier vor sich sah, an das türkisblaue Wasser am Strand von Milokopi, an die Ruinen von Korinth mit dem Apollotempel, vor dem sie hier stand.

Nova.

Drei Jahre alt. Vier, fünf, sechs. Und immer dieses Lächeln.

Dann sah sie ihre Eltern. Ihre Mutter mit ihren schwarzen Haaren und den feurigen grünen Augen, die Nova von ihr geerbt hatte. Und plötzlich hörte Nova sogar, wie ihre Mutter mit ihrer süßen, melodischen Stimme ihren Namen rief.

»Nova! Nova, meine Liebe, komm rein!«

Hörte sie ihre Stimme wirklich? Wie war das möglich? Es musste ein Trick sein! Oder vielleicht begann ihr Gehirn schon, in Lennons Sinn zu arbeiten, indem sie die Stille mit ihren eigenen Erinnerungen ausfüllte. Es konnte nicht real sein! *Nichts* war real.

Wurde das nicht auch in dem Song ausgedrückt?

Aber ob es nun real war oder Fantasie – die Stimme rührte etwas in ihr an, eine tief liegende Sehnsucht. Sie führte sie zurück zu den Orten, die sie nicht mehr aufzusuchen wagte.

Dann erschien ihr Vater vor ihr. Ihr Vater, ein paar Jahre älter als ihre Mutter und so durch und durch britisch. Buschige Brauen, kantiges Kinn und dieses souveräne Lächeln, als gehörte ihm die Welt. Als kleines Mädchen hatte Nova nur gewusst, dass ihr Vater ein wichtiger, reicher Mann war, doch viel wichtiger war, dass er, wenn er zu Hause war, nur Augen für sie gehabt hatte.

»Mein süßer kleiner Liebling.«

Sie hörte tatsächlich seine Stimme! Das konnte nicht sein. *Kleiner Liebling.* Niemand wusste, dass er sie so genannt hatte. Und das auch nur, wenn sie unter sich gewesen waren.

Folterte sie sich jetzt schon *selbst?*

»Lennon!«, rief sie erneut. Und dann, noch verzweifelter: »Aufhören!«

Er hörte nicht auf.

Sie wusste, was als Nächstes kommen würde. Die unschuldigen Bilder aus ihrer Kindheit verschwanden, dafür sah sie nun Aufnahmen der zerstörten Jacht, immer noch zu den Klängen von *Strawberry Fields Forever.* Die Leichen, die in Blutlachen auf dem Deck lagen. Die leblosen Augen ihrer Mutter, die sie anstarrten, während sie selbst sich unter dem Bett versteckt hatte. Die Leiche ihres Vaters, mit dem Gesicht nach unten in einer roten Pfütze, die sich zu ihr unters Bett ausbreitete und ihre Kleidung durchtränkte.

»Aufhören!«, schrie sie noch einmal.

Dann Fotos von Nova kurz nach dem tödlichen Anschlag; das Lächeln war für immer erloschen. *Forever*, wie es in dem Song hieß. Ihre Augen waren nun leblos und leer, als wären sie nicht mehr fähig, irgendeine Emotion auszudrücken. Ihr Mund war geschlossen. Sie war verstummt, hatte monatelang kein Wort mehr gesprochen. Alle hatten auf sie eingeredet – Polizisten, Ärzte, Schwestern und Psychologinnen –, hatten ihr Fragen gestellt und ihr versichert, dass alles gut werden würde. Sie hatte geschwiegen. Bis ein Kellner in London ihr sechs Monate später *Kataifi* servierte, ihr Lieblingsdessert. Sie stieß den Teller vom Tisch und sagte: »Das esse ich nie mehr.«

Tatsächlich hatte sie es nie wieder angerührt.

Jedes Mal, wenn der Song endete, wurde es dunkel. Dann begann er wieder von vorn. Und die Fotos erschienen aufs Neue vor ihr. Eins nach dem anderen. Die Musik wurde schneller. Und die Fotos blitzten nur noch kurz vor ihr auf. Das Tempo steigerte sich ins Groteske; es klang, als würde der Song von Mäusen gesungen. Die Verzerrung machte es noch schlimmer.

Sie konnte nicht wegsehen und nicht weinen. Verzweifelt zerrte sie an den Fesseln, doch es half nichts. Sie war gezwungen, es wieder und wieder über sich ergehen zu lassen. »Aufhören«, murmelte sie so leise, dass sie es nicht einmal selbst hörte.

Schließlich, nach unzähligen Wiederholungen, verstummte die Musik. Die Fotos verschwanden, und sie war nur noch von Stille und Dunkelheit umgeben. Ihr Herz hämmerte wie ein Presslufthammer. Sie hatte sich danach gesehnt, dass es aufhörte, doch nun hatte sie Angst vor dem, was als Nächstes kommen würde.

Plötzlich hörte sie eine Stimme an ihrem Ohr flüstern. So unerwartet und nah, dass sie unwillkürlich aufschrie. Er war direkt neben ihr, und sie hatte ihn nicht einmal hereinkommen gehört.

»Sieh dir dieses Mädchen an«, murmelte er.

Das erste Foto erschien wieder an der Wand. Nova am Strand.

»Dieses süße, unschuldige Mädchen«, fügte Lennon hinzu.

Nova hatte keine Wahl; sie musste es ansehen. Das Mädchen strahlte sie an, doch es war ihr fremd. Sie hatte nichts mehr mit diesem Kind gemeinsam. Es war vor vielen Jahren gestorben.

Lennon trat vor sie hin. In dem spärlichen Licht von dem Bild an der Wand konnte sie sein Gesicht nur mit Mühe erkennen. Er sah verändert aus. War es wieder eine Verkleidung?

Oder diesmal sein wahres Aussehen?

Seine Haare waren blond gelockt, die Augen blau. Er war groß und schlank. In einer Hand hielt er eine kleine weiße Flasche. Er hob sie an ihre Augen und drückte fast zärtlich einen Tropfen unter ihr Augenlid. Vielleicht eine Droge, aber wenigstens linderte die Flüssigkeit das Brennen. Nachdem er ihr die Flüssigkeit auch ins andere Auge geträufelt hatte, sah er sie einen Moment lang an, mit einem Blick, der beinahe etwas Erotisches hatte.

»Kleiner Liebling«, raunte er.

»Fick dich.«

Seine Zähne strahlten, als er lächelte. »Dieses Feuer. Das habe ich immer an dir gemocht. Du bist so anders als die anderen, die hinter mir her sind. Weißt du, dass du in den letzten Jahren zu einem richtigen Hobby für mich geworden bist? Ich wollte alles über deine traurige Geschichte wissen. Weil ich geahnt habe, dass wir uns irgendwann in einem solchen Raum gegenüberstehen würden.«

Obwohl ihr Mund staubtrocken war, gelang es ihr, ihm ins Gesicht zu spucken.

Lennon lachte und wischte sich mit dem Ärmel übers Gesicht. »Leidenschaft. Zorn. Mut. Das zeichnet dich aus. Das erwarte ich von Yoko.«

»Yoko?«, murmelte Nova.

»Ja. Manche sind dem sehr nahe gekommen, aber keine war mir wirklich ebenbürtig. Du hast es, dieses gewisse Etwas, das ich mir wünsche.«

»Du willst, dass *ich* die nächste Yoko werde?«

»Exakt. Zusammen kann uns niemand aufhalten.«

»Glaubst du wirklich, dass ich mich darauf einlasse?«

»Heute? Nein, natürlich nicht. Heute bringe ich nur das Samenkorn aus, Nova. Aber früher oder später werden wir zusammen sein. Es ist unvermeidlich, weil wir füreinander bestimmt sind. Wie nennt Jason dich? *Dunkle Lady.* Genau das bist du, und genau das *willst* du sein. Ich verhelfe dir dazu. Dein Schicksal ist an meiner Seite. Irgendwann wirst du es erkennen.«

»Du bist verrückt.«

Sein Gesicht war so nah, dass ihre Lippen sich fast berührten. Seine Augen hatten etwas Magnetisches. »Mag sein. Aber du auch. Ich sehe etwas in dir, etwas Grausames, Wildes, Ungezähmtes. Ich glaube, du hast diesen Weg schon vor vielen Jahren eingeschlagen, als du noch ein kleines Mädchen warst.«

Sie spürte seine Hände auf ihrem Körper. Er trug dünne Leinenhandschuhe, die ihre Haut mit winzigen Stromschlägen reizten, während seine Finger zu intimen Stellen wanderten. Ihrem Hals, ihren Brüsten, ihren Hüften, ihren Schenkeln. Zwischen ihre Beine.

»Ich weiß, dass du in Jason verliebt bist«, fuhr Lennon fort, während er sie mit seinen Fingern quälte. »Aber er wird dich nie wirklich lieben. Er steckt in der Identität fest, die sie ihm verpasst haben. Aus dieser Welt wird er nie ausbrechen.«

»Was erwartest du?« Sie wünschte sich, sie hätte die Beine aneinanderdrücken können. »Dass ich mich in *dich* verliebe?«

»Nein, so groß ist mein Ego nicht, dass ich mir das einbilde. Aber Liebe bedeutet mir nichts; und du bist im Grunde genauso. Gib es zu. Wir zwei sind uns sehr ähnlich. Ich kann dir deine geheimsten Wünsche erfüllen. Die Sehnsüchte, die du niemandem anvertrauen würdest. Die Fantasien, die dich nachts wach liegen lassen. So einen Mann brauchst du wirklich.«

Sie wollte die Augen schließen, um nicht mehr in dieses Gesicht schauen zu müssen. »Sag mir einfach, was du willst. Informationen? Geheimnisse? Sag's mir, dann kann ich Nein sagen, und du kannst mich töten. Ich hab genug von deinen Spielchen.«

»Ich werde dich nicht töten, Yoko.«

»Hör auf, mich so zu nennen!«

»Aber du bist jetzt Yoko.« Seine Stimme klang sanft und neckisch. Seine Finger erkundeten weiter ihren Körper.

»Was *willst* du?«

»Ich will gar nichts. Du bist nur hier, damit ich dir etwas *geben* kann.«

»Was?«

»Ich kann dir dein Leben zurückgeben. Das Leben, das man dir gestohlen hat.«

»Wie, zum Teufel, willst du das anstellen?«

»Indem ich dir die Macht verleihe, die du dir immer gewünscht hast.« Lennon deutete auf das Foto an der Wand. »Nova ist ein hilfloses kleines Mädchen, das sich unter dem Bett versteckt. Aber *Yoko* ist stark. *Yoko* nimmt sich, was sie will, und schuldet niemandem etwas. *Yoko* und *Lennon* können die Welt beherrschen.«

»Ich bin nicht hilflos.«

»Nicht?«

»Nein«, schnaubte sie.

»Gut, dann geh. Geh zurück zu Cain, wenn es das ist, was du willst. Du musst mir nur eine Frage beantworten.«

Sie versuchte sein Spiel zu durchschauen. »Welche Frage?«

Er streifte ihr Gesicht mit seinem und flüsterte ihr ins Ohr: *»Wo will ich hin?«*

»Was?«

»Du hast mich schon verstanden. Sag mir, wo ich hinwill.«

»Du willst an Kotow herankommen, um ihn zu töten«, sagte sie. »Glaubst du, das weiß ich nicht?«

Lennon lächelte und liebkoste sie mit seinen elektrisierenden Fingern. »Wo will ich hin?«

»Hör auf.«

»Müssen wir wieder von vorn anfangen? Mit der Musik und den Fotos? Gut, wenn du unbedingt willst. Ich habe viel Zeit.«

»Tu, was du willst.«

»Mit Nova kann ich tun, was ich will. Aber nicht mit *Yoko.* Wer bist du nun? Wer willst du sein?«

»Ich. Bin. *Nova!*«

Er trat einen Schritt zurück, sodass sein Gesicht im Schatten lag. »Sag mir, wo ich hinwill. Es ist ganz einfach. Du kennst die Antwort, also sag es mir.«

Er zog etwas aus seiner Tasche und drückte auf einen Knopf. An der Wand hinter ihm sah sie ihre Eltern. Auf der Jacht. Ihre Leichen. Ihr Blut. Ihre Augen, die leblos unter das Bett starrten, unter dem sie lag.

»Wo will ich hin?«, fragte er.

»Hör auf!«

»Wo will ich hin? Du weißt es. Sprich es aus, dann bist du frei.«

Er drückte auf einen Knopf. Die Musik setzte wieder ein. Die gesungenen Worte reizten sie – genau das war seine Absicht. Die Wahrheit lag in diesem Songtext. Zwei kleine Wörter, mehr brauchte sie nicht zu sagen. Sie wusste, was er hören wollte, doch es ergab keinen Sinn. Was hatte er davon, wenn sie es aussprach?

Warum tut er das?

»Wo will ich hin?«, fragte er erneut.

Sie biss sich auf die Zunge.

»Du weißt es«, drängte er. »Sag es mir.«

»Nein.«

Die Musik wurde lauter. Und lauter. Der Song endete … und begann von Neuem. Zwei kleine Wörter. Es war so einfach. *Nothing is real, also sag ihm, was er hören will!*

»Wo will ich hin?«

»Nein, nein, nein!«

Sie hörte das Pochen des Beats, und die Bilder wechselten im Rhythmus der Drums. Tod. Blut. Augen. Tod. Blut. Augen. Wieder und wieder. Sie musste die Bilder anstarren und die Musik hören, die ihr Gehirn malträtierte. Was hatte er mit ihr gemacht? Lag es an den Tropfen, die er ihr eingeträufelt hatte? Ihre Muskeln zuckten unkontrolliert, als würden Blitze durch ihre Adern schießen. Sie verlor die Herrschaft über sich selbst.

»Wo will ich hin?«

»Wo will ich hin?«

»Wo will ich hin?«

»Wo will ich hin?«

Sie schrie. Sie konnte es nicht mehr ertragen. Musste die Bilder und den Lärm aus ihrem Gehirn verbannen.

Zwei Wörter. Es war nichts dabei, sie auszusprechen. Es machte keinen Unterschied. *Tu es.*

»Strawberry Fields«, flüsterte sie. Zwei bedeutungslose Wörter. Doch sie wusste, dass es mehr war. Es war die totale Kapitulation.

Die Musik verstummte augenblicklich. Die Bilder verschwanden.

Aus der Dunkelheit hörte sie Lennons Stimme, selbstgefällig und triumphierend. Sie wusste, dass er grinste. »Du sagst es. Dort will ich hin. Und du wirst mich begleiten. Wir sind hier fertig. Ich brauche nichts mehr von dir. Zumindest nicht jetzt. Aber bald. Du musst bereit sein für das, was als Nächstes kommt … Yoko.«

35

Der Junge mit der Hutschachtel kam am Nachmittag zu dem Haus in St. John's Wood. Er stieg aus einem Taxi und legte die Schachtel vor das schmiedeeiserne Tor. Sofort waren Sicherheitsleute zur Stelle, die das Geschehen von der anderen Straßenseite aus verfolgt hatten. Sie packten den Jungen und zerrten ihn ins Haus.

Es war eine achteckige Schachtel, golden mit weißen Punkten, und mit einem dazu passenden Band und einer hübschen Schleife verziert. Unter der Schleife steckte eine Karte, als handle es sich um ein Hochzeitsgeschenk. Auf der Karte stand ein Name in verschnörkelter Schrift.

Jason Bourne.

Als Jason die Karte sah, wusste er, was drin war. Das Gewicht der Schachtel – etwa vier Kilo – bestätigte seinen Verdacht. Die Angst nahm ihm fast den Atem.

Nova.

Er ließ den Jungen im Wohnzimmer von den Sicherheitsleuten bewachen, während er mit der Hutschachtel in das dunkel getäfelte Arbeitszimmer hinüberging und sie auf einen filzbespannten Spieltisch stellte. Er wartete, bis Dixon Lewis und Holly, von Sugar begleitet, herüberkamen. Kaum waren alle anwesend, stieß die Hündin ein durchdringendes Jaulen aus. Holly befahl ihr, still zu sein, doch Sugar wollte sich einfach nicht beruhigen, sodass Holly sie nach draußen bringen musste.

»Sie wittert etwas da drin«, stellte Holly mit einer düsteren Vorahnung fest.

Jason kannte die Ursache für Sugars Aufregung. In der Hutschachtel befand sich etwas Menschliches.

Er legte die Hände an den Deckel, zögerte dann aber. Er wusste nicht, wie er damit umgehen würde, wenn Nova tot war. Wenn Lennon sie ermordet hatte und sich zum Beweis ihres Todes diesen grausamen Scherz erlaubte. Mit einem scharfen Atemzug hob er den Deckel von der Schachtel. Etwas Schweres befand sich darin, in weißes Leinen gehüllt. Vorsichtig entfernte er das Tuch, und ein durchsichtiger Kunststoffbeutel kam zum Vorschein.

Aus dem Beutel starrte ihnen Clark Caffertys Kopf entgegen. Augen und Mund waren offen, als sähe er sich seinem schlimmsten Albtraum gegenüber.

»Heiliger …«, murmelte Jason.

Holly berührte Dixon fragend am Arm, und der CIA-Agent flüsterte ihr zu: »Clark.«

»Es gibt Momente, da ist es ein Segen, nicht sehen zu können«, meinte Holly leise. »Glauben Sie, er war noch am Leben, als das passiert ist?«

»Ich würde sagen, ja«, vermutete Bourne.

»Barbarisch. Warum schickt er ihn uns hierher? Warum jetzt?«

»Um uns zu zeigen, dass er weiß, wo wir sind. Und wo Tati ist.«

»Wir sollten das Haus sofort verlassen und Tati in ein Flugzeug setzen«, entschied Holly. »Je früher wir sie aus London und von Lennon wegbringen, desto besser.«

Dixon schüttelte den Kopf. »Der Jet, den ich angefordert habe, landet erst im Laufe des Abends in Northolt. Wir könnten zwar Caffertys Flugzeug benutzen, das noch in Farnborough steht, aber ich bin dagegen, jetzt zu improvisieren. Wenn wir übereilt handeln, machen wir vielleicht einen Fehler und spielen Lennon damit in die Karten. Genau darauf spekuliert er wahrscheinlich.«

»Das sehe ich auch so«, stimmte Bourne ihm zu. »Im Moment ist Tati hier absolut sicher. Lennon wird nicht versuchen, hier einzudringen.«

»Warum dann diese Provokation?«, fragte Holly. »Was will er uns damit sagen?«

»*Mir*, nicht uns«, erwiderte Jason stirnrunzelnd. »Die Schachtel ist an mich adressiert.«

Was bedeutete, dass sich noch etwas darin befinden musste. Etwas, das mit Nova zu tun hatte.

Er tastete das Innere mit den Fingern ab. Unter dem Leinenstoff fand er eine kleine Schmuckschatulle. Als er sie herausnahm, wehte ihm ein vertrauter Duft entgegen. Novas Parfum. Vorsichtig öffnete er die Schatulle.

Und sah die Goldkette mit der griechischen Münze, die Nova immer um den Hals trug. Die Kette ihrer Mutter, die sie niemals abnahm. Jason hob sie mit einem Finger auf und ließ sie in der Luft baumeln. Die Münze schwang wie ein Pendel hin und her.

In diesem Augenblick kratzte Sugar an der Tür und jaulte durchdringend. Bourne lief es kalt über den Rücken. Er wusste nicht, ob Sugar immer noch auf Clark Caffertys Kopf reagierte oder auf einen anderen Geruch. Er schloss die Augen und drängte seine Emotionen hinter eine Mauer.

Du empfindest nichts! Du bist Cain!

»Der Junge, der die Schachtel gebracht hat«, sagte Bourne mit Nachdruck. »Ich muss mit ihm reden.«

Er umschloss die Kette mit der Faust und ging zur Tür. Holly und Dixon folgten ihm. Draußen lief Sugar aufgeregt hin und her, als Bourne zum Wohnzimmer ging, wo zwei Sicherheitsleute einen vierzehnjährigen Jungen mit zerzausten Haaren bewachten, der dasaß und aussah, als würde er sich gleich in die Hose machen. Bourne gab den Wächtern ein Zeichen, die den Jungen an den Armen fassten und hochzogen.

»Wie heißt du?«, fragte Bourne.

»Alfie«, antwortete der Junge verängstigt. »Alfie Watkins.«

»Wo wohnst du?«

»Stroud Green. Ich muss nach Hause! Sie können mich nicht hier festhalten!«

»Die Polizei hat mit deinen Eltern gesprochen. Sie wissen, dass du hier bist. Wer hat dir die Schachtel gegeben, Alfie?«

Der Junge schwitzte. Seine Augen sprangen zwischen den Gesichtern hin und her. »So ein Typ auf der Straße. Ein Geschenk für einen Freund, hat er gesagt. Eine Überraschung.«

»Hat er dir gesagt, was drin ist? Oder hast du hineingeguckt?«

»Nein! Ich hab sie nicht aufgemacht. Das schwör ich. Ich hab sie nur hergebracht.«

»Wie hat der Mann ausgesehen?«

»Groß. Dunkle Haare, glaub ich, aber er hatte eine Mütze auf. Und so eine schräge Elton-John-Brille.«

»War er allein?«, hakte Bourne nach.

Während Jason vor dem Jungen stand, schnupperte Sugar an seiner geschlossenen Faust, in der er Novas Kette hielt. Dann stieß der Hund ein Jaulen aus, das einem das Blut in den Adern gefrieren ließ. Alfie riss die Augen weit auf und zitterte, als er Sugar wie einen Wolf heulen hörte. Holly redete der Hündin zu, um sie zu beruhigen.

»Ja!«, sagte Alfie atemlos. »Ja, er war allein.«

»Was hat er noch gesagt?«

Der Junge wischte sich mit dem Handrücken über die Nase. »Dass ein Kumpel von ihm heiratet, und ob ich ihm die Schachtel vorbeibringen kann. Er hat mir sechzig Mäuse gegeben! Da hab ich mir gedacht, warum nicht? Ich musste ja nur die Schachtel vorbeibringen, klingeln und wieder ins Taxi steigen. Ich konnte ja nicht wissen, dass mich gleich jede Menge Cops in die Mangel nehmen.«

»Wo hat er dir die Schachtel gegeben?«

»In der Swain's Lane. Ich bin mit dem Bus aus der Schule gekommen.«

»War der Mann zu Fuß unterwegs oder mit dem Auto?«

»Er ist aus so 'nem schwarzen Van ausgestiegen. Wahrscheinlich ein Firmenwagen.«

»Wie kommst du darauf?«, fragte Bourne.

»Der Typ hat so 'ne große Karre mit Rädern geschoben.«

Jasons Gesicht verdüsterte sich. »Hast du gesehen, was er da drin hatte?«

»Nein. Da war 'n Deckel drauf.«

»Und dann?«

»Der Van hat auf dem Parkplatz gestanden. Ich geh vorbei, er sieht mich und pfeift, damit ich rüberkomme. Dann hat er mich gefragt, ob ich die Schachtel abliefere.«

»Auf welchem Parkplatz?«, hakte Jason nach.

»Beim Highgate Cemetery. Mit der Karre hat er irgendwas auf den Friedhof gebracht.«

Auf den Friedhof.

Jasons Magen krampfte sich zusammen. Holly legte ihm die Hand auf die Schulter. Auch sie machte ein betretenes Gesicht.

»Nehmen Sie Sugar mit«, sagte sie. »Gehen Sie nur.«

Sugar zog Bourne auf einem Weg durch ein Gelände, das ihm wie der Garten eines Spukhauses vorkam. Der Himmel war hinter hohen Bäumen verborgen, sodass der Friedhof in graues Dämmerlicht gehüllt war. Weinreben krochen wie Schlangen über die jahrhundertealten Grabsteine. Manche der Grabmale waren mit Engeln oder Wasserspeiern verziert.

Jason hatte eine Hand an der Pistole in der Tasche seiner Lederjacke; in der anderen hielt er die Leine, an der der Hund ihn durch den Friedhof führte. Sugar schien genau zu wissen, wo sie hinwollte. Jason fühlte sich auf Schritt und Tritt beobachtet, aber vielleicht ging es allen so, die diesen Ort besuchten. Man hatte zwangsläufig den Eindruck, dass es von Geistern wimmelte. Er konnte nichts und niemanden hören, doch hinter den alten Grabmalen und Gruften gab es genug Möglichkeiten, sich zu verstecken.

Was bezweckte Lennon? Wollte er sich hier mit ihm treffen? Ihn in eine Falle locken?

Oder wollte er, dass Bourne hier eine grausige Entdeckung machte?

Er hat etwas hergebracht.

Hinter sich hörte er ein scharfes Knacken. Mit der Pistole im Anschlag fuhr Bourne herum. Er blickte sich zwischen den bröckelnden Steinen um und registrierte eine blitzschnelle Bewegung im Gestrüpp. Ein Fuchs mit drahtigem Fell und langer Schnauze sprang auf den Weg, ein totes Kaninchen in den Fängen. Das Tier erstarrte, als es ihn sah. Sugar knurrte, doch Jason hob die Hand, und der Hund beruhigte sich wieder. Tief geduckt verschwand der Fuchs zwischen den Gräbern.

Sugar zerrte an der Leine, um die Verfolgung aufzunehmen. Jason beugte sich hinunter und ließ den Hund an der Schatulle schnuppern, die nach Novas Parfum roch.

»Such sie«, sagte er.

Mit einem Schnauben nahm der Hund die Witterung auf.

Sie liefen durch dichtes Laub, das den Weg säumte. Dann zog Sugar ihn zwischen Farngewächsen zu einem langen, dunklen Durchgang. Der Eingang war von vier Säulen umrahmt, die von Efeu und Flechten überwuchert waren. Er hatte das Gefühl, einen ägyptischen Totentempel zu betreten, und erinnerte sich an die Verse von Shelley.

Seht meine Werke, Mächtige, und erbebt!

Er konnte nur einen kurzen Abschnitt des Durchgangs einsehen. Sugar zerrte an der Leine, doch er hielt sie zurück und trat vorsichtig in den dunklen Korridor. Sie kamen auf der anderen Seite heraus, wo mehrere kreisförmig angeordnete Gruften über eine moosbewachsene Treppe zu betreten waren. Sugar führte ihn hinab; es war wie ein Abstieg in die Hölle.

An der Außenseite des Kreises waren die Zugänge mit dreieckigen Giebeln versehen. Die Gruften im Inneren waren halb verfallen und verwittert. An jedem Zugang war der Name einer Familie in den Stein graviert; die Gruften waren mit Metalltüren verschlossen. Sugar führte ihn zum Grabmal der Familie eines längst verstorbenen Anwalts namens Thomas Galt. Die Hündin blieb stehen und drückte die Schnauze an die schwere Tür.

War das das Ende des Wegs?

Eine tote Ratte lag auf dem Boden. Jason schob sie mit dem Fuß beiseite. »Bleib hier«, befahl er und ließ die Leine los. Die Hündin rührte sich nicht, doch ihre Muskeln waren wie zum Sprung gespannt.

Bourne knipste eine Taschenlampe an und drückte mit der Schulter gegen die Tür, die nur angelehnt war. Mit einem metallischen Knirschen schwang sie auf, und ein muffiger Geruch schlug ihm entgegen. Staub drang ihm in die Kehle und ließ ihn husten. Im Licht der Taschenlampe erschienen ein Steinboden und eine weitere tote Ratte. Entlang der Wand waren die Gräber der Familienmitglieder aufgereiht. Das Metall der Namensschilder war grün angelaufen, die Inschriften unlesbar.

Im Lichtkegel der Lampe sah er sie.

In einem Winkel der Gruft hockte Nova. Lebend. Sein Herz machte einen Sprung.

Als sie das Licht in der Tür sah, kniff sie die blutunterlaufenen Augen zusammen, blinzelte und wich zurück. Jason steckte die Pistole weg und lief zu ihr. Sie war an Händen und Füßen gefesselt und hatte einen Knebel im Mund. Jetzt erst wurde ihm bewusst, dass sie ihn nur als dunkle Gestalt wahrnahm, deshalb richtete er den Lichtstrahl auf sein Gesicht. Als sie ihn erkannte, lief ihr eine Träne über die bleiche Wange. Nur eine.

Er hatte sie noch nie weinen gesehen.

Was ist passiert? Was hat er dir angetan?

Jason hob sie hoch und trug sie aus der Gruft. Sie klammerte sich an ihn, als er mit ihr die Treppe hochstieg, Sugar dicht hinter ihnen. Draußen legte er sie ins hohe Gras, mit dem Rücken an ein großes steinernes Kreuz gelehnt. Mit seinem Messer durchtrennte er ihre Fesseln, dann nahm er ihr den Knebel aus dem Mund. Ihre Lippen waren aufgesprungen, ihre grünen Augen tief in die Höhlen gesunken und gerötet. Die schmutzigen schwarzen Haare hingen ihr schlaff ins Gesicht. Aus einer Innentasche seiner Jacke holte er eine Wasserflasche hervor und ließ sie langsam trinken. Dann goss er ihr ein wenig Wasser übers Gesicht, um ihre Augen zu befeuchten.

»Wie hast du mich gefunden?«, fragte sie mit heiserer Stimme.

Mit einem Kopfnicken deutete er auf Sugar, die ihre Schnauze zwischen sie schob und Nova übers Gesicht schleckte.

»Braves Mädchen«, murmelte Nova.

»Ich habe noch etwas gefunden«, sagte Jason.

Er griff in die Jackentasche und zog die Schatulle hervor, nahm die Kette heraus und zog sie ihr über den Kopf. Die Münze baumelte an ihrer Brust wie in all den Jahren davor. Nova nahm den Anhänger in die Hand und betrachtete die Darstellung des Pegasus auf der Münze.

»Ich hätte nicht gedacht, dass ich dich noch einmal wiedersehe«, murmelte sie dem geflügelten Pferd zu. Ihr Blick hob sich zu Jason. »Oder *dich.*«

Er sah die wunde Haut an ihren Hand- und Fußgelenken. »Wir haben eine Ärztin in dem sicheren Haus.«

»Mir fehlt nichts. Alles okay.«

Ihre Beteuerung konnte ihn nicht überzeugen. Er zögerte einen Augenblick, ehe er fragte: »Was ist passiert?«

Nova lehnte den Kopf zurück und blickte über den Friedhof. »Er hat mich mit meiner Vergangenheit unter Druck gesetzt. Mit meiner Kindheit.«

»Inwiefern?«

»Ich weiß nicht, ob ich es dir erklären kann.«

»Was wollte er damit erreichen? Dich zum Reden bringen?«

»Nein. Er hat mir keine Fragen gestellt. Wollte keine Informationen. Ich weiß nicht, aber es war so, als ob er einfach nur meinen Willen brechen wollte. Zu keinem bestimmten Zweck. Nur um zu zeigen, dass er es kann.«

Jason fragte nicht weiter, doch er sah etwas in Novas Gesicht, das er noch nie gesehen hatte: Angst. Was immer Lennon ihr angetan hatte – er schien sein Ziel erreicht zu haben.

Sie sah tatsächlich *gebrochen* aus.

»Warum hat er mich nicht einfach umgebracht?«, murmelte sie.

»Er ist ein Psychopath«, meinte Bourne.

»Trotzdem hat er mich freigelassen.«

»Nein. Er hätte dich in der Gruft sterben lassen.«

Nova presste die Lippen aufeinander und schüttelte den Kopf. »Ich weiß nicht. Vielleicht wollte Lennon, dass du mich findest. Das gehört alles irgendwie zu seinem Plan.«

»Zu welchem Plan?«

»Kotow zu töten«, sagte sie.

»Er hat sein krankes Spiel mit dir getrieben.«

Nova schlang die Arme um seinen Hals. »Und das macht mir Angst, Jason«, flüsterte sie ihm ins Ohr. »Was ist das für ein Spiel?«

36

Sie verließen das sichere Haus um ein Uhr nachts.

Ein halbes Dutzend Fahrzeuge rollte durch das Tor auf die lange Zufahrt zum Haus, während die Sicherheitsleute die Straße im Auge behielten. Sie verteilten sich auf mehrere Autos. Holly saß mit Sugar in einem Fahrzeug, Dixon in einem anderen. Bourne und Tati befanden sich in einer gepanzerten Limousine, mit Nova auf dem Beifahrersitz. Dann rollte der Konvoi auf einem Zickzackkurs durch die Stadt.

Unterwegs konnte Bourne keine Bedrohungen erkennen. Es gab keine Anzeichen dafür, dass Lennon etwas unternehmen würde; auch nicht, dass ihnen jemand folgte oder sie beobachtete. Dennoch fühlte er sich alles andere als sicher. Ihn beunruhigte vor allem, dass er nicht wusste, was Lennon als Nächstes vorhatte.

Der gefährlichste Feind ist der, der unberechenbar agiert. Treadstone.

Nach einigen Umwegen, um einem eventuellen Hinterhalt auszuweichen, kamen sie schließlich am Flughafen Northolt an. Dixon hatte über ein Unternehmen, das für das US-Verteidigungsministerium arbeitete, einen Gulfstream-Jet organisiert, der sie bereits erwartete. Eine knappe Stunde später waren sie in der Luft und ließen England hinter sich. Die Reichweite des Jets ermöglichte es ihnen, von London ohne Zwischenstopp bis nach Sacramento, Kalifornien, zu fliegen. Von dort würden sie mit dem Helikopter zu einem kleinen Flughafen bei Eureka gelangen, von wo die U.S. Marshals sie zu Grigori Kotows geheimem Aufenthaltsort bringen würden.

Der Flug wurde nirgends registriert, so als hätte er nie stattgefunden.

Sobald die Gulfstream über dem Atlantik war, wurden die Lichter in der Kabine ausgeschaltet. Es war mitten in der Nacht, und sie hatten einen zwölfstündigen Flug vor sich. Dixon saß vorn bei den Piloten. Holly schlief in einem Doppelsitz bei der Cockpittür, mit Sugars Kopf im Schoß. Bourne schaute aus dem Fenster in die bewölkte Nacht hinaus. Tati saß neben ihm, den Kopf an seine Schulter gelehnt.

Nova hatte sich nach hinten zurückgezogen, ein Bein auf einem Sofa ausgestreckt, das andere auf dem Boden. Sie hatte die Augen geschlossen, doch Jason glaubte nicht, dass sie schlief. Seit ihrer Rettung war sie sehr in sich gekehrt. Er machte sich ernsthafte Sorgen um sie.

»Jetzt hast du sie wieder«, murmelte Tati. Sie folgte Jasons Blick, der fast ständig auf Nova gerichtet war.

»Ja.«

»Sie ist schön. Unglaublich schön sogar.«

»Stimmt.«

»Aber sie hat eine raue Schale. Okay, die hast du auch.« Tati streichelte seinen Arm. »Seid ihr ein Liebespaar?«

»Waren wir mal.«

»Vielleicht ja bald wieder.«

»Das glaube ich nicht.«

Tati lächelte. »In anderen Dingen kannst du besser lügen, als wenn es um persönliche Dinge geht. Allein schon, wie du sie ansiehst. Aber sie empfindet das Gleiche für dich, weißt du. Als Frau spürt man so etwas.«

Jason beeilte sich, das Thema zu wechseln. Er wollte nicht über Nova reden. »In ein paar Stunden wirst du deinen Vater wiedersehen.«

»Ja.«

»Bist du aufgeregt?«

Tati zuckte mit den Schultern. »Ich musste ihn aus meinem Leben streichen«, sagte sie in nüchternem Ton. »So ist das in unserem Land. Wer uns verrät, der existiert nicht mehr für uns. Aber so einfach geht das nicht. Es gibt mehr im Leben als Schwarz und Weiß, oder? Ich habe jahrelang heimlich mit Onkel Maxim Schach gespielt, obwohl er ein Verräter war. Als ich ihn wiedersah, war mir klar, dass er mir als Mensch noch genauso wichtig war wie früher. Mit meinem Vater wird es wahrscheinlich nicht anders sein. Auch wenn es nichts an dem ändert, was er getan hat.«

»Hättest du auch mit deinem Vater Schach gespielt, wenn du gewusst hättest, dass er lebt?«

Tati hob den Kopf und hatte einen eisigen Ausdruck in den Augen. »Nein.«

»Das klingt so, als würdest du ihm nicht verzeihen.«

»Es ist keine Frage des Verzeihens. Wir treffen unsere Entscheidungen und müssen damit leben. Was getan ist, lässt sich nicht ungeschehen machen.«

»Mir scheint, du hast auch eine raue Schale«, meinte Jason.

»Das stimmt schon. Aber nicht immer. Zum Beispiel nicht dir gegenüber.«

Sie sah ihn mit unverhohlenem Begehren an, und er spürte ein Knistern zwischen ihnen, wie letzte Nacht, als sie in sein Zimmer gekommen war. Sie strich mit den Fingerspitzen über seine Hand. Ohne zu überlegen, ließ er einen Finger an ihrem Kinn entlangwandern. Eine intime Geste, die er sofort bereute.

Sein Blick schweifte nach hinten zu Nova, die die Augen geöffnet hatte und sie beide beobachtete.

Tati grinste schelmisch. »Sie scheint eifersüchtig zu sein.«

»Dazu hat sie keinen Grund.«

»Nicht? Okay, wenn du es sagst.«

»Mein Job ist es nur, dich sicher zu deinem Vater zu bringen«, stellte Jason klar.

»Und dann? Lässt du mich dann allein? So funktioniert das also?«

»So funktioniert das.«

»Schade.« Ihr Gesicht schien auszudrücken, dass das Leben eine einzige Abfolge von traurigen Ereignissen war. Ein nüchterner Befund. Eine Schlussfolgerung, die sie als Wissenschaftlerin und als Russin zog.

Tati schloss die Augen, um zu schlafen. Jason öffnete seinen Gurt und stand auf. Das Flugzeug war in eine Turbulenz geraten und schaukelte durch die unruhigen Luftmassen. Bourne ging nach hinten und setzte sich neben Nova. Sie trank Mineralwasser aus der Flasche. Ihre Augen hatten einen kühlen, abwesenden Ausdruck, als kämpfe sie mit Dingen, die sie nicht mit ihm teilen wollte.

»Hey«, sagte er.

»Hey.«

»Wie geht's?«

»Wird schon wieder.«

»Tati klammert sich ein bisschen an mich«, erklärte er. »Sie hat viel durchgemacht, da braucht sie jemanden, der ihr ein bisschen Sicherheit gibt.«

»Schon klar. Die Gefühle scheinen auf Gegenseitigkeit zu beruhen.«

»Tun sie nicht.«

»Du musst dich nicht rechtfertigen. Sie ist sehr attraktiv.«

»Holly will, dass ich bei ihr bleibe, bis wir bei Kotow sind. Mehr ist da nicht.«

»Du Glückspilz.«

Jason betrachtete ihr Gesicht. »Du siehst besser aus.«

»Wirklich?«

»Ja. Man sieht dir kaum noch etwas an.«

»Danke.«

Sie wussten beide, dass es gelogen war. Nova hatte geduscht und sich umgezogen. Die einzigen physischen Spuren ihrer Qualen waren die Hautabschürfungen. Aber das war nur das Äußerliche. In ihr drin sah es ganz anders aus.

»Willst du mir nicht erzählen, was Lennon dir angetan hat?«, fragte Jason.

»Nein.«

»Ich könnte dir vielleicht helfen, weißt du. Du musst das nicht allein durchstehen.«

»Ich brauche keine Hilfe. Ich hab's überlebt. Es ist vorbei.«

»Du hast gesagt, er hat versucht, dich auf seine Seite zu ziehen.«

»Ja.«

»Wie?«

Ihr Kopf fuhr herum, ihre grünen Augen bohrten sich in seine. »Er wollte mich zu Yoko machen. Zu seiner Partnerin und Geliebten.«

»Klingt nach einer Karrierechance«, scherzte er.

Ihr Gesicht blieb ernst und angespannt. Sie berührte die griechische Münze, als könne sie ihr ihre innere Sicherheit wiedergeben. »Warum stellst du mir nicht die naheliegende Frage?«

»Das muss ich nicht.«

»Das ist absurd. Du bist doch nicht naiv. Was hast du Holly und Dixon gesagt?«

»Dass du stark warst und dem Druck standgehalten hast.«

»Mit anderen Worten, du hast gelogen, um mich zu schützen. Du hast mir einen Freibrief gegeben, den ich nicht verdiene. Na los. Frag schon.«

Er wusste, was sie meinte. »Ist es ihm gelungen?«

»Du meinst, ob er mich zu Yoko gemacht hat?«

»Das meine ich.«

»Nein.«

»Siehst du? Darum habe ich gar nicht gefragt. Ich habe es auch so gewusst.«

Nova ließ ihren Talisman los. »Das ist aber nicht die ganze Geschichte. Er ist noch nicht fertig mit mir. Ich weiß nur nicht, was als Nächstes kommt.«

»Er hat keine Macht mehr über dich.«

»Stimmt, hat er nicht.« Sie wirkte jedoch nicht überzeugt.

»Wo ist er?«, fragte Bourne.

»Ich habe keine Ahnung.«

»Du warst bei ihm. Hast ihn aus der Nähe gesehen. Mit ihm geredet. Auch wenn er noch so sehr versucht hat, dich zu manipulieren, bin ich mir sicher, dass du genauso versucht hast, ihn auszutricksen. Ihn dazu zu bringen, seine Pläne zu verraten.«

Sie zuckte mit den Schultern. »Er will Kotow, das ist völlig klar. Früher oder später wird er versuchen, an ihn heranzukommen.«

»Hat er angedeutet, wie?«

»Nein.«

»Glaubst du, er weiß, wo sich Kotow aufhält?«

»Er weiß wahrscheinlich alles, was Clark wusste. Also kann er sich denken, dass wir nach Kalifornien unterwegs sind und Tati zu ihrem Vater bringen. Aber wenn er genau wüsste, wo Kotow ist, wäre der wahrscheinlich schon tot.«

»Also wird er uns beobachten«, schlussfolgerte Bourne.

»Ganz bestimmt sogar.«

Sie sprach mit professioneller Distanziertheit, wie eine Agentin, die Bericht erstattet. Lennons Psycho-Folter hatte zur Folge, dass sie ihre Gefühle verbarg. Sie erinnerte Jason an die Frau, die sie gewesen war, als sie sich kennengelernt hatten. Damals war sie hart, brutal und rücksichtslos gewesen, hatte die Schrecken ihrer Kindheit als Schwert benutzt, mit dem sie auf ihre Feinde einschlug. Es hatte Monate gedauert, bis sie ihm auch ein wenig von ihrer verletzlichen Seite gezeigt hatte. Diese Seite war nun wieder verschüttet.

Sie schützte sich. *Wovor?*

»Ich geh dann mal wieder«, sagte er.

»Ja. Klar.«

Er stand auf und kehrte an seinen Platz zurück.

Der Rest des Flugs zog sich dahin. Sie überflogen Grönland, dann die Hudson Bay und Kanada. Als sie sich der Grenze zu den Vereinigten Staaten näherten, ging die Sonne am Horizont auf und beleuchtete das Innere des Jets. Gegen acht Uhr morgens landeten sie in Sacramento. Dixon führte sie in einen gesicherten Bereich des Flughafens, wo sie darauf warteten, die letzte Etappe der Reise mit dem Hubschrauber zurückzulegen.

Nun, da sie ihrem Ziel immer näher kamen, hatte Bourne ein Gefühl, als würde sich ein Schatten über sie legen. Irgendwo da draußen war Lennon und wartete auf sie. Als sie den Flughafen bei Eureka erreichten, wurde der Schatten dunkler. Genauso wie der Himmel über Kalifornien. Ein Nieselregen prasselte gegen die Fenster, als sie das Flughafengebäude durchquerten. Bourne hatte den Arm um Tatis Taille gelegt, eine Hand an der Pistole in seiner Tasche. Nova schirmte Tati auf der anderen Seite ab, ihre grünen Augen hinter einer Sonnenbrille verborgen. Dixon blieb direkt hinter ihnen. Holly und Sugar gingen voraus.

Jason suchte die Gesichter nach dem kleinsten Anzeichen einer Bedrohung ab.

Sie stiegen die mit Teppich ausgelegte Treppe zur Lobby hinunter, wo Fluggäste eincheckten und ihr Gepäck abgaben. Bourne hielt Ausschau nach einem kleinen Funkgerät, das jemand im Ohr trug, nach der Ausbuchtung einer Waffe. In jedem Koffer, jedem Rucksack konnte sich eine Bombe befinden. Er hatte einen sechsten Sinn für Situationen, in denen etwas nicht stimmte – eine Intuition, die Kleinigkeiten registrierte, lange bevor er sie mit seinen fünf Sinnen wahrnahm. Dieser Teil seines Gehirns sagte ihm: *Lennon ist hier!*

Aber wo?

Sie traten durch die Türen des Terminals. Ein kühler Wind wehte ihnen entgegen, der Bürgersteig war vom Regen nass. Es war ein kleiner Flughafen an einer einsamen Straße, die an ausgedehnten Wiesen vorbeiführte. Sie waren so nahe am Pazifik, dass Jason die blaue Linie des Meeres am Horizont erkennen konnte. Sugar führte sie über die Straße zum Parkplatz, auf dem nur wenige Autos standen.

Bournes Blick schweifte prüfend von einem Fahrzeug zum nächsten. Sie waren alle leer. Bis auf einen Food-Truck, in dem ein gelangweilt dreinblickender älterer Mann auf Kunden wartete.

»Wo sind die Marshals?«, fragte Jason, zu Dixon gewandt.

Der CIA-Agent hatte das Handy am Ohr. »Sie sind in fünf Minuten da.«

Fünf lange Minuten.

Das war der Moment der größten Gefahr; die Minuten, in denen sie am verwundbarsten waren. Das wusste auch Lennon. Bourne hielt Tati fest, und sie wehrte sich nicht dagegen. Sein Kopf schweifte unentwegt hin und her, während seine innere Alarmglocke schrillte.

Alles zu sehen, ist wichtig. Noch wichtiger, zu wissen, was dahintersteckt. Treadstone.

»Irgendetwas Auffälliges?«, murmelte Dixon.

»Nein.«

Wo ist die Bedrohung?

Sie war da. Sie war *real!* Warum sah er sie nicht?

Bourne blickte zu Nova – ihr Gesichtsausdruck verstärkte seine Alarmstimmung. Sie war kreidebleich, ihre Lippen zitterten. Sie hatte die Sonnenbrille abgenommen; ihre Augen schweiften suchend über den Parkplatz und fielen auf den bunt bemalten Verkaufswagen.

»Was ist?«, fragte er.

Sie sah ihn überrascht an, als hätte sie vergessen, dass er da war. »Nichts«, stammelte sie. »Ich brauche einen kleinen Zuckerschub.«

Er sah ihr nach, als sie über den Parkplatz ging, so kerzengerade wie ein Laserstrahl, ohne nach links oder rechts zu schauen. Ihre Schuhe klackten auf dem Beton. Ihre schwarzen Haare glänzten vom Regen. Nova trat ans offene Fenster des Food-Trucks, und der alte Mann beugte sich zu ihr.

Ist er das?

War Lennon hier direkt vor ihren Augen?

Bourne versuchte hinter die Verkleidung des Alten zu schauen. *Falls* es eine Verkleidung war. Sein Gesicht zeigte keinerlei Ähnlichkeit mit dem Mann aus Whitby, doch das konnte Schminke sein. Sein *Gang!* Der alte Mann ging nach hinten und kam mit einer weißen Papiertüte zurück. War das Lennons Gang?

Nein.

Jason schüttelte seine Paranoia ab. Das war nur ein alter Mann, der Gebäck verkaufte. Er war nicht Lennon, und Nova war nicht *Yoko.* Der Mann im Verkaufswagen schob einen Scone in die weiße Tüte, und Nova kam zurück, ein Stück Scone zwischen Daumen und Zeigefinger. Sie bot ihm von dem Gebäck an, doch er schüttelte den Kopf.

»Schmeckt nicht übel«, sagte sie kauend.

Ihr Gesicht verriet nicht, was in ihr vorging. Ihre Augen trafen sich, doch er sah nur den ruhigen, sinnlichen Ausdruck, der ihm so vertraut war.

Warum hatte er trotzdem das Gefühl, dass etwas nicht stimmte?

Bourne blickte zur Straße, die zum Terminal führte. Zwei Fahrzeuge näherten sich in hohem Tempo. Die schwarzen SUV der Marshals kamen, um sie zu Grigori Kotow zu bringen. Falls Lennon einen Angriff plante, war es höchste Zeit dafür, doch es deutete nichts darauf hin.

Und dennoch wurde Jason dieses Gefühl einer lauernden Bedrohung nicht los.

»Was hatte das eben zu bedeuten?«, fragte er und deutete auf den Food-Truck.

»Dass ich hungrig war – was sonst?«

»Sonst nichts?«

»Nein. Unser Taxi ist da.«

Obwohl sie hungrig war, wie sie sagte, aß Nova ihren Scone nicht auf. Sie steckte den Rest in die Tüte und warf sie in einen Mülleimer, während die SUV hielten. Die Marshals stiegen aus und winkten ihnen auffordernd zu. Es regnete immer noch. Jason ging mit Tati zum ersten Wagen und ließ sie einsteigen. Dann blickte er noch einmal zu dem Verkaufswagen zurück.

Der alte Mann wischte über die nasse Theke, ohne sich um das Geschehen vor ihm zu kümmern. Ohne zu Nova oder sonst jemandem zu blicken. Er hatte absolut nichts Auffälliges an sich. Sein Food-Truck ebenso wenig. Zwei große, nebeneinanderliegende Fenster, eine lange Vitrine mit Muffins, Kuchen und

Gebäck. Die Seite war knallrot lackiert und mit tanzenden Erdbeeren dekoriert, die Schilder mit dem Namen der Bäckerei hielten.

STRAWBERRY FIELDS.

37

Mit der Kapuze über dem Kopf konnte Bourne nichts sehen, doch er zählte die Kurven, während die Marshals sie zu ihrem Treffen mit Grigori Kotow chauffierten. Linkskurve, dann dreißig Sekunden geradeaus, wieder links, zehn Sekunden, rechts, drei Minuten, links, neunzig Sekunden. So ging es noch eine ganze Weile weiter, bis sie endlich auf die Straße auffuhren, die sie zu ihrem Ziel brachte. Er spürte, dass der Fahrer immer wieder das Tempo wechselte – auch das mit der Absicht, ihnen jede Orientierung unmöglich zu machen. Doch Bourne und Nova hatten in ihrer Treadstone-Ausbildung gelernt, wie man sich im Falle einer Entführung verhielt. Dazu gehörte, sich die Route einzuprägen, selbst wenn man in einem Kofferraum gefangen war.

Als sie eine knappe Stunde später anhielten, war sich Bourne ziemlich sicher, den Ort auf eine Meile genau zu kennen.

Der Fahrer, U.S. Marshal Craig Wallins, nahm ihnen die Kapuzen ab. Sie hatten vor einem hohen, mit Stacheldraht gekrönten Zaun geparkt. Das Tor der Anlage wurde von zwei Sicherheitsleuten bewacht. Bourne stieg aus und schaute sich um. Das Gelände war von dichtem Wald umgeben. Mammutbäume ragten kerzengerade in die Höhe, dazwischen zogen sich Farngewächse wie ein Teppich über den Boden. Über dem Wald lag ein grauer Nebelschleier. Bourne hörte das Rauschen des Pazifiks nur wenige hundert Meter entfernt. Weit und breit war kein anderes Haus oder Fahrzeug zu sehen.

»Woher wissen Sie, dass uns niemand gefolgt ist?«, fragte Bourne den Fahrer.

Der Marshal war solche Fragen zur Sicherheit gewohnt und wusste, was er zu antworten hatte. »Wir suchen alle Fahrzeuge nach GPS-Trackern ab und fahren nicht in Zeiten hierher, in denen wir von Satelliten beobachtet werden könnten. Ständig sind zwei Deputies an der Straße postiert, die sicherstellen, dass uns niemand folgt. Nach Mr. Caffertys Tod haben wir außerdem die Patrouillen in der Gegend verstärkt. Cafferty hat den Standort der Anlage zwar auch nicht gekannt, aber wir gehen kein Risiko ein.«

Bourne nickte. »Und der Zaun?«

»Das ist der einzige Zugang zur Anlage. Wir haben ringsum Nachtsichtkameras installiert. Dazu Bewegungssensoren hier und im Haus. Nicht einmal ein Waschbär kann hier vorbeikommen, ohne dass wir es bemerken. Wir haben viel Erfahrung in diesen Dingen.«

»Das glaube ich Ihnen.«

Aber Lennon auch, dachte er bei sich.

Im Wachhaus wurde Bourne gründlich durchsucht. Seine Waffen und das Handy hatte er bereits im SUV abgegeben. Als er fertig war, kam eine Agentin, um Tati und Nova zu checken. Bourne sah, dass Nash Rollins, auf seinen Stock gestützt, ihn beim offenen Tor erwartete. Mit seiner Khakihose und der waldgrünen Jacke sah der Treadstone-Mann aus wie ein alter Kalifornier. Der Regen prasselte auf seine marineblaue Wollmütze. Er nickte Bourne zu.

»Irgendwelche Probleme?«, fragte er.

»Bis jetzt nicht.«

»Warum machst du dann so ein besorgtes Gesicht, Jason?«

»In Tallinn hatte ich immer das Gefühl, etwas zu übersehen«, sagte Bourne mit einem argwöhnischen Blick in die Umgebung. »Jetzt auch.«

»Ich bin schon ein paar Tage hier und fühle mich ziemlich sicher.« Nash stockte einen Augenblick und fügte dann hinzu: »Es tut mir übrigens leid, dass ich dir das mit Nova nicht erzählt habe. Als der Medusa-Fall geknackt war, hattet ihr beide längst neu angefangen. Da wollte ich dich nicht mehr mit der Vergangenheit belasten.«

»Reden wir nicht über Nova«, entgegnete Bourne.

»Alles klar.«

»Es gibt aber etwas anderes, das ich wissen muss.«

»Was?«

Bourne vergewisserte sich, dass niemand in Hörweite war. »Kann es sein, dass ich in meiner Vergangenheit irgendwann mit Lennon zu tun hatte?«

»Ich wüsste nicht, wie.«

»Er scheint mich zu kennen.«

»Du bist *Cain.* Jeder im Geheimdienstgeschäft kennt deine Geschichte. Welchen Wert hat es, wenn jemand behauptet, dich von früher zu kennen? Du selbst hast ja keine Erinnerung an deine Vergangenheit. Glaub mir, ich weiß ganz genau, wie diese Mission gelaufen ist, bei der du das Gedächtnis verloren hast. Wir sind alles zigmal durchgegangen. Lennon hatte damit nichts zu tun.«

»Ich rede nicht von dieser Mission, sondern von früher. Irgendein anderer Einsatz irgendwo auf der Welt.«

Nash schüttelte den Kopf. »Deine Vergangenheit ist deine Schwachstelle, Jason. Dein wunder Punkt. Das nutzt der Kerl aus.«

Jason wusste, dass Nash damit richtigliegen konnte. Lennon war ein Meister der Manipulation und würde bestimmt nicht zögern, Bournes Gedächtnisverlust zu seinem Vorteil zu nutzen. Trotzdem war da die Tatsache, dass ihm Lennon auf einer Überwachungsaufnahme in London aufgefallen war. Wie hätte das sein können, wenn er ihm nicht schon einmal begegnet wäre?

Wer ist der Mann?

Die Tür des Wachhauses wurde geöffnet; Nova und Tati kamen heraus. Nova reagierte sichtlich kühl, als sie Nash beim Tor stehen sah. Sie hatte ihm nicht verziehen, dass er ihr nicht die Wahrheit gesagt hatte, nachdem sie in Las Vegas um ein Haar gestorben wäre.

Nash ignorierte die eisige Begrüßung und konzentrierte sich auf Tati.

»Mrs. Reznikowa?«, sagte er. »Willkommen in den Vereinigten Staaten.«

»Danke.«

»Ich weiß, dass die letzten Tage nicht leicht für Sie waren, aber Ihr Vater freut sich schon sehr darauf, Sie wiederzusehen. Sollen wir zum Haus fahren? Er erwartet Sie schon.«

»Ja, gut«, antwortete Tati etwas unbehaglich.

Sie wirkte steif und hölzern, als machten sich die Erschütterungen der vergangenen Tage jetzt erst so richtig bemerkbar. Wieder suchte sie Jasons Nähe und umklammerte seine Hand so fest, dass ihre Fingernägel sich in seine Haut gruben. Sie stiegen wieder in die beiden schwarzen SUV ein. Deputy Wallins fuhr sie eine schmale Straße aus festgestampfter Erde entlang, zwischen Mammutbäumen hindurch, die wie Soldaten am Wegrand standen. Bei den vielen Bäumen und dem Nebel war das riesige Holzhaus erst im letzten Moment zu erkennen. Als sie anhielten, machte Tati keine Anstalten, auszusteigen. Sie schaute durchs Fenster hinaus, und Jason zog sie an der Hand, um sie dazu zu bewegen, sich in die kühle, feuchte Luft hinauszuwagen.

Auch jetzt zögerte Tati noch. »Hat vielleicht jemand eine Zigarette?«

Deputy Wallins zog eine Packung aus der Tasche. »Die habe ich für Ihren Vater dabei.«

»Danke.«

Tati zündete sich die Zigarette an und stand, wie eine Feder gespannt, beim Wagen. Unter den Bäumen war es dunkel, zumal der Himmel von grauen Wolken verhangen war. Sie tappte mit dem Fuß auf den durchweichten Boden. Als sie spürte, dass alle auf sie warteten, sagte sie: »Gehen Sie nur rein, ich brauche noch eine Minute. Tut mir leid, aber das ist mir alles ein bisschen zu viel.«

Jason wollte sich den anderen anschließen, doch sie hielt ihn am Arm zurück. »Nein. Du nicht. Bleib bei mir.«

Er blieb neben ihr stehen, während die anderen – Holly, Dixon, Nash, die Marshals und sogar Sugar – die Treppe hochstiegen und im Haus verschwanden. Nova blieb auf der ausladenden Veranda stehen und blickte zu ihnen zurück.

Jason drehte sich zu Tati. »Wo ist das Problem?«

»Ich weiß nicht, ob ich das kann. Ich weiß gar nicht, was ich hier soll.«

»Du hast angenommen, dein Vater sei tot. In so einer Situation wäre jeder aufgeregt.«

»Ich weiß nicht, was ich ihm sagen soll.«

»Das ergibt sich dann schon. Er ist sicher genauso nervös.«

Tati schüttelte den Kopf. »Er ist nie nervös.«

Jason führte sie zum Haus, und sie ließ es geschehen. Sie stiegen zur Veranda hinauf, direkt auf die offene Haustür zu. Tati musste nur noch eintreten, doch sie ging an der Tür vorbei zu Nova, trat ans Geländer und hielt sich daran fest wie ein Fallschirmspringer in der offenen Flugzeugtür.

»Ich weiß nicht, ob ich hineingehen kann«, sagte Tati.

»Na gut«, rief eine tiefe Stimme durch die offene Verandatür, »dann komm ich eben zu dir raus.«

Tati fuhr herum. Jason sah Grigori Kotow in der Tür stehen, so wie Tati mit einer Zigarette in der Hand. Tati hatte ihm erzählt, dass ihr Vater nie aufgeregt sei, doch Jason sah ihm an, dass das nicht stimmte. Kotow war ein Bär von einem Mann, ein Spion und Killer, doch beim Zusammentreffen mit seiner Tochter schlotterten ihm die Knie.

Er verbarg seine Nervosität, indem er zuerst Jason die Hand schüttelte. »So sieht man sich wieder, Cain. Vor drei Jahren haben Sie mich gerettet, und jetzt haben Sie Tati gerettet. Und wieder stehe ich in Ihrer Schuld. Danke.«

Jason schüttelte ihm wortlos die Hand. Ihn überkam ein überwältigendes Déjà-vu, als ob keine Zeit vergangen wäre, seit Kotow damals aus einem Restaurant auf den Rathausplatz getreten war. Es war wie vor drei Jahren in Tallinn.

»Und Sie sind Nova, nicht?« Kotow reichte ihr ebenfalls die Hand. »Auch Ihnen bin ich sehr dankbar.«

Nova ignorierte seine ausgestreckte Hand.

Mit funkelnden Augen drehte sie sich um und ging auf die andere Seite der Veranda. Ihre Reaktion verwirrte Kotow, und auch Jason verstand nicht, was in ihr vorging. Er konnte sich nicht erinnern, dass sie irgendetwas gegen Kotow gehabt hätte. Vielleicht lag es daran, dass er der Grund war, warum Lennon sie gefoltert hatte.

Endlich wandte Kotow sich seiner Tochter zu und betrachtete sie mit großen Augen. Es war kein einfaches Wiedersehen, nachdem Tati ihn drei Jahre lang für tot gehalten hatte. Sie sahen einander in betretenem Schweigen an, ohne aufeinander zuzugehen.

»Tati«, murmelte Kotow schließlich; es klang wie ein Gebet. »Mein Gott, wie schön du bist.«

Sie zitterte, und der Panzer, mit dem sie sich umgeben hatte, bröckelte. Tränen liefen ihr übers Gesicht. Sie trat die Zigarette aus und ging wie eine zum Leben erwachte Statue auf ihn zu. Immer noch etwas steif umarmte sie ihren Vater, und ihre Stimme war von Tränen erstickt.

»Papa.«

Am Abend standen Bourne und Nova zwischen den Mammutbäumen beim Haus. Es war Zeit, zum Flughafen zu fahren. Es hatte keine Vorfälle gegeben. Niemand hatte versucht einzudringen; nichts deutete darauf hin, dass Lennon einen Angriff starten würde oder auch nur wusste, wo sie waren. Und doch waren die Alarmglocken in Jasons Kopf nicht verstummt. Sie schrillten noch lauter als zuvor.

»Sollen wir noch etwas länger bleiben?«, fragte er Holly.

Die CIA-Agentin schüttelte lächelnd den Kopf. Sie stand mit Sugar unter einem riesigen Regenschirm. »Nein, wir haben die Lage unter Kontrolle. Ich habe für Sie beide einen Flug nach San Francisco gebucht. Der Flieger geht in einer Stunde – Sie müssen sich beeilen.«

Auch dieser Moment war wie in Tallinn. Sie wurden weggeschickt; der Job war erledigt. Sugar bellte ihm zu, wie um Hollys Worte zu bestätigen, und wedelte mit dem Schwanz.

»Ich danke Ihnen beiden für die gute Arbeit«, fügte Holly hinzu und nickte zuerst Nova, dann Bourne zu. »Dann sage ich für heute *Goodbye* … oder besser, *au revoir*. Ich bin sicher, wir sehen uns wieder.«

Sugar führte sie über den schlammigen Boden zur Treppe zurück, und Holly verschwand im Haus. Die anderen waren noch drinnen – außer Tati, die im strömenden Regen beim SUV stand. Sie sah Jason mit ihren grauen Augen an, ihr Mund ausdruckslos.

Nova trat ein Stück beiseite und ließ die beiden einen Augenblick allein.

Ohne ein Wort zu sagen, sah Tati ihn eindringlich an, wie um sich jede Einzelheit seines Gesichts einzuprägen. Dann umfasste sie seinen Hals mit beiden Händen und küsste ihn innig auf den Mund. Als sie ihre Lippen von seinen löste, strich sie sich die nassen Haare aus den Augen.

»Goodbye«, sagte sie und ging zum Haus, ohne sich noch einmal umzudrehen.

Nova kam zurück und lächelte spöttisch. »Lippenstift«, sagte sie, und Bourne wischte sich mit dem Ärmel über den Mund.

Deputy Wallins stieg aus dem SUV, zwei Kapuzen in den Händen, doch Jason schüttelte den Kopf. »Das können wir uns schenken, Wallins«, sagte er und nannte ihm den Standort der Anlage, den er nach der zurückgelegten Route berechnet hatte. Nova unterstützte ihn, indem sie aufzählte, wann und wo sie abgebogen waren, nachdem sie vom Highway 101 abgefahren waren.

Der Deputy runzelte etwas belämmert die Stirn. »Das ist echt krass.«

Er warf die Kapuzen ins Auto, und sie stiegen ein. Bourne setzte sich auf eine Seite der Rückbank, Nova auf die andere. Als Wallins auf derselben Route zum Highway zurückfuhr und in südlicher Richtung zum Flughafen abbog, sah Bourne zu Nova, die in den Regen hinausschaute, und zu den Wäldern, die an ihnen vorüberzogen. Sie wirkte genauso abwesend wie zuvor während des Flugs über den Atlantik.

Als sie seinen Blick spürte, drehte sie sich zu ihm um. Er versuchte in ihrem Gesicht zu lesen, doch sie war ihm schon immer ein Rätsel gewesen. »Du gehst vermutlich zurück nach Paris, oder?«, fragte sie.

»Wahrscheinlich. Aber ich brauche eine neue Bleibe. Lennon weiß, wo ich wohne.«

»Ich auch.«

»Ja, du auch.«

»Die Frage ist, versteckst du dich mehr vor ihm oder vor mir?«

»Ich verstecke mich vor niemandem.«

»Nicht?«

Nova rutschte auf seine Seite hinüber. Ihre Beine berührten sich. Ihr Gesicht war ganz nah, ihre Augen tiefgrün im dämmrigen Licht, ihre schwarzen Haare nass. Der Regen trommelte auf das Autodach und lief an den Scheiben herunter. Sein Verlangen nach ihr erwachte augenblicklich.

»Warum verschieben wir die Abreise nicht auf morgen?«, murmelte sie. »Lassen wir den Jet ohne uns nach San Francisco fliegen. Nehmen wir uns eine Nacht für uns.«

»Und danach?«

»Dann sehen wir weiter.«

»Du hast gesagt, wir hätten keine Zukunft. Was hat sich geändert?«

»Ich habe mich geändert.«

»Wegen Lennon und dem, was er dir angetan hat?«

»Kann sein. Vielleicht habe ich auch nur diese Art zu leben satt und will meine Vergangenheit nicht mehr wie einen zentnerschweren Rucksack mit mir schleppen. Ich glaube, wir zwei haben noch eine Chance, Jason. Wenn du es versuchen willst.«

»Was heißt das genau?«

»Das heißt, wir könnten doch *zusammen* aussteigen. Dieses schmutzige Geschäft hinter uns lassen.«

Er sagte nichts, doch das war auch nicht nötig. Sie sah den Schmerz in seinem Gesicht, als würde sie eine Landkarte lesen. »Aber du kannst nicht, oder?«, fragte sie betrübt.

»Das hier ist mein Leben. Ein anderes habe ich nicht.«

»Nein. Das ist das Leben, das sie dir *gegeben* haben.«

»Das kommt aufs Gleiche raus.«

»Dann wenigstens eine Nacht. Um der alten Zeiten willen. Etwas, an das man sich später erinnern kann.«

Bourne kam nicht dazu, ihr zu antworten. Er spürte, dass der Fahrer das Tempo drosselte. Sie waren schon wegen des Regens etwas langsamer gefahren, doch nun kam das Fahrzeug ganz zum Stehen. Jason beugte sich zum Fahrersitz vor. »Was ist los, Wallins?«

»Ein Unfall.«

Bourne blickte zwischen den rastlosen Scheibenwischern auf die Straße hinaus. Auf dem zweispurigen Highway zogen sich lange Reihen von Scheinwerfern und Bremslichtern dahin. Dazwischen die roten Lichter mehrerer Polizeiwagen. Ein paar Hundert Meter vor ihnen hatte sich anscheinend ein Unfall ereignet, bei dem in einer Kettenreaktion mehrere Fahrzeuge im Straßengraben gelandet waren. Mitten auf der Straße blockierte ein umgekippter Sattelschlepper die Fahrbahn.

»Geben Sie uns unsere Waffen«, forderte Jason den Marshal auf.

Wallins drehte sich um. »Glauben Sie, das hat jemand inszeniert?«

»Ich weiß es nicht. Wir werden es herausfinden.«

Der Deputy öffnete das Handschuhfach und gab ihnen ihre Waffen und Handys zurück. Bourne steckte die Pistole ein und öffnete die Autotür. Nova stieg ebenfalls aus. Im strömenden Regen eilten sie zum Unfallort. Abschleppfahrzeuge waren bereits dabei, Autos aus dem Weg zu ziehen, doch es würde noch eine Weile dauern, bis die Straße wieder frei war.

Bourne forderte Nova mit einer Geste auf, die Straßenseite zu wechseln, und musterte im Vorbeigehen die Insassen der Autos. Sie befanden sich hier an einem Straßenabschnitt, der auf beiden Seiten von dichtem Grün gesäumt war. Falls hier irgendwo zwischen den Bäumen Bewaffnete lauerten, hatten sie das Überraschungsmoment auf ihrer Seite.

War die Massenkarambolage in Wahrheit eine Falle?

Ein Polizist im gelben Regenmantel kam auf Bourne und Nova zu. »Sir, Ma'am, würden Sie bitte in Ihre Autos zurückgehen? Hier ist es zu gefährlich.«

»Was ist passiert?«, fragte Bourne.

»Ein Fahrzeug war auf der rutschigen Fahrbahn zu schnell unterwegs. Den Rest können Sie sich denken.«

»Wann wird die Straße wieder frei sein?«

»Wir schätzen, in einer halben Stunde. Tut mir leid, aber im Moment geht es hier nicht weiter.«

Bourne bedankte sich und kehrte um. Nova folgte ihm. In seinem Kopf schrillten nach wie vor die Alarmglocken, obwohl nichts darauf hindeutete, dass es sich um etwas anderes als einen Unfall handelte, wie er bei solchen Wetterverhältnissen vorkommen konnte.

Von Lennon war jedenfalls nichts zu sehen.

Wo bist du?

»Wir werden den Flug verpassen«, meinte Nova.

»So sieht's aus.«

»Zwei Meilen von hier sind wir an einem Hotel am Meer vorbeigekommen. Vielleicht sollten wir uns von Wallins dort absetzen lassen. Wir können den ersten Flug morgen früh nehmen.«

Sie machte keinen Hehl daraus, wie sehr sie ihn begehrte.

»Eine Nacht?«, fügte sie leise hinzu.

Jason konnte ihr nicht länger widerstehen. Er konnte nicht leugnen, dass er sie genauso wollte. Das Verlangen war sofort da gewesen, als er sie in dem Tunnel in London wiedergesehen hatte. »Eine Nacht.«

38

In der Abenddämmerung stand Bourne am Fenster ihrer Hotelsuite und blickte auf die Brandungswellen hinaus, die sich an den Felsen brachen. Nova kam mit zwei Weingläsern nach, in die sie einen teuren kalifornischen Cabernet eingeschenkt hatte. Nova hatte sich bereits ausgezogen – ihr Körper ein einziges Gemälde aus verschlungenen Tattoos. Die griechische Münze baumelte zwischen ihren Brüsten.

Es war wie in Tallinn. Nur dass diesmal keine Fähre von der Küste abfuhr. Und keine Bombe explodierte.

Sie hob sich auf die Zehenspitzen, biss ihm spielerisch ins Ohr und küsste ihn auf den Hals. Ihre Zunge malte Kreise auf seine Haut. Déjà-vu. »Wenn du die Augen schließt, kannst du dir ja vorstellen, ich wäre Tati«, provozierte sie ihn.

»Miststück.«

Nova lachte heiser, was ihn nur noch mehr erregte. Sie tranken ihren Wein, schauten einander in die Augen und stellten die Gläser ab. Er begutachtete jeden Zentimeter ihres Körpers, in dem Wissen, wie sehr ihr das gefiel. Sie genoss es, begehrt zu werden. Sie hatte sich kein bisschen verändert. Ihre langen schwarzen Haare, die auf eine Schulter herabfielen. Ihre kurvigen Formen. Ihre prallen schokoladebraunen Brustwarzen. Der keltische Knoten auf der goldbraunen Haut ihres flachen Bauchs.

Er nahm sie in die Arme, drückte seine Lippen auf ihre und strich mit den Fingerspitzen über ihren Rücken. Es begann immer sanft und zärtlich zwischen ihnen, ehe die Intensität sich steigerte und es immer wilder wurde. Der kalte Regen lief am Fenster hinunter. Vom Meer zog weißer Nebel herüber, gespenstisch wie die ausgestreckten Finger eines Skeletts. Doch hier drin war es heiß. Im Kamin prasselte ein Feuer, das einzige Licht im Zimmer. Die Hitze rötete ihre Haut.

Sie zog ihn langsam aus. Ganz langsam. Ihre langen Nägel verharrten bei jedem Hemdknopf für einen Augenblick. Als seine Brust nackt war, fand sie jede Wunde, jeden blauen Fleck, jede Narbe und liebkoste sie mit ihren Lippen. Mit ihren Brüsten an seiner Haut ließ sie sich auf die Knie nieder. Er spürte, wie sie seinen Gürtel öffnete, dann den Reißverschluss, und ihn langsam auszog, bis er nackt vor ihr stand. Sie nahm ihn in den Mund; es fühlte sich an wie in einem warmen, feuchten Tunnel. Er spürte ihre Zunge. Ihre Zähne.

Als sie sich wieder aufrichtete, war Schluss mit zärtlichem Geplänkel. Sie trat von ihm weg und winkte ihn mit gekrümmtem Zeigefinger zu sich, ein schelmisches Funkeln in den Augen. Der Widerschein der Flammen flackerte über das Mosaik ihres Körpers. Jason kam auf sie zu, doch als er bei ihr war, entzog sie sich ihm. Sie umkreisten einander wie zwei Ringer. Er täuschte links an und erwischte sie am Handgelenk; sie kicherte und schrie, als er sie aufs Bett warf.

Er legte sich auf sie, hielt sie unter seinem Körper gefangen und näherte sich ihren Hüften. Sie wand sich wie eine Katze, um ihm zu entkommen, doch er hielt sie an den Handgelenken fest. Ihr Gesicht leuchtete im Eifer des Spiels.

»Du kannst es immer noch«, flüsterte sie.

»Du auch.«

»Erinnerst du dich an das erste Mal?«

»Quebec.«

»Gott, war das gut.«

Sie hob den Kopf vom Kissen und küsste ihn wild. Eine Windböe ließ die Wände erzittern. Sie hakte einen Fuß bei ihm ein und riss ihn mit sich vom Bett. Er landete stöhnend auf dem Rücken; nun war *sie* oben und fixierte ihn mit Händen und Knien auf dem Boden. Zwischen ihren festen Schenkeln neckte sie ihn spielerisch, ließ sich gerade so weit herab, dass er spürte, wie feucht sie war, ehe sie sich ihm wieder entzog.

»Willst du mich?«, fragte sie.

»Ja.«

»Jetzt?«

»Ja.«

»Dann beweise es mir.«

Sie rollte sich von ihm herunter und stand lachend auf. Er folgte ihr durchs Hotelzimmer. Sie atmete schwer, grinste, biss sich auf die Unterlippe und tanzte vor Erregung. Als er sie jagte, lief sie lachend zum Fenster, riss es auf und ließ Wind und Regen ins Zimmer. Die Vorhänge wirbelten durch die Luft, Wasserspritzer ließen das Kaminfeuer zischen. Jason erwischte sie, spürte ihre regennasse Haut, doch sie entschlüpfte ihm erneut. Bevor sie weglaufen konnte, packte er sie am Handgelenk und zog sie zurück. Sie zerkratzte ihm den Hals mit ihren scharfen Nägeln, biss ihn wie ein Vampir und sank auf den nassen Teppich nieder, um ihn erneut mit dem Mund zu bearbeiten, bis er weiche Knie bekam.

Er fasste sie unter den Achselhöhlen und hob sie hoch. Sie schlang die Beine um seine Taille. Vom Regen nass, standen sie am offenen Fenster und küssten sich leidenschaftlich. Endlich ließ sich Nova auf den durchnässten Teppich sinken. Sie zog ihn über sich, spreizte die Beine und krümmte den Rücken, als er in sie eindrang. Ihre Unterschenkel trommelten auf ihn ein, ihr Flüstern drängte ihn, noch schneller und härter zuzustoßen.

Nova, die Sexgöttin.

Später lagen sie nebeneinander im Bett und hielten sich in den Armen. Ihr Kopf ruhte auf seiner Brust, ihre Finger streichelten ihn am ganzen Körper. Sie hatten sich zweimal geliebt und seither kein Wort gesprochen. Draußen war es dunkel geworden. Sie hatten das Fenster bis auf einen kleinen Spalt geschlossen, durch den der Wind hereinpfiff. Das Feuer würde gleich ausgehen. Im Zimmer war es kalt geworden.

Nach ihrem leidenschaftlichen Liebesspiel schien Nova sich wieder in sich zurückzuziehen. Da war sie wieder, die distanzierte Traurigkeit des Mädchens, das alles verloren hatte.

Rastlos stieg sie aus dem Bett, trat ans Fenster und blickte aufs Meer hinaus, das von Dunkelheit und Nebel verhüllt war. Dann nahm sie ihre beiden Weingläser vom Tisch und kam damit zum Bett zurück. Sie reichte Jason sein Glas und stieß mit ihm an.

»Auf die Vergangenheit«, sagte sie.

Sie tranken einen Schluck.

»Auf die schönen Erinnerungen«, fügte sie hinzu.

Sie tranken erneut.

»Auf den Sex.«

Und noch einen Schluck. Bald war Jasons Glas leer. Ihres ebenso.

Nova trat wieder ans Fenster und sagte, ohne zu ihm zurückzuschauen: »Weißt du, ich hätte es wirklich getan.«

»Was?«

»Ich hätte das alles hinter mir gelassen. Für dich hätte ich es getan. Ich will, dass du das weißt. Wenn es eine Möglichkeit für uns gäbe, zusammen zu sein, dann wäre alles anders. Das war nicht gelogen.«

»Das weiß ich.«

»Es tut mir leid, Jason.«

Sein Mund versuchte die Worte zu formen: *Was tut dir leid?*

Doch er brachte kein Wort heraus. Ihm war plötzlich, als würde er in Treibsand versinken.

Etwas stimmte nicht mit ihm. Seine Zunge fühlte sich so dick an, seine Kehle zugeschnürt. Er blinzelte, doch es kam ihm vor, als bräuchte er eine Ewigkeit, um die Augen zu öffnen und zu schließen. Nova schaute zu ihm, ihr Gesicht von Traurigkeit und Schuldgefühlen getrübt. Sie hob ihre Kleider auf und zog sich an. Er versuchte aufzustehen, doch sein Körper war zu schwer, um ihn zu bewegen. Er hatte immer noch das leere Weinglas in der Hand und drückte es, bis es zerbrach und die Scherben sich in seine Hand schnitten. Als er das Blut an seinem Arm herunterlaufen sah und sich alles vor ihm zu drehen begann, wusste er Bescheid.

Sie hatte ihn betäubt. Hatte ihm etwas in den Wein getan.

Schnell hob er die andere Hand, steckte sich einen Finger in den Mund und übergab sich auf das Bett.

»Das nützt nichts«, sagte Nova kopfschüttelnd. »Du hast es schon im Blut. Es wirkt zu schnell. Dafür hält es nicht lange an.«

Warum?

Er brachte es nicht heraus, doch er brauchte gar nicht zu fragen. Er wusste, warum.

Liebe ist Verrat.

Sie hatte sich inzwischen angezogen und war bereit, ihn zu verlassen. Bereit, ihn zu verraten. Sie band sich die Schnürsenkel ihrer schwarzen Sneakers. Steckte Pistole und Messer ein, band sich die schwarzen Haare zu einem Pferdeschwanz und setzte ein Barett auf, das sie sich tief über die Stirn zog. Ihr Handy ließ sie auf dem Tisch liegen.

»Strawberry Fields«, sagte sie.

Er wollte etwas sagen, brachte kein Wort heraus.

»Du hattest recht«, fuhr sie fort. »In dem Food-Truck hat eine Nachricht auf mich gewartet. Ich schwöre, ich habe nicht geglaubt, dass Lennon irgendetwas sagen könnte, das mich umstimmt. Aber das war ein Irrtum. Und was für einer. Weißt du noch, was ich zu dir gesagt habe, als wir uns kennenlernten? Dass ich mir wünschte, ich könnte meine Vergangenheit auslöschen und ohne sie leben, so wie du. Du hast keine Ahnung, was ich durchgemacht habe. Wie oft ich versucht habe, mir das Leben zu nehmen. Und jetzt weiß ich, wer daran schuld war.«

Sie kam ans Fußende des Betts, und er wollte sie festhalten. Aufhalten. Doch er konnte nicht. Sein Körper gehorchte ihm nicht.

»Fünf kleine Wörter«, fuhr Nova fort. »Der alte Mann an dem Verkaufsstand hat mir die Botschaft übergeben. Mehr hat es nicht gebraucht. Fünf Wörter haben mein ganzes Leben auf den Kopf gestellt.«

Sie beugte sich zu Jason, und ihr schönes Gesicht verformte sich vor seinen Augen wie in einem Zerrspiegel.

»Weißt du, was er mir mitgeteilt hat? *Kotow hat deine Eltern ermordet.*«

Jason sah silberne Perlen auf ihrem Gesicht. Tränen. Sie weinte.

»Ich hätte es eigentlich wissen müssen«, fuhr sie fort. »Holly hat uns einiges über Kotow verraten. Dass er nach dem Fall der Mauer für die Drecksarbeit in ganz Europa zuständig war. Damit hat er den Oligarchen geholfen, sich zu bereichern. Zugleich hat er die Machtbasis für seinen Chef aufgebaut. Mein Vater war ein geschäftlicher Konkurrent der Russen. Er war ihnen im Weg mit seinen Öl- und Erdgasgeschäften. Deshalb musste er weg.«

Glaub das nicht, wollte Bourne sagen.

Doch er wusste, dass es stimmte.

»Du kannst es selbst überprüfen«, sagte Nova. »Ich habe es auf meinem Handy. Lennon hat mir die Beweise geschickt. Die Fotos. Die Hotelreservierungen auf Kreta, die Boote, die er gemietet hat, die Waffen, die er gekauft hat, die Banküberweisungen an die Piraten. Es ist sonnenklar, Jason. Grigori Kotow hat diese Männer angeheuert, um meinen Vater und meine Mutter umzubringen.« Die letzten Worte schrie sie ihm entgegen, mit einem Schmerz, der aus ihrem tiefsten Inneren kam. »Verstehst du, was dieser Mann mir angetan hat? Was er mir genommen hat? Erwartest du allen Ernstes von mir, dass ich das einfach so akzeptiere?«

Sie durchquerte das Zimmer, nahm ihre schwarze Jacke und streifte sie mit zornigen Bewegungen über. Bourne durfte sie nicht gehen lassen. Er zwang sich aufzustehen, sank gegen die Wand. Seine Beine waren bleischwer, doch er kämpfte gegen das Gefühl der Lähmung an, machte einen Schritt und noch einen. Dann gaben seine Knie nach.

»Ich musste dafür sorgen, dass du mich nicht daran hinderst«, rechtfertigte sich Nova, kniete sich zu ihm und streichelte sein Gesicht. Sie war ganz ruhig und beherrscht. »Das war ein Teil des Deals. Dass dir nichts passiert. Ich weiß, du wirst mich dafür hassen, aber ich muss es tun.«

Er fasste sie am Handgelenk, um sie aufzuhalten, doch sie löste ohne Mühe seine kraftlosen Finger. Dunkle Schatten schoben sich vor seine Augen. Sie ging zur Tür, und ihre Worte erreichten ihn wie aus einer Wolke, als er vornüberkippte.

»Es tut mir leid, Jason. Ich liebe dich. Aber Lennon wartet.«

Sugar knurrte.

Nash blickte von dem Buch auf, das er las. Es war schon ein Uhr nachts, doch er litt an chronischer Schlaflosigkeit, sodass er sich in Kotows Arbeitszimmer gesetzt hatte. Holly war bei ihm, aber schon vor über einer Stunde eingeschlafen.

Der Labrador, der es sich neben Hollys Füßen bequem gemacht hatte, richtete sich auf und tappte zur Verandatür. Die Hündin zeigte die Zähne und knurrte drohend.

»Sugar?«, fragte Nash. »Was ist denn los?«

Er legte das Buch weg und nahm die Lesebrille ab. Auf seinen Stock gestützt, hinkte er zur Glastür und schaute in die Dunkelheit. Stirnrunzelnd schloss Nash die Tür auf und trat auf die Veranda hinaus. Er spürte das Gewicht der Pistole, die er im Holster am Rücken trug. Sugar folgte ihm nach draußen, lief zum Geländer und bellte wütend. Nash schnippte mit den Fingern, um die Hündin zu bremsen, und lauschte in den Wald hinein. Es nieselte nur noch leicht. Der Himmel war hinter den dichten Bäumen und dunklen Wolken verborgen. Nebelschwaden umwehten das Haus.

»Was ist los?«

Holly stand in der Tür.

»Ich weiß es nicht. Sugar hat anscheinend etwas gehört. Reagiert sie so auf Tiere?«

»Ja, aber auch auf Leute.«

Nash zog seine Pistole, ging mit Sugar zurück ins Haus, verschloss die Verandatür und zog die Vorhänge zu. »Ich sehe mal nach, ob die Kameras etwas eingefangen haben.«

Als er vom Arbeitszimmer in die geräumige Eingangshalle kam, traf er auf Dixon Lewis, der ebenfalls die Waffe gezogen hatte. Da Dixon seinen Waffenarm noch in der Schlinge trug, war Nash sich nicht sicher, wie weit er im Ernstfall einsatzfähig wäre.

»Ich habe Sugar bellen gehört«, sagte Dixon. »Was ist los?«

»Ich weiß es nicht. Ich geh mal in den Kontrollraum.«

Dixon nickte. »Ich sehe mich draußen um. Schließen Sie hinter mir ab. Ich klopfe viermal, wenn ich zurückkomme. Zweimal, falls es Ärger gibt.«

Der CIA-Agent ging zur massiven Haustür und verschwand in der Dunkelheit. Nash schloss hinter ihm ab und ging in die Küche zu einer schmalen Tür, hinter der sich eine Speisekammer zu befinden schien. In Wahrheit führte eine Wendeltreppe zur Sicherheitszentrale des Hauses hinauf. Langsam stieg er die enge Metalltreppe hoch und gelangte in ein fensterloses Zimmer mit mehreren Computern und Monitoren, die gespenstische Nachtsichtaufnahmen der Umgebung zeigten. Der diensthabende Marshal war ein Mann asiatischer Herkunft in den Dreißigern.

»Irgendwelche Aktivitäten?«, fragte Nash.

»Eine Kamera am Zaun auf der Westseite ist ausgefallen«, berichtete der Deputy stirnrunzelnd. »Das kommt schon mal vor, vor allem, wenn es regnet.«

Nash glaubte nicht, dass es am Regen gelegen hatte. »Rufen Sie das Haupttor an.«

»Ja, Sir.«

Der Mann drückte auf einen Knopf, um mit seinen Kollegen beim Haupteingang in Kontakt zu treten. Es kam keine Reaktion. Er versuchte es noch einmal, dann ein drittes Mal, doch die Wachmänner beim Tor meldeten sich nicht.

»Schalten Sie den Handy-Blocker aus«, forderte Nash den Mann auf. »Wir müssen Hilfe rufen. Wir brauchen sofort Verstärkung hier.«

»Ja, Sir.« Der Deputy drückte mehrere Schalter auf einer Konsole, und Nash zog sein Handy hervor. Kein Netz. Er wartete geduldig, doch nach zwei Minuten war sein Handy immer noch tot.

»Warum haben wir kein Netz?«

Der Mann checkte sein eigenes Handy und schüttelte den Kopf. »Das Signal wird immer noch blockiert, Sir, aber nicht von uns.«

»Scheiße.« Nash eilte zur Wendeltreppe zurück. »Nehmen Sie Ihre Waffe, und kommen Sie mit. Wir werden angegriffen.«

Rasch stiegen sie ins Erdgeschoss hinunter. Als sie die Eingangshalle erreichten, fiel plötzlich der Strom aus. Von einem Moment auf den anderen war das ganze Haus in tiefe Dunkelheit getaucht. Durch ein Fenster sah er zwischen den Bäumen einen Lichtstrahl aufflammen und wieder erlöschen. Es konnte Dixon sein. Oder jemand anders. Hinter der Tür des Arbeitszimmers hörte er Sugar bellen. Sie gingen zur Haustür, und Nash schloss auf.

»Wecken Sie Kotow und Tati«, trug er dem Deputy auf. »Wann ist der nächste Schichtwechsel? Wann kommen neue Marshals zum Wachhaus?«

Der Mann schüttelte den Kopf. »Erst in sechs Stunden.«

»Versuchen Sie weiter, einen Notruf abzusetzen.«

Nash trat durch die Haustür ins Freie. In der Dunkelheit war er genauso blind wie Holly. Auf seinen Stock gestützt, tappte er zur Treppe, stieg die Stufen hinunter und stapfte über den schlammigen Boden zu den Bäumen hinüber.

»Dixon?«, zischte er leise.

Der Agent antwortete nicht.

Vorsichtig drang Nash ins Gebüsch ein, verbarg sich hinter einem Mammutbaum, knipste seine Taschenlampe an und sah sich um. Die Bäume standen wie Wachposten, von Nebelfetzen umweht. Er richtete den Lichtstrahl auf den Boden und ließ ihn kreisen, bis er einen dunklen Schatten im grünen Gebüsch bemerkte. Er schaltete die Lampe aus, duckte sich und schob sich langsam näher heran. Und stolperte beinahe über das Hindernis.

Er knipste die Taschenlampe an.

Es war Dixon Lewis.

Tot. Ein Einschussloch in der Stirn.

Nash kam nicht mehr dazu, das Licht auszuschalten, als sich hinter ihm etwas bewegte. Er fuhr herum und sah eine schlanke Gestalt im dunklen Bodysuit vor sich. Eine Frau. Nash riss die Pistole hoch, doch sie war schneller. Etwas Schweres und Hartes traf ihn an der Schläfe, ein greller Schmerz explodierte in seinem Kopf, dann sah und hörte er nichts mehr.

39

Bourne erwachte auf dem Boden des Hotelzimmers. Durch den offenen Fensterspalt wehte kalte Meeresluft auf seinen nackten Körper. In seinem Schädel tobte ein stechender Schmerz. Er stützte sich an der Wand ab und rappelte sich auf, hinterließ klebrige Blutflecken auf der Tapete. Als er einen Schritt machte, gaben seine Knie nach, und er sackte zu Boden. Sein ganzer Körper fühlte sich geschwollen und träge an. Als er sich endlich auf den Beinen halten konnte, taumelte er ins Badezimmer, drehte die Dusche auf und stellte sich in den eiskalten Wasserstrahl. Die Kälte belebte ihn und ließ seinen Kopf wieder klarer werden.

Zurück im Zimmer, wählte er alle Notrufnummern, die er zur Verfügung hatte. Nash. Holly. Dixon. Niemand ging ran. Er hatte nicht die Zeit, um jemand anderen zu erreichen; er musste los. Es war bereits einiges nach Mitternacht.

Nova.

Lennon.

Sie waren hinter Kotow her. Der Angriff hatte wahrscheinlich schon begonnen.

Als er sich anzog, stellte er fest, dass Nova seine Pistole und sein Messer mitgenommen hatte. Sie hatte damit gerechnet, dass er eingreifen würde. Er lief auf den Flur hinaus und zur

Tür nebenan. Zuvor hatte er ein junges Paar hineingehen sehen. Auf Hochzeitsreise.

Bourne hatte nicht die Zeit, um das Schloss lautlos zu knacken. Er schluckte seine Übelkeit hinunter und trat gegen das Schloss. Das Holz splitterte, hielt aber stand, und er trat noch einmal dagegen. Diesmal wurde die Tür aus den Scharnieren gerissen und krachte auf den Boden. Die jungen Leute waren bereits aus dem Bett gesprungen und starrten ihn entsetzt an; sie in BH und Höschen, er in weißer Unterwäsche. Bevor der Mann protestieren konnte, durchquerte Jason das Zimmer und packte ihn an der Kehle.

»Den Autoschlüssel! Schnell!«

Der Mann riss die Augen auf und deutete auf den Nachttisch. Bourne sah den Schlüssel und steckte ihn ebenso ein wie das Handy des Mannes. Auf der anderen Seite des Betts griff seine Frau nach dem Telefon, um die Polizei zu rufen. Bourne lief zu ihr, riss ihr den Hörer aus der Hand und zog das Telefonkabel aus der Wand.

»Bleiben Sie im Zimmer, und rühren Sie sich nicht, wenn Sie am Leben bleiben wollen.«

Er hoffte auf einen Vorsprung von mindestens zehn Minuten, bis sie den ersten Schock überwunden hatten.

Auf dem Hotelparkplatz drückte er auf den Knopf der Fernbedienung, um den Toyota des Paars zu finden. Über die gewundene Zufahrtsstraße gelangte er zum Highway und fuhr Richtung Crescent City. Durch den Nebel in seinem Kopf versuchte er sich an die Route zu erinnern, die Abzweigungen, die Entfernungen und die markanten Punkte, die er sich eingeprägt hatte. Der Highway bot ihm kaum Anhaltspunkte. Die Nacht war pechschwarz, die Straße in dichten Nebel gehüllt. Mit zusammengekniffenen Augen versuchte er etwas zu erkennen, doch er wusste beim besten Willen nicht, wo er war. Eine

Meile war wie die andere. Er fuhr schnell. Wenn er Erde unter den Reifen aufspritzen hörte, wusste er, dass er von der Straße abgekommen war, und lenkte rasch wieder auf den Asphalt zurück, um nicht gegen einen Baum zu krachen.

Immer wieder sah er auf die Uhr am Armaturenbrett. Die Abzweigung zu dem Haus musste jetzt jeden Moment kommen. Er drosselte das Tempo und suchte nach einer Lücke in der Wand aus Bäumen, die ihn umgab.

Da!

Als die Seitenstraße in seinen Scheinwerfern auftauchte, war er auch schon vorbei. Er bremste, wendete und bog in die schmale Straße ein. Der Wagen holperte über Schlaglöcher, Schlamm spritzte von den Reifen auf. Er rief sich die Route ins Gedächtnis – links, rechts, links, links –, bis er nur noch hundert Meter vom Wachhaus entfernt war.

Er stellte den Motor ab und stieg aus. Zuerst sah er nur Nebelschwaden, doch dann konnte er Gestalten zwischen den Bäumen erkennen. Er rannte die Straße hinunter, bis der Stacheldrahtzaun vor ihm auftauchte. Das Tor stand weit offen, die Tür des Wachhauses ebenso. Im Schutz der Bäume pirschte er sich näher heran, dann trat er ins Wachhaus und knipste die Taschenlampe an.

Drei Männer lagen auf dem Boden. Alle tot. Erschossen. Deputy Craig Wallins war einer von ihnen. Jason stellte fest, dass die Haut des Mannes noch warm war. Das Blut der Toten bildete rote Pfützen auf dem Boden. Er checkte die Sicherheitsanlage, doch der Strom war ausgefallen. Die Kabel der Computer und Monitore waren durchtrennt. Die Täter hatten die Waffen der Marshals mitgenommen.

Bourne lief durch das offene Tor und die Zufahrtsstraße zum Haus hinunter. Wie im Wachhaus war auch hier alles dunkel. Kein Strom. Die Haustür stand offen; das Schloss war zerschossen. Jason schlich näher heran, lauschte nach Stimmen, hörte aber etwas anderes. Wütendes Hundegebell.

Sugar.

Er wollte schon hineingehen, als er leises Stöhnen in der Nähe hörte. Im Dunkeln ging er auf das Geräusch zu und sah jemanden im Gebüsch liegen. Er knipste die Taschenlampe an und sah ein bekanntes Gesicht zu sich aufschauen. Blut lief dem Mann aus den grauen Haaren.

»Nash.«

Bourne half dem Treadstone-Agenten auf die Beine. Er stützte ihn und führte ihn zur Treppe. Der Mann stöhnte bei jedem Schritt; einmal musste er stehen bleiben, um sich zu übergeben.

»Wie viele?«, fragte Jason.

»Keine Ahnung, aber für eine solche Operation braucht es ein größeres Team.«

»Hast du jemanden gesehen?« Er fragte sich vor allem, ob Nash die Wahrheit kannte. Dass Nova mit den Angreifern zusammenarbeitete.

»Nein. Eine hat mich ausgeknockt und mir die Waffe abgenommen. Ich weiß nicht, warum sie mich nicht erschossen hat.«

»Eine Frau?«

»Ja. Ihr Gesicht habe ich nicht gesehen.«

Bourne half Nash ins Haus. Er folgte dem Bellen zu einem Zimmer, das von außen mit einem schweren Stuhl verriegelt war. Als er den Stuhl aus dem Weg räumte und die Tür öffnete, katapultierte sich der Hund gegen seine Brust und warf ihn um. Bourne spürte den Atem des Tiers im Gesicht, das sich anschickte, ihm die Kehle durchzubeißen, doch dann erkannte Sugar ihn anscheinend am Geruch und identifizierte ihn als Freund. Statt ihn zu töten, schleckte sie Jason übers Gesicht.

»Wer ist da?«, rief eine besorgte Stimme in der Tür. Holly Schultz.

»Cain.«

»Gott sei Dank. Woher wussten Sie, dass wir angegriffen wurden? Hat jemand Sie verständigt?«

Er wollte die Frage nicht beantworten. Nicht jetzt. »Ich hab mir schon gedacht, dass Lennon es heute Nacht versuchen wird.«

»Die haben Kotow und Tati in ihrer Gewalt. Ich habe ihre Stimmen gehört.«

»Waren sie am Leben?«

»Ja ... *noch*«, sagte Holly.

»Wie lange ist das her?«

»Vielleicht eine halbe Stunde.«

»Wissen Sie, wo sie hin sind?«

»Ich habe keine Autos gehört. Das hieße, dass sie ...«

»Zum Strand wollten.«

»Ja. Wahrscheinlich werden sie von einem Boot abgeholt. Vielleicht sogar von einem russischen U-Boot. Wir haben nicht viel Zeit. Wenn sie mit Kotow den Strand verlassen, sehen wir ihn nie wieder.«

Bourne eilte aus dem Haus, tauchte in den Dschungel ein und lief in Richtung Meer, das er nur wenige Hundert Meter entfernt rauschen hörte. Der Wald war nahezu undurchdringlich mit seinen dicht stehenden Bäumen und dem hüfthohen Gestrüpp, durch das er sich im Dunkeln kämpfte. Die Taschenlampe konnte er nicht einschalten, ohne sich zu verraten. Die Nacht war so dunkel und nebelverhangen, dass er mehrmals gegen einen Baumstamm lief.

Außerdem hatte er keine Waffe.

Als er den Zaun am Rand der Anlage erreichte, schlich er ein Stück daran entlang, bis er zu einer Stelle kam, an der der

Draht herausgeschnitten worden war. Er zwängte sich durch die Lücke und lief weiter Richtung Meer. Je näher er der Küste kam, desto lauter wurde das Rauschen der Wellen. Der Wald endete an einem windumwehten Felsvorsprung hoch über dem Strand. Es war Flut, sodass das Wasser bis auf wenige Meter an die Klippe herankam. Er konnte den Strand kaum erkennen, doch als er eine Weile lauschte, hörte er Stimmen, die der Wind zu ihm trug.

Bourne schlich am Rand der Klippe entlang und fand eine Furche im Fels, in der das Regenwasser einen kleinen Wasserfall bildete. Im Schutz der Dunkelheit kletterte er nach unten, suchte nach Halt auf dem schlüpfrigen Fels. Von unten wehte ihm salzige Gischt ins Gesicht. Immer wieder verlor er mit den Fingern für einen Augenblick den Halt und konnte nur mit Mühe einen Absturz vermeiden.

Als er den Strand erreichte, sah er sich fünf Meter hohen Felsblöcken gegenüber, die eine kleine bogenförmige Bucht umschlossen. Die Wellen donnerten über ihn hinweg, während er im Schutz von Nebel und Dunkelheit durchs Wasser zu dem verborgenen Strand schlich, der von Baumstämmen und Braunalgen übersät war, die im Dunkeln wie gestrandete Meereslebewesen aussahen.

Der erste Wächter war direkt vor ihm postiert. Bourne sah die Umrisse einer Pistole. Der Blick des Mannes war auf das Meer fixiert; er hielt Ausschau nach etwas – einem Licht, einem Boot. An eine mögliche Bedrohung von hinten dachte er nicht. Tief geduckt watete Jason näher heran, doch dann brach sich eine hohe Welle am Strand, und der Mann wandte sich instinktiv vom Meer ab.

Und sah Bourne. Überrascht riss er die Augen auf. Sein Mund öffnete sich zu einem Warnruf, doch Bourne war schon bei ihm und hämmerte ihm die Faust in die Kehle. Das Rauschen übertönte die erstickten Laute, die der Mann noch von sich gab. Bourne warf ihn mit dem Kopf gegen einen Felsen und hörte den Schädelknochen brechen. Der Mann brach zusammen und blieb im Wasser liegen.

Jason nahm ihm die Pistole ab, durchsuchte ihn und fand auch ein Messer.

Auf dem Bauch schlängelte er sich durch das seichte Wasser zum nächsten Felsblock. Er sah die Bucht nun deutlicher vor sich, die von der Felswand dahinter bogenförmig umschlossen wurde. Die schattenhaften Gestalten waren jedoch zu weit entfernt, um jemanden zu erkennen. Doch dann hörte er das leise Murmeln von Stimmen, die der Wind zu ihm trug. Er wusste ohnehin, wen er an dem Strand vorfinden würde.

Lennon. Kotow. Tati. Und Nova.

Zehn Meter entfernt sah er die Silhouette eines weiteren Wachpostens, der an der Stelle stand, wo die Brandung in kleinen Wellen auf dem kiesbedeckten Strand auslief. Es gab noch mindestens zwei weitere Wachmänner. Mit dem Messer in der Hand kroch er durch das seichte Wasser, das mit jeder Brandungswelle über ihn hinwegspülte, und pirschte sich an den nächsten Wächter heran.

40

Nova zielte mit ihrer Pistole auf Grigori Kotows Herz. Sie standen vor dem Granit der Felswand, die von der Gischt schwarz verfärbt war. Nova kämpfte noch immer mit den Schuldgefühlen, die sie plagten, seit sie Jason verraten hatte. Sie konnte selbst nicht glauben, dass sie so weit gegangen war. Doch ihre Bedenken schwanden, wenn sie in die Augen dieses Mannes schaute. Sie fühlte sich wieder wie das Kind, das sich unter dem Bett versteckte und mitansehen musste, wie ihre Eltern in einer Blutlache auf dem Boden lagen. Das Kind, das mit den Leichen ihrer Eltern allein zurückblieb. Ein siebenjähriges Mädchen auf einem Geisterschiff.

Drei Tage waren vergangen, bis sie sie endlich fanden. *Drei Tage!*

Sie wollte nichts anderes, als endlich den Abzug zu drücken. Diesen Mann zu töten. Ihre Eltern zu rächen, ihre zerstörte Kindheit. Sie wollte ihn vor Schmerz schreien und nach Luft ringen hören, wollte zusehen, wie das Leben in seinen Augen erlosch.

Du Mörder!

Kotow erwiderte ihren Blick mit einer Gelassenheit, die sie nur noch wütender machte. Er wusste, dass sie es herausgefunden hatte. Dass sie wusste, was er ihr angetan hatte. Er hatte es schon damals in Tallinn gewusst. Seine Augen zeigten keine Reue. Für ihn war die Ermordung ihrer Eltern ein Auftrag gewesen, den es zu erledigen galt. Ein Auftrag von vielen, nicht mehr.

»Darf der Verurteilte vielleicht eine letzte Zigarette rauchen?«, fragte er, als ginge ihn das Ganze gar nichts an.

»Nur zu. Wenn du nach der Waffe greifst, gibst du mir einen Vorwand, um abzudrücken.«

»Ich habe keine Waffe«, erwiderte er. »Ihr habt mich durchsucht.«

Kotow zog das Päckchen hervor und zündete sich eine Zigarette an. Sein Blick schweifte über die Bucht und fand Lennon, der nach dem Boot Ausschau hielt, das sie von hier wegbringen würde. Dann blickte er zur Klippe und zu den hohen Felsblöcken, die die Bucht umgaben, wie ein Spion, der in einer aussichtslosen Situation nach einem Ausweg suchte.

»Soll ich mich entschuldigen?«, fragte er. »Würde es das besser machen?«

»Es ändert nichts. Ich weiß, dass es dir nicht leidtut.«

Kotow zuckte mit den Schultern. »Das will ich gar nicht leugnen. In diesem Geschäft gibt es keine Moral, Nova. Höchstens Heuchelei. Sagen Sie mir, wie viele Kinder haben Sie zu Waisen gemacht?«

»Das ist etwas anderes.«

»Wirklich? Inwiefern?«

»Die Leute, die ich umgebracht habe, waren nicht unschuldig.«

»Mag sein, aber ihre Kinder waren es. Deren Leben haben Sie genauso ruiniert wie ich Ihres. Und es hat Ihnen wahrscheinlich auch keine schlaflosen Nächte bereitet. Das ist nun mal der Preis, den wir bezahlen. So sind wir. Als Spione sollten wir vorsichtig sein, wenn wir das Wort ›unschuldig‹ in den Mund nehmen.

Unschuld ist in unserem Geschäft ein schwammiger Begriff. Sie glauben, Sie wissen alles über Ihren Vater? Ich kann Ihnen sagen, da gab es Dinge, die würden Sie schockieren.«

Nova drückte ihm die Pistole auf die Brust. »Soll ich dich gleich erschießen?«

»Eine Kugel wäre mir bei Weitem lieber als das, was mich erwartet.«

»Ich weiß«, sagte Nova. »Das ist der einzige Grund, warum du noch am Leben bist. Lennon hat mir versprochen, dass dir etwas viel Schlimmeres bevorsteht.«

»Ihnen ist schon klar, dass Sie mich genau den Leuten ausliefern, die den Tod Ihres Vaters befohlen haben?«, gab Kotow zu bedenken. »Ich war nur das Werkzeug. Indem Sie mich ausliefern, helfen Sie den eigentlichen Mördern Ihres Vaters. Das hat eine gewisse Ironie, oder?«

»Tja, wie wir wissen, hat unser Geschäft nicht viel mit Moral zu tun.«

Sie trat ein paar Schritte zurück und hielt die Pistole weiter auf ihn gerichtet. Vom Wasser her sah sie Lennon zurückkommen. Obwohl nur wenige Meter entfernt, war er nur als dunkler Schatten zu erkennen. Doch sie sah die Waffe in seiner Hand. Einen Moment lang fragte sie sich, ob sie versuchen sollte, ihn zu töten. Drei Jahre hatte sie auf eine solche Gelegenheit gewartet. Sie konnte zuerst Lennon eliminieren, dann Kotow. Und danach fliehen.

Als Lennon bei ihnen war, tippte er mit dem Lauf seiner Pistole gegen ihre Wange. Er wusste, was sie dachte. »Du kannst es gern versuchen, Yoko, aber vergiss nicht, du hast die Linie schon überschritten. Ein Zurück gibt es nicht.«

Nova schwieg; er hatte recht.

»Zehn Minuten«, verkündete er und wandte sich an Kotow. »Jetzt ist es gleich so weit, Grigori. Sie kehren endlich wieder nach Hause zurück. Ihr alter Freund kann es gar nicht erwarten, Sie wiederzusehen.«

»Wollen Sie mir Angst machen?«, erwiderte Kotow. »Wissen Sie, ich war oft genug in diesen Räumen in der Lubjanka. Ich weiß, was dort passiert.«

»Ja, aber es fühlt sich ein bisschen anders an, wenn man auf der anderen Seite steht. Vielleicht ist es umso schlimmer, wenn man weiß, was einen erwartet. Sie können sich bildlich vorstellen, was die mit Ihnen machen werden. Das kann schlimmer sein als die Realität. Obwohl … in diesem Fall wird die Realität Ihre schlimmsten Befürchtungen übertreffen.«

Nova sah, wie Kotows Gesicht sich in ohnmächtiger Wut verzerrte, als wollte er Lennon wüste Beleidigungen an den Kopf werfen. Doch er beherrschte sich, atmete tief durch und rauchte seine Zigarette, um sich zu beruhigen.

»Ihr habt mich«, sagte Kotow. »Ihr habt, was ihr wollt. Ich wehre mich nicht. Ich weiß, was mich erwartet. Aber meine Tochter hat damit nichts zu tun. Lassen Sie sie gehen. Sie brauchen sie nicht mehr als Druckmittel. Lassen Sie sie hier in den Vereinigten Staaten bleiben und ihrer wissenschaftlichen Arbeit nachgehen. Sie ist keine Bedrohung für Russland. Wenn ich sterbe, wird Tati sicher niemanden verfolgen, um Rache zu üben, so wie Nova. Tati ist nicht wie wir.«

Lennons Gesicht verzog sich zu einem hintergründigen Grinsen. Er deutete zur Klippe, wo Tati allein auf einem Felsen hockte, den Kopf zwischen die Knie gesenkt. »Tati. Kommen Sie doch mal. Ihr Vater will mit Ihnen reden.«

Als sie nicht reagierte, richtete er die Pistole auf sie. *»Sofort!«*

Tati stand auf. Ihre durchnässte Kleidung betonte ihre dünnen Glieder. Mit gesenktem Kopf und hängenden Schultern trottete sie über den Strand, als hätte sie sich vor diesem Augenblick gefürchtet. Sie vermied es, Kotow anzusehen.

»Ihr Vater meint, wir sollen Sie hier in Amerika lassen«, begann Lennon. »Was sagen Sie dazu?«

Tati kaute auf ihrer Unterlippe, ehe sie antwortete. »Ich will nach Hause. Russland ist mein Zuhause. Ich will zurück zu meiner Arbeit.«

»Die werden dich nicht mehr arbeiten lassen«, gab Kotow zu bedenken. »Du bist meine Tochter, deshalb werden sie dich immer als Bedrohung ansehen. In Russland wärst du nur noch eine Außenseiterin. Du kennst diese Leute nicht, Tati. Die würden dir nie wieder trauen. Sie haben dich jahrelang überwacht, jeden Schritt, den du getan hast, nur weil du meine Tochter bist. Und jetzt wäre es bestimmt noch schlimmer. Die werden dich ins Gefängnis stecken, während sie überlegen, was sie mit mir machen werden. Falls sie dich überhaupt wieder herauslassen, schicken sie dich irgendwohin, wo es wahrscheinlich schlimmer ist als im Gefängnis. Das will ich nicht.«

»Sie irren sich, Grigori«, widersprach ihm Lennon. »Tati wird in ihr altes Leben zurückkehren können. Natürlich ohne den Taugenichts, mit dem sie verheiratet war. Sie wird in Russland willkommen sein, so wie bisher auch, und einen Ehrenplatz unter unseren Wissenschaftlern einnehmen. Das habe ich ihr schon gesagt.«

»Tati, er *lügt*«, entgegnete Kotow.

Sie schüttelte den Kopf und sah ihm jetzt erst in die Augen. »Nein, Papa. Es ist so, wie er sagt.«

»Sei nicht dumm!«

Lennon lachte höhnisch. Nova verstand nicht, was hier vor sich ging, aber offensichtlich gab es einiges, was ihr verborgen war.

Ein Geheimnis, das wahrscheinlich mit Tallinn zu tun hatte.

»Jetzt hatten Sie drei Jahre Zeit, um darüber nachzudenken, und sind doch nicht draufgekommen!«, sagte Lennon triumphierend. »Tja, wir Spione durchschauen alles und jeden – aber nicht die, die uns am nächsten stehen. Sagen Sie es ihm, Tati. Ich glaube, er hat es verdient, die Wahrheit von Ihnen zu hören. Sonst würde er es wahrscheinlich nicht glauben.«

Tati verzog widerstrebend das Gesicht. »Ich will nicht.«

»Sagen Sie es ihm!«, befahl Lennon.

Tati holte Atem und nahm ihren ganzen Mut zusammen. »Ich war's.«

Kotow sah sie verwirrt an. »Du? Mädchen, wovon redest du?«

»*Ich* habe dich verraten, Papa. Ich habe ihnen gesagt, dass du ein Spion bist. Deswegen waren sie plötzlich hinter dir her.«

Kotow, ein hartgesottener Veteran des KGB, der in seiner Laufbahn schon alles gesehen hatte, war zutiefst erschüttert. Lennon hatte recht. Nie im Leben wäre er darauf gekommen. Nicht eine Sekunde hätte er an der Loyalität seiner Tochter gezweifelt. Und doch sagte sie offenbar die Wahrheit. Tati hatte ihren Vater damals in Tallinn in den Tod geschickt.

Und nun würde er ein zweites Mal sterben.

»Du bist ein Verräter«, fügte Tati nun mit lauterer Stimme hinzu. »Du hast mich als Patriotin erzogen, hast mich die Liebe zu unserem Land gelehrt – und dann verkaufst du deine Seele. Du hast dich von allem abgewandt, an das du selbst einmal geglaubt hast. Ich konnte nicht zusehen, wie du uns in den Rücken fällst. Ich habe Putin gesagt, was du getan hast. Dass du für die Amerikaner spionierst, um ihn zu stürzen. *Ich* war das. Ich habe es ihm ins Gesicht gesagt. Und ich würde es wieder tun.«

Kotow starrte seine Tochter ungläubig an. Nahm einen Zug an seiner Zigarette und schaute zum Himmel. Dann schüttelte er resignierend den Kopf. »Was soll ich sagen? Ich bin froh, dass du es warst und nicht irgendein Bürokrat.«

Tati entschuldigte sich nicht – im Gegenteil, sie drehte sich um und spuckte auf den Boden. Nova vermutete, dass diese Geste ihrem Vater am meisten wehtat. Damit zeigte sie ihm, was sie von ihm hielt. Nichts.

»Familientreffen sind doch immer wieder schön«, bemerkte Lennon zynisch.

Dann schaute er aufs Meer hinaus, das sich zum schwarzen Horizont erstreckte. In Küstennähe sah man Wellen mit weißen Schaumkronen, doch weiter draußen bildete das Meer eine einzige dunkle Masse. Plötzlich hob sich das Licht eines Boots von der Dunkelheit ab.

»Es wird Zeit«, sagte Lennon und rief einen Befehl in sein Funkgerät. »Nikolai, Winston, Paul, kommt zurück. Das Boot wird gleich da sein.«

Keiner der drei meldete sich.

Nova sah, wie Lennon beunruhigt die Stirn runzelte. »Nikolai?«

Er blaffte auch die beiden anderen Namen ins Mikrofon.

»Winston? Paul? Meldet euch. Was ist los?«

Das Funkgerät blieb stumm. Lennons Blick sprang zu den riesigen Felsblöcken, die die Bucht begrenzten. Dann wandte er sich an Nova.

Sie beantwortete seine unausgesprochene Frage.

»Cain ist hier.«

41

Jason kam mit der Pistole im Anschlag hinter den Felsen hervor. In der Ferne sah er das Licht eines Boots auf dem Wasser. Ihm war klar, dass ihm nicht viel Zeit blieb. Bald würde er noch mehr Männer und Waffen gegen sich haben. Er überquerte den Strand und näherte sich den vier Personen bei der Klippe. Die Windböen waren so stark, dass er Mühe hatte, sich auf den Beinen zu halten.

Er war noch zu weit entfernt für einen gezielten Schuss. Lennon sah ihn kommen und hob seine Pistole. Dann ging er von der Klippe weg und kam Jason auf dem Strand entgegen. Der finale Showdown.

Aus dem Augenwinkel sah Jason Novas Blick auf sich gerichtet, obwohl ihre Pistole auf Kotows Brust zielte. Der Russe war ihr Gefangener. Der Mann, hinter dem sie her war, seit sie als siebenjähriges Mädchen alles verloren hatte. Was immer auf diesem Strand passierte – sie würde Kotow nicht lebend davonkommen lassen.

»Warum bist du gekommen, Jason?«, rief sie ihm mit von Verzweiflung erstickter Stimme zu. »Du hättest dich heraushalten sollen. Ich wollte, dass du damit nichts zu tun hast. Dass du am Leben bleibst!«

Ihre Stimme traf ihn wie ein Stich ins Herz. Noch vor wenigen Stunden waren sie zusammen im Bett gewesen. Die

Erinnerung war noch so frisch; das Gefühl, ihre Haut auf seiner zu spüren.

Hör auf!

Nova ist nicht deine Geliebte! Nicht mehr. Nie mehr!

Plötzlich rannte Tati los, bevor Lennon sie aufhalten konnte. Sie taumelte über den Kies, bis sie bei Jason war.

»Sie hat recht«, rief sie ihm zu. »Du muss weg hier! Schnell!«

»Tati, geh zurück.«

Sie umklammerte seinen Arm und wich nicht von seiner Seite. »Bitte, geh!«, redete sie auf ihn ein. »Du kannst nicht gewinnen. Wenn du nicht umkehrst, wirst du sterben. Und wofür? Für einen Spion, der sein Land verraten hat? Für eine Frau, die *dich* verraten hat? Geh, solange du kannst!«

In diesem Augenblick übertönte Lennons Stimme das Heulen des Windes. »Lassen Sie ihn, Tati. Er ist nicht hier, um Sie oder Ihren Vater zu retten. Habe ich nicht recht, Cain? Wir wissen beide, worum es wirklich geht. Du bist *meinetwegen* hier.«

Lennon war Tati gefolgt und blieb fünf Meter vor Bourne stehen. Jeder zielte mit seiner Pistole auf die Brust des anderen. Sie konnten beide abdrücken. Und beide sterben. Tatis Blick ging zwischen ihnen hin und her. Sie klammerte sich an seine Taille, und Jason spürte ihr Herz hämmern.

»Du willst die Wahrheit wissen, oder?«, fuhr Lennon fort. »Bevor ich verschwinde, willst du noch erfahren, wer ich bin. Du weißt schon lange, dass deine Vergangenheit dich jederzeit einholen kann. Darum stößt du alle weg, die dir zu nahe kommen. Marie. Nova. Abbey Laurent. O ja, ich weiß auch von ihr. Ich weiß alles über dich, Cain. Ich behalte dich schon sehr lange im Auge. Auf diesen Moment habe ich gewartet.«

Bournes Finger zuckte am Abzug. Er wollte abdrücken, auch wenn es ihn vielleicht selbst das Leben kostete. Doch Lennon hatte recht. Er musste wissen, was sich hinter dieser weißen Wolke in seinem Gehirn verbarg.

Irgendwo in diesem Nebel lag die Antwort auf die Frage, woher er Lennon kannte. *Wer bist du?*

»Deiner Vergangenheit kannst du nicht entkommen«, betonte Lennon. »Sie ist hier vor deinen Augen. Ich *bin* deine Vergangenheit.«

»Du lügst.« Bourne versuchte zu verbergen, wie aufgewühlt er war.

»Nein, die Lüge sitzt in deinem Kopf. Dein ganzes Leben war eine Lüge, lange bevor du dein Gedächtnis verloren hast. Die Bourne-Identität war ein Fantasiegebilde, das du zusammen mit Treadstone erschaffen hast. Jason Bourne. Der Mann hinter *Cain*. Du hast die Identität eines Killers übernommen, um selbst ein Killer zu werden. Du hast einen Mann namens Jason Bourne hingerichtet, um selbst Jason Bourne zu werden. Du kannst dich nur nicht daran erinnern.«

»Ich brauche keine Geschichtsstunde«, schnaubte Jason wütend. »Ich habe die Akte auch gelesen. Ich weiß, wie es war.«

Er umfasste den Griff der Pistole noch fester und versuchte, den Arm ruhig zu halten, obwohl Tati sich an ihn klammerte und der Wind an ihm zerrte.

»Nein. Du weißt nur das, was Holly Schultz dich wissen lassen will«, erwiderte Lennon. »Die können dir erzählen, was sie wollen. Wie kann ein Mann ohne Erinnerung wissen, ob es die Wahrheit ist?«

»Wovon redest du?«

Lass dich nicht von ihm ablenken! Drück ab!

»Der echte Jason Bourne ist nicht tot«, betonte Lennon.

»Das ist eine Lüge. Ich habe ihn erschossen.«

»Nein. Das dachtest du nur. So wie du dachtest, Kotow sei tot. Oder Nova. Nein, Bourne hat überlebt. Du hast seine

Identität gestohlen, deshalb musste er sich eine neue erschaffen. Musste sich hinter Verkleidungen verstecken. Er wurde … *Lennon.*«

Bourne blinzelte ungläubig. Seine Waffenhand zitterte; die Pistole schien ihm plötzlich zu schwer zu sein. Sein Kopf begann zu pochen, der Schweiß lief ihm über die Stirn. Verschwommene Erinnerungen kamen in ihm hoch, flammten wie Blitzlichter auf, dann breitete sich ein schwarzer Schatten über ihn.

Für einen Augenblick war er wie erstarrt.

Konnte sich nicht bewegen.

Lennons Stimme war ein leises, drohendes Zischen. »Es ist wahr, Cain … *ich bin Jason Bourne!* Und jetzt hole ich mir meine Identität zurück.«

Tati schrie. Als Lennons Finger am Abzug zuckte, sprang sie auf ihn zu, packte ihn am Handgelenk und riss seinen Waffenarm hoch. Die Kugel schoss zum Himmel empor. Das Krachen des Schusses riss Bourne aus seiner Lähmung, doch er konnte nicht abdrücken; Tati war in der Schusslinie. Lennon schleuderte sie von sich weg, und sie prallte so hart gegen Jason, dass ihm die Pistole aus der Hand glitt. Lennon zielte erneut, und Jason stieß Tati zur Seite. Doch als Lennon den Abzug drückte, riss eine heftige Windböe an seinem Arm, sodass die Kugel knapp danebenging.

Bourne reagierte blitzschnell und entwaffnete seinen Gegner mit einem Tritt gegen das Handgelenk. Beide griffen zu ihren Messern, umkreisten und belauerten einander. Kalte Gischt umspülte ihre Beine.

Das Licht, das sich auf dem Wasser näherte, wurde immer heller. Bald würde das Boot am Strand anlegen.

Bourne griff mit dem Messer an und fügte seinem Gegner eine klaffende Wunde an der Brust zu. Doch als er die Klinge zurückzog, packte Lennon ihn am Handgelenk und stieß ihm das Messer seinerseits in die Schulter. Der Schmerz raubte Bourne fast das Bewusstsein, doch er biss die Zähne zusammen, packte Lennon an seinem gebrochenen Handgelenk und bog es nach hinten. Lennon ließ ihn los, Jason stieß erneut zu, und die Klinge bohrte sich in Lennons Schulter.

Sie hielten einander umklammert, jeder mit dem Messer des anderen in der Schulter. Lennon versetzte Bourne einen Kopfstoß, wuchtete seinen Körper nach vorn und riss seinen Gegner von den Beinen. Jason landete im seichten Wasser; Lennon warf sich auf ihn, drückte ihm das Messer noch tiefer in die Schulter und zog sich Jasons Klinge aus der Wunde. Im nächsten Augenblick spülte eine Brandungswelle über sie hinweg.

Der Schmerz in der Schulter brannte wie Feuer, als Jason in Lennons Gesicht schaute, das über ihm aufragte. Dieses Gesicht! Als würde es von jenseits des Nebels herüberschauen, der seine Erinnerung umwölkte.

Ein blutverschmiertes Gesicht, die Augen geschlossen, mehrere Schusswunden in der Brust.

Du bist tot!

»Du erinnerst dich an mich, oder?«, provozierte Lennon. »Ich bin noch da in deinem Gedächtnis. Weißt du noch … unser letzter Kampf, als du dachtest, du hättest mich getötet? Das war ein Irrtum. Jetzt wird mein Gesicht das Letzte sein, was du siehst, *Cain.*«

Lennon riss das Messer aus Bournes Schulter und holte zum tödlichen Stoß gegen seinen Hals aus.

Dann krachte ein Schuss.

Die Kugel streifte Lennons Arm, die nächste jagte über seinen Kopf hinweg, doch die dritte zertrümmerte ihm den Ellbogen. Das Messer glitt ihm aus der Hand und fiel ins Wasser.

Von der Klippe her stapfte Nova auf die Kämpfenden zu und hörte nicht auf zu feuern.

Bourne hämmerte seinem Gegner die Faust gegen das Kinn, Lennon fiel zur Seite, und die nächste Welle spülte über ihn hinweg. Jason rappelte sich auf die Beine, doch auch Lennon schüttelte seine Benommenheit ab und taumelte den Strand hinunter, von Novas Kugeln verfolgt. Dann krachten Schüsse aus einer anderen Richtung. Zwei Männer in einem Schlauchboot feuerten aus allen Rohren. Nova warf sich auf den Boden, um dem Kugelhagel zu entgehen, und auch Bourne ging in Deckung.

Nur Lennon war noch auf den Beinen und sah Tati auf dem Boden knien, die Arme schützend über dem Kopf. Er zog sie hoch; sie wehrte sich, trat mit den Beinen um sich, doch dann gab sie ihren Widerstand auf, als er rückwärts mit ihr ins tiefere Wasser ging und sie wie einen Schild vor sich hielt. Die Männer im Schlauchboot feuerten weiter und gaben Bourne und Nova keine Gelegenheit, sich aus der Deckung zu wagen. Jason musste ohnmächtig zusehen, wie Lennon mit Tati zum Schlauchboot watete, sie hineinhob und selbst ins Boot stieg.

Mit markigem Brummen hob sich das Boot aus den Wellen und beschleunigte auf das offene Meer hinaus.

Lennon war fort. Und Tati ebenso. Unterwegs nach Russland.

Langsam rappelte sich Bourne auf. Blut strömte aus der Wunde in der Schulter, der Arm hing steif und unbeweglich herab. Nova stand ebenfalls auf, immer noch mit der Pistole in der Hand. Ihre langen schwarzen Haare wehten im Wind.

Er sah das drohende Funkeln in ihren Augen und wusste, dass sich an ihren Absichten nichts geändert hatte.

Sie war nur aus einem Grund hier – um Grigori Kotow zu töten.

»Nova! Nein!«

Entschlossen stapfte sie über den Strand auf die dunklen Schatten der Klippe zu. Kotow sah sie kommen, doch es gab für ihn kein Entrinnen. Bourne versuchte Nova einzuholen, doch er war bereits zu sehr vom Blutverlust geschwächt. Verzweifelt sah er sich nach einer Waffe um. Nach seiner oder Lennons Pistole.

Da lag sie im Kies, eine silberne Glock. Er bückte sich und hob sie auf, doch er konnte nicht auf Nova schießen – das wusste sie genauso gut wie er.

»Nova, tu's nicht!«

Sie blieb vor Kotow stehen. Er rauchte eine Zigarette, seine Augen blickten über ihre Schulter hinweg in die Ferne. Er sah seine Tochter, die ihn verraten hatte, auf dem Wasser verschwinden.

»Jetzt haben Sie endlich Ihre Rache«, sagte er zu Nova. »Darum geht es doch, oder?«

»Darum geht es.«

»Tu's nicht!«, flehte Jason. »Du erreichst gar nichts, wenn du ihn tötest. Es wird dir nicht helfen. Es bringt sie nicht zurück.«

»Es verschafft ihnen Gerechtigkeit«, hielt Nova dagegen.

Sie richtete die Pistole auf Kotows Kopf. Mit dunklen, kalten Augen blickte der Russe auf die Pistole und nahm noch einen langen Zug von der Zigarette.

»Wenn Sie es unbedingt tun müssen, dann drücken Sie schon ab«, sagte er.

Jason sah, dass Nova zögerte. Ihr Finger war nicht einmal mehr am Abzug. In ihrer Unentschlossenheit blickte sie zu Jason und ließ Kotow einen Moment lang aus den Augen. Das genügte ihm. Kotow schnippte ihr heiße Zigarettenasche in die Augen, und Nova zuckte zurück. Blitzschnell packte er sie am Handgelenk, verdrehte es mit einem Ruck und entriss ihr mit der anderen Hand die Pistole.

Dann hob er die Waffe und zielte auf Novas Gesicht. Mit tränenden Augen blinzelte sie, um etwas sehen zu können.

»Unterschätze nie einen alten Spion«, sagte Kotow lachend. »Wir haben immer noch einen Trick im Ärmel.«

»Legen Sie die Waffe weg«, forderte Bourne ihn auf. »Es ist vorbei. Sie sind in Sicherheit.«

Kotow machte keine Anstalten, der Aufforderung nachzukommen. »So lange die hier lebt? Nein. So lange bin ich nicht sicher. Sie ist eine Spionin und Doppelagentin, und ich werde sie eliminieren. Das hätte ich meine Leute schon damals tun lassen sollen. Jetzt rächt es sich, dass ich so sentimental war. Ich habe ihnen gesagt, sie sollen das kleine Mädchen am Leben lassen.«

Jason zielte mit seiner Pistole auf Kotows Kopf. »Die Waffe nieder. *Sofort!*«

Der Russe warf ihm einen abschätzigen Blick zu. »Sie werden mich nicht erschießen, Cain. Die Company hat Sie zu dem gemacht, der Sie sind – deshalb werden Sie tun, was man Ihnen gesagt hat. Sie haben die Anweisung, für meine Sicherheit zu sorgen, und sonst nichts.«

»Legen Sie die Waffe auf den Boden«, forderte Bourne ihn mit eisiger Stimme auf.

»Das werde ich nicht tun.«

Nova starrte in den Pistolenlauf, der auf ihr Gesicht gerichtet war. In diesem Augenblick sah Jason alles, was diese Frau ausmachte. Das verängstigte kleine Mädchen. Die hemmungslose Liebhaberin. Die eiskalte Killerin.

»Na los«, zischte sie Kotow zu. »Bring zu Ende, was du auf der Jacht begonnen hast.«

»Gern.« Kotows Finger krümmte sich am Abzug.

Bourne drückte ab. Viermal, obwohl ein Schuss genügt hätte. Schon die erste Kugel traf Kotow zwischen den Augen, durchbohrte sein Gehirn und tötete ihn augenblicklich.

Die drei anderen Kugeln waren nur noch ein Statement: *Ich bin nicht das, was die aus mir gemacht haben.*

Kotows lebloser Körper sackte zu Boden. Die Pistole landete neben ihm. Jason hob sie auf und schob sie in seinen Gürtel. Nova stand reglos da, schaute auf Kotows Gesicht hinunter, auf die Einschusslöcher in seinem Kopf, das Blut und die ausgetretene Gehirnmasse. Ihre harte Schale fiel von ihr ab, und zum zweiten Mal in zwei Tagen sah Jason sie weinen. Neben Kotow kniete sie sich auf den Boden, schloss die Augen und ließ den Tränen freien Lauf.

Schließlich wischte sie sich übers Gesicht und blickte zu Jason auf. »Du hättest ihn nicht aufhalten sollen, nur um mich zu retten. Nach allem, was ich dir angetan habe. Du warst mir nichts schuldig.«

»Ich wollte es aber.«

»Ich werde mich stellen. Ich gehe zu Nash und sage ihm, dass ich ihn erschossen habe.«

Jason schüttelte den Kopf. »Das wirst du nicht.«

»Die werden dich dafür kreuzigen, Jason.«

»Das glaube ich nicht. Sie werden es unter den Teppich kehren und kein Wort darüber verlieren. So regeln die das immer. Kotow ist vor drei Jahren in Tallinn gestorben. Auf einer Fähre, die in die Luft gesprengt wurde. Das ist die einzige Wahrheit, die die Öffentlichkeit je kennen wird.«

Nova stand auf. »Was ist mit uns beiden?«

»Nichts. Das ist vorbei.«

Sie biss sich reumütig auf die Lippe. »Es tut mir leid, Jason.«

»Du musst gehen.«

»Und dich hier alleinlassen? Das werde ich nicht tun.«

»Doch. Dir bleibt nicht viel Zeit. Sie werden bald hier sein.«

Nova schaute über den Strand zu den hohen Felsen. Der Weg zur Freiheit. Sie wusste, dass er recht hatte, doch es fiel ihr schwer, ihn allein zurückzulassen. Jason sah ihr in die Augen. Er hatte so viele Erinnerungen verloren; umso kostbarer waren die wenigen, die er behalten wollte. Einmal noch wollte er sich in diesen smaragdgrünen Augen verlieren.

»Geh«, sagte er schließlich.

Nova trat zu ihm, nahm sein Gesicht in beide Hände und küsste ihn. Zärtlich und liebevoll. Er erwiderte ihren Kuss auf die gleiche Weise. »Vielleicht lässt du das alles irgendwann hinter dir«, flüsterte sie.

»Vielleicht.«

»Und dann … wer weiß?«

»Ja, wer weiß?«

Zum Abschied legte sie ihre Hand sanft auf seine Wange. Sie öffnete die Lippen, wie um noch etwas zu sagen, doch dann drehte sie sich um und lief los, mit der geschmeidigen Anmut, die er immer schon an ihr bewundert hatte. Als sie bei den Felsen war, watete sie durchs Wasser und stieg den Hang hinauf. Er folgte ihr mit dem Blick, doch sie schaute nicht mehr zurück.

Bourne war allein.

Er zog sein Hemd aus, drückte es auf die Wunde in der Schulter und verzog vor Schmerz das Gesicht. Dann setzte er sich auf den kalten, nassen Boden und lehnte sich an den Fels der Klippe. Mit dem Toten neben sich wartete er auf die Rettungskräfte.

42

Es war ein kalter Dezembertag in Paris.

Jason erwachte wie immer vor Sonnenaufgang. Seine neue Zweizimmerwohnung befand sich im zweiten Stock eines Hauses im siebten Arrondissement, nur wenige Blocks von Napoleons Grab im Invalidendom entfernt. Er stand auf, duschte und sah sich die Aufnahme der Kamera an, die er über der Straße angebracht hatte. Die hohe Auflösung ermöglichte es ihm, auf Autos, Motorräder und die Gesichter der Passanten zu zoomen, die sich in der Nähe des Hauses aufhielten.

Er ließ das Video schnell durchlaufen und konnte nichts Ungewöhnliches erkennen. Er war wieder für einen Tag in Sicherheit.

Das hohe Fenster im Wohnzimmer war offen und ließ die Winterluft und die Gerüche der Stadt herein. Im Haus gegenüber war ebenfalls schon jemand wach und hatte seinen Toast verbrannt. Seine eigene Wohnung roch noch ein wenig nach dem Roquefort, den er am Vorabend mit Baguette und ein paar Scheiben *Jambon d'Auvergne* gegessen hatte.

Gerüche waren immer der erste Hinweis. Jedes Mal, wenn er in die Wohnung zurückkehrte, blieb er einen Augenblick in der Tür stehen und atmete den Geruch ein, der ihm entgegenwehte. Noch bevor er sah oder hörte, dass etwas nicht stimmte, würde er einen Eindringling riechen. Sechs Monate lang hatte er beim Eintreten immer einen bestimmten Parfumduft aufgeschnappt.

Novas Parfum. Wie eine Botschaft. *Ich war hier.*

Bisher deutete jedoch nichts darauf hin, dass sie ihn gefunden hatte. Vielleicht suchte sie auch nicht nach ihm.

Jason zog sich an und ging auf die Straße hinunter. So früh am Morgen hatte er die Gasse noch ganz für sich. Er schlenderte an den geschlossenen Geschäften vorbei, bis er zu der breiteren Straße gegenüber der Place Salvador Allende gelangte. Hier waren auch andere Frühaufsteher unterwegs. Sein neues Stammbistro hatte soeben geöffnet, als er es kurz nach sieben Uhr betrat. Er setzte sich an einen der kleinen Tische am Fenster.

Die hübsche junge Kellnerin namens Dominique begrüßte ihn mit einem Lächeln und legte ihm die Hand auf die Schulter. Sie war jeden Tag hier. »*Bon matin*, Monsieur Washburn.«

Er war nun George Washburn, ein kanadischer Einwanderer in den Diensten einer französischen Bank. Wieder eine neue Identität.

Dominique brachte ihm sein übliches Frühstück – einen doppelten Espresso, ein Croissant mit Orangenmarmelade und die *Le Monde*. Die Sonne war noch nicht aufgegangen, doch der Himmel wurde bereits hell. Während er seinen Kaffee trank, musterte er das Gesicht eines jeden, der sich draußen näherte oder hereinkam. Außerdem las er die Zeitung in aller Ruhe von vorn bis hinten.

Heute gab es einen Artikel, der ihn besonders interessierte. Es ging um eine riesige Eisscholle, die in der Antarktis abgebrochen war – ein Ereignis, das die Wissenschaftler mit dem Zerfall des Larsen-B-Schelfeises vor zwanzig Jahren verglichen. Mit besonderer Aufmerksamkeit las er einen Kommentar der russischen Wissenschaftlerin Tati Reznikowa, die selbst auf der

Wostok-Station geforscht hatte und heute am hydrometeorologischen Zentrum in St. Petersburg tätig war.

Bourne lächelte. Tati war in ihr altes Leben zurückgekehrt. Eine erfreuliche Nachricht.

Zwei Seiten weiter fand er einen Artikel über die Niederschlagung der lang anhaltenden Klimaproteste in Moskau. Dabei seien Dutzende Rädelsführer der Unruhen festgenommen worden. Das russische Außenministerium sprach in diesem Zusammenhang von Terrorzellen, die mit westlicher Unterstützung agierten. Wie in dem Artikel ausgeführt wurde, seien die gewalttätigen Proteste, die über Monate hinweg die Stabilität der Regierung bedroht hatten, nun wohl endgültig ausgelöscht worden.

Jason trank seinen Espresso aus, der inzwischen kalt geworden war, und aß den letzten Bissen des Croissants.

Als er sich noch einmal im Bistro umsah, fiel ihm ein Mann auf, der ebenfalls an einem Fenstertisch saß. Der Mann erwiderte seinen Blick, nickte höflich und wandte sich wieder seinem Handy zu. Er war um die fünfzig, groß und schlank, hatte eine hohe Stirn und glatt zurückgekämmte schwarze Haare. Er trug einen grauen Anzug, dem eine Reinigung nicht geschadet hätte. Der Mann hatte nichts Auffälliges an sich, abgesehen von der Tatsache, dass sein rechter Arm etwas steif wirkte, als er die Tasse zum Mund hob.

Als leide er noch an den Nachwirkungen einer Verletzung. Verursacht möglicherweise durch eine Kugel in den Ellbogen.

Bournes Puls begann zu rasen.

Er suchte die Straße nach Leuten ab, die Schmiere standen. Sean. Yoko. Ringo. Oder wer immer heute zu Lennons Team gehörte. Doch Jason konnte niemanden erkennen, weder in einem Hauseingang noch im Park auf der anderen Straßenseite. Hinter seiner Zeitung warf er noch einen kurzen Blick auf den Gast.

Er hatte ihn nicht hereinkommen sehen, hatte seinen Gang also nicht beobachten können. Es deutete jedoch nichts darauf hin, dass der Mann verkleidet war.

Jason kam zu dem Schluss, dass es sich wirklich nur um einen französischen Geschäftsmann handelte, der sich auf seinen Arbeitstag vorbereitete. Er war nicht Lennon.

Nicht der Mann, der von sich behauptete, der echte Jason Bourne zu sein.

Seit Jason im Sommer nach Paris zurückgekehrt war, hatte er so manchen Tag in der Bibliothek der Sorbonne damit zugebracht, dem Rätsel seiner eigenen Identität auf den Grund zu gehen. Wer *war* Jason Bourne? Doch seine Nachforschungen hatten nichts Brauchbares zutage gefördert. Keine Aufzeichnungen über Geburt oder Arbeitsverhältnisse, keinen Nachruf. Keine Posts in den sozialen Medien, keine Zeitungsartikel. Alles, was er über Jason Bourne fand, war die Tatsache, dass es sich um einen amerikanischen Verräter handelte, der von Angehörigen seiner eigenen Einheit hingerichtet worden war. Lange bevor der Mann namens Lennon geboren wurde.

Also war die Geschichte, die Lennon ihm erzählt hatte, reine Erfindung. Ein Trick, um ihn zu verwirren.

Dennoch ging Jason der Sache weiter nach. Eines Tages würde er die Wahrheit herausfinden. Ganz unabhängig davon, ob Lennons Behauptung zutraf oder nicht, hatte er in einem Punkt recht: Bournes Vergangenheit ließ ihn nicht los. Früher oder später würde sie ihn wieder heimsuchen.

Er legte das Geld für sein Frühstück auf den Tisch. Als er auf die Straße hinaustrat, blickte der Mann am anderen Fenstertisch nicht auf und sah auch nicht durchs Fenster, als Jason draußen vorbeiging. Einen halben Block weiter blieb Bourne stehen und beobachtete die Tür des Bistros.

Der Mann kam nicht heraus. Niemand verließ das Lokal.

Es war kurz vor neun Uhr. Im leichten Nieselregen ging Bourne nordwärts zur Brücke über den Fluss, dann am Ufer der Seine entlang, so wie jeden Tag um diese Zeit. Seit dem Tod von Grigori Kotow in Kalifornien waren fast sechs Monate vergangen, in denen er nichts von Nash Rollins gehört hatte und nichts darauf hindeutete, dass er überwacht wurde. Sechs Monate war er jeden Morgen an dem Hausboot vorbeigegangen, ohne das Signal zu sehen, das ein Treffen ankündigte.

Langsam fragte sich Jason, ob sie überhaupt noch auf ihn zurückgreifen würden.

Doch er kannte seine Organisation. *Früher oder später melden sie sich immer.*

Als er an diesem Morgen zum Hausboot kam, war das rostige Fahrrad an der Laufplanke befestigt. Treadstone wollte etwas von ihm. Nash wartete im Garten der Tuilerien mit einem neuen Auftrag.

Jason schlenderte noch ein Stück am Fluss entlang und tauchte nahe der Place de la Concorde wieder in das Gewirr der Straßen ein. Die Stadt war nun voll zum Leben erwacht; Autos und Reisebusse rollten vorbei, Radfahrer und Scooter wichen den Fußgängern aus. Er betrat den belebten Platz und blieb bei dem schmiedeeisernen Zaun stehen, der den Obelisken umgab. Ein Stück voraus sah er den Garten der Tuilerien.

Bestimmt erwartete ihn hier irgendwo ein erster Beobachtungsposten, der sein Kommen über Funk meldete. *Er ist da.* Bourne brauchte nur wenige Sekunden, um sie zu entdecken – eine Frau etwa Mitte zwanzig, die sich als Touristin ausgab und so tat, als würde sie die Brunnen fotografieren, während sie in Wahrheit ihn knipste. Sie war hübsch, trug einen roten Schlapphut auf ihren gekräuselten braunen Haaren und eine lange Plüschjacke.

Jason ging direkt auf sie zu. Sie ignorierte ihn, wie sie es in der Ausbildung gelernt hatte, ging zum Brunnen und schoss noch ein Foto mit der Handykamera. Er trat neben sie. Sie beachtete ihn immer noch nicht, doch er spürte, dass sie nervös wurde. Es lief nicht wie geplant. Er sollte nicht Kontakt aufnehmen.

»Bonjour«, sagte Jason, ohne sie anzusehen. *»Il fait froid aujourd'hui, n'est-ce pas?«*

»Tut mir leid, ich spreche kein Französisch.«

»Ich glaube schon.«

Sie lächelte verwirrt.

Immer die Tarnung beibehalten. Treadstone.

»Kann ich irgendwas für Sie tun?«, fragte sie.

Jason sah sich kurz auf dem Platz um und vergewisserte sich, dass keine weiteren Beobachter in der Nähe waren. Dann griff er blitzschnell in die Jackentasche der Frau und zog die Pistole hervor, von der er wusste, dass er sie darin finden würde. Er ließ die Waffe in seiner Lederjacke verschwinden. Es ging so schnell, dass sie nicht reagieren konnte. Ihr Gesicht lief rot an vor Zorn. Nash würde ihr einen Anschiss verpassen, weil Bourne sie nicht nur entdeckt, sondern auch noch entwaffnet hatte.

»Verdammt, was soll das, Cain?«, zischte sie ihm zu. »So läuft das nicht. Sie sollen mich nicht ansprechen.«

»Geben Sie mir Ihr Handy«, forderte er sie auf.

»Was?«

»Geben Sie mir Ihr Handy. Ich bin kamerascheu. Keine Fotos.«

Mit zusammengebissenen Zähnen gab sie ihm ihr weißes Smartphone, und Jason warf es in den Brunnen. Sie stieß einen leisen Fluch aus.

»Ich möchte, dass Sie eine Nachricht für mich weitergeben«, sagte Bourne.

»Was für eine Nachricht?«

»Sagen Sie Nash, ich steige aus.«

»Sie steigen aus?«, fragte sie ungläubig. »So läuft das nicht. Sie können das nicht einfach so beschließen.«

»Doch, kann ich. Ich bin ab sofort unabhängig. Und sagen Sie Nash, wenn ich noch einmal jemanden von Treadstone oder der CIA in meiner Nähe sehe, gehe ich zur *New York Times* und erzähle, was damals auf der Fähre in Tallinn wirklich passiert ist. Ich glaube nicht, dass es Holly Schultz gefallen wird, das in der Zeitung zu lesen.«

Jason drehte sich um und ging, während die Frau mit offenem Mund zurückblieb.

Der Regen wurde stärker, Wasser spritzte von den Reifen der Autos auf den Gehsteig. Die Passanten spannten ihre Schirme auf. Jason verließ den Platz und trat in den Park an den Champs-Élysées, mit dem Arc de Triomphe in der Ferne. Er schnappte den Duft von Crêpes auf, ging zu dem Stand und kaufte sich einen. Dann verließ er den Park und tauchte in die Straßen von Paris ein.

Robert Ludlum
Eric van Lustbader
Brian Freeman
Die Jason Bourne Serie

› Bonusmaterial

HEYNE ‹

Die Serie

Jason Bourne arbeitete früher als Auftragskiller für die CIA. Nach einem Gedächtnisverlust will er unter seinem bürgerlichen Namen David Webb ein ruhiges Leben führen. Doch seine gewalttätige Vergangenheit holt ihn immer wieder ein.

Die Autoren

Robert Ludlum wird am 25. Mai 1927 in New York City geboren. Mit 14 Jahren verläßt er sein Elternhaus, um zur Bühne zu gehen. Nachdem er von seiner Mutter nach Hause zurückgeholt wird, schafft er drei Jahre später den Absprung und geht zunächst zum Militär. Nach Ende des Zweiten Weltkriegs beginnt er eine Karriere als Schauspieler. Trotz seines Erfolges am Theater und im Fernsehen und auch als Produzent, beschließt er mit vierzig, diese Karriere an den Nagel zu hängen, und studiert Kunstgeschichte. Seine »vierte« Karriere als Schriftsteller beginnt 1971 mit seinem ersten Buch *Das Scarlatti-Erbe*, welches auf Anhieb Platz 1 der Bestsellerlisten erreicht. Zahlreiche weitere Bestseller folgen. Seine Bücher werden in mehr als 30 Sprachen übersetzt, in mehr als 40 Ländern veröffentlicht und erreichen eine Auflage von über 300 Millionen Exemplaren. *Die Bourne Identität* (1980) markiert schließlich die Geburtsstunde seines legendärsten Helden: David Webb, alias Jason Bourne. Robert Ludlum starb am 12. März 2001. Seitdem wurde die Serie von den internationalen Bestsellerautoren Eric van Lustbader und Brian Freeman im Geiste ihres Schöpfers fortgeführt.

1. Die Bourne Identität ***(The Bourne Identity, 1980)***

Stell dir vor, du weißt nicht mehr, wer du bist, und das Erste, was du über dich herausfindest, ist, dass du ziemlich gut schießen kannst. Jason Bourne ist ein Mensch ohne Vergangenheit und ohne Zukunft – gejagt von mächtigen Feinden; geliebt von einer schönen Frau, die nicht glauben kann, dass er wirklich das ist, was sich langsam herauskristallisiert: ein Auftragskiller.

Die Geburtsstunde eines legendären Actionhelden: Jason Bourne!

2. Das Bourne Imperium ***(The Bourne Supremacy, 1986)***

Im Hinterzimmer eines Hongkonger Nachtlokals werden fünf Leichen gefunden. Einer der Ermordeten ist der Vizepräsident der Volksrepublik China. Alle Spuren deuten auf Jason Bourne. Nur wenige wissen: Ein Unbekannter missbraucht Jason Bournes Identität. Und so stürzt sich der wahre Jason Bourne erneut in eine Welt der Gewalt und des Verbrechens, eine Welt, der er für immer zu entkommen hoffte.

»Schwindelerregend, nervenzerfetzend, rätselhaft, bedrohlich, kurz: ludlumesque.« *Publishers Weekly*

3. Das Bourne Ultimatum *(The Bourne Ultimatum, 1990)*

David Webb hatte geglaubt, Jason Bourne für immer entkommen zu sein. Doch nun holt ihn die Vergangenheit ein. Der Schakal, sein alter Todfeind, ist ihm und seiner Familie auf den Fersen, doch Webb weigert sich zu fliehen. In der verhassten Identität des Profikillers Jason Bourne stellt er sich dem Kampf und ist bald einer Verschwörung internationalen Ausmaßes auf der Spur.

»Ludlum packt mehr Action in seine Thriller als fünf seiner Kollegen zusammen.« *The New York Times*

4. Das Bourne Vermächtnis *(The Bourne Legacy, 2004)*

David Webb lebt zurückgezogen in der Nähe von Washington und lehrt als Professor an der Universität von Georgetown. Nichts erinnert mehr an die Gefahren seines früheren Lebens als Profikiller der CIA. Doch die Vergangenheit holt ihn ein, als er plötzlich selbst ins Visier eines Killers gerät. Webb wird wieder zu dem Mann, der er nie sein wollte: Jason Bourne.

»Ludlum beherrscht unangefochten das Feld des klassischen Polit- und Agenten-Thrillers.« *Chicago Tribune*

5. Der Bourne Betrug ***(The Bourne Betrayal, 2007)***

Jason Bourne kommt nicht zur Ruhe. Als er erfährt, dass sein Freund, der CIA-Agent Martin Lindros, in Äthiopien vermisst wird, zögert Bourne nicht lange und macht sich sofort auf den Weg nach Afrika, um Lindros zu suchen. Doch kaum angekommen, entgeht er nur knapp einem Attentat. Ist Lindros wirklich der, der er vorgibt zu sein?

»Die explosive Fortsetzung einer unerreichten Traditionsserie.«
Bookreporter.com

6. Das Bourne Attentat *(The Bourne Sanction, 2008)*

Als Jason Bourne Informationen über einen drohenden Terroranschlag auf amerikanischem Boden zugespielt werden, begibt er sich sofort auf die gefährliche Jagd nach den Killern. Doch zu spät erkennt er, wer der eigentliche Drahtzieher des Attentats ist. Bourne gerät selbst ins Visier der Terroristen. Ein tödlicher Wettlauf beginnt.

»Ein Spionage-Thriller, der selbst den erfahrensten Lesern bis zum Ende Rätsel aufgibt. Rasantes Tempo, jede Menge Action – ein Muss!« *Booklist*

7. Die Bourne Intrige *(The Bourne Deception, 2009)*

Nach einem mörderischen Zweikampf mit dem russischen Killer Leonid Arkadin taucht Jason Bourne schwer verletzt auf Bali unter. Er täuscht seinen Tod vor und nimmt eine neue Identität an. Im Geheimen plant er die finale Hetzjagd auf den Killer. Doch Arkadin hat Bournes Manöver längst durchschaut. Ein teuflisches Katz-und-Maus-Spiel nimmt seinen Lauf.

»Der größte Thriller-Autor aller Zeiten.« *The New Yorker*

8. Das Bourne Duell *(The Bourne Objective, 2010)*

Jason Bourne ist auf Bali untergetaucht, wo er in den Besitz eines mysteriösen Rings gelangt. Die Inschrift des Rings verweist auf eine im Geheimen operierende Organisation. Bournes Weg führt nach Marokko, wo er das Machtzentrum der Gruppe vermutet. Hier trifft er auf seinen Todfeind Leonid Arkadin, und ein unerbittlicher Kampf entbrennt. Doch scheinen beide in eine tödliche Falle getappt zu sein.

»Genau das Richtige für Thriller-Fans, die Verschwörungen, Adrenalinrausch und weltumspannende Abenteuer lieben.«
Library Journal

9. Der Bourne Befehl *(The Bourne Dominion, 2011)*

Eine mächtige internationale Organisation schickt sich an, der amerikanischen Wirtschaft einen vernichtenden Schlag zu versetzen. Doch zuvor muss der Mann beseitigt werden, der ihr als Einziger gefährlich werden kann: Jason Bourne. Ausgerechnet Bournes russischer Freund Boris Karpow wird auf den amerikanischen Top-Agenten angesetzt. Findet Karpow einen Weg aus der tödlichen Zwickmühle?

»Fans der Bourne-Filme werden dieses Buch verschlingen.«
Booklist

10. Der Bourne Verrat *(The Bourne Imperative, 2012)*

Vor der schwedischen Küste zieht Jason Bourne einen Bewusstlosen aus dem Meer. Als der Mann zu sich kommt, fehlt ihm jede Erinnerung an sein bisheriges Leben – eine unheimliche Parallele zu Bournes eigenem Schicksal. Die Lösung scheint in einem geheimen Mossad-Lager im Libanon zu liegen, in das sich Bourne Wochen zuvor geflüchtet hatte. Was geht dort vor sich? In letzter Minute erkennt Bourne einen zerstörerischen Plan, der nicht nur sein Leben, sondern die Sicherheit der Welt bedrohen könnte.

»Rasant, actiongeladen und voller unvorhersehbarer Wendungen.« *The Daily Reporter*

11. **Die Bourne Vergeltung** *(The Bourne Retribution, 2013)*

Jason Bourne ist am Boden zerstört, als seine Gefährtin, die Mossad-Agentin Rebekka, bei einem gemeinsamen Einsatz in Mexiko getötet wird. So nimmt er den Auftrag an, für den ihn der Chef des israelischen Geheimdienstes gewinnen will: den chinesischen Minister Ouyang Jidan auszuschalten, der nicht nur für Rebekkas Tod verantwortlich ist, sondern mit seinen dunklen Plänen eine Bedrohung für die gesamte westliche Welt darstellt.

»Beginnen Sie nie mit der Lektüre eines Ludlum-Thrillers, wenn Sie am nächsten Tag arbeiten müssen.« *Chicago Sun-Times*

12. **Die Bourne Herrschaft** *(The Bourne Ascendancy, 2014)*

Ein politischer Gipfel in Doha wird von einer Gruppe Schwerbewaffneter überfallen. Jason Bourne ist als Doppelgänger eines syrischen Ministers mittendrin und gerät in die Gewalt des berüchtigten Terroristen El Ghadan. Wie sich zeigt, hat der Terrorchef auch Bournes enge Freundin Soraya Moore und deren kleine Tochter entführt. Sein grausames Ultimatum: Binnen einer Woche soll Bourne den Präsidenten der USA töten. Gelingt es ihm nicht, werden Mutter und Kind sterben. Die Uhr tickt …

»Es bleibt dabei: Ludlum ist der perfekte Thriller-Autor.«
Newsweek

13. Das Bourne Enigma *(The Bourne Enigma, 2016)*

In Moskau fällt der russische General Boris Karpow einem Attentat zum Opfer. Jason Bourne ist vor Ort, kann die Täter jedoch nicht stoppen. Karpow hinterlässt ihm eine verschlüsselte Nachricht. War der Mord nur Nebenschauplatz einer weltumspannenden Verschwörung? Die Hinweise führen Bourne nach Ägypten, Syrien und Zypern – und auf die Spur Iwan Borz', eines skrupellosen internationalen Waffenhändlers, der mit Bourne noch eine persönliche Rechnung offen hat …

»Jason Bourne tritt wieder in Aktion, und wie! Ein atemloser Thriller.« *TheRealBookSpy.com*

14. **Die Bourne Initiative** *(The Bourne Initiative, 2018)*

Jason Bourne ist auf der Flucht. Die NSA glaubt, er leite die Geschicke seines verstorbenen Freundes Boris Karpow, einst Kopf des russischen Geheimdienstes FSB. Vor seinem Tod hat dieser eine Cyberwaffe entwickelt, die in der Lage wäre, Amerika in die Knie zu zwingen. Mit einem Tötungskommando auf den Fersen, ist Bourne gezwungen, einer Einheit seines Erzfeindes Keyre beizutreten – eines somalischen Terroristen, dem er einst das Handwerk legte. Mächtiger als je zuvor, ist Keyre der Einzige, der Bourne Schutz bieten kann. Aber zu welchem Preis?

»Zur Seite 007, Bourne ist zurück!« *Daily Mirror*

15. Die Bourne Evolution *(The Bourne Evolution, 2021)*

Sie war die große Hoffnung der amerikanischen Demokraten. Schlagfertig, klug und progressiv. Doch dann wird die junge Kongressabgeordnete Sofia Ortiz bei einem Überfall auf eine Veranstaltung in New York mit mehreren Schüssen getötet. Dringend tatverdächtig ist ausgerechnet jener Mann, der bis vor Kurzem als Killer im Auftrag der Regierung stand. Sein Name ist Jason Bourne, und er ist auf der Flucht. Einzig die Journalistin Abbey Laurent glaubt an seine Unschuld und beschließt, ihm zu helfen. Doch Bournes Feinde kennen keine Skrupel. Eine gnadenlose Verfolgungsjagd beginnt …

»Brian Freeman peitscht das Tempo hoch – und verpasst der Reihe einen echten Energieschub.« *Booklist*

16. Die Bourne Lüge *(The Bourne Treachery, 2021)*

Jason Bourne will vergessen. Seit dem Tod seiner Partnerin, der temperamentvollen Treadstone-Agentin Nova, arbeitet er vorzugsweise allein und denkt so wenig wie möglich zurück. Doch dann holt ein längst vergangener Einsatz ihn plötzlich wieder ein: Vor drei Jahren waren Nova und er auf Mission im Baltikum. In Estland sollten sie einen russischen Doppelagenten vor dem Zugriff eines mysteriösen Killers bewahren. Die Mission scheiterte. Doch nun ist der Mann wiederaufgetaucht - lebend. Hat man Bourne von Anfang an getäuscht? Die Suche nach der Wahrheit wird zum erneuten Wettlauf mit dem Tod.

»Brian Freeman ist ein würdiger Nachfolger für Robert Ludlum.« *Publishers Weekly*

Weitere Bände in Vorbereitung.
Mehr Informationen unter heyne.de/ludlum